宝琛文库

时间的转角

王孟图◎著

上海三联书店

资助情况

2016 年度福建省社科基金青年博士项目"中国现代浪漫文学的文化寻根研究"(批准编号：FJ2016C197)资助成果

2015 年度国家社科基金青年项目"晚清至五四言情小说撰译谱系研究"(批准编号：15CZW042)阶段性成果

福建师范大学文学院"文化产业领军人才"创新团队资助成果

福建师范大学文学院"文本与批评"创新团队资助成果

目录

序言

　　关于时间的隐喻太多，最令人感喟的还是孔子"逝者如斯夫"的洪音。时间在无声流逝中的不可停留、不可逆转、不可捉摸，恍如三记响亮的耳光，时时回荡在芸芸众生的耳边。所以，时间的转角只是一种假想，当自己站在一个假想的时空里，为的是能暂时逃离现实的藩篱，或许也能更加坦然地思考，然后拾掇整饬，重新出发。

　　坦率地说，我在刚开始整理文章时难免有些气馁，因为书中涉及的论题并不太丰富，反映的是近年来自己一路求学不同阶段的一些阅读和思考，更因为有些篇目大约思虑不周而噬脐莫及，不过这文集收录的文章分辑入编，问题意识相对集中，论述阐释不枝不蔓，便权且作为它的一点好处吧！本书共分为三辑。第一辑题为"探骊寻珠：现代中国浪漫文学的文化寻根"，收录文章旨在探讨现代中国浪漫文学在与中国本土传统的儒道学说、抒情审美、文化哲学等方面，存续的一种血脉相连、薪尽火传的关系；第二辑题为"明清记忆：现代中国的浪漫召唤"，收录文章主要研究的是在中国明清历史文化语境中，氤氲化合而生的浪漫式精神理念、学人形象和文学母题，发掘中国现代浪漫文学内在肌理中不可抹灭的明清记忆；第三辑题为"建构诗学：高行健小说专题研究"，收录文章是从叙述人称、诗学审美、文本结构、语言言说方式等不同阐释角度，围绕高行健小说作品所展开的文本细读。

　　中国现代浪漫文学是一个老旧的研究题眼，学界主要是集中在对中国现代浪漫文学的本体发展进行研讨，呈现为一种状态式的描述，或是一种线索式的梳理。诸如李欧梵、罗成琰、朱寿桐、陈国恩、俞兆平、汤奇云等等学者，都曾对中国现代浪漫文学做出了宏观详尽的整体性史论研究。但是，至于从伏脉千里的中国文化语境中去考察中国现代浪漫文学是如何起源萌生的？它是如何从零碎的、残缺的、模糊的轮廓逐渐变得完整、充实和清晰？它是如何从一种不自觉、散漫和混沌的状态中走出，逐渐找到自己明确的文化自觉和艺术定位？它是如何浸润熏染于中国的儒家与道家、心学与理学的文化哲学之中，并在多方价值观念的激荡碰撞下勾勒出自身草灰蛇线的生命轨迹？它在一系列思想文化的迎拒过程中，汲取了哪些重要的历史养分，又生发出怎样的现代性精神？……这些围绕着中国现代浪漫文学本体的诸多周边问题，是我展开思考和关注的着眼点，亦是我尝试老题新作的一种努力。

高行健小说的诗学研究是一个新旧斑驳的研究题眼。在台港澳暨海外华文文学研究界，高行健研究是一个并不崭新的课题，刘再复、李泽厚、马悦然、赵毅衡、林克欢、潘耀明、赵宪章等等学者都曾对高行健创作的戏剧、小说、诗歌、绘画、艺术理论专著等诸多作品予以关注和研究。但是，高行健作为中国现当代文学研究的一个典型对象，他的存在感却并不醒目，他是落寞的、尴尬的，却也是独特的、清醒的。"痛苦的人是有福的，因为他将得到安慰"（《圣经》）。作为一位华人流寓作家，高行健在千禧年摘取诺贝尔文学奖桂冠，或许是对他痛苦流亡经验的一种微薄的精神安慰。如果说前辈学者们聚焦的是高行健言论体系中诸如国族宗群、生命存在、彼岸意念等宏大问题，那么我更倾向于沉潜入文本，在高行健小说文本的细读中启迪思索，并让细读替代我发言，这成为我谨慎解读高行健及其文化现象的一种阐释方式。

然而文集篇目囿促、语焉不深，唯望抛砖引玉，求教于大方之家。

昔年甘苦,唯己自知。如今文集即将付梓,我的心头又不期然浮泛起一种难以言语的感触。在感恩、喜悦和如释重负之余,我更多的是惶惑不安,深深抱憾于自己未能涉猎群书、专注入里,所幸未来的路还在一直延续……

我站在时间的转角里,心中唯愿:昔年不复,不负来年。

王孟图
2017 年开春于仓山寓所

第一辑　探骊寻珠

现代中国浪漫文学的文化寻根

寻根问祖：中国现代浪漫主义文学的思想回望

歌德曾在《浮士德》中这样感叹：

> 今天发生的一切
> 都无非是
> 祖先盛世的
> 凄凉的余响。

当然，这样的叹息难免有些令人伤感，或许美国学者李维在《现代世界的预言者》中的说法，则是以另一种客观的姿态诠释了同样的感慨："所有的文化，都是萦绕于对先前黄金时代的回忆。"[1]事实上，远古文明的历史回响，绝不是一种凭空任意的臆想，而是人们一次次地对于整个文化童年的深情款款的回望，因为它作为一种文化和文明的原型，曾经真实鲜活地出现在深邃的历史时空世界中。在那个遥远的黄金时代，虽然智慧之鸿蒙未辟，却依然无法遏止后人们对于它的绵绵回忆，它仿佛是一个古老而安详的梦境，而从另一种更为深在的人类学心理原型的角度上去看待它，它更是一种积存和沉潜在集体无意识中的深刻记忆。为此，对于中国现代浪漫主义文学的起源考察而言，"寻根问祖"将无疑是一个难以回避的记忆情结，更为重要的是，这种"寻根问祖"式的文化发掘将在一个更为开阔的历史时空中复活某些鲜明的、隐

---

〔1〕 ［美］李维著.现代世界的预言者.谭震球译.哈尔滨：黑龙江教育出版社,1989：1.

匿的,甚至残缺的文明断片。

在中国(本土)传统文化思想体系的深沃土壤中,原生的儒家与道家思想文明之间的交融碰撞,在中国的文化艺术精神和知识分子的品格观念中,不仅形成了一种根本和深远的价值影响力,更铸就了一种复杂、矛盾、微妙的文化张力和中国风格。但是,因为中国的儒、道二家在诸多的思想理念和价值指向上的迥异甚至相互抵牾,人们在探究问题时往往会将它们置于一种二元对立、非此即彼的观念模式中。同样的,对于中国现代浪漫主义文学的起源考察而言,更多的人显然是仅仅看到了道家思想文化观念与中国现代浪漫主义文学之间的源流关系,而完全忽视了儒家文化观念对中国现代浪漫主义文学的潜在影响。事实上,儒、道二家对于中国现代浪漫主义文学之起源的影响是并重的,只是二者在表现形式上具有一暗一明、一隐一显的表征差异。本文拟在从“显在”的层面(道家思想)和“隐潜”的层面(儒家思想)两个维度着手,探寻儒、道二家对于中国现代浪漫主义文学的历史透析力与文化回响,以期更为全面深入地探寻中国现代浪漫主义文学的本土之根脉。

一、显在的嫡脉之源:道家思想观念

毫无疑问,从中国现代浪漫主义文学的思想和诗学本体论的角度上来考量,老庄道家的文化哲学是它在远古黄金时代的一种显在和鲜明的精神遗存,一方面是老子之“道”作为一种形而上的哲学本体论,另一方面是庄子之“道”作为一种带有主观倾向的心灵诗学[1],两个方面的糅合与锤炼都无可或缺。我们知道,中国现代浪漫主义文学之诗学本体的诞生是在20世纪的初期,鲁迅的《文化偏至论》(1907年)和《摩罗诗力说》(1907年)等论文的发表,标志着中国现代浪漫主义文学的诗学本体论体系的确立。在中国现代文学史上,鲁迅是一个有意识地选择并推介真正具有现代美学特征的浪漫主义文学的先行者,他从理论的角度上对十八、十九世纪欧洲的浪漫主义文学思潮进行了全面的

---

〔1〕 陈鼓应.老庄新论.上海:上海古籍出版社,1992:199.

诠释和推崇。无可否认,鲁迅的这一系列具有现代性意义的浪漫主义理论宣言,是在汲取了大量的欧洲浪漫主义文学资源的基础上形成的,然而它在一定程度上显然是与中国本土的道家文化遥相呼应的。鲁迅在《摩罗诗力说》中呼唤"精神界之战士",追求一种理想的人性,在《文化偏至论》中主张"掊物质而张灵明,任个人而排众数",都是在很大程度上暗合了老庄学说的"个体自由"、"抗争世俗"和"反抗异化"的观念。

因此,道家文化哲学的传统母题——关于尊重个体、关怀生命、反叛世俗、对抗异化、回归自然等等——的演绎,从一开始便为中国现代浪漫主义文学孕育着一种朴素的文化和审美的基因底蕴。

1. 个体自由的生命状态

在道家文化哲学体系中,其基本的观念便是"道",所谓的"道",在《老子》第四十二章中曰:"道生一,一生二,二生三,三生万物。"意即世上的万物万象都是由"道"而生,"道"是万物所由生之根源。从这样的"道"的观念出发,老子便认为世界的一切运转都在冥冥之中有"道"在支配,为此一切都要任其自由、顺其自然,任何人为的结果只会违反"道"的本原,于此建构了道家哲学本体的基础。而在庄子的笔下,"道"则更多地表现在对个体生命和心灵诗学的关注上,作为一种至上的人生理想,"道"是个体生命对于天地万物本然状态的一种追求和向往,所谓"天地与我并生,万物与我为一",即是"天人合一"、顺任自由、保持天性,自在逍遥于天地之间,方才是个体生命的一种本质状态。在庄子的《逍遥游》中,所谓的"游"正是庄子对一种至高的自由人格精神的状态描述[1],他实际上是在个体精神追求的层面上进入了浪漫王国的至高境界——所谓的"至人无己,神人无功,圣人无名"[2]。无疑,庄子开启了中国古典浪漫主义文学的源头,在他汪洋恣肆的笔墨中,

---

[1] 樊美筠.中国传统美学的当代阐释.北京:北京大学出版社,2006.1:149.

[2] 此处及以下所引庄子言论均出自陈鼓应.庄子今注今译(上中下册).北京:中华书局,2006.7版.

庄子挥洒着一种对自然人性的亲和与讴歌,在他的充满奇诡想象的笔下,个体将因"无所待"而获得真正的身心自由,并将于"无何有之乡"中现出一个充满浪漫和理想气息的精神乌托邦,这是人类与自然在黄金时代达成的第一次和谐,是人类创造的第一个自由的精神家园。

这样一种个体生命的自由状态,在鲁迅的《摩罗诗力说》中得到了一种独特新奇的阐扬,其中的欧洲现代浪漫主义诗人被鲁迅称之为"摩罗"(恶魔),而它原是十九世纪初的英国桂冠诗人罗伯特·骚塞攻击拜伦、雪莱及其同流的浪漫主义诗人的一个充满恶意的用语,鲁迅则是反其意而用之,竟然在"恶"中发现了"恶实强者之代名",从中肯定野性自然的力量,呼唤人的自由奔放的天性。正如鲁迅笔下的"拜伦"形象,在他张扬、狂放、炽烈的"摩罗"品质的背后,恰恰是中国现代浪漫主义文学所追求的具有自由、解放、独立的人格精神风尚和生命状态。"五四"时期,在文坛上异军突起的"创造社"诸子,是以一种"狂飙"式的浪漫主义风格开始受到当时学界的普遍瞩目,虽然他们曾经受到西方浪漫主义文学的影响和熏陶,但同时也表现出了对中国传统道家文化的亲睦和契合。郭沫若曾经在回忆少年时代时说,"我特别喜欢《庄子》"[1]、"起初是喜欢他那汪洋恣肆的文章,后来也渐渐为他那形而上的思想所陶醉"[2],道家文化的精髓无疑激发了郭沫若崇尚自由奔放的天性,并为他之后的哲思体系的建构奠定了文化性格的基点。随着郭沫若的世界观逐渐成熟,他便将老庄的道家文化思想与斯宾诺莎的学说,进行相互的参证、糅合与熔铸,最后建立了自己的"泛神论"哲学体系。郭沫若在之后仍然强调说:"我在思想上向着泛神论,是在少年时所爱读的《庄子》里面发现了洞辟一切的光辉"[3]。事实上,在郭沫若的泛神论中,

---

〔1〕 郭沫若.黑猫·沫若文集(第6卷).北京:人民文学出版社,1958:279.

〔2〕 郭沫若.十批判书后记·郭沫若全集(历史篇第2卷).北京:人民出版社,1982:464.

〔3〕 郭沫若.我的作诗经过.质文,1936年11月10日,第2卷第2期.

"泛神便是无神,一切的自然只是神的表现,自我也只是神的表现,我即是神,一切自然都是自我的表现"[1],即自我便是神,自我能够超越一切,而这正是充分建立在肯定道家的个体自由,追求"天人合一",否定一切外在羁绊,追求遗世独立的价值基石之上。正是这种对于精神自由的热烈追求,在青年郭沫若的笔下创造出了《天狗》中的一个自我意识充塞宇宙天地,迸发着无穷力量、情感异常浓烈和疾呼自由解放的天狗形象——"我飞奔,/我狂叫,/我燃烧。/我如烈火一样地燃烧!/我如大海一样地狂叫!/我如电气一样地飞跑!";在《立在地球边上放号》中,诗人面对着大自然波澜壮阔的天地景观,发出了对个体跃动的自由生命真谛的呼号:"啊啊!/不断的毁坏,不断的创造,不断的努力哟!";在《凤凰涅槃》中,诗人借凤凰之口,质问黑暗恶俗的现实,从个体的角度批判压制自由生命的整个社会乃至整个宇宙——"啊啊!/生在这样个阴秽的世界当中,/便是把金刚石的宝刀也会生锈!宇宙呀!宇宙,/我要努力把你诅咒:/你脓血污秽的屠场呀!/你悲哀充塞着的囚牢呀!/你群鬼叫号着的坟墓呀!/你群魔跳梁着的地狱呀!"。事实上,郭沫若的独特并不在于他写作的一系列现代新诗,而在于他在继承道家传统文化的基础上所创造的一种新精神——放任自由、个性独立、精神解放——充溢着浪漫主义的现代性精髓。

2. 抗争世俗的叛逆精神

在庄子的思想体系中,对于世俗人伦、功名利禄、权势尊位的批判和抵制,同样是对道家文化哲学的一个重要侧面的参透,是对个体生命价值意义的一种深化和透析。在庄子看来,一切所谓的世俗权威实际上都是对自由精神的一种禁锢,是对生命本真的一种戕害和摧残。显然的,庄子在《逍遥游》《大宗师》等篇章中对俗世显达充满了蔑视与鄙弃,这种否定是通过具有道家理想人格的"神人"、"圣人"、"真人"、"至人"在自我精神的修为境界中潜藏着的——"(神人)之人也,之德也,将

〔1〕 郭沫若.少年维特之烦恼序引・沫若文集(第 10 卷).北京:人民文学出版社,1958:255.

旁礴万物以为一,世蕲乎乱,孰弊弊焉以天下为事"(《逍遥游》),"(圣人)审乎无假而不与物迁,命物之化而守其宗也"(《德充符》),"(真人)芒然彷徨乎尘垢之外,逍遥乎无为之业,彼又恶能愦愦然为世俗之礼,以观众人之耳目哉"(《大宗师》),"(至人)通乎道,合乎德,退仁义,宾礼乐,至人之心有所定矣"(《天道》);而在《渔父》《盗跖》等篇章中,庄子则是正面地对儒家文化的观念体系予以鲜明的抨击和贬抑,庄子从伦理、道德、宗法、礼教等诸多方面深入批判儒家的核心价值观念,甚至直接向"仁义礼智"、尧、舜、禹、孔子等提出了非议和挑战——"夫仁义憯然乃愦吾心,乱莫大焉"(《天运》),"毁道德以为仁义,圣人之过也"(《马蹄》),"自以为圣人,不亦可耻乎,其无耻也"。可见,庄子对于中国的传统道德和世俗理性充满了排斥和反叛,他犀利地指出世俗伦常对个体生命本真的一种潜在的摧残和破坏,足见其思想中尊个体、非世俗、反权威意识的彻底性,而庄子的生命诗学正是在超尘脱俗、孤傲独立和叛逆精神中再度闪耀一种精神解放的光芒。

显然,庄子的这一抗争世俗、反叛传统的价值观念,对于在五四思想启蒙激发下应运而生的中国现代浪漫主义文学而言,无疑是实现了一种文化灵魂的激情复活。中国的五四启蒙时代是一个积极向世俗抗争、反叛儒家传统礼教、高扬个人觉醒的激荡时代,当时,作为中国传统价值核心的儒家纲常名教,长期以来禁锢和钳制着个体生命的鲜活自由,酿成了中国文化中"自身造就的蒙昧"(康德语)[1],它也因之成为五四启蒙时期的一个重要批判对象,为此,反叛儒教、反叛世俗、反叛一切陈规束缚的反叛精神,成为那个特殊时代的鲜明主题。在那样一个激烈反叛的时代氛围中,大量的中国现代作家更为积极自觉地推崇自由和解放,更为彻底地否定世俗封建礼教,更为热烈地高扬叛逆和个性精神,尤其是拜伦"离经叛道"的精神和雪莱"求索而无止期,猛进而不

---

[1] 见 H. B. Nisbet 翻译的《康德政论文集》(*Kant's Political Writings*),转引自[美]舒衡哲著. 中国启蒙运动——知识分子与"五四"遗产. 刘京建译. 北京:新星出版社,2007.8:1.

退转"的斗志都无不感染着那个时代的人们,到处闪耀着一种浪漫主义的精神光辉。毋庸置疑,浪漫主义便成为中国五四时期最引人瞩目的一种时代精神,当然它同时还跃动着抗争世俗、蔑视礼教、孤傲叛逆的道家文化遗迹。

对于创造社的中坚人物郁达夫而言,他早年《沉沦》时期所表现的放浪率性和离经叛道,无疑糅合融汇着传统的道家精神和现代的浪漫情怀。在《沉沦》中,郁达夫率真自然地表露出强烈的个体意识,连同狂热的欲望躁动、畸态的心灵感受和扭曲的情感意志,一并激烈地坦陈对于人性解放的渴望,小说中赤裸裸地书写着个人的"欲望"、"丑恶"与"罪孽",但却并不因此而显得卑微和狎琐,相反,却获得了一种悲壮和崇高的美感。事实上,郁达夫正是通过对人性隐秘世界的一种有意识的、自觉的深度挖掘,揭露了世俗伦常和道德戒律的虚妄,凸显了一种抗争世俗的超拔勇气和叛逆精神,正是这种可贵的叛逆精神为郁达夫赢得了"浪漫才子"的美誉。另一方面,早年的郁达夫在行为方式上更带有鲜明的"才子气",尤其是更有着一股与道家精神有着亲密关联的"魏晋名士"之气,他曾经这样说道:"每自伤悼,恨我自家即使要生在乱世,何以不生在晋的时候。我虽没有资格加入竹林七贤之列,至少也可听听阮籍的哭声。或者再迟一点,于风和日朗的春天,长街上跟在陶潜的后头,看看他那副讨饭的样子,也是非常有趣。"〔1〕所谓魏晋名士的高洁、放浪甚至颓唐,陶渊明的隐逸生活和率真作风,以及他特别欣赏的清代诗人黄仲则"野性束缚难为堪"的精神,都曾经深深镌刻在郁达夫的情感价值体系之中,并渗透在他的生活和创作之中。因此,郁达夫无论是"论才不让相如步"的卓绝才华,还是他"二分轻薄一分狂"的狂猖性情,乃至他的嗜酒、狎艳和漂泊,无不传承着传统道家的那种孤高狂放、愤世嫉俗和恃才傲物的风尚,这在一定程度上也为他日后接受西方的启蒙主义思想和浪漫主义思潮提供了心理基础和精神依托。

---

〔1〕 郁达夫.骸骨迷恋者的独语·郁达夫全集(第3卷).杭州:浙江文艺出版社,1992:82.

3. 对抗异化的自然人性

早在中国文明的发轫期,庄子便以一种先验性的智慧审视着文明所带来的人类贪婪、苦难与罪恶。春秋战国时期,中国早期的宗法社会分崩离析,氏族传统制度随之瓦解,在淳朴本真的道德民风沦丧殆尽的同时,文明尤其是物质文明则以一种急遽发展的姿态,遮蔽了人们应有的清醒和忧虑,物质文明的发展在带来名利、财富和繁荣的同时,裹挟着人性之恶——自私、享乐、贪欲、剥削、野心、侵掠等等——的膨胀而愈演愈烈,事实上,它们已然成为人类生存的一种相对立、相异己的力量,在主宰、支配和控制着人们的身心。庄子无疑是世界思想史上最早提出反抗异化思想的哲人[1],他以一种超越时空的人性本体思辨,犀利揭露出人类在文明进化中迷失自我,形成人为物役、心为物役的一种异化现象,指出人因之与其本质相分离,泯灭了自然天性,丧失了真实本性,人性因为物质功利而扭曲了生命的本真价值。为此,庄子疾呼"物物而不为物所物"、"不以物挫志"、"不以物丧己"、"不以物易性"(《齐物论》),要求摆脱一切"物役",以避免"中于机辟,死于网罟"(《人间世》),恢复和回归"自然本性",重回人类的精神家园。

历史总在轮回。我们可以肯定的是,道家庄子思想中反抗异化的文明批判,在现代浪漫主义的价值逻辑中得到了更为深刻的体认和开掘。事实上,西方的浪漫主义思潮在萌生的思维起点上,便非常重视对于工业文明和科技主义的反思、批判。为此,刘小枫先生这样认为:"正是在唯理主义和经验主义以为大功告成的 17、18 世纪,浪漫思潮在历史的沉沦中却应运而生了。它与以数学和智性为基础的近代科学思潮拼命抗争,竭力想挽救被工业文明所淹没了的人的内在灵性,拯救被数学性思维浸渍了的属人的思维方式。"[2]而马丁·亨克尔则进一步写道:"浪漫派那一代人实在无法忍受不断加剧的整个世界对神的亵渎,无法忍受越来越多的机械式的说明,无法忍受生活的诗的丧失。……所

---

〔1〕 李泽厚.中国古代思想史论.天津:天津社会科学院出版社,2003.5:169.

〔2〕 刘小枫.诗化哲学.济南:山东文艺出版社,1986:5.

以,我们可以把浪漫主义概括为'现代性(modernity)的第一次自我批判'。"[1]换言之,我们将现代浪漫主义作为一个有机的整体而言,它真正的价值内核正在于通过对科学理性、工业文明的自觉抵制,从而实现个体乃至整体人类的精神救赎和生命升华,这是它的一种更为内在、隐秘和抽象的精神诉求,而关于浪漫主义在情感宣泄、主观意志、自由想象等等方面的描述和勾勒,则更多的是呈现为一种外在形态的具象表征。无独有偶,在代表着中国现代浪漫主义文学理念的《文化偏至论》中,鲁迅同样清醒地认识到19世纪以来西方发达的现代文明所酿成的"至伪偏至"——一方面是物欲的膨胀("物质也"),另一方面是个性的泯灭("众数也")——所谓"性灵之光,愈益黯淡",批判了极端的物质主义、科学主义所带来的人的精神异化和个性泯灭。为此,鲁迅孜孜以追求"理想的人性",呼唤"精神界之战士",务求打破"林林众生,物欲来蔽"的偏颇失衡状态。无疑,这既是对于西方现代浪漫主义文化观念的服膺与认同,更是对于中国传统道家"反抗异化"观念的继承与呼应。

然而值得惋惜的是,恰如庄子在"人的异化"观念把握上的异乎常人的超前性,20世纪初的鲁迅在中国遭遇了同样的尴尬。事实上,鲁迅在《文化偏至论》等浪漫主义文论中对现代文明和"人的异化"关系的探讨,长期以来并没有得到中国现代浪漫主义作家的普遍关注和创作上的呼应,而是迟至20世纪40年代,自称为中国"最后一个浪漫派"[2]的沈从文,以一种对文明、对人性、对生命形式的深度反思和关照,形成了对于道家的反抗"异化"观念的某种潜在的契合。无疑,沈从文选择的是一种独特而孤寂的浪漫叙事,在他的笔下,无论是对于带着"文明枷锁"的都市人性的解剖和嘲讽,还是对于未经文明"侵蚀"的湘西边地的欣赏和礼赞,无不展现着他对健康人性的自觉追求和对所谓的现代文明的焦虑态度。在《八骏图》的都市文化圈中,沈从文勾勒出一群似乎温文尔雅的学究人物,他们却一直在繁缛华丽的都市文明中

〔1〕 转引自俞兆平.现代性与五四文学思潮.厦门:厦门大学出版社,2002.5:91.
〔2〕 沈从文.水云·沈从文文集(第10卷).广州:花城出版社,1984:294.

作茧自缚,心灵已然被庸俗的名利、欲望和虚伪所控制,而其中所谓的海滨公寓则俨然被讥讽为一个治疗病态心理的"天然疗养院"。但是,正是在一个山清水秀、民风淳朴的湘西世界中,沈从文发现了一股尚未被文明"阉割"的生命强力,一种近乎原始天性的民族精力的结晶。《边城》中桃花源一般的湘西世界,人们顺乎天然、融乎自然、性情皆善,那里幽静灵秀的山水田园风光,总是那么悠然自适和隽永明丽,而在翠翠、傩送和天保之间则始终萦绕着清新浪漫又略带感伤的一曲爱情牧歌。沈从文将"人性"和"自然"纯粹化与浪漫化之后,成就了他自己所言的表现一种"优美、健康、自然,而又不悖乎人性的人生形式"[1],正如刘西渭(李健吾)先生在《咀华集》中所称,《边城》是"一颗千古不磨的珠玉"。显然,沈从文的笔下传达和折射的正是一种推崇"自然人性"和"反抗异化"的思想中轴,它不仅存在于现代浪漫主义哲学美学的整体背景下,更是植根在中国传统的老庄哲学的沃土。

4. 回归自然的生命品格

事实上,中国古代在哲学和文学意义上的"自然"崇尚观念是相当发达的。正如西方的一位汉学家的说法:"在早于西方一千多年的中国文学中,便已有了自然观的完美表露。"[2]无疑,在老子的道家哲学体系中,最早谈及了对于"自然"的阐扬与推崇,"人法地,地法天,天法道,道法自然"(《老子》第二十五章)。"自然"一词,在《老子》中凡五见,主要指的是事物的本然和本初的状态,即自然而然、自在自足、不知其所以然而然的意味。我们知道,老子之"道"是其哲学体系的最高本体,它不仅是世间万事万物所产生之根源,更是一切存在的终极意义,然而这至高无上的"道"最终还是要师法"自然",所谓"道法自然"已然成为老子哲学智慧的核心与本源。如果说,老子的"自然"本体在很大程度上尚且是一个抽象的哲学概念,那么"自然"在庄子的哲学和诗学体系中则被赋予了更加含蕴丰富的内涵。在庄子的哲学和诗学体系中,"自

---

[1] 沈从文. 从文小说习作选·代序. 上海:上海书店出版社,1990.9:5.
[2] [德]W. 顾彬著. 中国文人的自然观. 马树德译. 上海:上海人民出版社,1990:2.

然"实际上包含着两个层次的意蕴：一是指天地、万物的自然状态；一是指人类生命个体的本真与自足的谐和状态。因此在庄子的笔下，"回归自然"成为一种"天人合一"的至高境界，是人性消解一切虚妄价值意义之后的一种本性自足的生命状态。在《逍遥游》中，庄子描摹了一个经典的"独与天地精神往来"的"神人"形象："姑射之山，有神人居焉，肌肤若冰雪，绰约若处子；不食五谷，吸风饮露；乘云气，御飞龙，而游乎四海之外。"事实上，"神人"正是在一种"与万物并生，与天地为一"的自然生命品格中达成了人生的至境，在回归自然的大境界中获取了人生的至乐。换言之，在老庄道家的哲学思想中，人类的生命个体惟有在拥抱自然、回归自然的过程中，与天地自然相融相契，方能在自由本然的自然品性中寻觅到自身的精神家园。

毋庸置疑的是，在中国现代浪漫主义作家们的创作中，都曾经不同程度地体现了对于"回归自然"文学母题的青睐。我们知道，郁达夫的创作是存在前后期的风格变迁和主题转型的，在他前期的《沉沦》系列小说中，显然迸发着一种激烈的反叛意识、悲愤峻急的心理控诉和桀骜不驯的精神意志，文字极具异端性和解构性；然而，在郁达夫的后期创作中，正如他所自白的那样——"想回到大自然的怀中，在大自然的广漠里徘徊着"[1]——《东梓关》《迟桂花》等等郁氏小说，则是以一种恬淡沉静、清远宁静的风格更加趋近了中国传统道家的"回归自然"的母题，《沉沦》时期的浮躁凌厉之气完全被一种恬淡自适、自然超脱的心境所取代。之后，中年的郁达夫甚至在宁谧怡人的西湖之畔搭起了一座属于自己的"风雨茅庐"，陶醉于自然山水之中体悟人生真谛，俨然成为一位现代的归隐之士。无独有偶，沈从文更是将大量的笔端凝聚于一个萦绕着自然人性原始气息的"湘西世界"。在《边城》系列的小说中，沈从文构建了一个充满了淳朴生机的理想境地，正是在这个超凡脱俗的现代桃花源中，人与自然的融合格外和谐，一切皆服从于自然生命的本然状态，可谓物我浑一、人境交融，正如沈从文所言："人虽在这个背

---

〔1〕 郁达夫.郁达夫小说选（下）·忏余独白.杭州：浙江人民文学出版社,1998:85.

景中凸出,但终无从与自然分离。"[1]从而,历史的时间状态便返回到了无待、无碍、无累的自然时间状态之中,而生命个体也方能寄托于这一"湘西世界"而重新返归自身的心灵精神家园。尤其值得一提的是,对于以徐訏和无名氏为代表的"后期浪漫派"而言,或许是他们留给阅者更多的直观体验,会是异域的旖旎风光、诡媚的情感意境甚至抽象的思辨,然而事实上,他们的小说中所糅合的皈依自然、超脱尘俗和回归人性真我的精神力量,往往会被许多人所遗漏和忽视,而它们则是源自崇高的中国道家东方智慧之中。在《荒谬的英法海峡》中,"我"无意间来到一个世外的孤岛上,那里杂居着黄、白、黑诸色人种,没有官僚,更没有阶级。小说借一个海市蜃楼般的大同世界,再现了一种返璞归真、淡泊平和、回归田园牧歌生活的美好意趣,这实际上隐藏着与中国传统道家"回归自然"观念的默契与投合。

二、潜在的价值渗透:儒家文化传统

中国思想文化的传统格局是一种以儒家为主、道家为辅、儒道互补的稳定格局。显然的,这样一种独特的文化格局对于中国的整体民族性格和文化心理结构的影响是极其深远的。事实上,儒道二家的思想均是出自中国文化史上最辉煌灿烂的"轴心时代",它们作为中国民族文化的精神原型,在悠远深邃的历史时空中相互对立、相互补充、相互融和,而在长时期的历史发展过程中,儒家思想是以一种积极入世、关怀现实、仁民爱物的道义感与责任感,逐渐取得了中国思想传统的"中心"地位,而道家思想则以它的无为而治、虚静贵柔和处下不争的精神和态度,安守于中国思想传统的"边缘"地带。虽然儒道二家共同构成了中国传统文化和传统哲学的思想基石,但是二者之间一主一辅、一中心一边缘的关系地位是历史的、稳定的、鲜明的。为此我认为,儒家的思想观念应当是我们思考和探究诸多问题时的一脉尤为重要的精神资源,是我们需要不断返回和驻足的一个重要的思想原点。那么,对于中

---

[1] 沈从文.断虹引言·沈从文文集(第11卷).广东:花城出版社,1984:75.

国现代浪漫主义的起源考察而言,它思想的嫡脉源头的确是更多地存在于中国的道家哲学之中,但是我们无可否认的是,在诸多深层次的价值理念(尤其是涉及民族的整体文化性格、心理结构和人文精神)上却无法绕开中国儒家传统观念的潜在作用。换言之,我认为中国现代浪漫主义文学的发生和发展,在很大程度上与中国的儒家思想观念远非是一种抗拒和对立的存在关系,而恰恰是保持着某种合理化的紧张和胶着状态。

众所周知,中国现代浪漫主义文学的发生和发展,固然在一定程度上受到十八、十九世纪欧洲浪漫主义文学思潮的影响,但是它在诸多的维度上并不同于欧洲的现代浪漫主义文学,即它具有某种鲜明的民族特质和中国风格,而这正需要我们潜入中国传统思想和文化的根源深处去揭开这一"中国特色"的谜底。如果说,中国的道家思想在追求自由、回归自然、抗争世俗和反抗异化等观念上与西方现代浪漫主义文学精神形成了一定程度的相似与暗合,那么中国儒家思想中的实用理性、人道关怀和忧患意识等价值观念,则无疑造就了中国现代浪漫主义文学异于西方的一种"中国特色"。中国的儒家传统思想以它的一种超强的文化稳定性和亲和力,已然作为一种"集体无意识"深深根植于中国人尤其是中国知识分子的心理、精神和生命结构之中,其中所凸显的功利与务实、仁爱与人本、入世与救世的精神态度,极大地影响了中国现代浪漫主义文学发展的生命趋势、精神轨迹和历史进程。

1. 实用理性

对于中国儒家思想长期以来所构建的独特的民族文化模式和心理结构特征,李泽厚先生曾经有过相当精辟和深入的研究论述,而其中的"实用理性"(或称"实践理性")则是一个尤为突出的方面和因素,他认为它是"构成儒学甚至中国整个文化心理的一个重要的民族特征"[1]。所谓的"实用(践)理性"则是一种追求功利、务实,带有很强的目的性和现实效用的一种理性精神或者理性态度。事实上,它最早是孔子对于

---

[1] 李泽厚. 中国古代思想史论. 天津:天津社会科学院出版社,2003.5:23.

春秋战国时期的怀疑论、鬼神论等思想言论的一种价值反拨,所谓"子不语怪力乱神"(《论语·述而》),"未能事人,焉能事鬼"(《论语·八佾》)等等,之后逐渐发展为一种重视现实功用的儒家传统思维模式,这种"实用(践)理性"的特征在于,它并不重视在理念上去讨论、探求、争辩难以解决的哲学课题,亦认为不必要去进行纯思辨的抽象,重要的是在现实生活中如何妥善地处理它。因而,孔子所言"敬鬼神而远之,可谓知矣"中的"知"并不是思辨理性的"知",而正是实用(践)理性的"知",即重要的不是言论,不是思辨,而是行动本身的实际效用[1]。因此,中国儒家思想所孕育的"实用(践)理性"观念自一诞生,便沿着它重功利、轻思辨、求务实、趋实用的价值理性进行了持续深入的发展,从而与西方观念世界中重视抽象思辨和玄虚神秘体验的思维模式,存在着本质上的巨大差异。

勿庸讳言的是,中国现代浪漫主义文学的发生和发展,其实在很大程度上便遭遇到了"实用(践)理性"这样一种儒家价值模式的强烈冲击。在 20 世纪的初期,鲁迅的一系列论文《文化偏至论》(1907 年)、《摩罗诗力说》(1907 年)和《破恶声论》(1908 年)等陆续发表,开始奠定中国现代浪漫主义文学和诗学体系的理论基础,鲁迅在文章中着重从理论的高度对十八、十九世纪欧洲的浪漫主义文学思潮进行全面的推介和阐发,然而遗憾的是,这一系列的文章在当时显然并未得到学界的普遍关注和重视,而是迟至"五四"新文化运动爆发之后,伴随着一种思想启蒙和个性解放的思潮,"五四"一代的浪漫抒情文学浪潮方才得以滥觞。因此事实上,中国现代浪漫主义文学在诞生之际,它在理论上的准备其实是相当不充分的,"五四"一代的浪漫作家基本上忽视了对于浪漫主义诗学、美学理论的把握与理解,而是选择了一种急功近利的创作方式,这无疑使得"五四"一代的浪漫小说往往只是流于一种简单的情感宣泄,或者留下一些抽象的焦虑和苦闷的概念。正如夏志清先生所指出的,它们"没有像山姆·柯尔律治那样的人来指出想象力之重

―――――――――

〔1〕 李泽厚.中国古代思想史论.天津:天津社会科学院出版社,2003.5:24.

要;没有华兹华斯来向我们证实无所不在的神的存在;没有威廉·布莱克去探测人类心灵为善与为恶的无比能力"[1]。为此,鲁迅亦曾经在《中国新文学大系·小说二集·导言》中明确批评"五四"浪漫小说"夸耀其颓唐"、"炫鬻其才绪",梁实秋更是在他的《现代中国文学之浪漫的趋势》一文中系统地对"五四"文学中的浪漫主义进行了全面的清算和批驳[2]。显然的,"五四"一代的浪漫书写,并不是从浪漫主义的美学和诗学的理论逻辑出发,而是沉醉于一种模糊的启蒙价值和情感观念的冲动之中,它们缺乏对于浪漫主义价值体系的深入探究和思辨,而这一"逻辑前提的丧失也表现了一种实用主义的倾向"[3]。正如学者张灏所指出的,中国的"五四"时代其实是一个矛盾的时代,中国的"五四"思想更是具备两歧性,"浪漫抒情"与"实用理性"这一对趋向相反的价值体系正是在彼此激荡、盈虚消长中,形成了"五四"时期最为诡谲歧异的一种时代精神[4]。因此,我们无法否认的是,"实用理性"这一儒家的传统价值观念,作为一种"集体无意识"的民族文化符号的原型,已经深深根植入中国文化和文学的生命肌体之中,即使是在那个极力反思、批判和解构儒家传统思想的"五四"时代,我们亦无法阻挠它潜在的文化价值渗透,而中国的现代浪漫主义文学则是自"五四"一代始,从此走上了一条在浪漫与现实、感性与理性、务虚与务实之间左右摇摆不定的历史宿命之途。

2. 群体本位

孔子发轫的中国儒家传统思想,从学术的起源而言,是根植于他的两大思想体系——一为"仁"学,一为"礼"学。前者所谓"仁者爱人",因此"仁"学结构从一开始就带有一种群体性的道德理想和社会理想的色

〔1〕 夏志清.中国现代小说史.上海:复旦大学出版社,2005.7:13.
〔2〕 梁实秋.浪漫的与古典的·文学的纪律.北京,人民文学出版社,1988:1—39.
〔3〕 汪晖.《中国现代历史中的"五四"启蒙运动》.载于许纪霖编.《二十世纪中国思想史论》.上海:东方出版中心,2006.1:44.
〔4〕 张灏.《重访五四——论"五四"思想的两歧性》.载于许纪霖编,《二十世纪中国思想史论》.上海:东方出版中心,2006.1:5—9.

彩;而后者则曰"克己复礼为仁",又曰"礼自外作",因此"礼"学实际上是用以论证儒家的"仁"学中心的一种外在性质的依据和方式,"礼"是代表着儒家的一种群体秩序和群体形式的外在规范,"克己复礼"正是要以克制和压抑个人的生命需求来达到一种维护群体结构秩序的稳定性的目的,为此,个体的内在发展在延伸开拓之后的最终指向仍是一种群体性的目标,中国的儒家思想认为惟其如此,方能实现所谓真正的儒家之"仁"。事实上,儒家的群体本位意识在中国的传统文化中无疑烙下了深深的精神印记,这种极力倚重于集体和群体的本位意识,甚至以压抑个体的精神生命为代价,追求人与人之间的和谐与协调关系,崇尚一种群体文化至上的文化模式,在很大程度上正是通过熏陶和奠定一种特有的群体本位主义的民族性格与文化心理,规约并引导着国人的思维方式、精神结构和行为模式。

毫无疑问,在一个哲学本体论的层面上,崇尚群体本位的儒家传统思想显然是与推崇个体本位和个性意识的浪漫主义精神背道而驰的,然而对于中国现代浪漫主义文学而言,它的浪漫精神恰恰因为显露着一种隐秘的含混和不纯粹的底色,而成就了浪漫主义在现代中国的一种独特的历史文化境遇。我们知道,中国现代浪漫主义文学是在"五四"新文化运动和思想启蒙的大背景之下蔚然兴起的,伴随着"五四"时期声势浩大的个体独立、个人自由和个性解放的文化启蒙思潮,高扬人的觉醒、肯定人的价值和尊严、承认人的独立意志的"个体本位"主题成为了"五四"时代的一个主流性质的文学言说模式,而当时的"创造社"诸子们更是以一种热衷于激情浓烈的"自我表现"式的浪漫主义主题,在"五四"文坛上异军突起,昂然走在时代的先锋潮头。然而之后,伴随着大革命运动的溃败直至"四·一二"政变发生,显然"五四"式的精神热潮开始逐渐消退,当人们将思虑的触角伸向民族与国家的历史纵深处时,趋于本能地感觉到了"个体"力量的有限性,而来自儒家思想的"群体本位"观念开始再度从幽深的传统文化积淀中浮出历史地表,因为一种新的时代情势正督促着人们开始对"个体"进行重新的估量和定位。尤为值得注意的是,曾经狂热追捧浪漫主义的现代精神,高扬"为艺术而艺术"的"创造社"作家们,竟然首先开始了对自己热衷的"自我表现"主题的全面否定和清算,或许正因为他们当年曾经是浪漫主义文学营垒中的主将,尤其深谙浪漫主义的诗学主题和美学精神,因此他们的反戈一击实际上更具有毁灭性。自 1925 年前后,创造社成员们开始一反前期的诸多文学主张,实现了整体的一次思维方式和意识观念的大变革,主张以集体观念取代自我观念,将阶级意识无条件地置于个性意识之上,而早期的个体抒情也迅速地逆转为集体叙事。1926 年,郭沫若发表了《革命与文学》一文,毅然决然地写道:"浪漫主义的文学早已成为反革命的文学。"[1]不久又在《留声机器的回音》中大声疾呼:"应该克服自己旧有的个人主义,而来参加集体的社会运动。"[2]随后,郁达夫、郑伯奇、田汉、王独清等创造社同人都纷纷投入到一场时代和文学变革的洪流之中。1928 年前后,李初梨、冯乃超、彭康、朱镜我等"后期创造社"成员,在接受日本左翼无产阶级文艺运动的影响之后相继回国,以新的阵容创办《文化批判》一刊,并连同以蒋光慈等人为首的"太阳社",共同拉开了"革命文学"("普罗文学")的大幕。毫无疑问,"普罗文学"是中国现代文学史上的一次政治与文艺的特殊联姻,是在文学的生命本体中大量输入政治意识形态的血液,它以一种"革命的罗曼蒂克"的名义,实现了中国现代浪漫主义文学发展史上的一次重大裂变。在以蒋光慈为典型的"革命+恋爱"的普罗文学写作模式之中,强调的是"革命"与"恋爱"的糅合关系而非决裂,即革命运动与浪漫主义的恋爱之间,并不是相互排斥的关系,而是如同王德威所言——"革命与恋爱这两项观念,获得了对等地位"[3]。然而随后,在"普罗文学"日益炽盛的发展过程中,甚至逐渐地将"革命"与"恋爱"放到了一种无法兼容的选择之中去,即"当恋爱与革命发生冲突的时候,二者只能选择

---

〔1〕 郭沫若.革命与文学·沫若文集.北京:人民文学出版社,1958:156.
〔2〕 郭沫若.留声机器的回音·沫若文集(第 10 卷).北京:人民文学出版社,1958:159.
〔3〕 王德威.现代中国小说十讲.上海:复旦大学出版社,2003:73.

其一"。显然,它最终选择的道路,是为"革命"而牺牲"恋爱",这就最终将"革命"与"恋爱"直接地对立起来,革命的精神意志彻底取代了一种浪漫主义的个人化情感。因此,"革命的罗曼蒂克"第一次使得"个体"能量转化为一种"群体"能量,它已经在事实上改造了"浪漫主义"的某种性质,将原本崇尚"个体自我"的浪漫主义,改造为另一种充满宏大的理想主义和英雄主义精神的浪漫主义,而这意味着改造后的"浪漫"已经将"个体本位"彻底消融在"群体本位"之中,而改造后的"理想"也不再是一种个体小我的自发意愿,而是另一种符合人民大众的集体利益和群体理想。事实上,中国现代浪漫主义文学发展史上的这一次特殊的转型,尤其是"创造社"从前期到后期的"急转弯",从表面上看只是一种特殊的时代语境所造就的一场急遽的社会变动、政治变革和文化变异,然而从深层次看,正是一种沉潜的中国儒家思想中的"群体本位"观念,为中国现代浪漫作家从个人走向集体、以群体取代个体的观念逆转和思想置换中,提供了强大的传统文化的精神支持,因此它也造就了浪漫主义在现代中国的一种独特、必然和有意味的历史文化境遇。

3. 忧患意识

在中国儒家的传统思想中,强烈追求"入世"和"济世"的精神,无疑在源远流长的中国文学中酝酿了一种深厚浓重的"忧患意识"。"忧患意识"一说最早是徐复观先生于1962年在《中国人性论史》中提出的;翌年,牟宗三先生则在《中国哲学的特质》讲演中予以阐释[1]。事实上,对于在中国儒家思想土壤中所滋生的"忧患意识"而言,它在很大程度上是一种对于国族、社会和民生的忧患之情,这早在儒家的经典文献《易经》中已然初显端倪,据《易传·系辞下》记载:"《易》之兴也,其于中古乎?作《易》者,其有忧患乎?……《易》之兴也,其当殷之末世,周之盛德邪?当文王与纣王之事耶?"我们知道,春秋战国是一个充满着变革与动荡的历史时代——礼崩乐坏、战事连年、夷夏纷争——孔子正是

---

〔1〕 庞朴.《忧乐圆融——中国的人文精神》.载于杨春梅编.《儒家文化思想研究》.北京:中华书局,2007:625.

在这样一个特殊的时代中,逐渐建构生成了中国儒家思想的原初体系,并从一开始便对大时代的国族、社会和民生等问题渗入了深切的思虑与忧患。当然,无可否认的是,面对着世事沧桑和天下罹难,纾难解患成为当时诸子百家的共同追求,诚如庄子所言:"今世之仁人,蒿目而忧世之患。"(《庄子·骈拇》)然而诸子各家所忧患的着眼点却并不尽相同[1],譬如徐复观先生亦曾说道:"儒道两家的基本动机,虽然同是出于忧患,不过儒家是面对忧患而要求加以救济,道家则是面对忧患而要求得到解脱。"[2]因此,准确地说,儒家的"忧患意识"之所以对于中国传统文化的影响力最为深远,是因为它已然超越了一个对自我生命忧虑的浅层面而进入了一种忧国、忧世、忧民的思维深度,所谓"君子忧道不忧贫"、"君子谋道不谋食"(《论语·卫灵公》),其中的"道"在孔子之当时指的是周礼和周公之治,而伴随着时代之推移,则大而演化为一种对国族、社会和民生问题的普遍关注,无怪乎钱穆先生将传统儒家思想推进中国不断前进的精神力量称为是一种"历史的领导精神"[3]。

应该说,自《易经》肇始的儒家忧患意识,对整体的中国文学和中国文化的影响都是极为深远的,而作为中国文学史上第一个浪漫主义精神高峰的杰出代表,屈原在《离骚》中所寄予的对帝王、国族和民生的忧患情怀,所谓"屈平疾王听之不聪也,谗谄之蔽明也,邪曲之害公也,方正之不容也,故忧愁幽思而《离骚》"(《史记·屈原贾生列传》),无疑为浪漫主义的中国风貌奠定了一种对国族之忧患不绝如缕的宏大基调。事实上,在中国现代浪漫主义文学史上,"忧患"的主题意识自始自终都没有中断,期间总是萦绕着一种"感时忧国的精神"[4](夏志清语)。即

〔1〕 先秦诸子中的儒、墨、道、法各家都有忧患意识,不过所忧的对象、内容以及解决的方案都各有不同。夏乃儒先生在《中国古代"忧患意识"的产生与发展》一文中,语焉甚详,可参阅《上海师范大学学报》1989 年第 3 期.
〔2〕 徐复观.中国艺术精神.沈阳:春风文艺出版社,1987.6:115.
〔3〕 钱穆.民族与文化.1962 年版.香港:香港新亚书院,1962:79.
〔4〕 转引自张旭春.政治的审美化与审美的政治化——现代性视野中的中英浪漫主义思潮.北京:人民出版社,2004.1:225.

使是在狂飙突进的"创造社"前期,浪漫才子郁达夫笔下哀怨凄楚的"零余人"所痛悼的也并不仅仅是自我个体的沉沦,而更是整体国族的沉沦,而迟至 1932 年,郁达夫则是在《达夫自选集·序》里明确针对早期的"自叙传"作品坦白说,"悲怀伤感,决不是一个人的固有私情",他忧心忡忡地说道:"我的消沉,也是对国家,对社会的"[1];而青年郭沫若笔下的那吞食一切的"天狗",那在烈火中重生的"凤凰",那"开辟洪荒之大我",一系列的形象传达出的也不仅仅是个体自我的膨胀,而更是整体国族意识的振奋,而之后面对着中国社会的政治危机和民族危亡来临的历史时刻,敏感的郭沫若更是毅然决然地带领着"创造社"同人们的整体"转向",自觉地检讨和反思前期的推崇"自我表现"的浪漫主义文学,急切地呼唤"在文学之中爆发出无产阶级的精神"[2]。事实上,自 20 世纪的 20 年代末到 30、40 年代,中国历史的整体进程已经从"五四"时期的思想革命中走出,在燃眉之急的 30、40 年代里,持续紧张的社会变革、民族矛盾和阶级斗争,已迫使中国的知识分子们无暇旁顾,而将注意力集中到了急迫的社会政治变革的研究、讨论和实践中去,即"已从对人的个人价值、人生意义的思考转向了对社会性质、出路、发展趋向的探求"[3],而"中国社会向何处去"则成为了时代意识的中心。因此,无论是当时的革命文学论争,还是普罗文学中"革命+恋爱"写作模式的兴起,以及之后的左翼文学思潮,这一切无不代表着中国现代文人们对于社会历史政治的一种强烈的忧患和主动承担的姿态,传达着一种对于国族和民生的深厚的道义感和责任感。尤其是中国现代浪漫主义文学在 30 年代的重大转折,它不仅仅是将"浪漫"与"革命"形成联姻,将浪漫的激情在革命斗争中得到彻底的宣泄和升华,从而实现了浪漫主义文学在特定历史时期中政治实践的需要,并且更

---

〔1〕 转引自陈国恩.浪漫主义与二十世纪中国文学.合肥:安徽教育出版社,2000.10:71.

〔2〕 郭沫若.我们的文学新运动·沫若文集.北京:人民文学出版社,1958:123.

〔3〕 钱理群、温儒敏、吴福辉著.中国现代文学三十年.北京:北京大学出版社,1998.7:208.

时间的转角

重要的是，它通过多次的否定与肯定，通过对"革命浪漫主义"的认可，最后确立了一种"革命现实主义与革命浪漫主义相结合"[1]的美学原则。历史事实一再地证明，中国现代浪漫主义文学正是在深厚的社会责任感、强烈的现实忧患意识和承担道义的儒家文化价值观的不断冲击下，走出了一条中国式的浪漫主义文学生命轨迹。

中国现代浪漫主义文学置身于一个深广悠远的中国历史时空中，不断地进行一种思想和观念上的寻根问祖之时，它正是在重返中国儒、道两大家思想体系的原生文化根柢的过程中，儒道观念之间彼此的碰撞、融合与盈虚消长的辩证统合关系，方才真正重现了中国现代浪漫主义文学源起的真实风貌，并且真正开启了中国现代浪漫主义文学的来自民族本土的历史活源。

＊本文原载于《福建论坛(人文社会科学版)》2014年第5期，发表时有删节。

---

〔1〕 周扬.《关于社会主义的现实主义与革命的浪漫主义》.载于《中国新文学大系1927—1937·文学理论集》.上海：上海文艺出版社,1987：84.

薪尽火传：中国现代浪漫文学的传统情结

    中国现代浪漫主义文学通常被认为是一种来自西方世界的"舶来品"，它在逻辑理念和审美风尚上，的确具有一些19世纪西方浪漫主义文学思潮的遗痕与色彩，但是更多的还是停留在浪漫主义的概念术语、抽象思维和表现手法等技术层面上，然而在这一系列外在形式裹挟下的内在肌理之中，显然无法割裂中国现代浪漫主义文学与中国本土文化原典传统之间存在的一种隐潜而深刻的渊源联系。毕竟，悠久的中国文化传统所酝酿的语境具有强大的磁场力，对于身处其中的中国现代浪漫主义作家们而言，传统文化早已先入为主地扎根和沉积在他们的心灵深处，这种无形和无穷的内在力量，牵引着他们不断皈返民族本土文化的根髓。因此，在中国现代浪漫文学内在肌理中所遗存的传统情结，使得它在对民族传统文化的不断回望中，展现出一派薪尽火传的精神风貌。

一、"情志合一"的抒情诗学

    中国是一个自古以来便极为重视和强调情感的国度，中国的古代文学并未如同西方文学那般的沿着叙事和哲理的方向发展，而是从一开始就走上了抒情的道路。在中国古典文学史上，自《诗经》以来的两千多年的中国古典诗歌传统确立了一个正统的诗教，即一种"温柔敦厚"的抒情诗学，所谓的"诗言志"、"诗缘情"、"诗者根情苗言"等等，无不尽道着中国文学中一个源远流长的抒情传统。

    "诗言志"一语最早出于《尚书·尧典》："诗言志，歌永言，声依永，律和声。八音克谐，无相夺伦。神人以和。"众所周知，周作人先生在其《中国新文学的源流》中，将"言志"专指为"情"，并将中国古代文学史的发展轨迹描述为是"言志"和"载道"两条完全不同的线索之间此起彼伏的交替。[1] 不久，钱锺书先生在《新月月刊》4卷4期（1932年11月）的书评中，对此予以了批驳，他指出，中国传统文学批评中的"诗言志"和"文以载道"并非格格不相容，而是两个并行不悖的命题，它们主要是规定个别文体的职能，并非概括"文学"的界说。之后，周作人鉴于学界的多方质疑和批评，曾经多次追加并修正了自己的表述，提出了所谓"言他人之志即是载道，载自己的道亦是言志"[2] 的新说法。直至《诗言志辨》一书中，朱自清先生凭借清晰翔实的考辨指出，中国早期诗歌作为一种现实讽颂和政治教化需要，其目的是"上以风化下，下以风刺上"，因此"言志"即是"载道"，二者不应对立，"诗言志"是在诗歌中表达一种对儒家文明及其政治制度的美刺，"志"是特指儒家文化倡导下的修身齐家治国平天下的政治思想，而不是每一个体独特的才情、性格和思想。[3] 无可否认的是，在中国文学早期已经开始了抒情的萌芽，朱先生也明确认为，在作为中国文学开山之篇的《诗经》中，虽然尚未具备"缘情"的自觉，却已有一半的诗作是"缘情"的。[4]

在汉代的《毛诗·大序》中，第一次鲜明地将"情"纳入诗文理论的范畴，并将"情"与"志"二者并举，文曰："诗者，志之所之也，在心为志，发言为诗。情动于中而形于言，言之不足故嗟叹之，嗟叹之不足故永歌之，永歌之不足，不知手之舞之，足之蹈之也。"此处，诗歌成为诗、乐、舞的核心，成为"情动于中而形于言"的产物，作为一种诗歌的本质论，它将诗的本质扩大为言志和抒情，将"诗言志"的内涵扩大到了"情"。虽然它所推崇的"情"仍然强调"情以理归"、"以礼节情"、"发乎情，止乎礼

〔1〕 周作人.艺术与生活.石家庄：河北教育出版社,2002：78.
〔2〕 周作人.周作人散文(第二集).第1版.北京：中国广播电视出版社,1992.4：78.
〔3〕 朱自清.诗言志辨.桂林：广西师范大学出版社,2004.12：33—35.
〔4〕 朱自清.诗言志辨.桂林：广西师范大学出版社,2004.12：11.

义",即把"情"统一在代表儒家秩序和文化规则的"志"之中,但是,这一"情志合一"的阶段,确是传统诗学迈向审美自觉的过渡期。无疑,"楚辞"是最具这一过渡性特质的代表,尤其是屈原的《离骚》《九章》,以及传为他所作的《卜居》《渔夫》等等,在讽喻君王社稷的政治主题之下透露出一股隽美动容的"吟咏性情"的味道。

事实上,"诗缘情"作为中国文论史上第一个独尊诗歌"主情"的观念,它的出现和风靡是在魏晋六朝时期。那是一个主体意识逐渐苏醒的时代,也是一个文学自由和审美自觉的时代。"诗缘情"一语出自陆机的《文赋》:"诗缘情而绮靡。"今人裴斐在《诗缘情辨》中解释说:"缘情,即源于情"。"诗缘情而绮靡"意即"诗歌因情而生,需要文辞美丽",这一诗学观念特别强调诗歌源于个体的真情实感,较之传统的"诗言志"而言,它显然更加关注个人主体情感的真实性和自由感,曾经禁锢的个体情感终于真正从附庸和从属的境地中解放出来,它对儒家正统的"诗言志"观念形成了巨大的冲击。曹氏父子、"建安七子"、"竹林七贤"等等,无疑都成为那一个时代文学的代表。然而之后,在"缘情"观影响下的"六朝"文学,一度过于沉溺甚至歪曲"情",致使其逐渐流于低俗和浮艳,最终沦为一种言情、艳情的宫廷文体,显然已经与"缘情"一说的初衷远相悖离。

此后,陆机及其"缘情"观念一度遭遇竞相诟病,"缘情"一说又历经钟嵘、孔颖达、白居易、叶燮等人的合理阐扬,并将"诗缘情"与"诗言志"观念相互调和,认为"诗缘情"并不构成对"诗言志"的完全颠覆,推动了"诗缘情"、"诗言志"观念的彼此平衡与协调发展,达成一种"情"与"志"并不相悖的共识,即"诗言志"与"诗缘情"之间是彼此独立又相互承接的关系,最终促成了中国古典诗学的稳定与成型。换言之,"诗言志"、"诗缘情"这两个诗学传统在漫长的发展过程中,实现了对立统一、水乳交融的关系,构成了中国传统抒情诗学的独特品质。因此,纵观中国古典文学史上的浪漫文人,无论是"举世皆浊我独清,众人皆醉我独醒"(《渔父》)的屈原,还是"仰天大笑出门去,我辈岂是蓬蒿人"(《南陵别儿童入京》)的李白,甚至于魏晋时期"非汤武而薄周孔"的阮籍、嵇康之类的狂狷之士,以及晚明时代疾呼回归所谓"最初一念之本心"(《童心说》)的李贽,虽然他们的个性精神无不表现出一种离经叛道、放浪形骸的气质,但是在他们隐秘的内心深处,"情"并不是信马由缰的任意笔驰,"缘情"之说中个体情感的自由与解放固然可贵,但是"言志"之说的调和,又将个体情感与家国、民众、民族的命运前途相联系,"言志"以"载道"的传统思维无时无刻不牵制着他们,从根本上说,那是一种对儒家传统价值观难以割舍和难以磨灭的依恋心理的折射。

而对于中国的现代作家们(尤其是现代浪漫作家们)来说,这一深厚而悠久的抒情诗学传统同样深深地影响着他们,并且这种影响具有"润物细无声"的潜在能量,它仿佛一种集体无意识深刻地烙印在他们的灵魂深处。我们知道,浪漫主义是一种以抒情为主导的主情主义文学,因此情感是浪漫主义文学的核心和本质,情感也是浪漫主义作家们最为钟情的因素之一,主情式的理论观念自然地成为浪漫主义文论中的固有根基。因此,一方面,来自中国本土的强大的抒情传统,驱使着中国现代浪漫主义作家们在文学创作过程中继承和传递着情感的力量,但是另一方面,"言志"以"载道"的传统思维的存在,显然成为对"情感"的一种制约力量,这种对于"情"的两难态度,令中国现代浪漫主义文学呈现出一种矛盾而复杂的风貌。

中国现代浪漫主义文学是在"五四"新文化运动精神的强烈激荡中全面勃兴的一种新型文学,在那样一个过渡性的时代里,人们对于秩序、理性、礼仪等诸多中国古典传统产生了一种前所未有的反叛,代之而起的是一场波澜壮阔的思想、文化与精神的狂欢。正如李欧梵先生所言:"五四运动不但发起了一场文学和知识的革命,而且也推动了一场感情革命。"[1]当时,中国文坛上喷薄而出的"抒情"风暴,可谓是湍洄相激、蔚为大观,郑伯奇甚至认为这是"二十世纪的中国所特有的抒

〔1〕 李欧梵著. 中国现代作家的浪漫一代. 王宏志等译. 北京:新星出版社,2005.7:267.

情主义"[1]。正所谓"抒情性即是一种自我性,它总是诉说自我的情怀"[2],因此当时最为典型的便是在"五四"文坛上标榜着"自我表现"的创造社成员们,他们尤为热衷于奔放浓烈的浪漫抒情文风。无论是郭沫若在《天狗》中的狂放不羁,还是郁达夫在《沉沦》中的哀切泣诉,无不流溢着充沛的情感。郁达夫甚至曾经认为,文学只是情感的宣泄,只要能使读者感动于某种情感之中,"文字美不美,前后的意思连续不连续"是无足轻重的[3]。我们看到,郁达夫的早期小说便往往是由一系列的独白式抒情话语构成,充满了大胆的倾诉和赤裸裸的剖白,是一种一泻千里的抒情写意,却并不重视情节结构的完整与否、清晰与否。郭沫若更是在《梅花树下醉歌》中直接声嘶力竭地喊道:"破!破!破!/我要把我的声带唱破!"应该说,激情的毫无顾忌的倾泻必然会在一定程度上牺牲文学的美。周作人曾经批评当时的中国现代浪漫小说:"一切作品都像是一个玻璃球,晶莹透彻得太厉害了,没有一点儿朦胧,因此也似乎缺少了一种余香与回味。"[4]而同为"创造社"成员的郑伯奇也认为初期的浪漫小说"只有喊叫,只有呻吟,只有哀愁,只有冷嘲热骂"[5]。很快,在五四时期高涨的热潮退去之后,一方面,中国急剧动荡的社会现实逼迫着人们将眼光投射向个人情感之外的广阔天地,这是一种外在环境的刺激;另一方面,"言志"与"缘情"调和之下的中国传统诗学,也催促着人们对现代浪漫主义抒情方式的扩张和浮躁进行冷静的思考,这是一种内在观念的刺激。正如勃兰兑斯所言:"浪漫主义文学同社会和政治不发生任何接触,这个状况决不能长久维持下去。"[6]自20世纪30年代始,中国现代浪漫主义文学在历经了五四时期狂飙突进式的爆发之后,开始重新出发并向"左"转,形成了以蒋光慈

〔1〕 郑伯奇.郑伯奇文集.西安:陕西人民出版社,1986:95—96.
〔2〕 方锡德.中国现代小说与文学传统.北京:北京大学出版社,1992.6:212.
〔3〕 郁达夫.我承认是"失败了".晨报副镌,1924年12月26日.
〔4〕 周作人.《扬鞭集》序・知堂序跋.石家庄:河北教育出版社,2002:298.
〔5〕 郑伯奇.《寒灰集》批评.洪水,第3卷第33期.
〔6〕 勃兰兑斯.十九世纪文学主流(第2册).北京:人民文学出版社,1981:302.

式的写作模式("革命＋恋爱")为代表的革命浪漫主义文学,它与五四时期的浪漫主义文学有一定的血缘关系,又增添了一些革命英雄主义的豪情气度,并在30年代的中国文坛风靡一时。之后,当历史延续到烽火连天的40年代,抗战的硝烟也并没有完全消散文学上的浪漫主义气息,出现了独特的所谓"战争浪漫主义"(钱理群语)的文学,以一种"非理性的诗意与激情"将"战争"、"痛苦"和"牺牲"等等进行诗化、浪漫化、神圣化[1],它仍然要求主观情感的表现,特别强调一种理想主义式的情感,但是它放弃了主体的个性原则,转而推崇群体性和社会性,尤以延安时期的何其芳、冯牧、李广田等人为代表。总之,在中国现代浪漫主义文学的发展轨迹中,对于文学中"情感"力量的重视是从未间断的,这不断证实着中国抒情传统的强大影响力,但是同时,面对中国复杂的社会现实,中国现代浪漫主义文学中的"情感"背后,始终深固潜藏着一股理性的制约力量,这是一种现实,更是一脉传统。

二、"回归自然"的文学母题

勒内·韦勒克曾经指出,尽管浪漫主义在概念界定上存在着纷繁芜杂的争议,但是"回归自然"作为浪漫主义的本质的一方面则是毋庸置疑的[2]。在18世纪西方浪漫主义文学思潮中,"回归自然"成为一个非常重要的口号,而事实上,早在公元前3—4世纪的中国春秋战国时代,老庄道家一派学说中已然一脉相承着"回归自然"的思想。老子《道德经》有曰:"人法地,地法天,天法道,道法自然。"道家学说中最为崇尚的正是"自然无为"的精神。而作为"浪漫主义之父"的卢梭也曾经认真接触和学习老子的学说,并将"老子"译为"Rossi",他的思想明显受到过中国老庄道家的影响[3]。应该说,对于中国现代浪漫主义文学而言,对"回归自然"精神主题的熟稔与倾心,一则是接受了中国道家传

---

[1] 王晓明主编.二十世纪中国文学史论.上海:东方出版中心,2003.4:57.
[2] 勒内·韦勒克.批评的概念.杭州:中国美术学院出版社,1999:155.
[3] 刘保昌.道家文化与中国现代浪漫主义文学观.社会科学研究,2004(3):145.

统思想的熏陶与浸染,之后,"自然"的文学主题又经由陶渊明、谢灵运、王维、孟浩然等历代文人的发扬而愈发成熟;二则是在 20 世纪初,西方浪漫主义文学大潮涌入国门,"自然"主题更有了进一步的认同与感知。显然的,前者是中国现代浪漫主义文学的"回归自然"主题中最根本的文化和诗学之源。

在老庄道家思想浸染下的中国传统文学,自庄子以降,便源远流长着一个对"自然"无限依恋的文学母题。无独有偶,在作为中国主流思想价值体系的儒家文化中,孔子亦云"仁者乐山,智者乐水",但是实际上是透过自然山水展现仁者智者的美好德行,凭借一种道德的眼光去看待人与自然的至真至善,为此,自然山水成为儒家道德伦理的一个象征。不同的是,老庄的道家文化完全超越了这种道德比附的"比德论",它所开启的"自然"母题背后潜藏着一种更为深刻的哲学和文化寓意。我们知道,老庄道家所谓的"回归自然"一语,在概念指向和蕴意价值上存在着三重维度:其一,它是一个实体概念,是指与人类社会相对而存在的大自然,小到一草一木,大到山川河流,乃至浩瀚大宇宙,即是对一种"外部"自然的回归;其二,它是一个抽象的价值概念,指的是一种人生价值和生命境界,特指一种顺应规律、合乎天然的自然人格与自然人性,即是对一种"内部"自然的回归;其三,是特指它的一个较为隐秘的价值层面,"回归自然"中包涵着一个先验而深刻的文化隐喻,它通过审视文明的物欲化和极端化,对抗一种自然和人性的异化,带有现代性的反思意味。

事实上,老庄道家思想中"回归自然"的哲学理念在投射到文学领域之后,在悠久的中国古典文学史上,便形成了一个徜徉山水、隐逸田园的文学传统,同时,也令中国传统士大夫在建功立业、治国安邦的儒家品格之外,更增添了一种名士风流、隐士风尚的生活习性和浪漫情趣。尤其是自魏晋时期开始,文人的个性觉醒催生着文学审美精神的独立,书写自然主题的文学文本纷纷从承载伦理道德的狭隘传统转向对自然风光和自然生命本体的讴歌,"自然"开始逐渐具备独立的审美价值。以"竹林七贤"为典型的魏晋文人们,在摆脱了汉儒将"自然"作为儒家伦常象征的束缚之后,真正发现了自然之美的魅力,山水草木、田园野地、林泉幽壑,在他们细腻的审美关照下呈现出一番鲜活明媚与生机勃勃,并且在"自然"的文学主题中注入了一种玄学的精神,在隐遁田园、寄情山水之中逐渐形成了一种崇尚名士风流、隐士风尚的学风士风。之后,陶渊明更是将中国士大夫的自我精神追求推向了一个极致的高度。在陶渊明的笔下,榆柳荫田、桃李桑麻、鸢飞鱼跃,诗意盎然中流淌着一股恬静淡泊的自然气息;在陶渊明的身上,辞官归隐、躬耕陇亩、采菊东篱,行为间潜藏着一种文明时代里残存的自然人格。正如陶渊明自己在《归去来兮》一文中所写的"质性自然,非矫厉所得",指的既是他的诗作,更是他的为人。最可贵的是,他在回归大自然的生命律动中,不仅发现了一种本真天然的人性,而且构建了一个和谐自由的"桃花源"乌托邦,那"天人合一"的佳境从此成为中国文人心目中一个永恒的理想圣地。此后,"二谢"(谢灵运、谢朓)的山水诗传统、"王孟"(王维、孟浩然)的田园诗传统,都相继在中国古典文学史上留下了丰厚的精神遗产,那一种"回归自然"的精神旨趣,成为一个不绝如缕的文学母题长久地绵延在中国浪漫主义的文脉之中。

毫无疑问,众多的中国现代作家继承了这一文学母题,"自然"在他们的笔下,呈现出一派丰富和迥异的风貌。周作人在散文中娓娓道来的大自然之美,花鸟鱼虫、乡野故土、民俗风物,无不在平和冲淡之中隐现一种淡而有味的风姿;萧红的小说以一种异常冷静的笔触,勾勒出自然人性与自然人格之百态,在生老病死、大喜大悲、至情至性之中,搏动着一股最原始野性的生命强力与情感能量;废名的笔下充满着一种散文诗化的独特意境,在一些平凡的自然意象(竹林、木桥、天井)中注入一股幽幽的禅意,遂将人与自然的融合之美推向极致;等等。我们看到,在中国现代文学史上,作家们对"自然"的钟爱与垂青,是一个比较普遍的现象,然而,对于中国现代浪漫主义作家而言,对"自然"的文学主题则有着一种更为深刻的精神情结,这一情结的生成是源于一个整体性的历史情境与文化氛围的深度浸染,既有一股西方浪漫主义文学思潮的荡涤,更有一脉中国传统诗学文化的潜在契合。应该说,中国现代浪漫主义文学的"回归自然"之情结的生发,最早是在老庄道家哲学中诞生了原典性的精神依托,又滋养着中国悠久的山水田园文学传统的丰富养分,并在 20 世纪初接受了卢梭、华兹华斯等西方浪漫主义大师的"自然观"的影响,在一系列的创造性的转化之后呈现的一种文学演绎和精神传递。值得一提的是,在中国现代浪漫主义文学史上,"回归自然"母题背后的精神价值也并非是一成不变的,或者是对自然景观的印象式的执着和迷恋,或者是在自然之中投射着人的主体意识与情愫,或者是将人与自然充分融通之后发现了真正的和谐之美,或者是将自然置于一种现代性意识的关照之下发掘出深层的隐喻和批判意味,云云。

其一,大自然的崇高与优美。在郭沫若的以《女神》为代表的浪漫主义诗歌中,存在着大量的自然意象,囊括了地球宇宙、日月星辰、山川河流、风雨雷电、草木虫鱼等等,尤其是"宇宙"、"太阳"、"海洋"等系列的自然意象,展现的是大自然的博大、永恒与浩瀚的特性,充满了一种激越的崇高之美。显然的,郭沫若是将个人的主体意识和主观情感投射在这一系列的自然景观之中,正如他自己所言:"一切自然都是自我的表现。"[1]他在对自然进行礼赞的背后,凸显的是一个强力意志的大写的"我"。朱湘曾这样论及郭沫若早期诗歌中的"自然":"一个人只要他与自然契合,便变成了伟大的那个他,与自然契合的刹那,便是他的伟大的刹那……郭君的诗中便是如此。[2]"应该说,郭沫若正是在书写大自然的宏大与崇高的同时,将主体的自我价值和个性意识推向一个更为开放、宽广和伟岸的境界。相比较而言,徐志摩眼中的"自然"则是充满着一种柔和风雅的优美。徐志摩曾经自称是"自然的崇拜者",认为"自然界的种种事物,不论其细如涧石,皙如花,黑如碳,明如秋月……皆为至美之象征[3]"。在他笔下的"康桥世界"中,康河、柔波、

---

〔1〕 郭沫若.少年维特之烦恼序引.创造,第 1 卷第 1 号,上海书店影印,第 56 页.

〔2〕 朱湘.郭沫若君的诗.中书集,上海书店影印,第 369 页.

〔3〕 徐志摩.鬼话·徐志摩全集(第 3 卷).天津:天津人民出版社,2005.5:283.

水草、金柳、云彩……无不充盈着一种自然生命的灵动之美。从根本上说,徐志摩的"康桥情结"其实是他对于大自然的一个美丽的心理情结,他渴望自己的心灵"与自然同在一个脉搏里跳动,同在一个音波里起伏,同在一个神奇的宇宙里自得"(《翡冷翠山居闲话》),大自然的优美拨动着他敏感的神经和善感的情怀,于是,他在《我所知道的康桥》中忘情地写道:"大自然的优美、宁静,调谐在这星光与波光的默契中不期然的淹入了你的性灵。"

其二,自然人性与自然人格。在郁达夫青年时代的代表作《沉沦》之中,便早已有了一种浓郁的自然情结,只是这种情结并非表现在对大自然景观的陶醉与欣赏,而是更多的表现在洞察人的心灵深处的一种原始天性,小说中展现的自然人性或许不是最纯真和圣洁的,但却是最率真和坦白的。应该说,《沉沦》带给人们的阅读震撼正是在于它辞绝虚伪之后的一种赤裸裸的真性情,主人公"他"的灵魂之纠结、肉身之沉溺、激情与落寞、狂躁与孱弱,无不真切逼人,郭沫若亦称赞它"对于深藏在千百万年的背甲里面的士大夫的虚伪,完全是一种暴风雨式的闪击。"[1]如果说青年郁达夫对于"自然人性"的理解是一种对人性深处之隐秘的逼真袒露,那么中年的郁达夫则更钟情于徜徉大自然怀抱之中的淳美朴实天性的回归,在他的小说《东梓关》《迟桂花》,以及后期的自然山水散文中,书写的正是一派清雅秀美的大自然风光及其熏陶之下的净化纯粹的自然人格之美。他写道:"山水,自然,是可以使人性发现,使名利心减淡,使人格净化的陶冶工具。"[2]在不惑之年的郁达夫认识到,人只有回归自然,方能够真正实现一种精神的返乡和灵魂的皈朴。相比较而言,另一位中国现代浪漫作家徐訏,则是将"自然"的观念表现于刻画两性之间纯粹而深刻的精神爱恋,他的小说倾心于一种唯

---

〔1〕 转引自陈国恩.浪漫主义与 20 世纪中国文学.合肥:安徽教育出版社,2000.10:74.

〔2〕 郁达夫.闲书·山水及自然景物的欣赏.郁达夫文集.广州:广州花城出版社,1982:86.

美净化、超越凡俗的性灵之恋。在小说《风萧萧》中，男主人公"徐"同时对三位女性产生了爱慕，但完全是一种柏拉图式的性灵之爱，这种情感近乎《红楼梦》中宝玉对大观园一众姑娘们的一种精神上的呵护与欣赏，它不涉肉欲、现实和俗世，只追求心灵的契合与性情的相投。小说中"徐"在给海伦的书信中写道："（爱）它属于精神，而不专一；它抽象，而空虚；它永远是赠予，而不计算收受；它属于整个的人类与历史，它与大自然合二为一。"[1]同样的，在小说《吉卜赛的诱惑》的末尾，男女主人公"我"与潘蕊也是最终一同来到吉卜赛人居住的南美大草原上，在蓝天白云之下寻觅和体悟到了真正的幸福，于是，自由的情爱得以实现，自然的人性得以复归。可见，徐訏所认为的至情至爱，是一个达到人与自然相融合的最高境界，这也是他所理想的、臻于美善的爱情与人性。

其三，"回归自然"的文化反思和现代批判。事实上，早在中国远古的庄子时代，"回归自然"命题背后就已经存在着一个先验的现代性隐喻，对于中国现代浪漫主义文学而言，"回归自然"母题中的文化反思和批判意识的雏形，早已存在于庄子的文化哲学体系中，在面对华衣、美食、五色、五音等所谓文明的膨胀与诱惑之时，庄子的"全性保真"、弃绝"物役"和反抗"异化"的观念，无疑是一种宝贵的先哲预言。我们知道，五四新文学的启蒙主义和理性主义，曾经在一时之间带来了人们对于科学主义和工业文明的绝对崇拜，然而，这种激进和极端的态度很快遭遇到质疑和反思。徐志摩在散文《我过的端阳节》中率性地疾呼："文明只是个荒谬的状况；文明人只是个凄惨的现象！"又在《我所知道的康桥》中忧心忡忡地写道："人是自然的产儿，就比枝头的花与鸟是自然的产儿；但我们不幸是文明人，入世深似一天，离自然远似一天。离开了泥土的花草，离开了水的鱼，能快活吗？能生存吗？"郁达夫在中年之后，遍游了浙、皖、闽中的名山胜水，撰写了大量的山水游记散文，中年的他选择了亲近自然、远离喧器，其实这并非传统意义上的人生和人格的退缩，而恰恰是通过对城市及其工业文明的叛离与出走，表达一种超

---

[1] 徐訏.风萧萧.合肥：安徽文艺出版社，1996：475.

前性的对自我、人生和社会的反省态度。他感慨于大自然的伟大与永恒，面对物欲横流及其毒害下的利欲熏心、泯灭良心的异化人性，他开出了一服山水自然的清凉散。相比较而言，沈从文对"回归自然"的崇尚、对现代城市与文明的批判，是贯穿于他的整个写作生命之中的，因此也更为深刻与圆熟。值得注意的是，沈从文往往会通过两性之"性爱"这一独特的视点，折射出他对现代人和现代文明的深度反思。在小说《八骏图》中，一群现代都市知识分子的性心理的扭曲与畸形，可谓是典型的都市病与文明病，他们在显意识层面标榜着清心寡欲、独身主义和道德理性，却在潜意识中涌动着一股近乎浪荡的情欲，知识精英的"阉痔病"令他们一再压抑自己的本能和天性，于是，原本健康的性爱之美演变成了龌龊和无耻。相反的，在沈从文的"湘西"系列小说之中，如《雨后》《采蕨》《夫妇》等，无不展现着湘西人的健康热烈、和谐自然的性爱本能。《雨后》中那一对情窦初开的青年男女在大自然的怀抱中，陶醉并感应着自然的律动，于忘情之境做了"神圣的游戏"；《采蕨》中的阿黑和五明，在大自然生机的撩拨和诱惑之下，顷刻间有了一种"撒野"的冲动，于是在山野乡间坦然享受了一番性爱的滋润；《夫妇》中那对新婚夫妻，在暖阳融融的春意催情之下，毫不犹豫地在村野山间尝试了那奔放无羁的"年青人可做的事"。事实上，沈从文正是透过性爱本能这一特殊的切入点，看"都市"与"湘西"的精神对立，反思"现代文明"与"原生自然"之间的差异，将现代都市中日益堕落的人性和萎靡的生命，比之于湘西人健康、积极和昂扬的活力，深刻批判了现代文明对于人性和自然的戕害。

总之，回归自然的文学母题及其精神精髓，在中国文学史上是一脉相承的，而中国现代浪漫主义作家们在秉承这一传统基因的同时，又凝聚生发出更为丰富的现世体验、审美写意和文化哲思。

三、民族神话元素的隐现

事实上，神话记载着一个特定文化群体（民族）最原始的记忆，它集结着上古先民们丰厚的集体经验、情感和智慧，并以一种朦胧而又拙朴的文学形式,表达着先民们尚不成熟的种种价值取向、心理特征和思维方式。显然的,在中国的远古神话之中,便始终散发着中华民族的一种原生态式的精神气质,并成为中华民族早期文化雏形的一个重要标志和象征,它深深烙刻着诸多悠久传统的文化印记。然而我们不难发现,在中国现代浪漫主义文学之中,这些历久弥新的传统印记还时时隐现,当然,它们不再以一种中国远古神话的全貌出现,而是代之以神话中的诸多鲜活元素和精神气息,悄然渗透在中国现代浪漫主义的文学文本之中,为之增添了一抹摄人心魄的瑰丽亮色。

其一,中国远古神话中蕴藏的一股生生不息的原始生命活力,注入了中国浪漫主义文学的现代肌体之中。在中国现代浪漫主义文学的生命流程中,自"五四"一代便率先开启了一个思想解放、个性激进、狂飙昂扬的炽烈时代,刚刚从漫漫黑暗的历史夜魇中觉醒的国人们,异常急迫地渴望将满腔郁积的对于封建王朝的强烈愤懑,以及对于未来中国的热切向往,一并尽情倾诉挥洒。因此,在"五四"时期青春奔放的崭新气象的激励之下,众多的浪漫一代学人纷纷崭露出一种对狂飙激进之风尚的追求,他们崇尚"力"、"创造与破坏",崇尚冲决一切束缚的汪洋恣肆的美,崇尚一种充溢丰盈的生命力量。最为典型的便是郭沫若的《女神》,在这一中国现代浪漫主义的代表诗集之中,郭沫若择取了诸多中国远古神话传说中的人物、情节和故事素材,并加以一种现代式的浪漫演绎,塑造了一系列顶天立地、叱咤风云的自我形象。在《天狗》之中,郭沫若以"天狗食月"的民族神话作为原材料,更为一种张扬主体的觉醒意识和抗争精神,创造了一个"天狗食宇宙"的现代新神话;《湘累》的诗篇则取自于娥皇、女英的神话传说,娥皇、女英二子将涟涟泪水洒在一片青青翠竹(生命旺盛的一种象征)之上,从此永恒地题写下了她们生前与逝后的无尽情愫;在《女神之再生》中,诗歌取材于女娲补天、共工与颛顼争帝的神话,亦无一不传达着一脉原始跃动、永不衰竭的生命强力。事实上,在中国远古神话腾腾搏动着的原始生命力中,还蕴藏着另一层不可忽略的内涵,即是对于人的本能情爱与性爱的赞美,它在一种原始、自然与和谐的交合中,传达出对于一个个生命精力的热力召唤。显然的,在沈从文一系列"湘西世界"的浪漫文本中,隐现在一个博大神秘的巫楚文化背景下的神话元素,是非常庞杂而丰厚的,而"湘西"青年男女在神话一般的诗意家园中的情爱婚恋状态,折射出的一种人类最真实、最和谐的情爱、性爱观,则是行文中最为瞩目和美妙的部分。在《神巫之爱》《龙朱》《月下小景》《媚金·豹子·与那羊》等等一众小说文本中,沈从文借用了一种神话式的虚拟和想象,以近乎"梦呓"的方式,呈现着对于一个原生态、活泼泼的湘西世界的深情追忆。无论是《龙朱》中那个完美的带有些神性的苗族青年男子,对于纯美爱情的执著追寻,还是《媚金·豹子·与那羊》中那个凄美坚贞的爱情故事,无不再三咏叹着那一群生活在湘西一隅的神之子们纯美通灵的情爱生活。沈从文在谈及这一类小说之时,认定它们为"浪漫派的作品"[1],并且对于其中原始、质朴和自然的情爱,他这样写道:"譬如说'爱',这些人爱之基础或完全建筑在一种'情欲'之上……"[2]他非常赞赏这样一种建筑在原始情欲之上的率真之爱,因为情欲是一种自然的要求,是一种生命活力之美,而滇西少数民族的神话传说,则是为这种情爱又增添了一种神秘的力量与激情。

其二,中国远古神话中迸发的一股乐观向上、锐意进取和积极奋发的精神意志力,这在中国现代浪漫主义文学中凝结为一种对理想主义、乐观主义的崇拜情结。在中国的远古神话中,"盘古开天辟地"、"女娲补天"、"夸父追日"、"精卫填海"等等故事,无不世代传颂着中华先民们的自强不息、奋斗不止和坚持不懈的乐观精神,作为一份悠久而宝贵的精神文化遗产,无疑将永久留存在中国现代学人的记忆深处。值得注意的是,在众多的中国古代神话传说中,所谓的"再生"、"复活"或者"向死而生"是反复出现的一类意象模式,诸如"盘古"在肉身死后,他的脏腑骨骼便化成了江河丘壑;"夸父"在追逐太阳的途中轰然倒下,他的身体和遗弃的拐杖便化作一片美丽的桃林;炎帝的女儿"女娃"死后,她的

<hr>

〔1〕 [美]金介甫.沈从文传.符家钦译.长沙:湖南文艺出版社,1992:141.
〔2〕 沈从文.沈从文别集·七色魇.长沙:岳麓书社,1992:150.

精魂竟变成了"精卫",继续填海不移未竟之志……等等。实际上,这样一系列"再生"与"复活"的神话意象模式,是中国远古的先民们试图用一种乐观向上的态度,去积极地面对恶劣的外在生存环境,以及消解驱散一切内心的恐惧和不安。因此,在一个个浪漫的神话载体中,"再生"与"复活"更多的是承载着原始先民们的一种乌托邦式的理想与梦想。在郭沫若的现代浪漫诗作《凤凰涅槃》之中,他便撷取了一个关于"凤凰重生"的神话传说,以凤凰每隔五百年,便集香木自焚,然后再从火中更生的传说故事作为素材,展现"凤凰集香木自焚、复从死灰中更生"的奇异生命历程,将凤凰自焚的沉痛、壮美与崇高,以及凤凰涅槃之后的宇宙新生之大爱大美,寄意为一种对生命不息、追求不止的精神力量的热烈讴歌。可见,"死亡"在中国的神话意象群中并非一个可怕的代名词,它在被涂抹上了一层新生的光芒之后,得到了更高的精神升华。我们看到,在"鬼才"徐訏的笔下,诸如他的《阿喇伯海的女神》《风萧萧》《禁果》《精神病患者的悲歌》等等浪漫主义小说文本之中,男女主人公中的一方或者双方,竟然最终是通过"死亡",才令"爱情"走向了一个神性的彼岸,即"死亡"能够令"爱情"和"生命"得到永生,"死亡"意味着另一种方式的新生,它将人的灵魂与精神延展到无限,将一种世俗之爱引向一个永恒澄明的神性世界,而最终抵达一个理想的乌托邦家园。小说中总是不乏光怪陆离、恍如隔世的神话之境,然而最摄人心魄的却是一幕幕"向死而生"的画面。徐訏借助着神话中的重生力量,建构起一种类似于宗教式的精神信仰,它教化人们积极地面对苦难和危机,用昂扬乐观的精神,再度开启生命远航的风帆。

其三,中国远古神话中不仅奔涌着一种充满激情的想象力,更潜藏着一种执着的现实情怀,而中国现代浪漫主义文学亦恰到好处地将这二者糅合为一体。事实上,中国的远古神话中天马行空的神妙想象,无疑彰显着在源远流长的中国文学史上始终存在着一脉悠久的想象力传统,然则值得注意的是,潜藏在那一片瑰丽梦幻的想象图景背后,还隐隐透露着中国原始先民们对于现实、现世的一种深刻情结,诸如"女娲补天"、"后羿射日"、"大禹治水"、"神农氏遍尝百草"等等,无不传达着一种积极入世的情怀。在庄子以降的中国浪漫主义文脉之中,自《逍遥游》伊始,便不乏一出出鲲鹏展翅、驾龙乘凤、御风而起的想象之奇景,但却也实属源自于对一种世俗生存境遇的抽象式超越,是从纷繁芜杂的现世困境中超脱而出的一次精神上的逍遥之旅;而在屈原的浪漫大作《离骚》之中,主人公一次次上天入地的"神游",亦是诗人(屈原)在压抑的现实困境中升华蒸腾而起的精神性追求,想象之奇诡壮美皆是难以言表。应该说,所有的对于神圣精神家园的千回百转的追求,对于灵魂安宁栖息之所的赤诚向往,都代表着一种超越世俗的终极关怀,但也都裹挟着一切世态人生的重重纷扰与忧患,灵动而又沉重、超脱却又难免凡俗,这种对立统一的两面性,正是中国神话中最鲜明的一个民族特色。显然的,中国现代浪漫主义文学继承了这一特色,它一切激情澎湃的浪漫想象,都扎扎实实地建筑在一种厚重的现实忧患的基础之上,甚至在特殊的历史条件下,后者可以凌驾于前者之上,即形成"现实"主题对于"想象"空间的挤压,"想象"需要让位于"现实","想象"会在一定程度上成为一个讳莫如深的话题,而"现实"的话题却始终没有离开人们关注的视线。在中国 20 世纪 30 年代的文坛上,曾经出现了一个"浪漫的左派"[1],以蒋光慈、丁玲、萧军等人为代表,在当时那个燃眉之急的历史年代中,持续紧张的社会变革、民族矛盾和阶级斗争,迫使正在行进中的中国现代浪漫主义学人知识分子们重新调整自身的认知方向,他们将之前天马行空的想象、昂扬恣肆的情感和唯美梦幻的意境都暂时敛蓄起来,而将更多的注意力转移到国族民生的现实问题上。这是中国现代浪漫主义文学史上一个非常特殊的时期,然而这次颇为经典的转向,恰恰印证了浪漫主义文学在中国发展所秉承的中国特色。然而,这样一个对于现实民生执着关怀的传统情结,其实早在中国庞大的远古神话体系中,便已埋下了一颗小小的种子。中国的神话传说不乏有绮丽的想象因子,但它更执着于一种对现实现世的深沉考量,中国现代浪漫主义文学正是滋养于这样一片深厚广袤的传统土壤之中。

〔1〕 李欧梵. 中国现代作家的浪漫一代. 王宏志等译. 北京:新星出版社,2005.7:177.

纵观中国现代浪漫文学的生命轨迹,一脉承续传统的文化血脉从未间断,一簇薪尽火传的亮光亦从未熄灭,凝聚成了中国现代浪漫作家们心中一个个难以化解的情结,召唤着他们不断皈返民族本土的原典根髓,并在秉承传统文化基因的同时,又凝聚生发出更丰富的现世体验、审美写意和文化哲思。

　　＊本文原载于《东南学术》(双月刊)2015年第6期,发表时有删节。

推敲"浪漫"

——从本体主义到中国语境

在中国现代文学研究的视野范畴之中,浪漫主义的研究无疑留下了诸多的悬念和困惑。首先在研究的起点上,"浪漫主义"这一课题的探讨就存在着一个巨大的疑问:究竟应该如何界定"浪漫主义"? 这显然是一个非常棘手的问题。因为人们曾经在不同的历史阶段,在各自特定的认识空间中,基于不同的价值判断,对"浪漫主义"进行过不同的、甚至相互抵牾的表达,而对于它的阐释也是一直处在动态变化之中[1]。这显然是将"浪漫主义"深陷于一种歧义丛生的理论泥沼之中,成为一种暧昧不明、难以言说的"主义"。或许,诸如个性的、自由的、抒情的、回归自然、主情主义、理想主义等等描述,都曾经试图阐明"浪漫主义"的概念。但是,也许罗列的越多,一方面是意味着"浪漫主义"的描述更完整,却同时必然会挂一漏万地疏漏了"浪漫主义"的某些内涵,同时也呈现出"浪漫主义"这一概念在总体把握上的难以捉摸。

英国的著名学者以赛亚·伯林曾经在他的著名的《浪漫主义的根源》(《The Roots of Romanticism》)一书中,这样写道:

---

[1] [英]以赛亚·伯林著.浪漫主义的根源.亨利·哈代编.吕梁等译.南京:译林出版社,2008.1;21—25.这中间,伯林称"精心挑选了几个关于浪漫主义的定义,它们均出自曾就此展开认真论述的最杰出的作者之手",其中包括司汤达、歌德、尼采、海涅、泰纳、白璧德、施莱格尔兄弟、夏多布里昂、卢卡奇等等多人对浪漫主义作出的定义概括和特征描述,伯林发现"很难从这诸多的概述中找到一些共同点"。

"事实上，关于浪漫主义的著述要比浪漫主义文学本身庞大，而关于浪漫主义之界定的著述要比关于浪漫主义的著述更加庞大。这里存在着一个倒置的金字塔。浪漫主义是一个危险和混乱的领域。"[1]

所以，倘若在"浪漫主义"这一本体概念上，一味地纠缠于一番冗长繁复的探讨，显然并不明智，但是假如完全地抛弃和无视"浪漫主义"的基本界定，又将成为另一种因噎废食的极端做法，令其陷入盲目和尴尬的境地。为此，我们有必要确立一种普适意义上的"浪漫主义"文学观念，作为研究的一个基本标杆和尺度。

一、"浪漫主义"的普适观念

首先，有必要依据艾布拉姆斯的著名的"文学四要素"学说及其图式，展示出一种适用于宽泛和普遍意义上的"浪漫主义"的文学观念。美国著名文论家 M. H. 艾布拉姆斯在《镜与灯——浪漫主义文论及批评传统》一书的绪论中，提出了著名的"文学四要素"学说。即每一种艺术总是要涉及四个要素：作为"艺术产品本身"的作品、作为"生产者"的艺术家或作者、作为与作品直接或间接相关或对应的"世界"、欣赏者或读者。同时，艾布拉姆斯还画出一个"作品"居于核心的"三角形图式"，展示了四个要素之间的三个向度的彼此关系。[2]那么，对于一种普适意义上的"浪漫主义"文学而言，无疑存在着同样的要件和关系：

1. 作品与世界：艺术的表现论

如果说"模仿"（"镜"）是古典主义的关键词，那么浪漫主义的关键词便无疑是"表现"（"灯"）。在本质上，浪漫主义所表达的并不是外部

〔1〕 [英]以赛亚·伯林著.浪漫主义的根源.亨利·哈代编.吕梁等译.南京：译林出版社,2008.1：9.

〔2〕 [美]M. H. 艾布拉姆斯著.镜与灯——浪漫主义文论及批评传统.郦稚牛、张照进、童庆生译.王宁校.北京：北京大学出版社,2004.1：4—5.

的客观世界本身，而是一种内心世界外化表现的产物〔1〕，是一种激情之上的创造，是情感、想象、思想的自然表现。

2. 作品与作者：主观情感与个性自由

对于浪漫主义的艺术家（作者）而言，最独特的精神气质便是拥有飞扬无羁的个性和崇尚自由的天性。换言之，只有心灵放达的自然力量，才能够成就浪漫主义，浪漫主义正是一门与心灵关系极为密切的艺术，激荡和宣泄着的是一种纯粹主观的情感。〔2〕

3. 作品与读者：培养和引发人的天性中的情感成份

浪漫主义的艺术（作品）对于它的鉴赏者（读者）而言，最重要的功用已不再是"给人慰藉和教益"，而是凭借它令人愉悦的各种方式，令读者的情感、感受性和同情心得到进一步的发展，并变得更为敏锐。正如华兹华斯所说，浪漫主义所引发的一种激情，使它与失去平衡的快感并存，矫正了人们的情感，加强了人们的同情心和兴奋的能力。〔3〕

应该说，以上四个要素之间的三个向度的关系，基本上代表了一种"浪漫主义"的普遍艺术观念和文学精神，而确立了这样一种普适意义上的"浪漫主义"文学观念，这一相对宽泛而又不失准确的界定，能够成为浪漫主义文学研究的一个起点和基准。需要着重说明的是，上述的三重关系之间，并非是彼此隔绝和孤立的，而是一种相互映衬与统一的状态。

二、"浪漫主义"的重新考掘

美国的文学批评家哈罗德·布鲁姆在《影响的焦虑》中，曾经提出了一个著名的概念，即所有后辈诗人在面对着前辈诗作之时，都会有一

---

〔1〕 ［美］M. H. 艾布拉姆斯著. 镜与灯——浪漫主义文论及批评传统. 郦稚牛、张照进、童庆生译. 王宁校. 北京：北京大学出版社,2004.1：20.

〔2〕 ［美］M. H. 艾布拉姆斯著. 镜与灯——浪漫主义文论及批评传统. 郦稚牛、张照进、童庆生译. 王宁校. 北京：北京大学出版社,2004.1：63.

〔3〕 ［美］M. H. 艾布拉姆斯著. 镜与灯——浪漫主义文论及批评传统. 郦稚牛、张照进、童庆生译. 王宁校. 北京：北京大学出版社,2004.1：123.

种"迟到落伍"的恐惧,这是一种"影响的焦虑"〔1〕。在某种程度上而言,浪漫主义著述的繁多庞杂,在给后生晚辈带来借鉴和参照的同时,更是在无形中转化为一种"影响的焦虑",而这种惴惴不安,是面对一个研究领域的老话题时必然产生的一种心态。因此,面对一个既古久又崭新的话题,究竟应该如何确立一个恰当合适的研究角度和研究方式,成为亟待解决的问题。

事实上,英国的著名学者以赛亚·伯林在他的代表作《浪漫主义的根源》一书中,所呈现出的一种思考和研究问题的角度,在很大程度上启发了我。伯林曾经斩钉截铁地认为"研究浪漫主义的唯一明智的方法,便是耐心的历史方法"〔2〕。于是,伯林以返璞历史的方式进行细致的考察和研究,尤其是还原和道出了"浪漫主义"在源起和流变过程中被长期遮蔽的诸多真实情境和历史真相,这无疑对"浪漫主义"的研究具有重大的里程碑式的意义。无独有偶,勒内·韦勒克在他的《文学史上的浪漫主义概念》《浪漫主义的再考察》等重要论文中,也同样是从"历史考辨学"的角度对浪漫主义进行分国度、分阶段和全方位的研究〔3〕,使得浪漫主义的面貌在历史的关照下逐渐明晰起来。值得注意的是,以赛亚·伯林在《浪漫主义的根源》一书中,敏锐地察觉到西欧的"浪漫主义"文学实质上是一种思想的转变和转型运动,他从"思想史"的研究角度去剖析和探究"浪漫主义",从中发掘出"浪漫主义"在西方思想史上的价值,尤其是它的一种思想转型的意义。其中,他细致和深入地分析了自近代以来的西方世界的两大核心思想理念——理性主义和浪漫主义——各自的进步意义和缺失遗憾,特别是彼此之间的极为复杂而不可调和的矛盾冲突和纠结,从而推衍出"浪漫主义"在思想观

---

〔1〕 [英]拉曼·塞尔登编.文学批评理论——从柏拉图到现在.北京:北京大学出版社,2000:415.

〔2〕 [英]以赛亚·伯林著.浪漫主义的根源.亨利·哈代编.吕梁等译.南京:译林出版社,2008.1:26.

〔3〕 [美]勒内·韦勒克著.批评的概念.张金言译.杭州:中国美术学院出版社,1999.12:124—213.

念、意识形态、生命哲学、艺术审美等等多个领域上的深度认知。因而他认为，西方的"浪漫主义"文学开启和成就了一种新兴的西方文明意识和精神的开端，并且对于西方世界的历史和现实都具有一种意味深长的影响。我们从中可以看出，以赛亚·伯林几乎完全抛弃了传统的"文学史"式的叙述模式，而是对"浪漫主义"进行了一种"思想史"式的深刻阐述。当他从思想观念的"本体"层面上对"浪漫主义"的源起进行深度的洞察时，当他将"浪漫主义"置于西方历史的大语境中，去审视它与其他"主义"思想的交锋与映照时，无疑能够更为深刻地把握住"浪漫主义"自身的本质精核。

另一方面，法国著名史学流派"年鉴学派"的"长时段"历史观念及其研究范式，也在研究方法论上给予我很大的启发和帮助。"年鉴学派"的代表人物布罗代尔，曾经提出过一个著名的——"长时段"——历史观及其研究范式。这一理论是布罗代尔在 1958 年的《年鉴》"论战"专栏中正式提出，其撰文的题名为《历史与社会科学：长时段》，该文章从理论的角度上，深刻阐述了不同层次的历史时间在总体史研究中的意义。布罗代尔指出，对于人类社会的历史发展而言，起着一种长期的、决定性作用的，是"长时段"的历史，只有在"长时段"的历史中，才能够把握和解释历史现象，也只有通过"长时段"的历史观及其研究范式，才能够把握和认识推动历史发展的潜在力量。而所谓的"长时段"，按照布罗代尔的说法，就是一种置身于历史长河中的反复无常的运动，其中包括某种变异、延续、回归、断裂或者停滞之类的等等。因此，只有从"长时段"的研究观念和范式出发，才能够观察到一个思想体系的发生、发展和演变的相对完整的过程，包括在其中起着长期、重要和基础作用的价值观念的构成、解构和重构的动态状况。[1]

很显然，这样一种"长时段"的历史观念及其研究范式，对于中国语境的浪漫主义研究很有价值意义。事实上，对于中国现代浪漫主义文

---

[1] 布罗代尔.15 至 18 世纪的物质文明、经济和资本主义(第 3 卷).北京：生活·读书·新知三联书店,1993：722.

学的整体审思,有两个维度是十分必要的：一是本土的渊源,这是潜在的回响；二是西学的冲击,这是显在的推力。并且,其间所涉及到的时间跨度,是从中国的古典时期逾越至中国的近代,再推延过渡到中国的现代,可谓是绵延亘久,而在中国现代浪漫文学生命征途中的挤压、转折、衰变、重生等等一系列的动态变化,无不符合这一"长时段"历史的定义,只有从一个"长时段"的历史通道中看待中国现代浪漫文学,考察它在精神资源上的汲取、衍变和沉淀,将它置于中国文学发展史的多元化格局中的一脉潮流来把握,才能更加鲜活地呈现出它在中国的古代、近代和现代的漫长历史时期中,一路上坎坷跟跄的命运浮沉。当然,值得注意的是,所谓的中国"古典"、"近代"以及"现代"时期,这样一种时段上的划分,不能不说是十分粗略的,因为中国浪漫主义这样一个整体思潮的推衍发展,与整个中国历史的动荡与变革,以及与其他思潮之间相互渗透的动态关系,是绝不能用所谓的"时间坐标"或者其他的刚性标记予以截然分割的,对于这样一个用作划段的界标而言,它们之间只是具有一种相对的意义。

三、"浪漫主义"的中国语境

在现代中国语境之中,浪漫主义文学陷于思想漩涡的纠结和命运的坎坷,确乎历历在目。从价值观念的取向,到意识形态的立场,再到艺术审美的判断,中国现代浪漫主义文学的遭遇是难以言状的复杂和微妙。自 20 世纪初直至 40 年代末,它曾经不间断地遭遇来自古典主义、理性主义、新人文主义和人道主义等等不同"主义"学说的夹击和围攻,它的腹背受敌和无处遁形的确令人深思,但是同时,它又与这诸多的"主义"学说有着千丝万缕、亦敌亦友的微妙联系,这其中所蕴藏的思想观念的对立和统一、辩证与和谐,以及从中折射出中国特色的"浪漫主义"文学,在思想、伦理和历史等等多个层面上的价值意义,尤其是它与中国的政治、启蒙、革命等等一直存在着的不解之缘,它们彼此之间的一种难分难解的关系,无不耐人寻味。然而这一切的"主义"思想的交锋,其实早有潜藏久矣的一番伏笔,或者说,中国浪漫主义文学在它绵延起伏的历史境遇中,早已预演了它之后的多舛命运。

中国文明和文化传统中的儒家与道家、心学与理学之间力量的抗衡消长,长期以来辐射性地影响着中国历史上的思想、哲学、文艺、政治等等诸多领域,中国浪漫主义文学显然是在这样一种动态变化的中国历史大语境中,不断地进行着自我的调适和曲折的成长。尽管中国浪漫主义文学观念体系中的嫡脉源头,更多是存在于中国的道家文化之中,然而众所周知,儒家文化在中国文明的土壤之中扎根已久、积淀甚深,尤其是自西汉的董仲舒顺应汉武帝统治需要,推行了"罢黜百家,独尊儒术"的政策之后,儒家文明便一再地被奉为中国官方的主流意识形态和传统国学经典,一直以来可谓是影响深远、深入人心。即便是对于中国古代的浪漫文人骚客(如屈原、陶渊明、李白等等)而言,虽然一心倾慕道家文化和文明,但是亦深受中国儒家文化观念的熏陶浸染,于是在他们笔下的浪漫主义便宛如星星之火一般乍然闪现,而远远未及燎原之势。直至20世纪初,伴随着中国五四新文化运动中高呼"打倒孔家店"的咄咄口号,中国的传统儒学开始面临式微的窘困境地,同时,"西风东渐"的势头达到了最高潮,西方世界的诸多"主义"霎时间大量涌入国门,浪漫主义亦在一时之间形成了熊熊燃烧、如火如荼的燎原之势。不过显然,彻底"西化"的浪漫主义,根本不可能真正融入现代中国的文化体系之中,犹如一个先天不足的早产儿,它在后天的发展过程当中步履维艰。我们知道,中国现代浪漫主义文学在之后的30年间,曾经无数次的遭遇到多方位、多阵营的批判。值得注意的是,那些"异己"力量并不仅限于"现实主义"的阵营,甚至还来自于同样尊重个性、尊重审美的作家和批评家之言。在20世纪的20年代,代表"现实主义"艺术主张的"文学研究会",曾经多次对当时标榜着"浪漫主义"的"创造社"进行过针锋相对的论争和批判。同时,以梁实秋为代表的"新人文主义"派别,以及以吴宓、梅光迪、胡先骕等人为代表的"文化保守主义"派别,亦纷纷同持对浪漫主义的强烈批判态度。进入30年代之后,中国的特定历史现实决定了"左翼文学"迅速成为文坛主流,浪漫主义也因"不合时宜"而遭遇"向左转",在"革命的罗曼蒂克"("革命"+"恋爱")的重新定位中,获得了在中国文坛的合法性地位,而它这一"颇合时宜"的转变,又遇及鲁迅、沈从文等人的担忧和质疑。到了 40 年代,中国社会内忧外患的烽火再扩,浪漫主义的曼妙余韵仅在沦陷区的上海"孤岛"(徐訏、无名氏),得以一息尚存,但是这一"新浪漫派"(严家炎语)的诡秘奇绝、空灵怪诞的文字,彻底架空悬空于之上,恍若空中楼阁,并没有生存延续的土壤。

历史一再地证明,中国现代浪漫主义文学的命运是坎坷和多舛的,当它将西方浪漫主义的价值体系奉为圭臬,一味地进行移植和模仿时,盲从令它丧失了自我;而当它为了适应中国的特定历史和现实国情,而向左"急转弯",却又冒进地走向了另一个极端,同样是短命的。应该说,这样一种无所适从、无处遁形的尴尬,始终纠缠着中国现代浪漫主义文学的左右。但是无论如何,在百转千回之中,在从古典到现代的时空跨越之中,中国的浪漫主义文学一直展现着"薪禾似尽、星火犹传"的精神风貌。中国的浪漫主义文学绝不同于西方世界中的浪漫主义那般"纯粹",它是在多方夹击中不断地徘徊、挣扎与矛盾着,这其中裹挟着中国现代浪漫主义文学在蹒跚与颠簸中成长的一种学理上的必然,它一路波折,却倔强前行,遭遇到了太多的困难与挫折。

现代中国语境中的浪漫主义文学应当置身于一个多元喧哗的中国历史纵深大语境之中,在一个绵远曲致的历史长廊之中,徘徊中寻觅着关于记忆的碎片,应当立足于中国现代浪漫主义文学这一"起点"之上,同时,它又身兼着一种"终点"的意味,因为每一个历史的细微点滴,都将最终融化在中国浪漫主义文学的现代容貌之中。我们每一番历史的回望和探源,仿佛是面对着一块已经斑驳陆离的远古化石,但正是在这一似乎完全僵死的远古化石之中,我们依旧能够从中听到远古时代山崩地裂、海水汹涌的声音,依旧能够从中看到千百年前金戈铁马、奔腾疾驰的雄伟场面……面对着这样一块特别的文学化石,一次充满挑战和艰难的学术跋涉就此拉开帷幕,在撩拨开历史的层层迷雾之后,让我们去细细倾听"浪漫主义"留在中国文学史上的喧哗与骚动。

从古典到现代：中国浪漫
主义文学之关系形态考察

　　中国现代浪漫文学通常被认为是一个西方世界的"横移型"或"植入型"议题。但事实上,中国现代浪漫文学并非仅仅在 20 世纪初以一种西方"舶来品"的身份仓促进入中国学界,也并非一蹴而就地成为中国现代文学史上的一个重要文学现象,它的酝酿是一个非常漫长的过程,它在中国文学史上的命运是非常富于戏剧性的,历经了漫长悠远的中国古代、近代和现代的发展衍变,并在这一过程中始终呈现着一种悲喜交集、起落有致的生命形态。当然我们并不否认,浪漫主义在中国古代、近代文学史上的归属和界定,是在 20 世纪初现代中国浪漫主义诗学形成之后的一种理念认同与追溯的结果。[1] 虽然现代中国浪漫主义诗学是在 20 世纪初鲜明的西学背景下建立起来的,但这并不能遮蔽浪漫主义的一脉文学在中国(本土)从古代到现代的一系列的传承、断裂与超越式的生长脉络。

　　在悠久隽永的中国古典文学史上,始终有着一脉朦胧的浪漫气息时断时续而又不绝如缕,但它只是在若隐若现中绵延生长。庄子、屈原、陶潜、李白……等等浪漫文人所挥洒吟咏的一些泽被后世的诗文,可谓是"先生之风,山高水长",哺育着或空灵超然、或婉约恬淡、或凄美恻隐、或豪迈飘逸的浪漫文脉,在中国古典文学的长河中源远流长。的确,在庄子以降的这一浪漫文脉中,是存有着一些弥漫浪漫气息的诗文

---

〔1〕　汤奇云,《中国现代浪漫主义文学思潮史论》[M],广州:广东高等教育出版社,
　　　2007.12:1.

遗世,它们以自己的微薄之力,默默承载着延续这一浪漫文脉的使命。然而,浪漫主义的诗文在中国的古典文学史上并未能够蔚然成风,它往往呈现为一些个人性质的独特创作,却无法形成一个团体性的流派或者思潮,如同星星之火一般的势单力薄,仅仅有着忽闪忽灭、或明或暗的微弱生命。但是,正是中国古典文学中的这一微薄将息的浪漫文脉,恰与之后波澜壮阔的中国现代浪漫主义文学存在着千丝万缕的联系。

换言之,中国现代浪漫主义文学是在汲取多方位、多层面文明资源的基础上生成的,而中国古典浪漫文学资源是最为得天独厚的本土资源之一。文化基因的根源上,中国现代浪漫主义文学与中国古典文学中的浪漫文脉早已有着一种千丝万缕的密切亲缘关系,中国古典浪漫文学资源奠定了中国现代浪漫主义文学的文化渊源,更催生了中国现代浪漫主义文学的蜕变和重生。在中国浪漫主义文学从古典到现代的超越式发展过程中,始终承续着一种血脉相连、薪尽火传的精神风尚。值得注意的是,本文研究和探讨的核心,并不在于通过中国现代浪漫主义文学的具体表征,去追溯和认同中国古典文学中存在的浪漫文脉渊源,而是从二者之间的这种先验性的亲缘关系中,再度深入思考彼此之间关系的具体呈现状态,即是从一种具象的关系形态学的角度,着力研究中国古典文学中的浪漫之源与中国现代浪漫主义文学之间关系存在的独特形态。

一、表层的断裂

众所周知,中国传统文化的主流一直是儒家的正统。儒家文化的核心是"仁"和"礼",所谓"克己复礼为仁"(《论语·颜渊》)。相应的,在中国古典文学史上,两千多年的中国古典诗歌中,便由儒家确立了一个正统的诗教,即"温柔敦厚"的抒情标准。孔子曰:"《关雎》乐而不淫、哀而不伤";又,《毛诗序》曰:"变风发乎情,止乎礼义。"正是这样一种所谓的理性与情感的中和之美——"和"(以礼节情)——的传统式的文学抒情标准,造就了与现代浪漫主义文学的深刻裂痕。

事实上,中国是一个极为重视和强调抒情的国度,中国的古典文学并未如西方那样沿着叙事和哲理的方向发展,而是从一开始就走上了抒情的道路。因此,源远流长的抒情传统,是中国古典文学和美学理论的一个重要传统。所谓"诗言志","诗缘情","诗者,根情苗言"等等,尽道着一个深刻的抒情传统。然而,正如朱自清先生所言,在中国的古典文学史上,孕育着浪漫胚芽的"诗缘情"之风,其实一直处在务实典正的"诗言志"大传统的阴影之下(此处的"诗言志"主要指的是对政治制度的美刺)〔1〕。换言之,中国传统的抒情标准在它发展的过程中,实际发生了明显的分裂,导致孕育着浪漫胚芽的"诗缘情"之风只能够在中国古典文学发展的历史夹缝中悄然生长,而另一方面的"文以载道"的观念则长期地成为了中国文学的主流。

为此,虽然中国古典文学的浪漫主义之中,并不缺乏一种情感的强烈表达和流露,但是相对于崇尚主观自由情感的中国现代浪漫主义文学而言,它所表达的情感实际上已经是一种被强大的封建政治和伦理所异化的狭隘情感。所谓"以礼节情"、"理以情归",强调的都是一种通过情感和理性相调和,而形成一种理想的以"仁"为核心的社会政治和伦理规范,其中渗透着鲜明的宗法意识和群体观念,这实际上正是通过封建的理性来规约和削弱人的主体意识和自然情感的一种潜在形式。纵观中国古典文学史上的浪漫文人,无论是"举世皆浊我独清,众人皆醉我独醒"(《渔父》)的屈原,还是"仰天大笑出门去,我辈岂是蓬蒿人"(《南陵别儿童入京》)的李白,虽然也不乏强烈的情感流露和放浪的个性抒发,但远远不是信马由缰的任意笔驰。从真正意义上说,他们都无一例外地无法摆脱封建伦理道德的深重束缚,同时也更加无法实现个体精神的独立和解放,而仅仅只是在强大的传统力量压抑之下,呈现寥寥的空谷足音。

因此,对于中国现代浪漫主义文学而言,它与中国传统的抒情标准和精神理念上存在着较大的情感分歧,并与中国古典文学中的浪漫主义在情感本质上有着根本的差异,这无疑是一个关系断裂的鸿沟。

---

〔1〕 朱自清,《诗言志辨》[M],桂林:广西师范大学出版社,2004.12:33—35.

二、深层的接续

值得深思的是,那一道明显断裂的传统文化的鸿沟,却并未完全割断中国现代浪漫主义文学与古典浪漫文脉之间的血缘渊源。在中国传统文化和观念的边缘地带,不可忽视的道家文化和哲学的存在,潜在地实现了中国现代浪漫主义文学与中国古典浪漫主义之间的深层理念的接续。

我们知道,道家文化哲学的基本观念便是"道"。所谓的"道",在《老子》第四十二章中曰:"道生一,一生二,二生三,三生万物。"意即世上的万物万象都是由"道"而生,"道"是万物所由生之根源。从这样的"道"的观念出发,道家便认为世界的一切运转都在冥冥之中有"道"在支配,为此一切都要顺其自然、任其自由、无为而治,任何人为的结果只会违反自然,违反"道"的本原。并且,在"体道"的过程中,道家哲学主张的是一种超越功利的、忘我的、神会的精神状态,如同"庖丁解牛"所阐发的涵义一样,人的心灵获得了无障碍的自由状态,同时也取得了彻底的审美愉悦和精神解放。

作为道家文化的典型代表,庄子开启了中国古典浪漫主义的源头。在庄子的笔下,"道"作为一种至上的理想,是对天地万物的本然状态的一种追求和向往,即所谓的"天地合一",表现在个体生命上,即是顺任自然,保持天性,自在逍遥于天地之间。在《逍遥游》中,庄子假借"肩吾"与"连叔"言谈中所及的"接舆"之言,呈现"姑射山"中"神人"的自然、空灵、虚静无为的本色生活:

> 肩吾问于连叔曰:"吾闻言于接舆,大而无当,往而不返。吾惊怖其言,犹河汉而无极也;大有径庭,不近人情焉。"
>
> 连叔曰:"其言谓何哉?"
>
> 曰:"藐姑射之山,有神人居焉,肌肤若冰雪,绰约若处子;不食五谷,吸风饮露;乘云气,御飞龙,而游乎四海之外。其神凝,使物不疵疠而年谷熟。吾以是狂而不信也。"

连叔曰:"然！瞽者无以与乎文章之观,聋者无以与乎钟鼓之声。岂唯形骸有聋盲哉? 夫知亦有之。是其言也,犹时女也。之人也,之德也,将旁礴万物以为一,世蕲乎乱,孰弊弊焉以天下为事! 之人也,物莫之伤,大浸稽天而不溺,大旱金石流、土山焦而不热。是其尘垢秕穅,将犹陶铸尧舜者也,孰肯分分然以物为事。"[1]

这是一种彻底的大智慧和大觉悟,庄子实际上在个体精神追求的层面上进入了浪漫王国的至高境界——所谓的"至人无己,神人无功,圣人无名"。在汪洋恣肆的笔墨中,庄子挥洒着一种对自然人性的亲和与讴歌,在他的充满奇诡想象的笔下,个体将因"无所待"而获得真正的身心自由,并将于"无何有之乡"中现出一个充满浪漫和理想气息的精神乌托邦,这是人类与自然在黄金时代达成的第一次和谐,是人类创造的第一个自由的精神家园。

自庄子的浪漫文风之先河一开,屈原、陶潜、李白等等典型的中国古代浪漫文人便沿承着道家哲学的传统母题的演绎,形成了中国古典文学中的一脉宝贵的浪漫之源。在屈骚中,屈原以一种神奇无羁的想象、迷人魅惑的巫文化和"为王者师"美政理想的失落,驰骋出一种美丽而又伤感的浪漫主义的精神情操;而在陶潜的身上,则体现着一种文明时代里残存的自然人格,他笔下那富于浪漫风情的桃花源世界更是成为人与自然和谐统一的永恒记忆;作为中国艺术之酒神的李白[2],他那奔放豪迈、愤世嫉俗、热情率真的性情和文字,成就的正是一种激进的浪漫主义的生命和艺术体验。毫无疑问,这一脉中国古典文学的浪漫之源在其哲学关怀的终极指归上无不传承了传统道家的精神内核——关于回归自然、关怀生命、尊重个体、顺任情怀等等的主题,因此为中国现代浪漫主义文学孕育了一种深刻的审美、文化和哲学的基因

〔1〕 陈鼓应,《庄子今注今译》(上册)[M],北京:中华书局,2006.7:21.
〔2〕 刘士林,《中国诗学精神》[M],海口:海南出版社,2006.6:118.

底蕴。

在中国现代浪漫主义文学史上的大量中坚人物,身上往往都镌刻着道家传统文化的深刻烙印。在 20 世纪初,鲁迅撰写的《文化偏至论》《摩罗诗力说》等系列论文,开始从理论上确立了中国现代浪漫主义文学的观念体系。无可否认,鲁迅的这一具有现代性意义的浪漫主义理论宣言,是在汲取了大量的西方浪漫主义文学资源的基础上形成的,然而它在很大程度上是与本土的传统道家文化彼此呼应的,它呼唤"精神界之战士",追求理想的人性,主张"掊物质而张灵明,任个人而排众数",都在很大程度上借鉴了老庄学说的"个体自由"和"反抗异化"的观念。"五四"时期,在文坛上异军突起的"创造社"诸子,是以一种"狂飙"式的浪漫主义风格开始受到当时学界的普遍瞩目,虽然他们曾经受到西方浪漫主义文学深刻影响和熏陶,但同时表现出了对中国传统道家文化的亲睦和契合。郭沫若曾经在回忆少年时代时说:"起初是喜欢他(庄子)那汪洋恣肆的文章,后来也渐渐为他那形而上的思想所陶醉"〔1〕;对于屈原,他则在诗中满怀崇敬和惋惜心情吟叹道:"屈子是吾师,惜哉憔悴死。〔2〕"如果说,庄子对于郭沫若的影响主要是思想世界观的方面(他之后将老庄思想与斯宾诺莎学说进行相互参证和熔铸后,建立了自己的"泛神论"〔3〕哲学体系),那么屈原则更多的是在文学领域上给予郭沫若一种宝贵的灵感上的财富(郭沫若自 1920 年底写作以屈原行吟泽畔为题材的诗剧《湘累》之后,历年里陆续创作歌吟屈原的诗歌三十多首,在 40 年代的抗战时期还推出了著名的历史剧《屈原》)。同样的,郁达夫无论是早年《沉沦》时期所表现的放浪率性,还是到后期转向《迟桂花》的平淡淳朴,无不留下了传统道家文化的某种精神遗迹。如果说,在郁达夫的早年,曾隐潜着传统道家文化的那种超脱放达和狂

---

〔1〕 郭沫若,《十批判书·后记》,《郭沫若全集》(历史篇第 2 卷)[M],北京:人民出版社,1982:464.

〔2〕 郭沫若,《题画记》,《沫若文集》(第 12 卷)[M],北京:人民文学出版社,1959:238.

〔3〕 郭沫若,《我的作诗经过》,《质文》[J],1936 年 11 月 10 日,第 2 卷第 2 期.

放倜傥的风尚,那么他的后期创作中,《东梓关》《迟桂花》等恬淡沉静的风格是更加趋近于中国传统道家的"回归自然"的母题,恰如郁达夫自己所言,他一向嗜读的正是代表着传统道家风格的"静如水似的遁世文学"[1]。应该说,传统道家的文化蕴涵是在沈从文的笔下得到了淋漓尽致的诠释,那种"优美、健康、自然而又不悖乎人性的人生形式"[2],那种幽静灵秀的山水田园风光,总是那么悠然自适和隽永明丽,沈从文将"人性"和"自然"纯粹化与浪漫化之后,成就了一个现代的桃花源之境,无怪乎文学史家们也认为沈从文的"基本格调是植根在中国传统的老庄哲学和陶渊明型的传统文化积淀的沃土里"[3]。再则,对于以徐訏和无名氏为代表的"后期浪漫派"而言,异域情调和光怪陆离是他们留给阅者的直观体验,然而事实上,他们的小说中所糅合的深刻哲思和皈依自然的力量,同样源自崇高的东方智慧之中。如在《荒谬的英法海峡》中,"我"无意间来到一个世外的孤岛上,那里杂居着黄、白、黑诸色人种,没有官僚,更没有阶级。小说借一个海市蜃楼般的大同世界,再现了一种返璞归真、田园牧歌般的生活,可谓与陶渊明笔下的世外桃源暗然相合,它已然不仅是作为一个审美意象而存在的,在深层的文化心理含蕴上,它仿佛是一个古老而安详的梦境,抗议着现代文明对自然和人性带来的诸种戕害,是永恒的自然本体的一声忧伤叹息。

总之,源自本土的道家文化对于中国现代浪漫主义文学而言,扮演着一个先验的文化导引的角色,老庄道家所拥有的深刻的哲学思辨和独特的文化景观,以源源不绝的东方智慧为中国现代浪漫主义文学的生命肌体注入盎然勃发的生机。

三、再生与转型

毋庸讳言,虽然在传统道家文化哲学层面上实现了深层的接续,但

---

〔1〕 郁达夫,《静的文艺作品》,《黄钟》[J],1933 年第 1 期.
〔2〕 沈从文,《从文小说习作选·代序》[M],上海:上海书店出版社,1990.9:5.
〔3〕 刘增杰、赵福生、杜运通著,《中国现代文学思潮研究》[M],开封:河南大学出版社,1996:253.

是中国现代浪漫主义文学并不仅仅囿于本土传统的滋养而进行缓慢循规的发展，而是在 20 世纪初经历了"现代性"的转型之后，获得了具备"启蒙"和"审美"的双重意义的一次重生。

在 20 世纪初，鲁迅的《文化偏至论》（1907 年）、《摩罗诗力说》（1907 年）和《破恶声论》（1908 年）等一系列论文发表，标志着中国现代浪漫主义文学理论观念的确立。鲁迅建构的这一中国现代浪漫主义的诗学体系，是在"启蒙（理性）"和"审美（感性）"的二者整合中，实现了较之中国古典的浪漫主义文学的一种观念高度上的再生与转型。

1. 现代性的启蒙

鲁迅在《文化偏至论》中呼吁"掊物质而张灵明，任个人而排众数"，在《摩罗诗力说》中疾呼"精神界之战士"的出现，在《破恶声论》中痛斥"灭裂个性"的可怕"恶声"，从根本上说都是出于唤醒个人的主体意识的启蒙目的。

事实上，鲁迅的一生都在关注中国人的主体精神自由的问题。早在 1903 年，他就已经开始了对这一问题的明确的探讨。许寿裳回忆，当时鲁迅常常与他探讨三个问题："一、怎样才是理想的人性？二、中国国民性中最缺乏的是什么？三、它的病根何在？"可见，青年鲁迅早已在探索着一种具有现代性意义的个体启蒙和民族启蒙的方式。中国现代浪漫主义诗学观念的建构，充分体现了鲁迅在"任个人"和"兴邦国"两个方面的启蒙努力。在《文化偏至论》中，鲁迅清醒认识到 19 世纪以来西方的发达现代文明所酿成的"至伪偏至"——"性灵之光，愈益黯淡"[1]，批判了极端物质主义带来的社会庸俗化和个性泯灭，这无疑与中国传统老庄道家"反抗异化"的观念遥相呼应，然而又在更高的层面上表达出一种具有现代性的理性启蒙——"个人"与"众数"之间呈现的决绝反叛精神，以及紧张的战斗姿态，尤其是其中的个人的积极进取精神——这是完全超越了老庄道家的传统观念而再生的现代启蒙话语。

---

〔1〕 鲁迅，《文化偏至论》，《编年体鲁迅著作全集》（第一卷）［M］，福州：福建教育出版社，2006.5:87.

可贵的是,鲁迅从极端的物质主义对人性的扼杀和戕害中,不仅看到了发达的西方现代文明所造成的弊病,更是从中得到思想启发,把握到了暮气沉沉的中国文化的病根之所在。为此,在《摩罗诗力说》中,鲁迅反复称颂着崇尚个体独立、反叛和图强精神的德国尼采哲学,并且对于"尊个性而张精神"的西方"摩罗"派诗人(19世纪欧洲的浪漫派诗人,以拜伦、雪莱等为代表)更是倍加推崇,从而重塑了现代中国的浪漫主义精神品格——即是通过"别求新生于异邦",引进摩罗诗人们的浪漫澎湃的激情,为这老大帝国及其麻木的国民体内注入浪漫主义的刚健勇猛之血性,重新振奋中华民族的文化血脉。换言之,鲁迅正是通过中国现代浪漫主义文学观念体系的建立,践行着从"立人"进而达到"立国"的宏观意愿,从而希望实现一次个体启蒙和民族启蒙的双重现代性价值转型。

2. 现代性的审美

如果说,鲁迅建构的这一中国现代浪漫主义诗学体系,在思想理性层面的价值在于其现代性的启蒙意味,那么在文学的审美感性层面上,则更具一种现代性的审美价值的突破。

在《摩罗诗力说》中,鲁迅从审美本体的角度,强调了文学审美的独立性原则:

> 由纯文学上言之,则以一切美术之本质,皆在使视听之人,为之兴感怡悦。文章为美术之一,质当亦然,与个人暨邦国之存,无所系属,实利离尽,究理弗存。[1]

这是一个颇具现代性意味的文学审美观念,即一种"文章不用"的观点,其中的核心是一种文学的无功利、非工具论,认为文学并不涉及国家的兴衰存亡,也和个人的利益得失相离,确立了文学具备完全的独

---

[1] 鲁迅,《文化偏至论》,《编年体鲁迅著作全集》(第一卷)[M],福州:福建教育出版社,2006.5:87.

立价值和意义的审美品格,肯定了文学审美的纯粹性和自主自律的性质,这显然对于中国传统的"文以载道"观念形成了巨大的冲击,从而将文学从一种政治教化附庸的枷锁中解放出来,对于文学和美学理论的现代性建设而言无疑具有积极进步的意义,而对于中国现代浪漫主义文学而言,这样一种观念的诞生更是确立了一种浪漫主义审美本质精神的内核。

同时,鲁迅还为诗人和诗做出了全新的诠释:

> 盖诗人者,撄人心者也。凡人之心,无不有诗⋯⋯惟有而未能言,诗人为之语,则握拨一弹,心弦立应,其声澈于灵府,令有情皆举其首,如睹晓日,益为之美伟强力高尚发扬,而污浊之平和,以之将破。平和之破,人道蒸也。[1]

在此,鲁迅提出了以"撄人心"作为核心的现代诗学审美观念,这显然是针锋相对于长期处于正典地位的中国传统"思无邪"诗教观念。鲁迅认为,中国传统诗教的弊病正是在于不"撄人心",因此诗的凋敝最终导致了全社会人心的普遍凋敝。为此,在鲁迅倡导的现代浪漫诗学中,现代诗人只有通过"撄人心"的诗作,将内心奔涌着的诗意情感迸发出来,以激发他人情感的强烈共鸣,最终唤醒和振奋那些心灵世界麻木不仁(即"污浊之平和")的普通大众。换言之,鲁迅是希望诗人和诗能够通过一种"撄人心"的浪漫诗学审美方式,改变现代中国国民之中枯槁萎靡的国民性和衰败颓靡的社会现实(即"破其平和"),在此以一种现世批判和人道关怀的精神锋芒,展现浪漫主义文学观念在现代中国的一道独特的审美精神风貌。

综上所述,中国现代浪漫主义文学较之中国古典文学中的浪漫主义而言,二者之间的关系是复杂和特殊的,它们在彼此的表层断裂的状

---

〔1〕 鲁迅,《摩罗诗力说》,《编年体鲁迅著作全集》(第一卷)[M],福州:福建教育出版社,2006.5;50,49.

态下实现了深层的文化哲学的接续,并且在 20 世纪初的中国,浪漫主义文学经过一种现代性意义转型的蜕变,在思想理性和审美感性的层面上获得了再生和转型,从而真正形成中国的浪漫主义文学观念从古典到现代的超越和突破。

* 本文原载于《延安大学学报(社会科学版)》2010 年第 1 期,发表时略有删改。

返本开新：中国现代浪漫文学的审美张力

　　美国学者哈路图尼安（Harry Harootunian）在其理论著作《历史的不安》扉页上，引用了费南度·佩索亚（Fernanto Pessoa）《不安之书》中的一行文字——"一切看起来何其现代，然而在深层它又如此古老"——借以考察一种独特的存在经验和时间观念，本意在于发掘现代都市生活时空中的一种"现代性"吊诡意味和神秘色彩，然而更有意义的是它所整合思考的"传统"与"现时"、"本原"与"新貌"之间相互纠结与彼此糅合关系。事实上，任何一段真实的历史，从来就不是一系列僵化枯涩的历史素材的铺排罗列，而是在于历史的过去与未来的联系中的活泼泼的真实，是发生于历史发展联系链条中的鲜活生动的真实。据此返观考察中国现代浪漫文学，在它从"古典"到"现代"的蜕变过程中，同样呈现着一种"返本"（"返传统之本"）与"开新"（"开现时之新"）并存糅合的胶着状态。一方面"返传统之本"，是指在中国现代浪漫文学的内在肌理和血液中，始终激荡着一股牵引皈返中国传统文化根髓的无形力量；另一方面"开现时之新"，是指中国现代浪漫文学在西学的强力冲击和深度濡染之下，不断融通中国古典与西方世界的复杂文化语境，形成了对传统诗学审美诸多方面的突围和超越。

　　中国现代浪漫文学一直是在发展中调适、在调适中发展，最终生成了自身独有的一派现代新生之风貌，中国文学现代性的发生，离不开中西关系彼此参照的深刻背景，它在对西方浪漫主义文学思潮诸多思维理念、表现手法和诗学逻辑进行吸纳的同时，也在不断地融通着中国古典与西方世界的复杂文化语境，形成了对本土原生传统的某些方面的暗合,以及诸多方面的超越。因此,当中国现代浪漫文学置身于一种历史时空的"双向激活"状态之中,便会达成在自身生命内部的"源"与"流"、"返本"与"开新"之间的巨大的诗学张力和能量,从而再现出一幅活泼泼的中国现代浪漫文学的诗学生态图景。

一、审美的功利与超功利

众所周知,在中国古典美学的观念史上,文学对于政治及道德的从属、依附和服务的根本属性,一直以来是文学审美观念的主流。直至20世纪初年,深受西方近代人文精神熏陶的王国维,第一次明确提出文学和美的本质是超功利、超利害的——"美之性质,一言以蔽之,曰:可爱玩而不可利用者也"(《古雅之在美学上之地位》)——方才真正赋予了文学以独立的品格和地位,开启了中国美学现代性的一个理论起点。值得注意的是,《人间词话》中的"意境说"作为中国古典美学的一个逻辑最高点,在一定程度上还糅合了王国维对于西方文学之浪漫主义与现实主义的一个朦胧认识,他写道:"有造境,有写境,此'理想'与'写实'二派之所由分。"不久,梁启超在《论小说与群治之关系》一文中,又再度提出了"理想派"与"写实派"的概念,他基于对西方浪漫主义与现实主义文学的理解和分析,提出了"理想"与"写实"两种创作方法,但是对文学审美之本质的看法,梁启超依然强调文学的社会改良之功用。而事实上,中国现代文学史上第一个正式完整的浪漫主义文论纲领和体系,是存在于鲁迅的《文化偏至论》(1907 年)、《摩罗诗力说》(1907年)和《破恶声论》(1908 年)等一系列论文之中,鲁迅汲取了大量的十八、十九世纪欧洲浪漫主义文学思潮的重要资源,提出了"文章不用之用"的观点,这与王国维的审美观念相一致,此一矛盾辩证的现代性美学理念,再次明确了文学的一种超功利的、独立的价值意义。应该说,这一强调文学的纯粹性和自主自律的现代性审美观念,在很大程度上是受到西方现代美学的影响。我们知道,康德在《判断力批判》中提出的美是一种无功利、无利害的审美愉悦,以及美的无目的的合目的性质,成为西方美学发展史上一个划时代的命题,它作为一个崭新和先锋的美学理念,影响了西方现代文学和美学的诸多流派,而浪漫主义显然是其中的一个典型。于是,正如罗素所言:"浪漫主义运动的特征总的来说,是用审美的标准替代功利的标准。"[1]

之后,这一"为艺术而艺术"的审美理念传入中国,在"五四"文坛上取得了异常瞩目和深广的影响,创造社、浅草社、弥洒社和新月社等诸多社团,纷纷表现出对这一超功利、超政治的审美观念的欣赏与认同。当时,围绕着文学究竟应该是"为艺术"还是"为人生"的问题,"创造社"甚至与"文研会"之间发起了一场颇为持久的论争。我们知道,"文研会"在成立之初便早已树立了一个鲜明的"为人生"的文学观,文研会同人在《文学研究会宣言》中写下:"我们相信文学是一种工作,而且又是于人生很切要的一种工作;治文学的人也当以这事为他终身的事业,正如劳农一样。"[2]而"创造社"同人们则针锋相对地亮出了"为艺术"的文学大旗。郁达夫写道:"艺术所追求的是形式和精神上的美……我承认美的追求是艺术的核心。"[3]郭沫若更是强调:"假使创作家纯以功利主义为前提以从事创作,上之想借文艺为宣传的利器,下之想借文艺为糊口的饭碗,这个我敢断定一句,都是文艺的堕落,隔离文艺的精神太远了。"[4]当时,文研会与创造社之间两大阵营的论争,从 1921 年开始延续到 1924 年的下半年,涉及了文学的定位、功用和创作等若干问题的探讨,尤其是新文学向何处发展,是写实还是浪漫的问题,讨论颇为激烈。

然而我们应该看到的是,中国现代作家们对于文学究竟是"为人生"还是"为艺术"的问题,他们在态度上往往是显得非常的矛盾和两难。譬如,强调"为人生"的"文研会",在注重文学的社会职能的同时,又在一定程度上表现出对文学超功利主义的认同,郑振铎说道:"如果

〔1〕 罗素.西方哲学史(下卷).北京:商务印书馆,1982:216.
〔2〕 文学研究会宣言.小说月报.第 12 卷第 1 号,1921 年 1 月.
〔3〕 郁达夫.艺术与国家.创造周报.第 7 号,1923 年 6 月 23 日.
〔4〕 郭沫若.论国内的评坛及我对于创作上的态度.时事新报·学灯.1922 年 8 月 4 日.

作家以教导哲理,宣传主义,为他的目的,读者以取得教训,取得思想为他的目的,则文学也要有加上坚固的桎梏的危险了。"[1]而强调"为艺术"的"创造社",在追求美的独立价值的同时,又往往流露出对现实社会的倾心关注,郑伯奇曾经这样写道:"真正的艺术至上主义者是忘却了一切时代的社会的关心,而笼居在'象牙之塔'里面从事艺术生活的人们。'创造社'的作家,谁都没有这样的倾向……他们依然是在社会的桎梏之下呻吟着的'时代儿'。"[2]为此,当"文研会"同人提出"我们现在需要血的文学和泪的文学要比'雍容尔雅''吟风啸月'的作品更甚些"[3]之时,郭沫若便立即说道:"我郭沫若反对过那些空吹血与泪以外无文学的人,我郭沫若却不曾反对过血和泪的文学。"[4]成仿吾也在1923年《新文学的使命》中,一方面指出:"我觉得除去一切功利的打算,专求文学的全 perfection 与美 beauty 有值得我们终生从事的价值之可能性";而另一方面又认为:"文学是时代的良心,文学家便应当是良心的战士,在我们这种良心病了的社会,文学家尤其是任重而道远。"[5]显然的,这是中国现代作家们的一种对于文学的艺术性和社会性双重关怀的态度,他们通过对文艺和现实的辩证主义的思考,形成了一个"二元调和"的文学观念,周作人还将之命名为所谓"人的艺术派的文学"[6]。

事实上,现代中国所独有的历史与现实,赋予了中国现代作家一种"文学艺术"与"思想启蒙"难以两全的心理情感上的分裂感、痛楚感,因此,代表中国现代浪漫主义文学之精神的"创造社"同人们,尽管受到西方浪漫主义文学思潮的文学超功利性和独立观念的影响,但是最终还是更倾向于将文学的功利性和超功利性相互弥合,他们在对文学审美

---

〔1〕 郑振铎.新文学观的建设.文学旬刊.第 37 期.

〔2〕 郑伯奇.中国新文学大系·小说三集·导言.上海:良友图书印刷公司,1935:10.

〔3〕 西谛.杂谭·血和泪的文学.文学旬刊,第 6 号,1921 年 6 月 30 日.

〔4〕 郭沫若.暗无天日的世界.创造周报,第 7 号.

〔5〕 成仿吾.新文学之使命.创造周报,第 2 号,1923 年 5 月 20 日.

〔6〕 周作人.新文学的要求.(北京)晨报,1920 年 1 月 8 日.

本体的思考中,达成了一种兼收并蓄的和谐精神,正如郭沫若所言,"无论艺术家主张艺术是为艺术或是为人生,我们都可不论,但总要它是艺术"[1],即文学的社会性和艺术性应该是统一的、共生的。应该说,这一理论建设符合了文学的一般规律和中国的现实,显然是值得赞赏的。

二、自我表现与国族忧患

毫无疑问,"自我意识"是浪漫主义哲学中一个相当重要的关键词,浪漫主义比之于古典主义的一个重大的"现代性"跨越,正是一种人的主体性的自我确认,这种"自我意识"的发现与肯定,伴随的是人的精神枷锁的彻底瓦解和粉碎,带来的是一种极为震撼的个体精神的自由和超脱,这恰恰是浪漫主义文学及其运动的启蒙意义之所在。为此,在现代浪漫主义文学和美学之中,这种对"自我意识"的极度推崇的现代观念,便自然地将"自我表现"作为一个典型的艺术信条。正如 H. N. 费尔蔡尔德所言:"浪漫主义的根本点就是意识方面的一个永恒、普遍和首要的事实:人的自我信任、自我表现和自我扩张的欲望。"[2]

二十世纪之初的现代中国文坛,恰逢一个传统秩序和文化观念的大转型阶段,人的个体启蒙和觉醒立时成为整个时代的文学话题,中国现代作家们都曾经不同程度地强调着一种人的自我意识的文学表现,冰心这样热情洋溢地写道:"文学家! 你要创造'真'的文学吗? 请努力发挥个性,表现自己。"[3]俞平伯则在《冬夜·自序》中洒脱地说道:"我只愿随随便便的活活泼泼的借当代的言语表现自我。"梁实秋也认为:"诗人永远是在诗里表现他或她自己的。[4]"那么显然的,作为尤为推崇个体意识、主体自由和个性解放的"创造社"同人们,则更是"自我表现"最积极

---

〔1〕 郭沫若.艺术家与革命家.创造周报,第 18 号,1923 年 9 月 9 日.
〔2〕 转引自乐黛云、王宁主编.西方文艺思潮与二十世纪中国文学.北京:北京大学出版社,1990:28.
〔3〕 冰心.文艺丛谈.小说月报,12 卷,第 4 号.
〔4〕 梁实秋.《繁星》与《春水》.创造周报,第 12 号.

的力行者,郁达夫、郭沫若等人作为"创造社"的灵魂人物,都曾经不同程度地在文学文本中展现着一种自我审视、自我崇拜和自我超越的精神。

郁达夫在 1923 年发表的《Max Stirner 的生涯及其哲学》一文中写道:"自我就是一切,一切都是自我。"[1]事实上,郁达夫早年的创作信条正是"一切文学都是作家的自叙传"(《过去集·五六年来创作生活的回顾》),加之曾经受到过日本"私小说"的影响,郁达夫在小说的取材上,尤为注重切近自我,在《沉沦》《茫茫夜》《茑萝行》《银灰色的死》等等一系列作品中,小说的男主人公"于质夫"、"文朴"、"伊人"、"他"或者"我",无不是郁达夫自我形象的一种侧面写照,就连《采石矶》中所写的历史人物——清代诗人黄仲则——的身上,其实也含有郁达夫的某种自我寄托的情感成分,是作为他自我想象的一个艺术化身。换言之,在郁达夫笔下的诸多主人公们的种种遭遇和境遇,与郁达夫自身的一些生活经验、琐事和听闻是有一定的暗合,而主人公的敏感、脆弱、自卑和感时忧国的情绪,更是在很大程度上与郁达夫自我的所想、所思、所感和所欲彼此相合。夏志清先生便指出:"他(郁达夫——笔者注)自己的实践证明,他的想象完全来自真实生活,他个人的狭小世界里的感觉和情欲,引人入迷。"[2]

同样的,在郭沫若的《漂流三部曲》《行路难》等等早期小说之中,主人公"爱牟"生于乱世之中,遍尝人生和社会的离乱之苦,在举家搬迁到日本之后,他作为一个弱国子民,仍然需要一直承受着歧视和侮蔑,小说显然带有一种"自传体"的性质。事实上,"爱牟"的言谈举止、心灵阅历和生活轨迹,都在隐隐约约之间显现着郭沫若自己的影子。之后,郭沫若将更多的心力用于新诗的写作,他在 1920 年 3 月 20 日致宗白华的信中谈及新诗艺术问题时,再度明确写道:"诗底主要成分总要算是自我表现了"[3]。不同的是,郭沫若在小说中更多的是向内审视自我,

〔1〕 载 1923 年 6 月出版的《创造周报》第 6 号,后由作者改题为《自我狂者须的儿纳》.
〔2〕 转引自贾植芳主编.中国现代文学的主潮.上海:复旦大学出版社,1990.2:19.
〔3〕 郭沫若.致白华·三叶集.上海:亚东图书馆,1920.5:133.

并带有一种自怜自哀的情愁,而在新诗写作中,则转变成了一种自我扩张式的笔触,充满着强烈的自我崇拜和自我超越的激情。早在1920年12月的诗剧《湘累》中,郭沫若就借屈原之口说道:"我效法造化底精神,我自由创造,自由的表现自己。我创造尊严的山岳、宏伟的海洋,我创造日月星辰,我驰骋风云雷电",从而将"自我"扩张为一种气概寰宇的宇宙精神。之后,在新诗《凤凰涅槃》中,郭沫若更是借五百岁的凤凰集香木自焚,并从死灰中更生的象征,表达一种旧我灭亡、新我诞生的宏大胸襟和气度。

值得注意的是,创造社同人在文学表达上的自我意识和自我观念,并非是一个关注一己之私的"小我",在他们的意识深处,"自我"、"个人"、"主体"是与国家、民族、社会的未来紧密联系在一起的。郑伯奇在《国民文学论》一文中,信奉着"艺术是自我表现"的艺术信条的同时,又认为"这自我乃是现实社会的一员,一个社会的动物"[1],强调了艺术是不能脱离社会和人生。郁达夫在1927年接受日本记者采访时,也是明确表示:"我的消沉,也是对国家,对社会的。"[2]郭沫若更是认为:"人生的苦闷,社会的苦闷,全人类的苦闷,都是血泪的源泉,三者可以说是一根直线的三个分段,由个人的苦闷可以反射出社会的苦闷来,可以反射出全人类的苦闷来。"[3]因此,郁达夫笔下自哀自怜的"零余人"所哀悼的不仅仅是个体的沉沦,更是一个国民群体的整体沉沦;而郭沫若笔下那在烈火中获得自我新生的凤凰,那不断吞噬、狂吠和飞奔的天狗,也不仅仅象征着一种个体意识的爆发,而是象征着一个国族的整体意志的爆发。自20世纪20年代末到30、40年代,中国历史的整体进程从"五四"时期的思想革命中走出,在燃眉之急的30、40年代里,持续紧张的社会变革、民族矛盾和阶级斗争,更加迫使中国现代浪漫文人们

---

〔1〕 郑伯奇.国民文学论.创造周报,第33号,1923年12月23日。

〔2〕 转引自陈国恩.浪漫主义与二十世纪中国文学.合肥:安徽教育出版社,2000.10:71。

〔3〕 郭沫若.论国内的评坛及我对于创作上的态度.时事新报·学灯,1922年8月4日。

无暇旁顾,而将注意力集中到了急迫的社会政治变革的研究、讨论和实践中去,普罗文学中"革命＋恋爱"写作模式的兴起,以及之后的"浪漫的左派"(李欧梵语)思潮,无不承载着中国现代浪漫文人对社会政治和国族民生的强烈责任感和道义感。

历史一再证明,中国现代浪漫文学正是在深厚的"国族忧患"和激情的"自我表现"之间,不断地调适、整合和发展,它的"国族忧患"来自于中国传统儒家文化价值观念的深度熏染,而它的"自我表现"则是在西方浪漫主义文化审美启发之下的一种诗学呼应,在二者合力的共同作用下走出了一条中国式的现代浪漫文学生命轨迹。

三、现实主义的底色与现代主义的渗透

事实上,西方现代浪漫主义文学、美学和思潮理念在传入中国之后,浪漫主义在一定程度上丧失了它的一些"本质规定性",但是获得了另一些所谓的"中国特色"。一方面是在中国现代浪漫文学中闪现出了一抹鲜亮的"现实主义"底色,即在中国现代浪漫文学与"现实主义"之间并非一种"敌对"的逻辑关系,而是存在一种彼此相生共荣的形态;另一方面是在中国现代浪漫文学肌体中还渗透着些许"现代主义"的文化元素,即中国现代浪漫文学与"现代主义"之间存在着某些亲缘性的暗合与关联。因此,现实主义底色与现代主义渗透的双向角力作用,赋予了中国现代浪漫文学以一种饱满蓬勃的生命张力。

中国社会自近代以来的屡弱与衰退,催生了中国现代知识分子们一种强烈的启蒙和救亡的意识,在他们的内心深处,始终萦绕着一种对社会、时代与变革的关注,以及对现实人生的关怀,与此相应的,在他们的笔下便传承着一脉感时忧国的忧患意识和人道主义的现实情怀。为此,当时中国文坛上的任何"主义"倘若脱离了这一社会时代现实的土壤,便不可能发生和发展,浪漫主义自然不会例外。因此,在中国现代浪漫主义文学的诗学体系之中,诸如个性解放、自由独立、激情与反抗等等精神元素,在表面形态上似乎与西方浪漫主义文学是彼此一致的,但是在灵魂深处却有着本质和巨大的差异,即这些令人振奋的精神观

念的源起,不在于飞扬的理想,而在于苦楚的现实。郁达夫所认同的文本基调是"写实主义为基础,更加上一层浪漫主义的新味和殉情主义的情调"[1],因此,尽管在《沉沦》中有着一些低吟浅唱的小资情调和颓废感伤的气息,但是在小说的末尾,郁达夫依然借着主人公的口直接地呼喊道:"祖国呀祖国! 我的死是你害我的! 你快富起来,强起来吧! 你还有许多儿女在那里受苦呢!"同样痛苦决绝的喊叫更存在于文本之外的现实人生之中,在"创造十年"时期的郭沫若与郁达夫相邀在深夜里买醉,在酒酣之时二人感慨万千,年轻的郭沫若和郁达夫几乎是同时发出了痛心的疾呼:"我们是孤竹君之二子呀! 结果是只有在首阳山上饿死!"[2]因此,中国现代浪漫作家们对于浪漫主义精神的推崇,实际上是对一种抗争反叛、独立解放和变革图强等等的现实境遇的热烈渴求。

鲁迅在《摩罗诗力说》中,对于"尊个性而张精神"的西方"摩罗"派诗人倍加推崇,他反复称颂着一种反叛、进取和自强的浪漫品格,是希望为这老大帝国及其麻木的国民体内注入浪漫主义的刚健勇猛之血性,重新振奋中华民族的文化血脉。"创造社"同人则是尤为关注在中国特殊时代背景下的青年知识分子的生存状态,如郭沫若、郁达夫、周全平、倪贻德等人的小说中,无不细致地书写着知识分子的"生的苦闷"和"性的苦闷",郑伯奇在《中国新文学大系·小说三集·导言》中统一将这类小说称为"身边小说",意在以一种求真写实的笔触,寄托对现实人生和时代社会的深度反省,在"创造社"同人们的笔下一直暗涌着一股异常强烈的现实控诉。更甚者,在 20 世纪 30 年代的中国现代文坛"向左转"之后,蒋光慈、殷夫、洪灵菲等高举"革命的罗曼蒂克"旗帜的作家们,更是在创作中将浪漫主义的恋爱激情与蓬勃的社会革命实践相结合,在浪漫式的柔情密语之下传递出一种革命、阶级和时代的话语强音,将革命意志、战斗精神和集体主义观念推向极限,从而最大限度地调动人们更加积极地关注和投身于那个硝烟弥漫的时代社会。值得注意的是,

---

[1] 郁达夫.文学概说.郁达夫文集(第5卷).广州:花城出版社,1991.5:92.
[2] 转引自许凤才.浪漫才子郁达夫.郑州:河南人民出版社,1989.7:85.

中国共产党尽管在文艺方针上坚持的是现实主义的导向,但是也曾经有意识地运用了浪漫主义对现实生活的宣扬功用。1938 年 4 月,毛泽东应邀在延安鲁迅艺术学院演讲时说道:"艺术上的浪漫主义,并不是完全没有道理的……(它的)主要精神是不满现状,是用一种革命的热情憧憬将来,这种思潮在历史上曾经发生过进步作用。"[1]纵观中国现代浪漫主义文学的发展史,它历经了全盘肯定、全盘否定、部分肯定和部分否定相结合的阶段性变迁,从建构、解构、重新建构一路走来,中国现代浪漫主义文学在不断的调适中成长,并在自身的一次次"乔装改扮"之后,在现实主义的"庇佑"下最终稳定为周扬的"两结合"模式,即"革命现实主义与革命浪漫主义的相结合"。应该说,在中国现代浪漫主义文学及其作家的灵魂深处,传统的缧绁、现实的苦难和前路的迷茫,决定了中国式的浪漫主义必然内在地裹挟着一种对于国族未来的文化焦虑,以及一系列的寻求文化自救的现实方案。对于中国现代浪漫主义文学而言,潜伏在它灵魂内里的现实主义底色,决定了它本意于个体解放的感性理念,却演变成了集体解放的理性思考;本意于个体情感的爆发,却演变成了群体理智的焦虑;本意于文学自身内部的自足性抗争,却演变成了政治意识形态的外部角斗。倘若说这是一种中国历史的宿命,毋宁说这是一种中国现实的必然。

而另一方面,早在 20 世纪 30 年代,郑伯奇就曾经在《中国新文学大系·小说三集·导言》中指出,中国的现代浪漫主义文学中存在着一些现代主义元素的渗透。无疑,这又是中国现代文学所特有的一个现象。20 世纪之初,西方世界的种种主义、理念和思潮纷至沓来,诸如现实主义、浪漫主义、弗洛伊德学说、新感觉、意识流、神秘体验、荒诞派、象征主义等等流派和观念,竞相在中国"五四"文学的开放兼容状态下彼此碰撞、吸纳和互渗,形成了一个非常庞杂、壮观和持久的文坛局面。中国现代浪漫主义文学置于其中,自然不会例外,它在受到现实主义的强力影响之外,显然也受到了颇为驳杂的现代主义众多流派的深度熏

〔1〕 陈晋.文人毛泽东.上海:上海人民出版社,2005:168.

染。事实上,中国现代浪漫主义文学在强调主观性、内向化、自我表现以及一些现代审美艺术上,与现代主义之间存在着一种先天的亲缘关系,这是一种表层形式技巧上的趋同,同时,中国现代浪漫主义文学在自身成长过程中所遭遇的中国语境和时势的特殊性,更造就了它在精神内核上与现代主义之间还存在着一种微妙的暗合关系,尤其是在现代意识、心理情绪和价值理念的传递表达上,存在着一定程度上的精神共鸣。正如现代主义文学的研究者库纳(F. una)所言:"没有弗洛伊德,许多现代主义思想是不可想象的。"[1]因此,在中国文坛上擦出的现代主义火花,正是自弗洛伊德学说引发了开端,这一精神分析学的理论着重于人的意识与潜意识、常态与变态的精神状态以及人的性本能、性心理等隐秘层面的发掘,它在 20 世纪初传入中国之后,其惊世骇俗带给了中国现代文学家们以一种极大的心灵震撼。当时,有一大批新锐的中国现代知识分子,诸如汪敬熙、杨振声、朱光潜、张东荪等人,相继在学理上对"精神分析学说"予以阐释和推广,而另一些中国现代作家们则是自觉或不自觉地将这一学说融入自己的文学创作和评论之中,尤其是"创造社"的郭沫若、郁达夫、张资平等人。郭沫若在《〈西厢记〉艺术上的批判与其作者的性格》一文中,运用弗洛伊德精神分析学的理论视角,对王实甫及其《西厢记》进行了独特的解读,认为《西厢记》是一个"力比多(Libido)"的产物,甚至推断出王实甫的变态心理和精神上的臆想症。并且,在郭沫若的早期小说《残春》《月蚀》《喀尔美萝姑娘》等等之中,他都曾经有意识地运用弗洛伊德的精神分析学说来写人物的梦境和幻觉,他在《批评与梦》的文论中写道:"我听见精神分析学家说过,精神分析的研究最好是从梦的分析着手。"[2]为此,他自信地认为,在自己的小说中,将"梦"作为人物潜意识表达的这一手法"我的步骤是谨严的"[3]。郁达夫则是借用弗洛伊德式的口吻说道:"种种的

---

〔1〕 转引自严家炎. 中国现代小说流派史(增订本). 武汉:长江文艺出版社,2009.8:86.

〔2〕 郭沫若. 批评与梦. 沫若文集(第 10 卷). 北京:人民文学出版社,1959.6:116.

〔3〕 郭沫若. 批评与梦. 沫若文集(第 10 卷). 北京:人民文学出版社,1959.6:116.

情欲之间,最强而有力,直接摇动我们的内部生命的人,是爱欲之情,诸本能之中,对我们的生命最危险而同时又最重要的,是性的本能。"[1]为此,在郁达夫的笔下,性的饥渴、窘迫、压抑和扭曲,甚至是同性之恋,都曾经暴露在如《沉沦》《茫茫夜》《她是一个弱女子》等诸多小说文本之中,当然,郁达夫的用意是透过对人的性本能的渲染,发掘一种人性精神的隐深世界,特别是通过小说中人物的性压抑和性摧残,反思整个社会和时代带给人们心灵上的伤害和扭曲。相比较而言,张资平同样是推崇弗洛伊德的性本能学说,同样在他的小说中存在着大量的性爱描写,但是在深处的精神价值上却显然太浅薄,他将人的性本能完全看待为一种动物本能,在小说中毫无节制地大量重复着糜烂的肉欲和粗俗的艳情,在将人的性欲推向一个极端之后,只会显示出人生意义上的苍白和迷惑。可以说,郁达夫是巧妙地运用了弗洛伊德的学说,而张资平则是中了弗洛伊德学说之毒。很快,中国现代学界在集中关注弗洛伊德学说之后不久,便对现代主义的其他流派理念也产生了一定程度的兴趣。1923 年,郭沫若写下《未来派的诗约及其批评》,对"未来派"的诗歌节奏进行研究,希望能够丰富自己浪漫主义新诗的表现力度。之后,郭沫若又发表《自然与艺术——对表现派的共感》《文艺的生产过程》《印象与表现》等文章,对德国"表现主义"的"艺术是表现,不是再现"一说产生了浓郁的兴趣,并在《残春》《湖心亭》《牧羊哀话》等小说中都有不同程度的运用。对比而言,郁达夫小说中的现代主义元素更为驳杂,诸如柏格森的生命哲学、自然主义、颓废主义、表现主义、世纪末情绪以及自我扩张学说等等,都在郁氏的《沉沦》《银灰色的死》《茑萝行》《青烟》等等小说中有一定的渗透,于浪漫主义的基调之中透露着一股现代派特有的孤独感伤的精神气质和生命体验。再则,同为"新月诗派"的徐志摩和闻一多,在浪漫主义的主导格调之中也明显受到了西方象征主义、唯美主义思潮的熏陶和影响,徐志摩《偶然》《云游》《我不知道风是在哪一个方向吹》的轻盈灵秀,闻一多《死水》《李白之死》《剑匣》

---

〔1〕 郁达夫.戏剧论.上海:商务印书馆,1926:65.

的厚重阳刚，虽然二者诗作中美的意境不同，但无不在浪漫主义之中蕴含着一种唯美、象征的审美风尚。直至40年代"后期浪漫派"徐訏、无名氏的出现，则更进一步推进了浪漫主义与现代主义的彼此糅合，徐訏的《风萧萧》《精神病患者的悲歌》《阿喇伯海的女神》等小说中充满了一种神秘主义和宿命论的痕迹，而无名氏的《北极风情画》《塔里的女人》更传达出一种现代派的人生荒诞感、虚无感和迷惘感，在他的长篇巨著《无名书》中，充满了一种存在主义的哲学气息，通过主人公"印蒂"的漂泊游历和精神追寻，表达了对于人的本质、存在、信仰和未来等终极意义的深度思索。事实上，一系列现代主义元素的渗透，在很大程度上丰富了中国现代浪漫文学对于世界的体验和表现，而诸多现代主义的非理性艺术手法亦成为中国现代浪漫文学文本中的"有意味的形式"。

总之，在中国现代浪漫主义文学的诗学生命中，"返传统之本"与"开现时之新"如同飞翔之双翼、扬帆之双桨，它们共同创造了中国现代浪漫文学的鲜活张力和生命动力，正如每一种文化的承递发展都存在一个所谓"我注六经"和"六经注我"彼此动态融汇的关系，"经"即"原典"，是一种文化传统的根柢源头。因此，"我注六经"倡导研究者们时时"回到原典"，回归历史、回归传统，在历史传统的汪洋大海中寻求文化传承和续接关系，这是一种尊重历史、尊重传统的阐释方式。然而倘若仅停留在"我注六经"的思维层面，显然有一定局限性，因为任何一种文化思想的鲜活生命力，正是在于它能够不断超越原有的自身，不断地突破"原典"。为此，赋予"原典"以一种时代精神和现实感亦是十分必要，"六经注我"的真正意义价值在于，在实现"古今对话"的同时，更提供了一种跨越时空的共鸣和思辨的可能性。换言之，中国现代浪漫文学的"返传统之本"，持有的正是"我注六经"的历史主义态度，它关注的焦点是中国现代浪漫文学对传统资源的传承，展现中国文化精神的一种血脉相连、薪尽火传的关系；而中国现代浪漫文学的"开现时之新"，则是"六经注我"般倾向于在传统之中渗透着对现实现状的体认和考察，在传统中注入活泼泼的时代精神，避免了传统的停滞和僵化，二者在辩证统一的合理化紧张状态中,谱写勾勒出了一幅中国现代浪漫文学之审美传承、断裂与超越的鲜活图景。

＊本文原载于《闽南师范大学学报(哲学社会科学版)》2015 年第 4 期,发表时有删节。

第二辑　明清记忆

现代中国的浪漫召唤

晚明一代：开启中国浪漫主义文学的近代风尚

    作为一个历史时间的概念，"晚明"的上下限界定是相当模糊的，学界在长期以来都难于划定出它的精确的时间界限，只是大致地认为它历经了大明王朝的嘉靖、隆庆、万历、天启、崇祯这五代，并将从万历到天启年间的这一段时期作为晚明的主体时期，嘉靖后期是作为晚明的上限，崇祯时期则是作为晚明的下限。应该说，晚明是一个动荡、衰颓和落魄的年代，但同时也是一个风姿绰约、风华绝代的特殊年代，它与一个老旧的时代告别，但同时又迎来了另一个崭新的时代，它仿佛是白昼将近时那最后一抹落日的寥寥余晖，又似乎是开启黑暗黎明时分的第一道明媚的清晨曙光，它正是这样的灰暗神秘而又绚丽多彩！因此，我们可以说中国的晚明是一个过渡的乱世，但是却决不能说它是一个绝对的衰世。事实上，它恰恰是一个守成与蜕变、动荡与繁荣、死亡与新生并存的复杂时代，这一风雨飘摇的特殊时期有着彰显晚明时代底色的哲学、美学和文学的独特风尚，这是一个发现人、尊重人、理解人和解放人的伟大时代，它对于"人"的主体意识、个体情感以及自然天成、自由独立等等价值观念的推崇程度，达到了中国历史上所未曾达到的一个新的高度。

    日本著名学者沟口雄三在他的代表作《作为方法的中国》（中译本名为《日本人视野中的中国学》）一书中，曾经深度批判以"欧洲中心主义"的研究范式对中国文明历史进行考察的学术陋习，并在此基础上提出了"自生的近代"和"外来的近代"的概念，他认为，所谓的以1840年爆发的鸦片战争为标志所划分的中国"近代"，不过又是"欧洲中心主义"观念在中国历史分期上的一种体现,而真正属于中国的"自生的近代"则大约于 16 世纪中晚期(即中国的晚明时期)便已经开始。[1] 这一关于中国近代时段的划分观点,我是认同的。那么,中国浪漫主义文学的近代哲学和美学源头,同样可以在"晚明"这一时期里发现端倪。

事实上,大明王朝覆灭的丧钟,早在嘉靖、万历年间就已悄然敲响,有曰:"明祚之亡,基于嘉靖,成于万历,天启不过扬其焰耳!"[2] 又曰:"明之亡,不亡于崇祯,而亡于万历。"[3] 因此说,从"嘉靖"到"万历"这一段时期是中国明朝历史上极为重要的转折点。所谓"正、嘉以上,淳朴未漓"[4],明王朝在经过一个长期相对稳定状态之后,"至正德、嘉靖间而古风渐渺"[5],直至大明万历年间,整个社会转变是急遽:"其变犹江河,其流殆益甚焉。……民风不竞。"[6] 显然的,那是一个山雨欲来风满楼的时代,中国社会的政治经济、文化风尚、价值观念和生活风气等诸多方面都发生着微妙的变化,日益紧缩的政治格局更趋于停滞,但是政治的保守腐朽却与商品经济的异常活跃形成了鲜明的反差,重要的是,市场的繁荣促进了市民阶层队伍的扩大,人们的消费观念和社会风尚随之改变,奢靡、享乐和竞利求富的风气逐渐炽盛。进而,当时的人们在其行为规范、思想观念和价值取向等方面也随之发生了一定程度的变异,传统的道德、伦理和价值判断都被予以怀疑、质询和重新审视,那是一派"乱花渐欲迷人眼"的浮华景象,一切都预示着晚明时期纲

---

〔1〕 [日]沟口雄三著.作为方法的中国.李平等译.北京:中国人民大学出版社,1996:78.

〔2〕 沈家本.历代刑法考・刑法分考(卷一四).转引自周明初.晚明士人心态及文学个案.北京:东方出版社,1997.8:12.

〔3〕 赵翼.廿二史札记(卷三五).转引自周明初.晚明士人心态及文学个案.北京:东方出版社,1997.8:12.

〔4〕 四库全书总目(卷一三二).杂家类存目九《续说郭》.山东《博平县志》,转引自左东岭.王学与中晚明士人心态.北京:人民文学出版社,2000.4:272.

〔5〕 转引自萧箑父、许苏民.明清启蒙学术流变.沈阳:辽宁教育出版社,1995.10:39.

〔6〕 (万历)《顺天府志》卷一《地理志・风俗》,转引自周明初.晚明士人心态及文学个案.北京:东方出版社,1997.8:13

常礼教的松弛乃至断裂,可贵的是,它还伴随着人的主体意识、观念和情感等一系列个体诉求的苏醒,同时,在阳明心学及其王门后学的熏陶浸染下,中国晚明社会的思想观念、文化价值及其文学审美开始呈现出一番别样的风貌,正如李泽厚在《美的历程》一书中所言,晚明时代的确孕育了中国近代的"浪漫洪流"[1],它在哲学思想、美学观念和文学写作上彼此激荡喷涌着姿态曼妙的浪漫主义之浪花,可谓是中国现代浪漫主义文学的近代雏形。

最早将晚明文学与中国现代文学之间,建立起彼此联系的是周作人。1932年,周作人在辅仁大学作了几次颇有影响力的演讲,后整理结集为《中国新文学的源流》一书。他认为,以公安、竟陵派为代表的晚明文学作为一种言志文学,是中国五四新文学的源头,二者在思想主张和根本趋向上是"完全相同的"[2]。很快地,这一见解得到了当时在上海的林语堂的热烈响应,两人一北一南、遥相呼应,立即在文坛引发了一番较大的反响。自此以后,围绕着中国晚明文学的研究及其与中国现代文学之间关系的话题,诸如鲁迅、郁达夫、任访秋、嵇文甫、李泽厚、侯外庐、萧萐父等诸多文人学者都曾先后有过论及。之后,随着时间的推移,"晚明文学"这一概念在学界中便出现了多重意义和性质,或称之为"文艺复兴",或称之为"浪漫主义",或称之为"启蒙主义"。然而有趣的是,我们发现,"五四"新文学也曾经被冠以这一系列的称呼,例如胡适便将"五四"视为中国的"文艺复兴",梁实秋在《现代中国文学之浪漫的趋势》一文中则认为整个五四文学是"浪漫主义"的,而鲁迅却是更多地关注五四文学中的"启蒙主义"意味。然而,正如学者张灏所言,五四实在是一个矛盾而多元的时代,"表面上它("五四"文学)是以西方启蒙运动主知主义为楷模,而骨子里它却带有强烈的浪漫主义色彩"[3]。

---

〔1〕 李泽厚.美的历程.天津:天津社会科学出版社,2004.7:318.

〔2〕 周作人.中国新文学的源流.北平:人文书店,1932:104.

〔3〕 张灏.重访五四——论"五四"思想的两歧性.载于许纪霖编.二十世纪中国思想史论.上海:东方出版中心,2006.1:152.

于是，当我们返观中国晚明时期的文学时，发现它又何尝不是如此？正如为"五四"文学的准确定性始终是悬而未决的，"晚明文学"的性质界定同样是困难的，然而当二者被不约而同地冠以相同的称号时，我们能够确定，"晚明文学"与"五四"文学之间一定存在着某种渊源和高度的相似性，并且与中国现代文学之间，也存在着千丝万缕的联系。我们知道，学界对于"晚明文学"的研究和论争，是中国现代文学史上的一个重要现象，自 20 世纪 20 年代之后的中国现代文学史都一直断断续续地谈及这一话题。克罗齐曾经意味深长地说过："一切的历史都是当代史。"为此，我们或许可以说是"中国现代文学"照亮了"晚明"，然而我认为，毋宁说"晚明"是"中国现代文学"，尤其是"五四"之光折射下的一个投影，不如说它们之间是彼此互相"照亮"的关系。可以说，五光十色的"中国现代文学"与斑驳陆离的"晚明"恰恰是彼此衬托、彼此辉映的，无论其外在的形式是多么的繁杂多样，都无法掩盖"晚明"文学在内身之中存在的一种"浪漫主义"的精神气质和夺目光芒。本文致力于发掘"晚明"文学中的浪漫精神内核，研究它与中国现代浪漫主义文学之间的绵延关系，"晚明文学"实质上早已在中国的近代时期便为"中国现代浪漫主义文学"做好了充分的哲学思想的支持、审美观念的准备和文学创作的先声。

一、阳明心学：中国浪漫文学的近代哲学渊源

程朱理学发展到明代前期，虽然仍是作为正统的官方哲学，但是已经逐渐演变为一系列僵化的统治思想，它的社会政治伦理化和伦理道德天理化的观念，在被长期地制度化和意识形态化之后，遂将君臣、父子、夫妇、尊卑等礼教纲常和等级观念，视为一种绝对、恒定和不可更改的规律，于是，这一套束缚、禁锢和钳制人们精神的思想桎梏，在失去了自身原有的发展生机的同时，也已经悖离了原始孔孟儒家健康积极的精神导向，这便成为程朱理学的一个内生的致命痼疾。再者，从外在的客观环境上看，明代中叶之后剧变的社会现实，也与陈腐的程朱理学之间形成了尖锐的矛盾，尤其是新兴的社会经济发展模式，在活跃市场的

同时,更带来了社会风气和生活风尚的大肆改变,所谓"浮华渐盛,竞相夸诩"[1],人们的普遍社会生活和思想意识形态都受到了巨大的冲击,程朱理学的诸多弊病开始暴露无遗,它彻底失去了解决社会危机的实际能力,这在客观上也成为阳明心学诞生的一个重要契机。为此,"弘、正以前之学者,惟以笃实为宗,至正、嘉之间,乃始师心求异"[2],阳明心学可谓是晚明思想哲学界另辟蹊径的一个产物。

王阳明先生的一生,是在明代中叶度过的。自明代中叶以后的中国社会现实之种种,无疑带给了王阳明一种沉痛的失落感:"今天下波颓风靡,为日已久,何异于病革临绝之时!"[3]而他认为,这种颓靡的社会现状的根源在于"学术之不明"[4],于是他从初时的"遍读考亭(朱熹)之书",到之后的"龙场悟道"、"出入佛老"和"摒弃佛老"等人生若干次的起落颠簸,经历了长期的寻觅、求知和探索阶段,最终确立了以"心即理"、"良知"和"致良知"学说为主干的理学体系,后世称之为三位一体的"王学"或"阳明心学"哲学体系。阳明先生的初衷是通过重建儒家道德风尚和伦理制度,达成一种对理想的儒家秩序进行维护的目的,然而正是在"晚明"这一特殊的历史时期,"阳明心学"却在无意中蒙上了一层神秘的吊诡面纱,它所隐藏的思想解放之因子,对于儒家观念体系的潜在的破坏力,令它不可遏止地走向了阳明先生所期望的反面,最终带来了一整个时代的个性解放、独立自由、情感崇拜等精神的大爆发。黄宗羲在《明儒学案·师说》云:"可谓震霆启寐,列耀破迷,自孔、孟以来,未有若此深切著明者也。"张岱在《石匮书·王守仁传》云:"阳明先

---

[1] 沈朝阳.皇明嘉隆两朝闻见记.转引自周明初.晚明士人心态及文学个案.北京:东方出版社,1997.8:13.
[2] 四库全书总目(卷一二四).杂家类存目一《雅述》,转引自左东岭.王学与中晚明士人心态.北京:人民文学出版社,2000.4:272.
[3] 王阳明.答储柴墟.王文成公全书(卷二十一),转引自杨国荣.王学通论.上海:上海三联书店,1990.3:3.
[4] 王阳明.送别省吾林都宪序.王文成公全书(卷二十二),转引自杨国荣.王学通论.上海:上海三联书店,1990.3:4.

生创良知之说,为暗室一炬。"后世学者们纷纷将"阳明心学"喻为雷霆、日光、火炬等等,它在中国思想史上的惊世骇俗的地位可见一斑,"阳明心学"为中国浪漫主义文学播下了近代哲学思想的幼芽。

1. "心即理"

"阳明心学"中的第一个核心概念便是"心即理"[1],所谓"夫物理不外吾心,外吾心而求物理,无物理矣"[2],即天下万物都不在我们的心以外,简言之,便是"心外无物"、"心外无理"。王阳明认为,人的心是包罗万象的,宇宙之间天地万物都在我们的心中,为此,他将"心"上升到一个哲学本体的地位,主张以"心"取代程朱理学之"理"。值得注意的是,这一取代并不是简单的概念置换,而是一种认识世界的本体观念的重大转变。但是,在王阳明的学说中,他并没有完全摒弃一些传统的儒家纲常伦理和道德理念,更没有悖离原始儒家的基本精神,诸如在对家国天下、社会人伦、宗族法度等一系列儒家秩序的真诚崇敬。为此,王阳明学说中的"理"的涵义指涉的是以下两个方面内容:其一,指的是普遍之理,即宇宙之间万事万物的本质及其一般规律,所谓"天地感而万物生,实理流行也"[3];其二,则指的是一种忠君、孝亲、信友的道德律令和处世准则:"是理也,发之于亲,则为孝;发之于君,则为忠;发之于友,则为信。"[4]然而,"阳明心学"之中尤为值得注意的,则是与"理"相对应的"心"的双重涵义:其一,"心"是与普遍之理对应的"天赋之得"、"先天之知",所谓"心,生而有者也"[5];其二,"心"则是与普遍行为规范相对应的主体的道德自律感,即人的内在的道德意识。因此,"阳明心学"的"心"不仅是以普遍之理为内容,它同时还是一种主体的能动意识,具体表现为人的个体的思想、观念、意欲和情感等等方面,它将主体的普遍性与个体性有机地结合在一起,这显然是"阳明心学"较

---

〔1〕 传习录(上).王文成公全书(卷一).

〔2〕 传习录(中).王文成公全书(卷二).

〔3〕 五经臆说十三条.王文成公全书(卷二十六).

〔4〕 书诸阳卷.王文成公全书(卷八).

〔5〕 五经臆说十三条.王文成公全书(卷二十六).

之于"程朱理学"的一大革新意义。

应该说,"阳明心学"对于人的主观能动性和主体意识的关注,已经悄悄萌动着一种思想解放、个性解放的精神幼芽,它甚至已在不自觉中对儒家传统思想的权威构成了一种隐形和潜在的威胁。

2. "良知"

事实上,"良知"二字最早是出自原始儒家经典《孟子·尽心上》,孟子在他的学说体系中曾经提出一个"良知良能"的重要概念,认为它作为人性内在本能所催生的一种巨大能量和价值,能够最终实现天下大治:

> 人之所不学而能者,其良能也;所不虑而知者,其良知也。孩提之童无不知爱其亲者,及其长也,无不知敬其兄也。亲亲,仁也;敬长,义也,无他,达之天下也。(《孟子·尽心上》)

孟子所谓的"良知"指的是人的先天固有的一种朴素情感和模糊的道德意识,但是在下文中,孟子并未就"良知"这一概念予以更深入的阐扬。王阳明则是继而将"良知"一说予以了丰富和升华,最终演变为一套系统的道德本体论。王阳明将"良知"作为最高哲学范畴"心"的抽象本体,所谓"良知者,心之本体"[1],他认为"良知"是人心中的天理,所谓"天理在人心,亘古亘今,无有终始,天理即是良知"[2],从而将"良知"视为一种普遍的人性,又曰:"良知只是个是非之心,是非只是个好恶,只好恶就尽了是非,只是非就尽了万事万变"[3],简而言之,"良知"就是一种不待思虑而能分辨是非善恶之心、真诚恻怛之意:

> 盖良知,只是一个天理自然明觉发现处,只是一个真诚恻怛,

---

〔1〕 答陆原静书.传习录(中).王文成公全书(卷二).

〔2〕 传习录(下).王文成公全书(卷三).语录三.

〔3〕 传习录(下).王文成公全书(卷三).语录三.

便是它的本体。故致此良知之真诚恻怛以事亲,便是孝,致此良知之真诚恻怛以从兄,便是悌,致此良知之真诚恻怛以事君,便是忠。只是一个良知,一个真诚恻怛。[1]

为此,倘若将"良知"这一抽象的哲学概念具体化,它的落脚点便是指每一个主体的主观道德意识和真实情感,王阳明再度以"良知"的概念,高度地肯定了人的主体意识、观念和人格,并以此取代了程朱理学中"天理"的最高本体地位,否定了"天理"主宰一切、统摄一切的绝对权威,尤其保护了曾经被"天理"无情钳制和戕害的自然人性,这无疑又传递出一种振奋人心、解放人性的福音。

3. "致良知"("知行合一")

我们知道,王阳明反对朱熹对于《大学》中"格物致知"的解释,朱熹着力于向外穷理而求得知识("在即物而穷其理"),而王阳明则认为"致知"是致自己内心的"良知"("所谓致知格物者,致吾心之良知于事事物物也"),他将思想的立足点从外在的求索转变为内在的修为。王阳明在谈及从"良知"过渡到"致良知"上,曾有这样一番见解:"良知良能,愚夫愚妇与圣人同,但圣人能致良知,而愚夫愚妇不能致,此圣愚之所由分也。"[2]即他认为,"良知"是圣愚皆同、人人自有、个个自足的一种普遍存在,而"致良知"则是需要一番特殊的工夫方能够达成的一种境界。

因此,如果说"良知"是"阳明心学"的本体论,那么"致良知"则是该学说的工夫论(或称方法论),即问题的关键在于一个"致"字,即如何达成"良知"的真精神,王阳明有自己明确的想法,他在《答顾东桥书》中指出,"致良知"正是所谓的"知行合一",他对此最精要的解释是:"知之真切笃实处即是行,行之明觉精察处即是知。"[3]换言之,他反对程朱理

---

[1] 王文成公全书(卷二),转引自嵇文甫.晚明思想史论.开封:河南大学出版社,2008.4:4.

[2] 传习录(中).王文成公全书(卷二).

[3] 答顾东桥书.王文成公全书(卷二).

时间的转角

学皓首穷经式的研习方式,对于其纠结于繁琐枯涩的训诂词章之中的做法,王阳明批评其"茫茫荡荡悬空去思索,全不肯着实躬行"而导致的"空疏谬妄,支离牵滞"[1]。显然的,王阳明提倡的做法是"知"与"行"的并行,做到摆脱训诂、直达本心,即既强调道德意识的自觉性,要求人在自身内在的精神上下功夫,又重视道德的外在实践性,要求人在具体事件上的作为与实施,尤其重视实践精神,具体表现为"省察克治"、"反身而诚"、"着实体履"、"着实躬行"、"身亲履历"等等。可以说,"知行合一"一说的重点是在于"行",在于一个个意念产生之后的切实用功和实践力行。"阳明心学"对于实践精神的推崇,为当时弥漫着程朱理学腐朽气息的学界,扫除了沉闷、窒息和死寂,用一股新鲜、自由和活泼的空气荡涤人们的思想和灵魂,这不能不说是一种新兴的、进步的时代精神。

事实上,在中国原始儒学中也曾经渗透着一种心性与心力的能动精神。孔子认为,人的内在精神力量是很强大的,它是通往"仁"之境界的动力源泉,然而,孔子这样的观念及其作为曾经被鲁国石门隐者讥笑为是"知其不可而为之者"(《论语·宪问》);而到了孟子那里,则是形成了一套更为完整和系统的心性学说,它将内在的心性心力与外在的仁政理念进行有机的统合,并相信最终能够实现理想的儒式图景。然而,随着儒家学说及其观念的长期发展,这种对于"人"的关注与尊重的积极精神,却在漫长的思想演变过程中,被逐渐地歪曲、吞噬、变异乃至完全湮没。

直至"阳明心学"的诞生,方才重新将"人"的概念提升到一个合理的地位。钱穆先生曾经这样说过:"在他(王阳明)的内心,充满着一种不可言喻的热烈的追求,毫不放松地往前赶着。他像有一种不可抑遏的自我扩展的理想憧憬,他的内心深处,隐隐地驱策他奋发努力。"[2]应该说,王阳明激发了一度几近凝滞的中国历史的近代性格,他的学说

---

〔1〕 传习录(上).王文成公全书(卷一).
〔2〕 钱穆.王守仁.北京:商务印书馆,1934:36.

对于人的主体意识、个体性、独立性、自由意识和真情实感的推崇，为中国思想史上留下了一个熠熠生辉的大写的"人"字，放射出中国近代"人文主义"的一道耀眼光辉。值得注意的是，"阳明心学"在不自觉中以发挥原始儒家精神的名义，实现了一种精神本质上的大超越，王阳明在主观上的出于纯化儒家道德文化的目的，却在客观效果上不期然地以其学说的革新精神和解放意义，令传统的儒学理论走到了它的逻辑终点，这不能不说是中国思想史上一个奇特而又有趣的现象。当然，在"阳明心学"超越儒家传统的新精神、新思想中，我们的确看到了它为中国浪漫主义文学提供了有力的近代哲学支持，它们彼此之间的一个共同的逻辑起点和终极归宿，都是对于"人"的主体的认知、理解和建构，以及对于"人"的真实情感的尊重、关怀和呵护。作为中国现代浪漫主义文学的一代大师，郭沫若便在旅日期间充满虔敬地写下《王阳明礼赞》一文，热情洋溢地推介王阳明及其"阳明心学"中"贵我"的生命哲学和精神价值。在中国现代浪漫主义文学之中，"主观的"、"个性的"、"自我的"、"主情的"等等一系列关键词，无疑都能够在"阳明心学"的抽象图谱中得到具象的阐扬和发挥。而同时，我们不能忽视的是，"阳明心学"中亦存在着一些儒家思想的背景底色，譬如"天下一家"、"社群意识"、"功用理性"、"忧患意识"、"幽暗意识"[1]等等观念。

二、王学左派：中国浪漫主义精神的近代号角

正所谓"此窍一凿，混沌遂亡"，随着"阳明心学"学说及其学派的发展壮大，其势头显然已经远远地超越了"程朱理学"，而成为思想哲学界的主流，有曰：

> 宗守仁者曰姚江之学，别立宗旨，显与朱子背驰，门徒遍天下，

---

[1] "幽暗意识"这一概念来自张灏的《幽暗意识与民主传统》（北京：新星出版社，2010.7）一书，是指儒家思想观念对"人性"的看法，在面对"人心陷溺"和"成德艰难"之中发现人格内在的"昏暗"，并自省为一种"幽暗意识"。

流传逾百年,其教大行;……嘉、隆而后,笃信程、朱,不迁异说者,无复几人矣。[1]

然则正如《韩非子·显学》中所言"儒墨之后,儒分为八,墨离为三",任何的学术思想,凡有所宗,必定会有派别孳衍、后学纷歧。在王阳明去世之后,门下诸弟子对于"心学"的理解体悟不同、取舍各异,"王门后学"自然便发生了迅速的发展和分化。应该说,"阳明心学"已经是儒家思想的极限,再度超越"阳明心学"之后的"王门后学",在本质上已经不再是儒家思想了,"王门后学"的诞生意味着儒家内圣之学的彻底破裂和崩塌。黄宗羲在《明儒学案》中按照地域的标准,将"王门后学"分为浙中、江右、南中、楚中、北方、粤闽、泰州这七派,其中尤以"泰州学派"对于整个晚明时代和社会的影响最为深远,他们以一腔喷涌的热情和热望鼓动着时代的风潮,有曰:

> 阳明先生之学,有泰州(王艮)、龙溪(王畿)而风行天下,亦因泰州、龙溪而渐失其传。……龙溪之后,力量无过于龙溪者,又得江右为之救正,故不至十分决裂。泰州之后,其人多能赤手以搏龙蛇,传至颜山农、何心隐一派,遂非名教之所能羁络矣。……诸公掀翻天地,前不见有古人,后不见有来者。[2]

王艮、王畿、颜山农、何心隐、王襞、罗汝芳等人将一股思想解放的潮流发展到了极致,包括之后被人们称为"王学异端"的一代大思想家李贽,他们共同形成了王学的左翼,我们一并将之称为"王学左派"。事实上,如果说"阳明心学"在近代时期为中国浪漫主义提供了抽象意义上的哲学支持,那么"王学左派"对于中国浪漫主义文学而言,则意味着更为普世的、积极的和激进的近代精神准备,它以高亢嘹亮的音色奏响

---

[1] 儒林传(一).明史(卷二八二).
[2] 黄宗羲.泰州学案.明儒学案(卷三十二).

了"浪漫主义"精神的近代号角。

1. 从"良知"到"童心"

在"阳明心学"体系之中,"良知"作为一个核心的关键词,承载着重要的双层意蕴,一则是指天赋先明之心、真诚恻怛之意,二则是指在封建纲常规范之中的伦理道德意识。显然的,李贽的"童心"一说可谓是源于"良知",又异于"良知"、超于"良知"。李贽在《焚书》中有曰:

> 夫童心者,绝假纯真,最初一念之本心也。若失却童心,便失却真心;失却真心,便失却真人。人而非真,全不复有初也。[1]

"童心"说中"最初一念之本心"、"真心真人"的观念,与王阳明"良知"说的第一层意蕴——"天赋先明之心、真诚恻怛之意"——显然有着一定的理论绵延和渊源关系。但是同时,李贽坚决地抛弃了"良知"说中的第二层意蕴,即对于封建道德伦常的推崇,并且将这种封建"义理"视为是丧失"童心"的根源:

> 童心者,心之初也,夫心之初曷可失也!然童心胡然而遽失也? 盖方其始也,有闻见从耳目而入,而以为主于其内而童心失;其长也,有道理从闻见而入,而以为主于其内而童心失……夫道理闻见,皆自多读书识义理而来也。[2]

因此,"童心"说是在对"良知"说进行合理扬弃之后的一个重大的思想突破。正如日本学者岛田虔次在《中国近代思维的挫折》一书中的提法,"童心"是"良知"的成年,是"良知"的独立,它达到了中国近代思维的一个顶点。于是,"童心"说在完全解除了"良知"说中礼教纲常的这一层枷锁之后,更将自然、率真、自由、性情等等人性的真善美活泼泼

---

〔1〕 李贽. 童心说. 焚书(卷三).
〔2〕 李贽. 童心说. 焚书(卷三).

地崭露无遗,这一思想观念的大解放,无疑令文学上的一股"浪漫"气息喷薄欲出。

2. 从"社群"到"个体"

在"阳明心学"的哲学体系中,始终强调的是"群体普遍性"与"个体特殊性"的两相结合。因此,王阳明是既关心家国天下、宗族人伦和社群利益,又不忘关注每一个独立个体的存在价值和意义,他期望协调好"社群"和"个体"之间的微妙关系,以建构成一个理想的儒家天下的美好图景。当然,"阳明心学"较之"程朱理学"的进步之处,正是在于对"个体"的关注。

然则,当"阳明心学"的思想观念发展到"王学左派"一脉之时,"社群"意识却是被完全地抛弃,而"个体"意识则被提高到一个至高无上的地位。王艮提出了"造命由我"、"纵横自在"的观念;王畿高扬一种个性十足的"狂者胸次"、"狂狷人格";颜山农、何心隐等人更是极力推崇一种豪杰人格和任侠精神,所谓"(颜)山农游侠,好急人难"[1],又曰:"(何心隐)其学学孔,其性类侠"[2];罗汝芳则是快意地呼号:"解缆放船,顺风张棹,则巨浸汪洋,纵横任我,岂不一大快事也哉!"[3]

最终,李贽将这一个体解放、个性自由的精神风尚推向高潮,同时还对它进行了丰富和拓展,他的"不庇于人"、"圣人与凡人一"、"各从所好,各骋所长"、"庶人可言贵,侯王可言贱"、"天生一人,自有一人之用"、"是非无定质,无定论"等等的言论,无疑将个体的独立平等、自由自主、反抗权威、平民意识、怀疑与反叛的精神等都一一纳入其庞大的思想体系之中,这一系列振聋发聩的言论,对于重建一个积极、健康和向上的"个体"意识具有重要的意义,因此在当时的思想文化界也引起了轩然大波。

在"王学左派"诸人的相继努力下,曾经长期在封建专制文化压抑下的"个体"意识,终于绽放出一片耀眼的光芒,伴随着的是"社群"观念

---

〔1〕 黄宗羲.明儒学案(卷三十五).

〔2〕 耿定向.何心隐先生祭文.载于《何心隐集》卷二.

〔3〕 罗汝芳.会语.明儒学案(卷三十四).

的没落,在一派毫不拘泥于儒家矩矱和士大夫名教的个性风气之中,一个时代的"浪漫主义"的精神气质开始酝酿。

3. 从"心"到"身"("道德理性"→"自然感性")

"阳明心学"打破了长期以来"程朱理学"的"以理为本"的思想僵局和绝对权威,转而提倡"以心为本"的观念,这是它最具时代精神和进步意义的一个转变,同时,王阳明在"心本体"中注入了传统儒家的伦理道德意识,推崇的一种道德自律的崇高感,并将"心"烙上深刻的"道德理性"的印记,充分体现了王阳明对于儒家内圣之学的真诚服膺。但是值得注意的是,王阳明主张将"伦理"的意识深深扎根于"人心"之中,要在人的心灵深处树立一种理想的道德伦理意识,便在无形中将人的"道德理性"和"自然感性"这两面,同时融摄到"心学"的体系之中,只不过"道德理性"的一面是显在的,而"自然感性"的一面则是隐潜的。

之后,"阳明心学"在"王学左派"的发展和推衍下,在本质上发生了明显的精神变异,"心学"开始溢出内圣之学,表现为"道德理性"的逐渐淡化、隐退甚至完全消弭,而"自然感性"则从隐匿变为凸显,最终走向独尊。事实上,"王学左派"是将"自然感性"中最直接、最直观的部分——"身"——即每一个个体真实、细密甚至琐碎的生活,置于一个极为崇高和重要的位置。当时,王艮首次将"身"置于"心"之上:

> 安其身而安其心者,上也。不安其身而安其心者,次之。不安其身,又不安其心,斯其为下矣。[1]

之后,又进一步提出了一个石破天惊的观念,即所谓的"百姓日用即道"。王艮曰:"圣人之道,无异于百姓日用,凡有异者,皆是异端。……圣人经世,只是家常事。"[2]之后,王艮之子王襞又云:"饥餐

---

[1] 王艮. 王心斋先生遗集(卷一).
[2] 王艮. 语录. 王心斋先生遗集(卷一).

时间的转角

渴饮,夏葛冬裘,至道无余蕴矣。"〔1〕二人相继对于人的"自然感性"之合理予以了充分的肯定。及至李贽,他更是直截了当地写道:

> 穿衣吃饭,即是人伦物理。除却穿衣吃饭,无伦物矣。世间种种,皆衣与饭之类耳。故举衣与饭,而世间种种自然在其中,非衣食之外,更有所谓种种绝与百姓不相同者也。〔2〕

自此以后,作为个体的人在摆脱了"道德理性"的沉重枷锁之后,终于能够尽情地享受"自然感性"带来的身心大解放。显然的,这一"感性统治"替代"理性统治"的重要转折,在一定程度上意味着一个理性时代的悄然让位,继之而来的则是一股暗潮涌动的浪漫思潮。

4. 从"理"到"情"再到"欲"("道德人性"→"自然人性")

在"阳明心学"中,尽管强调的是一种"心本体"的哲学意识,但是所谓的"心即理",仍然含有一种道德本体、伦理本位的意味,"人性"被规定为是在儒家的道德伦理规范之中的"道德人性",当然,它依旧是健康的、积极的、理想的人性,并不同于在"程朱理学"桎梏之下的僵化、麻木、愚昧的人性。

但是,在"王学左派"的思想观念中认为,"阳明心学"所塑造的"道德人性",对于"人性"本身的解放程度依然不够充分,于是,他们高扬的是一种回归自然之后的"自然人性"。"泰州学派"的杰出代表王艮在《语录》中写道:

> 天性之体,本是活泼。鸢飞鱼跃,便是此体。
> ……譬之江淮河汉,此水也;万紫千红,此春也。
> ……与鸢飞鱼跃同一活泼泼地,则知性矣。〔3〕

---

〔1〕 王襞.东崖语录.明儒学案(卷三十二).
〔2〕 李贽.答邓石阳书.焚书(卷一).
〔3〕 王艮.语录.王心斋先生遗集(卷一).

王艮认为,鸢飞鱼跃、河川奔流、春风桃李,都是合乎自然法则的"天性之体",是回归自然之后的天性美,因此,人应该过一种合乎人性本真的生活。同时,颜山农也认为"只是率性,所行纯任自然,便谓之道"[1]。之后,在李贽的"童心说"中,更是进一步推进了对于人的"真性情"的认同和推崇,他又在《焚书》中写道:"非性情之外,复又礼义可止也"[2],"不必矫情,不必逆性,不必昧心,不必抑志。"[3]我们看到,儒家传统的"以理节情"、"情在理中"的观念受到了巨大的冲击,而人的自然的、真实的、本色的情感开始得到关注,"情"逐渐逾越了"理"的牢笼,人们的情感在摆脱了道德的沉重束缚之后,一个崇"真"尚"情"的时代开始来临。

应该说,"情"的飞扬和奔放,是人性大解放的一个重要信号。随后,关乎"自然人性"的另一个关键词——"欲"——便成为人们下一个推崇的对象。自颜山农开始肯定人的私欲,提出了"制欲非体仁"[4]的命题。之后,何心隐则更进一步明确人的感性欲求正是人的最高天性:

> 欲货色,欲也;欲聚和,欲也。
>
> 声色、臭味、安逸之于耳、目、鼻、口、四肢,……尽乎其性于命之至焉者也。[5]

在此,人的感性本能、感官冲动和生命欲求开始得到正视、尊重和推崇。事实上,在李贽看来,"欲"在内涵上包括两个方面:一来是指私人的利益,即物质上的私欲;二来则是指生理上的性欲和情欲。在李贽的思想体系中,"私欲之心"已经完全取代了"道德之心",他认为:"夫私者,人之心也。人必有私,而后其心乃见;若无私,则无心矣……此自然

---

〔1〕 黄宗羲.明儒学案(卷三十二).
〔2〕 李贽.读律肤说.焚书(卷三).
〔3〕 李贽.失言三首.焚书(卷二).
〔4〕 罗近溪先生语要.
〔5〕 何心隐.爨桐集(卷三).

之理"〔1〕，他大胆坦言要"各遂千万人之欲"〔2〕，鼓动人们要发自本心，随心所欲：

> 如好货，如好色，如勤学，如进取，如多积金宝……皆其所共好而共习、共知而共言者，是真"迩言"也。〔3〕

从"程朱理学"的"灭人欲的天理"，到"阳明心学"的"存人欲的天理"，再到"王学左派"的"达情遂欲"的全新观念，"晚明"时代的价值观念的确发生了天翻地覆的剧变，这敲响了千年封建古国的第一声沉重丧钟，也迈出了从古典向近代的第一步。

在"王学左派"一脉诸人的积极努力下，中国晚明时期形成的一种早熟的启蒙思想，终结了中国封建古典时代的漫漫长夜，迎来了它在近代文明中第一抹明媚的光华，而它最核心的思想价值便在于"人"与"人性"的复兴，同时，在整个晚明社会中，一种崇仰个性的、自由的、自我的、唯情的文化价值观念一度蔚然成风，它们在彼此激荡中生成的高亢的"浪漫主义"精神，亦为中国现代浪漫主义文学吹响了近代的号角。

三、晚明文艺：中国浪漫主义文学审美之近代滥觞

从"阳明心学"的哲学体系，到之后"王学左派"诸人的思想言论，中国的晚明在逐渐地瓦解着传统权威之根柢的同时，更决绝地树立起了一面标新立异的思想大旗帜。一个时代的哲思牵动着一个时代的文学，在晚明哲学思潮的影响下，它的文学、美学界也激荡起了一股浪漫主义的热潮，在它一系列的诗学观念和审美情调中，酝酿着中国浪漫主义文学审美的近代滥觞。

---

〔1〕 李贽.藏书(卷二十四).
〔2〕 明道古灯录(上卷).李氏文集(卷十八).
〔3〕 李贽.答邓明府.焚书(卷一).

1. 个体与个性

事实上，在"阳明心学"及"王学左派"思想的熏陶浸润之下，中国的晚明时期文学最突出的一个特点，便在于一种个体意识的建立以及个性精神的倡扬。"公安派"是晚明文坛上一个非常令人瞩目的文学派别，它在中国现代文学史上亦常常被提及。尤其是"公安三袁"中的袁宏道，他是在王阳明、泰州学派和李贽等人的思想影响之下成长起来的，早年曾经遍读诸家学说，之后还是独尊"惟阳明一派良知学问而已"[1]，曰"此意自孔、老后，惟阳明、近溪庶几近之"[2]，而在内心深处，袁宏道更是尊李贽为"师"，在深陷官场束缚之苦时，他曾说："幸床头有《藏书》一部，愁可以破颜，病可以健脾，昏可以醒眼，甚得力。"[3] 万历二十四年（1596 年）春，袁宏道在吴县任上为官之时，作《叙小修诗》一文，正式提出"性灵说"：

> 大都独抒性灵，不拘格套，非从自己胸臆流出，不肯下笔。有时情与境会，顷刻千言，如水东注，令人夺魂。其间有佳处，亦有疵处，佳处自不必言，即疵处亦多本色独造语。然予则极喜其疵处；而所谓佳者，尚不能不以粉饰蹈袭为恨，以为未能尽脱近代文人气习也。[4]

中郎（袁宏道）又自谓：

> 宏实不才，无能供役作者，独谬谓古人诗文，各出己见，决不肯从人脚跟转，以故宁今宁俗决不肯拾人一字。[5]

---

〔1〕 袁宏道.又答梅生.袁宏道集笺校（卷二十一）.
〔2〕 袁宏道.德山麈谭.袁宏道集笺校（卷四十四）.
〔3〕 袁宏道.李宏甫.袁宏道集笺校（卷五）.
〔4〕 袁宏道.叙小修诗.袁中郎全集（卷三）.
〔5〕 袁宏道.与冯琢庵师.袁宏道集笺校（卷二十二）.

所谓的"不拘格套,独抒性灵",正是要树立起一种独尊主体个性精神的文学观念。诚如林语堂所言:"性灵就是自我。……文章者,个人之性灵之表现。性灵之为物,惟我知之,生我之父母不知,同床之吾妻不知。然文学之生命寄托于此。"[1]当时,"性灵"一说对于晚明的小品文界产生了巨大的影响,之后,对于中国现代散文亦产生了一定程度的影响,周作人、林语堂、废名、郁达夫等人都曾撰文探讨晚明小品文与中国现代散文在精神灵魂上的渊源关系。尤其郁达夫,作为中国现代浪漫主义文学史上的大师,在他一系列的山水小品散文之中,更是得力于"性灵"之精髓,用一种浪漫主义的笔触,在青山秀水之中寄予一种美的理想和个人话语,在清新秀美的风景书写之中,烙下自己的人格精神史和心灵史。恰如刘大杰所言,"公安派"在态度上是"革命"的,而在精神上则是"浪漫"的[2]。"性灵"一说的"革命性"在于,它真正解放了思想专制束缚下的个体人性,让个体与个性尽情地呼吸着自由新鲜的精神空气,林语堂曾指出,"性灵派以个人性灵为立场,也如一切近代之个人主义"[3]。同时,"性灵"更酝酿出了一种"浪漫主义"的诗学精神,任访秋有言,公安派的"独抒性灵"一说,与浪漫主义文学"自我表现"的观念,在精神上是一致的[4]。显然的,在中国现代浪漫主义文学的诗学体系之中,"自我表现"观作为一种人的主体性和个体性的自我确认,是"浪漫性"的一个不可缺少的审美信条,而在晚明"公安派"的"性灵"一说中,我们能够清晰地看出,它所倡扬的"任性而发"的个体真性情和自我本色,已经为这种"自我表现"的浪漫诗学留下了一脉宝贵的精神遗迹。

2. 主情的观念

在儒家的审美传统之中,提倡的是一种情感情绪的"怨而不怒、哀

---

〔1〕 林语堂.林语堂批评文集.沈永宝编.珠海:珠海出版社,1998:44.

〔2〕 刘大杰.中国文学发展史(下卷).北京:中华书局,1949:309.

〔3〕 林语堂.有不为斋随笔〈论文〉.论语(半月刊),第15期,1933.

〔4〕 任访秋.关于袁中郎和他所倡导的文学革新运动.文学遗产,1980(2):179.

而不伤"以及"温柔敦厚"的中和之状,并在长期的积累中逐渐定型为一种以理节情、情理协调的稳固的审美格局,这在无形之中给中国古典文学蒙上了一层道德名教的阴影。然而,中国的晚明文学以一种狂飙突进的姿态,驱散了这一传统的阴影,它在文学审美的诗学体系中建立起一个"主情"的观念,从而终结了中国文学的"古典"时代,并以一番崭新的面貌实现了晚明文学的"近代"转型。

事实上,李贽率先拉起了一面"唯情论"的大旗,他甚至将"情"上升到一个宇宙本体的高度,曰:"情者,天地万物之真机也"[1],又曰:"细缊化物,天下亦只有一个情。"意在以"情本位"取代"理本位",重建一个"唯情主义"的生命哲学和审美秩序。随后,汤显祖在戏曲美学的领域又提出了一个"至情"的审美理念。我们知道,汤显祖在哲学思想的学统上一贯秉承"泰州学派"一脉,作为泰州学派主要人物罗汝芳的学生,他深受"泰州学派"以及李贽诸人思想的影响,这种影响显然会投射在他的戏曲艺术创作上,其代表作《牡丹亭》可谓是一部"因情成梦,因梦成戏"的典型力作,剧中的杜丽娘为情重生、为爱还魂,堪称千古之奇女子,而她与柳梦梅之间的至情至爱,亦传为一段浪漫主义的爱情佳话。值得注意的是,汤显祖在《牡丹亭题词》中集中表达了他的"至情"观:"情不知所起,一往而深,生者可以死,死者可以生,生而不可以死,死而不可复生者,皆非情之至也。"在此,"情"超越了生死,超越了时空,成为了人生的一种永恒的、超越性的价值意义。继汤显祖之后,通俗小说家冯梦龙更是将"情"从人生的领域推广到宇宙万物的领域之中,从而将"情"的永恒性、超越性和普遍性的意义推向极致,他在《情史·序》中写道:"天地若无情,不生一切物。一切物无情,不能环相生。生生而不灭,由情不灭故。四大皆幻设,惟情不虚假。有情疏者亲,无情亲者疏。无情与有情,相去不可量。我欲立情教,教诲诸众生。"我们看到,冯梦龙提出了一个"立情教"的全新观念,认为"六经皆以情教"[2],而在他

---

〔1〕 李贽.九正易因.李贽文集(第七卷),第171页.
〔2〕 冯梦龙.江南詹詹外史述.情史.长沙:岳麓书社,1986:85.

所擅长的短篇通俗小说"三言"以及一系列俚俗山歌民谣之中,确是"借男女之真情,发名教之伪药"(《叙山歌》)。正如梁漱溟先生所言:"理智把本能松开,松开的空隙愈大,愈能通风透气。这风就是人的感情,人的感情就是这风。"[1]在"阳明心学"以及"王学左派"思想大放异彩的晚明一代,"理"彻底地让位于"情",晚明文坛中一时激荡起了人情人性的千层热浪,它不仅奔涌于"雅文学"形式的诗文之中,尤以李贽、徐渭、公安三袁等人的晚明小品文为代表,更是跳荡于"俗文学"形式的小说戏曲之中,诸如通俗小说"三言二拍"和戏曲"临川四梦"等等,它不仅激发了晚明一代士大夫学子们狂放不羁、恣意行乐的性情,更得到了晚明新兴的市民大众的认同、青睐与喝彩。

毫无疑问,晚明文界对于"情"的尊崇与追捧,已经达到了一个前所未有的高度,在"情"与"理"的不可调和的冲突之中,中国的近代美学终于找到了一个冲破古典主义和谐之美的重要契机,"情"在审美活动中的独立性和自由性,尤其得到人们的重视,"主情"的审美观念热烈地掀起了晚明时期一波波的浪漫主义热潮。

3. 回归自然

早在"泰州学派"创始人王艮的笔下,便已经开始急切地呼唤着一种回归自然的生命状态:

> 江淮河汉,此水也;万紫千红,此春也。……与鸢飞鱼跃同一活泼泼地,则知性矣。(王艮《语录》)

这是一副多么美妙活泼的自然之境,人徜徉在高山流水、姹紫嫣红、鸢飞鱼跃的大自然怀抱之中,享受着一种返璞归真的生命律动。事实上,在以"泰州学派"为代表的"王学左派"的思想体系之中,尤为重视一种"回归自然"的生命哲学和人生态度。在此,"回归自然"蕴含着两个深浅不同层面上的指向:其一,在浅的层面上,它指的是人在回归大

---

[1] 梁漱溟.中国文化要义.上海:学林出版社,1987:137.

自然、拥抱大自然之后的身心释然和惬意,其二,在更深的层面上,它则是指人的一种自然天成、不受羁绊、任情率性的精神气质和生命状态。相应的,当这样一种"回归自然"的哲学思想投射在文学审美的领域上之时,便在晚明文坛上掀起了一阵阵尚真任情、纯粹自然的文风。正如朱东润先生所言:

> 明代人论诗文,时有一'真'字之憧憬往来胸中。……自其相同者而言之,此种求'真'之精神,实弥漫于明代之文坛。空同(李梦阳)求'真'而不得,则赝为古体以求之;中郎(袁宏道)求'真'而不得,则貌为俚俗以求之;伯敬(钟惺)求'真'而不得,则探幽历险以求之。其求之之道不必正,而其所求之物无可议也。[1]

在晚明时期的文学界,人们在"求真"的精神上达成了共识,只不过在各自具体的表现形态上会有所不同,而这一"求真"的精神无疑源自一种"回归自然"的生命哲学。同时,在晚明文学的审美领域,徐渭的"真我"、"本色"之说,以及李贽的"童心"、"自然美"之论等等,都是在美学理念上对"回归自然"哲学进行了精神上的呼应,其影响可谓十分深远。徐渭在《涉江赋》中提出了"真我"一说:"爰有一物,无翳无碍,在小匪细,在大匪泥,来不知始,往不知驰,得之者成,失之者败,得亦无携,失亦不脱,在方寸间,周天地所。勿谓觉灵,是为真我。"在这一"真我"的表述基础之上,徐渭寄托着率真自由、浑然天成的文艺观念,阐扬着一种美的真切自然和不假雕饰。之后,徐渭又在戏曲美学领域提出了一个"本色说"的理念,他在《西厢序》中写道:

> 世间莫不有本色,有相色。本色犹俗言正身也,相色替身也。替身即书评中'婢作夫人总觉羞涩'之谓也。……故余于此中贱相

---

[1] 朱东润.述钱谦益之文学批评.中国文学论集.北京:中华书局,1983:88—89.

色,贵本色。[1]

徐渭"本色"一说的美学意义并不仅限于戏曲戏剧,而是将其大大地推广到诗文创作中去,尤其反对虚伪粉饰的形式,高呼回归人性、回归生命、回归文学的自然本色。同样的,李贽在"童心说"中,亦有着一种深切的回归自然、回归童真的人格情结:"夫童心者,绝假纯真,最初一念之本心也。若失却童心,便失却真心;失却真心,便失却真人。人而非真,全不复有初也。"[2]事实上,对于李贽而言,如果说"童心说"是他建立起来的一种人格美的标准,那么"自然说"则是他崇尚推举的一种艺术美的标准,他曾经提出了一个"自然之为美"的深刻命题,强调为文应"由乎自然"、"出自初心"、而不可有一丝的"牵合矫强":

　　故自然发于情性,则自然止乎礼义,非情性之外复有礼义可止也,惟矫强乃失之,故以自然之为美耳,又非有情性之外复有所谓自然而然也。[3]

在主张写诗作文的"贵真求实"和"发乎情性"上,他曾经非常形象地写道:

　　世之真能文者,比其初皆非有意于为文也。其胸中有如许无状可怪之事,其喉间有如许欲吐而不敢吐之物,其口头又时时有许多欲语而莫可以告语之处,蓄极积久,势不能遏;一旦见景生情,触目兴叹,夺他人之酒杯,浇自己之垒块,诉心中之不平,感数奇于千载,……遂亦自负,发狂大叫,流涕恸哭,不能自止;宁使见者闻者

---

〔1〕　徐渭.西厢序.徐文长佚草(卷一).
〔2〕　李贽.童心说.焚书(卷三).
〔3〕　李贽.读律肤说.焚书(卷三).

切齿咬牙,欲杀欲割,而终不忍藏之名山,投之水火。[1]

之后,李贽还提出了一系列在表象形式上有所不同,但在本质指归上是共同指向"自然之美"的文艺格调论:

> 故性格清澈者音调自然宣畅,性格舒徐者音调自然舒缓,旷达者自然浩荡,雄迈者自然壮烈,沉郁者自然悲酸,古怪者自然奇绝。有是格,便有是调,皆性情自然之谓也。莫不有情,莫不有性,而可以一律求之哉?[2]

李贽正是从尊童心、贵真情的人生态度和生命哲学之中,推衍提炼出这一"自然为美"的文艺观念,主张为文应当如为人一样,自然天成、解放天性、崇尚真诚,彻底挣脱所谓清规戒律、章法节度的束缚。

晚明的这一"回归自然"的文学母题,衍生出了一种浪漫主义的文学精神和文化情愫。事实上,无论是在西方世界的浪漫主义文学之中,还是在中国现代浪漫主义文学之中,"回归自然"无疑都是一个无法绕开的重要情结,或者是眷恋于大自然的秀美山水之中,或者是在人性深处开掘一种纯乎自然的精神净化和返朴性情,或者是达成一种人与自然的和谐沟通、天人冥契的境界。而在晚明的文学美学界之中,倡扬这一"回归自然"的文学理念,决非一时之偶然,而是在晚明思想界的长期积累之后,与之彼此影响和激荡之下,酝酿生成了一股浪漫主义的文学潜流。

中国的晚明时代是一个新与旧、危与机、破与立、情与理……等等正反价值共生并存的矛盾时代,它是在坍塌的废墟之上重建起来的一个光怪陆离的多元世界,在它的哲学思想、文学审美、文艺理念及创作之中,无不闪耀着一线自由解放之光芒,从中无疑能够找到中国浪漫主

---

[1] 李贽.杂说.焚书(卷三).
[2] 李贽.读律肤说.焚书(卷三).

义文学的近代哲思渊源和美学滥觞,它宛如漫漫古典黑夜中一颗璀璨的夜明珠,用自己灼灼的灵光,昭示着一种浪漫主义的朦胧而可贵的精神气息。

明清之际：中国现代浪漫文学的思想文化共同体

中国的明清之际从历史的时期上来看，大致是从十六世纪的三四十年代至十七世纪的四五十年代之间，即从明嘉靖、万历年间直至满清王朝的初建之期，它恰好是介于从传统中国步入近代中国之间的一个转折点或者说是过渡时期。但是，正如赵园先生所言，"明清之际"这一概念其实并不仅仅代表着一个历史时间上的区间，更重要的是，"之际"中蕴涵着的一种明清易代鼎革的特殊历史情境[1]，而无可否认的是，其中思想风气的播迁、文化气息的世变和士人心态的矛盾复杂等等，都成为中国现代文学史上的学人作家们常常回溯和回望的历史焦点，诸如"五四"新文学家鲁迅、周作人、林语堂、郁达夫等人，都曾经关注和思考着中国明清之际的历史文化情境。为此，对中国现代浪漫主义文学的起源进行考察，"明清之际"将无疑是一个无法绕开的重要历史时空，林语堂、任访秋、朱维之等研究者都曾经将晚明至清初的中国文学与浪漫主义之间进行一定的比拟和关联。事实上，中国明清之际的文学是应该作为中国现代浪漫主义文学的思想文化"共同体"而存在的。"共同体"（Community）的概念是一个被广泛地运用于政治学、哲学、人类学、社会学等各个学科领域的研究术语，更是一个内涵丰富但又颇有歧义的特殊概念。从词源上看，"共同体"（Community）一词来自于希腊语kolvwvía，代表着一种具有共同的利益诉求和价值取向的关系实体[2]，

---

〔1〕 赵园.明清之际士大夫研究.北京：北京大学出版社,2014.6：25.
〔2〕 亚里士多德.尼各马可伦理学.上海：商务印书馆,2003：51.

其中,各个机体单元或者成员之间,在某个或者多个特征指向上,存在着一定程度上的认同关系。而事实上,中国明清之际的文学思潮,在哲学背景、思想启蒙、审美取向和诗学观念等多个维度上,都与中国现代浪漫主义文学有着一种深刻的文化渊源关系,并且它们在各自生命机体的发展轨迹当中,所遭遇到的高潮、转折和低谷等不同阶段,都有着一种高度的相似性,二者在历史时间和空间上的距离,并不能阻隔彼此之间的思想冥契和精神呼应。

相对于整体的世界历史大背景(尤其是欧洲文明)而言,中国从明代的中晚期开始,封建的社会机制便逐渐走向衰落,美籍学者黄仁宇先生曾称明朝是一个内向而非竞争性的国家[1],期间虽有张居正执政时期在政治、经济等领域的一系列改革尝试取得成效,商品经济得到了一定程度的活跃和发展,但是仍然无法遏止明代后期的政治统治在保守和呆滞中趋于腐朽的必然趋势。当时,国家政治的衰落和经济力量的新生形成了较为鲜明的对比,而同时,作为官方学术正统的"程朱理学"也日益陷溺于困窘和僵化的境地中,这恰好为"阳明心学"的兴起和发展提供了一个历史性的契机。换言之,这是一个潜伏着文化转型、精神裂变和历史转折的重要时期,相应地,在这样一种特殊的历史情境中酝酿着的是一种"死水微澜"式的文学风貌,即在看似风平浪静的死水之下却涌动着隐藏的波澜。自万历晚期开始,"阳明心学"在"王门后学"的推衍发展过程中,发生了明显的扩张和变异,其中以"王学左派"(尤其是"泰州学派")及其继承者最为典型。事实上,当"王学左派"发展到李贽、袁宏道等人时,它早已违背了"阳明心学"的初衷,当王阳明从维护儒家传统思想和道德的角度出发,批判驳斥着所谓的假道学和僵化的"程朱理学",转而倡导"本心"、"真心"和"致良知"之说时,他的继承者们却将反叛的矛头直接指向了儒家的圣贤思想,他们在继承王阳明"心为本体"衣钵的同时,更是将其中的心性主体、独立自由、情欲解放和怀疑批判的精神追求发展到极限,从而彰显出一种强烈的人文启蒙

---

〔1〕 [美]黄仁宇. 中国大历史. 北京:生活·读书·新知三联书店,1997:177.

的思想风貌。为此,整体的"晚明文学"便呈现出一派鲜明的反叛意识和世俗化色彩,其中最为核心的便在于,在文学中倡导尊重人的自然人性、唤醒人的主体意识以及对"私欲"和"真情"的肯定表达。譬如李贽的"童心说"、公安三袁的"性灵"小品文、汤显祖的"主情说"戏曲美学、冯梦龙"立情教"的主张等等,无不折射出一种激烈的否定儒家传统礼教、反对禁欲主义和张扬个体情感解放的精神锋芒。显然的,具备着近代美学意义的"浪漫主义"文学思潮,成为了中国晚明时期最为典型的一股时代思潮。西方著名的文化学者雅各布·布克哈特曾经评价欧洲的"文艺复兴"为一个"人的发现"的伟大时代,而在中国的晚明时期,这不可不谓与此有着一种异曲同工之妙。及至《金瓶梅》的出现,则更是将中国的晚明文学推向了一个情欲泛滥、个性膨胀和世俗颓靡之至的历史极端境地,那真正是一个充满了喧哗和骚动的时代。而与此同时,大明王朝的凄厉的丧钟也已经悄然响起。在经过明末的一番惊天动地的血肉厮杀和屠戮之后,大明王朝终究被埋葬于历史的尘埃之中。同时,崛起于关外的满清政权入主中原。正如中国所有的朝代更迭一般,明末清初无疑是一个烽火连天、生灵涂炭的时代,而同时,明末清初的剧变又与一般的朝代更迭不同,对于处在这一易代鼎革之际的汉民族知识分子而言,"以夷代夏"的耻辱,更令他们在经历了惨痛的国破家亡的现实之后,开始了一番深刻而理性的文化反思和历史检讨。正所谓"哀其所败,原其所剧"[1],而首当其冲的便是,在中国明末时期一度以狂飙突进式的迅猛势头发展的"王学左派"一派先锋思想家及其学说,尤其是被称为"王学异端"、"王学左派"一代大师的李贽,更是陷入了一个被众人刻骨批判、讨伐甚至唾弃的历史境地。而事实上,当李贽以一系列所谓的"有伤风化"、"有碍名教"的罪责横尸狱中之后,"王学"的命运就已经进入了一个斗转直下的运途之中,而李贽思想中的一系列带有革命性能量的火花,迸发在一个不合时宜的时代,便仿佛是落入了一个无边无际的冰冷海水之中。更令人痛心的是,李贽作为中国近世思

---

〔1〕 王夫之.黄书·后序.

想启蒙的先驱者，却遭遇到了他的实际继承者的无情批判和抨击，特别是之后被称为"明清之际三大思想家"的黄宗羲、顾炎武、王夫之，他们在理欲观、义利观和个体意识等诸多领域，实际上是汲取了李贽思想中的合理成分，却依旧对于李贽的思想体系有着言之凿凿的无情批判，这着实充满了一种思想史的反讽意味，也更说明了中国早期启蒙思想所面临的巨大困境。或许，李贽式的不羁、狂飙、激进的"启蒙"方式是需要重新思考的，但是可以肯定的是，这样一种中国近代的"启蒙"力量和精神却一直是不屈不挠的。作为"明清之际三大思想家"之一的黄宗羲，在他的代表作《明夷待访录》一书的书名中，便已寓意深邃慧远，所谓的"明夷"是指有智慧的人处在患难的境地，而"待访"则是等待后代明君旷主的采纳，他认为自己的学说能够将国家社会从黑暗导引向光明。这并非是作者的狂妄之辞，梁启超甚至将此书与卢梭的《社会契约论》（又译《民约论》）相类比。[1] 中国明清之际的思想文化界同人共同致力于找寻一条新的思想出路，包括"明清之际三大思想家"的黄宗羲、顾炎武、王夫之，以及傅山、颜元、方以智等人在内的一大批学人士大夫们，在批判晚明"王学"影响下学风士风的空疏颓靡之同时，开始转向一个全新的治学方向，即提倡"经世致用"的思想和实学的研究，从而奠定了中国明末清初思想史上的大转折。诸如顾炎武的"通经致用"以开清代朴学之风气，黄宗羲在回归史学之中以史鉴世、以史明理，方以智选择质测之学以格物穷理等等，无不在中国清代的初年开创了一种博学扎实、理性严谨的一代学风，并且以一派稳健务实、勇于担当的思想风貌和精神风采，重塑了传统儒家式的文明品格和责任意识。但是，当大清的江山政权日益稳固之后，实学思潮的河床却也日趋逼仄，其中一度闪耀着的理性启蒙的光芒，也在"闭关锁国"的国策推行中陷入了一个黯淡无光的境地。中国近代化的匆匆脚步亦再遭阻滞，中国社会又一次被拉回到一长段的沉闷压抑的精神低谷之中。

---

[1] 梁启超. 中国近三百年学术史. 北京：东方出版社，1996：55—56.

作为中国晚明时期一股异军突起的浪漫主义思潮,在明清之际的命运轨迹尤为值得人们关注和反思。本文意在勾勒出一个从晚明到清初的中国文学的发展趋向和历变轨迹,展示其与中国现代浪漫主义文学之间同生共息的思想文化图景,彰显出二者之间思想文化共同体的存在关系。

一、李贽之死:一个思想史转折的深刻隐喻

自始至终,在李贽的富于传奇色彩的一生之中,他从不畏惧世俗礼教的风霜刀剑,他奋力疾呼的"童心真情"、"人皆有私"、"各遂千万人之欲"、"不以孔子之是非为是非"等等惊世骇俗的言论,无疑给晚明的士大夫学子们带来了一股山崩地裂、石破天惊的空前冲击力,一时之间,在晚明时期的中国思想文化界中,一系列的诸如崇尚个性解放、独立平等和性情自由等等的思想言论,宛如一道道百舸争流、千帆竞发的飞扬的风景线,焦竑、袁宏道、汤显祖、冯梦龙等等的晚明文人名士,无一不受到李贽言论的影响,这一蔚然成风之状早已非名教所能羁络。直至李贽的晚年,他更是以"猖狂"、"异端"的狂人姿态,陷入了一种同时备受着追捧与攻讦的"悖反"之境地,在时人的是非毁誉之中载沉载浮。明朝万历首辅朱国桢在《涌幢小品》中言及李贽之学说"最能惑人,为人所推,举国趋之若狂",并认为"今日士风猖狂,实开于此。全不读《四书》本经,而李氏《藏书》《焚书》,人夹一册,以为奇货。"〔1〕公元1602年,明神宗万历三十年,李贽以"乱道、惑世、诬民"的一系列罪名被捕入狱,然而他在狱中的铁窗之下依旧写下:"杨花飞入囚人眼,始觉冥司亦有春"(《杨花飞絮》)的诗句,其泰然自若之状正如他的绝笔之言:"我今不死更何待,愿将一命归黄泉。"同年3月15日,李贽呼侍者剃发,遂夺剃刀自割其喉,终自到气绝而亡,享年76岁。〔2〕

在李贽死后,诸多的名人学士都相继作诗悼念缅怀,汤显祖写下

〔1〕 转引自萧萐父、许苏民.明清启蒙学术流变.沈阳:辽宁教育出版社,1995.10:56.
〔2〕 张建业.李贽评传.福州:福建人民出版社,1981.6:247—249.

《叹卓老》："自是精灵爱出家,钵头何必向京华;知教笑舞临刀杖,烂醉诸天雨杂花。"[1]周汝登在《吊卓吾先生》中写道:"半成伶俐半糊涂,惑乱乾坤胆气粗;惹得世人争欲杀,眉毛狼藉在图圄。天下闻名李卓吾,死余白骨暴皇都;行人莫向街头认,面目由来此老无。"[2]于奕正作《李卓吾墓》:"此翁千古在,疑佛又疑魔;未效鸿冥去,其如龙亢何!书焚焚不尽,老苦苦无多;潞水年年啸,长留君浩歌。"[3]然而尽管如此,大明王朝的统治者和卫道者们的态度显然与此大相径庭。明神宗万历皇帝朱翊钧便亲笔批示,下令立即将李贽的已刻未刻的所有著作"尽搜烧毁、不许存留"。及至天启五年(公元1625年),明熹宗朱由校再度诏旨天下书院,曰:"李贽诸书,怪诞不经,命巡视衙门焚毁,不许坊间发卖,仍通行禁止。"[4]的确,从表面上看,李贽的死亡是带来了一种暂时的平静,但是显然的,思想文化界的骚动并没有因此而消歇湮没,恰恰相反的是,一阵阵关于李贽的遗墨征求之声鼎沸。小品文家陈明卿有曰:"卓吾书盛行,咳唾间非卓吾不欢,几案间非卓吾不适。朝廷虽禁毁之,而士大夫则相与重锲。"[5]焦竑在刻印《续藏书》中作序亦言:"李卓吾先生殁,而其遗书盛传"、"遗书四出,学者争传诵之"。"将头临白刃,一似斩春风",在李贽走向了一条永不回首的不归之路后,仿佛一夜之间,那一段思想观念间的激越碰撞就此戛然而止,但是在这背后,历史其实只是画上了一个意味深长的停顿号,他的"荣死诏狱"不仅仅是他的一个个体生命终结的悲剧,是一代思想家陨落的悲剧,它更是一个时代和社会的悲剧,是一个思想史转折的痛苦拐点。

在李贽的思想体系之中,它最大魅力就在于对"人"的生命本体"童心"的真诚保护——包括对每一个个体的价值肯定、情感尊重、生命自觉以及私欲利益的支持等等理念——这对于一个靡靡沉浸于农业文明

---

〔1〕 《汤显祖集》卷十五"玉茗堂诗之十".
〔2〕 刘侗、于奕正.《帝京景物略》卷八"畿辅名迹".
〔3〕 刘侗、于奕正.《帝京景物略》卷八"畿辅名迹".
〔4〕 顾炎武.《日知录》卷十八,引御史王雅量疏.
〔5〕 陈明卿语,转引自吴虞《李卓吾别传》,见《吴虞文录》.

的古老国度而言,它所带来的启蒙价值和意义,无疑是非常巨大的,可以说,它带来了中国近世文明的一道令人无限振奋的明亮曙光,然而无可否认的是,在封建文明之惯性的强大作用之下,李贽的思想从一开始就必然存在着一种"思想启蒙"与"道统维护"之间二律悖反的问题,而直至他气绝身亡,他的纠结与痛苦都没有停歇,从而在一个思想的"怪圈"中无法找到出路。应该说,李贽最大的遗憾是在于,尽管一再表白自己是儒门中人,只是不愿与假道学、伪道士为伍,但是却始终无法为世人所理解,甚至后来遭到了一大批东林党人、复社成员等人的言辞激烈的诟病,而之后被称为"明清之际三大思想家"的黄宗羲、顾炎武、王夫之亦对他持同样的批判态度,黄宗羲甚至在《明儒学案》中有意地不愿为"李贽"及其学说立案。可见令人痛心的是,李贽作为中国近世思想启蒙的先驱者,却遭遇到了他的实际继承者的无情批判和抨击,这着实充满了一种历史性的反讽意味,也更说明了中国早期启蒙思想所面临的巨大困境,或许,李贽式的不羁、狂飙、激进的"启蒙"方式也是需要重新思考的,但是可以肯定的是,这样一种"启蒙"的力量、智慧和精神却一直是不屈不挠的,李贽并没有白白死去,他的死不仅代表着一个启蒙时代的终结,更代表着另一个启蒙时代的开端,它恰恰是一个思想史转折的深刻隐喻,也正如余英时先生所言,是奠定了明末清初的一种"思想基调的转换"[1]。

二、明清易代:遗民文人的价值选择

自李贽去世之后,在"王学左派"的一众后继者群体之中再无出其右者,李贽一人已经独自走到了"心学异端"之途的尽头,而中国晚明时代所激荡起来的一股个性解放、生命自由和崇真尚情的思潮,亦于不知不觉之中在离经叛道的路上越走越远,逐渐丧失了一种"浪漫主义"的风致与情怀,因此遗憾的是,在中国晚明时代一度闪现的"浪漫主义"的

---

〔1〕 余英时. 现代儒学的回顾与展望——从明清思想基调的转换看儒学的现代发展. 中国文化,1995(1):1—25.

星星之火在还没有燎原之前,便早早地被毁灭了。继而,在"王学末流"之徒毫无节制的大肆渲染之下,"王学"已经面目全非,变得或狂浪、或虚无、或颓靡,其思想精华的灵魂已经出窍,徒留下一个苍白无力的躯壳。于是,在明朝末年,随着"王学"("心学")日渐走向歧途之后,一场思想学术转向的改革已经迫在眉睫。

遗民思潮是在明清之际"易代鼎革"这一历史阶段中出现的特殊产物,明末清初的"遗民"实际上是一个非常庞大的群体,而这一群体中知识分子的态度言行又更为引人注目。在那样一个战火纷飞、血雨腥风的年代里,汉民族的遗民知识分子显然成为了明末清初思想文化界的中坚力量,对于他们而言,"明清易代"无疑是一个满含着屈辱和悲情的年代,一方面是正统王朝的覆灭,另一方面则是强大异族的入侵,他们在精神、心理和文化上所面临的一种痛苦、煎熬与矛盾自不待言,并由此开启了一个或隐或现的自我检讨、反思、解构和重构的过程。显然的,当时他们所背负的一个最迫切的责任和使命,便是重塑中国传统文化思想体系的一种权威性和神圣感,而这一切的开端正是在学界中广泛揭橥起一面"经世致用"的精神大旗。应该说,在明末清初的思想文化界中,真正奠定了这一思想史转向之基调的,是后来被人们称之为"明清之际三大思想家"的黄宗羲、顾炎武和王夫之。事实上,黄宗羲、顾炎武和王夫之三人的思想学术体系的建构,都是在对"王学"的批判和反思的基础之上开始的,他们一力抨击"王学"以空疏清谈之学风最终导致了误国误民的后果。在明末清初之时,"王学"仿佛已成众矢之的,顾炎武认为,"王学"是"以明心见性之空言,代修己治人之实学,股肱惰而万事荒,爪牙亡而四国乱,神州荡覆,宗社丘墟"[1];王夫之更是痛骂李贽为"邪陷"、"愚陋"、"妄人","导天下于邪淫",并认为他的《藏书》"为害尤烈"(《俟解》);而作为"王学"之传人的黄宗羲,亦时时反思"王学"在明末走向极端之后的学理问题,对于"王学"思想中的合理因子进行继承,而对其中的过激和偏颇之成分予以纠偏。当然,在批判

---

[1] 顾炎武. 夫子之言性与天道. 日知录(卷七).

"王学"的同时,一种"经世致用"的学术理路和思想观念,开始逐渐在明清之际的文人学界中蔚然成风。顾炎武以"通经致用"的治学思路,重新回归到正统的"经学研究"之路上,以一种"重实践、贵实用、尚实证"严谨求实的治学态度,开创一代考据学之风,并成为清代"朴学"研究之鼻祖;而黄宗羲注重史学研究的态度,同样是出于"致用"的目的,他以研史作为一种工具,探究历史(尤其是明朝一代)兴衰的归因,并以"穷究性命"、"实事求是"的研史风格,成为清代"浙东史学"一派之前驱;王夫之则是以一种"六经责我开生面"的气概和气势,在哲学层面上对"宋明道学"予以一番深刻的总结和终结,并由此建立起一套形态成熟的朴素唯物辩证法的理论体系。另外,傅山的诸子之学研究、颜元的格物新解、方以智的质测之学等等,都共同推助成明末清初思想文化界的一股实学之大潮。

日益萎靡不振、衰颓不堪的明王朝,令一大批明末的文人学士们产生了深深的忧虑和质疑的情绪,以及改变现状的决心,其中尤以"东林学派"以及"复社成员"的学理言论影响最大。所谓"东林学派"是明末一个比较著名的社会团体,以高攀龙、顾宪成等一批明末文人名士为代表,主要组织的活动形式是"讲学",他们继承的是正统的儒家思想体系,积极倡扬"修身、齐家、治国、平天下"的儒家观念,将"内圣"与"外王"彼此统一起来,具有强烈的救世精神、批判意识,以及为民请命的热忱。在政治上,"东林学派"一直致力于对抗明朝末年的以魏忠贤为首的一股愈来愈猖獗的"阉党"势力,他们非常痛恨宦官专权的无能、黑暗与腐朽,常常以或明或暗的形式与之抗衡,也因此遭到了阉党一系不同程度的迫害。而在学术上,"东林学派"则不遗余力地抨击着"王学末流"的虚言妄论、空谈心性和不闻国事,他们所倡导的是一种重视社会现实,关注世道人心的"有用之学",所谓"不贵空谈而贵实行",并期望以读书、讲学、议政的方式,大胆讽议朝政、裁量人物,重新聆听民愿、唤起民心,为此,他们修复"东林书院",并在书院的对联上写着:"风声、雨声、读书声,声声入耳;家事、国事、天下事,事事关心",力图将读书讲学与家国大业联系在一起。"东林"学派的核心人物高攀龙曾有名言曰:

"居庙堂之上则忧其民,处江湖之远则忧其君,此士大夫实念也;居庙堂之上,无事不为吾君,处江湖之远,随事心为吾民,此士大夫实事也。"[1]应该说,"东林学派"的思想言论,对于日渐式微的明末政权而言,便宛如一剂救命的强心针,一切都是出于一种力挽狂澜的努力。而谈及"复社",则是另一个与"东林学派"相继崛起的士大夫团体,早期的组织者是明末的名士张溥、张采二人,"复社"与"东林"二者师传衣钵,彼此的沟通交流甚密,并在政治理念上是志同道合的。樊树志先生便认为,"复社"的"宗旨在于'兴复古学、务为有用',他们追慕'东林'的余绪,以学问触及时事,卷入政争之中,时人称为'小东林'"[2]。正如一般的文学社团一样,"复社"及其成员的社会活动,亦多有社集、宴游和诗酒酬唱等等诸事,但是他们并没有停留于表面上的以文会友、吟咏自娱,其重心和焦点却在于訾议时政、裁量公卿,以期能够匡正时俗、匡扶世风,具有强烈的政治参与意识和社会活动能力。值得注意的是,"复社"在中国历史上的存续时间较之"东林学派"而言,是相对长久一些的。自大明万历朝以降,"东林学派"诸公便曾先后遭遇"阉党"势力的打击迫害,及至明朝末年,"东林书院"被摧毁,而"东林学派"的诸君子高攀龙、左光斗、顾大章等人亦在锦衣卫的折磨下遇难身亡,"东林"一派最终在"阉党"的不断诬陷、刑罚和屠戮之后,最终消失殆尽。而"复社"的存在及其成员的活动,则是从明朝末年一直跨越到了清朝初年,一度经历了"明清易代"这一历史大变动,因此,"复社"在它的发展过程中,在不同阶段的社团活动及其意义指向是不尽相同的,并且在其庞大的成员队伍之中,亦发生了某些鲜明的分化。譬如"江左三大家"之首的钱谦益,尽管归降了清朝,但是在爱妾柳如是的影响之下,亦一直暗暗地从事着一些抗清活动;吴伟业、侯方域则是起初不愿入仕清廷,后在一系列的历史变故之下,最终走上与满清合作的道路,然而在晚年迟暮之时,却又一直深以出仕满清为耻;陈子龙、吴应箕则是誓将自己的

---

〔1〕 高攀龙.答朱平涵书.高子遗书(卷八).

〔2〕 樊树志.晚明史.上海:复旦大学出版社,2003:1051.

余生,投入到轰轰烈烈的抗清活动之中去,他们一直坚持在反满政权的斗争之中,并最终壮烈牺牲;而黄宗羲、顾炎武、王夫之等人,亦是希望以一腔热血投入到抗清斗争中去,愿意为之倍尝艰难困苦,并且在学术思想上更是一致地转而为推崇一种理性实学的治学精神。[1] 为此,应该说,"复社"的一众成员乃是上承"东林学派"的经世济民思想之精髓,下启"遗民思潮"中的爱国精神和经世实学之风气,这一承上启下的历史意义是非常巨大的。

在中国明清之际的思想界中,"明清易代"的历史剧痛感深深刺激着当时的一大批文人学者们,他们痛心疾首于"王学"空疏清谈之风气的误国贻民,转而在思想学术领域加入了更多的实务关注,高扬一种"经世致用"的治学思想,以学问论时事,他们或者回归经学研究,或者复兴先秦诸子之学,或者重视史学、文献学,或者开创质测之学以格物穷理等等,他们开始将之前的一种感性的、体悟的、浪漫的激情收敛起来,而高扬起一种理性、知性与求实进取的精神意识。

三、审美同构:从风花雪月到感伤主义

正所谓"一代自有一代之文学"。在中国的晚明,"心学"在思想界中势如破竹的发展,很快在当时的文学界中,激荡起一股"浪漫主义"的波澜之势。然而,伴随着中国明末日渐枯朽衰靡的国势,"心学"逐渐堕入末流,滑向了一个充满着虚无、空疏和玄幻的思想暗渊,而"浪漫主义"文学中所张扬的一种健康向上、激情绽放和个性解放的精神朝气,亦遭遇到了从萎缩到变异,再到荡然无存的一番境遇。应该说,是明末时期国政祸乱的大不幸,重新将文学拉回到"现实主义"的人文关怀中来,同时,又在整体上呈现出一种"感伤主义"的诗学审美基调。《金瓶梅》的诞生是明末文学一个转变的信号,至于"《灯月圆》、《肉蒲团》、《野史》、《浪史》、《快史》、《媚史》、《河间传》、《痴婆子传》,则流毒无尽",它

---

〔1〕 转引自萧萐父、许苏民. 明清启蒙学术流变. 沈阳:辽宁教育出版社,1995. 10:
285.

们将"浪漫"彻底改写成了"艳情"与"颓废",于是,文学一度迷失于一个糜烂和淫秽的官感世界之中。然而更糟糕的是,当中国的明末到了一个最黑暗的境地之时,恐怖政治、酷刑杀戮和战事祸乱开始弥漫整个国家,正如鲁迅在《病后杂谈》一文中所描述:"大明一朝,以剥皮始,以剥皮终,可谓始终不变。"[1]当一面温情脉脉的纱巾被揭开之后,惊现的便是另一种杀气腾腾、血污遍地的场景。在明朝末世的大劫难之中,当时的普通百姓们显然身处于一番水深火热之中,而文人知识分子中的仁人志士们更是举目时艰、痛心疾首,在他们的笔下,"暴力"、"屠戮"与"虐杀"比比皆是,在这一五一十的实录之中,浸渍着苍生的血泪,散发着时代的烽烟,最可贵的是,它隐隐表达着来自最底层民众的"抗争"精神,更透露出一种现实主义的批判锋芒。一切宛若是柳暗花明又一村,当明末文学陷溺于"情色"的泥淖中之时,它显然已经走到了自己的穷途末路,然则国政祸乱之大不幸,又重新将它拉回到一种"现实主义"的人文关怀中来。及至大明王朝彻底覆灭、满清政权入主中原,国破家亡的悲恸一泻千里,如同所有的前朝更迭一样,"明清易代"酿成的是一个个刀光剑影、血流成河、尸横遍野的人间惨景;然而更可悲的是,"明清易代"又与一般的改朝换代不同,它在带来一种国破家亡、风雨飘摇之怆痛感的同时,更因为"满清"异族的入侵、主宰与统治,深深激发起一种广泛的民族主义情绪,"以夷代夏"的耻辱、刺激和切肤之痛,如同鬼哭狼嚎的幽灵一般,游荡在汉族知识分子们的心底。为此,他们无不忧心于曾经赖以安身立命的汉民族正统文明的一朝溃灭,深深沉浸于一种兴亡之感、黍离之悲的精神氛围之中,而心怀故国、不忘前朝的悲痛情绪,始终萦绕在他们的心头。这一阶段的文学,尤以张岱、钱谦益、吴伟业、孔尚任等人及作品为代表,他们非常重视一种历史的真实性,在写作上秉持着"写实主义"的实录精神,但在作品的整体上,又呈现出一种"感伤主义"的审美基调,抚今追昔,令人兴叹。

---

[1] 鲁迅. 且介亭杂文·病后杂谈. 鲁迅全集(第6卷). 北京:人民文学出版社,2005: 167.

1. 明末文学：柳暗花明

自明代中叶以来，"王学"（"阳明心学"）及"王门后学"，以一种势如破竹的发展势头，改变了整整一个时代的价值观念，尤其是在"泰州学派"学说的深刻影响下，整个文坛便吹拂起一阵人性人情的复苏之风，并逐渐掀起了一股盛大的"俗化"潮流。在晚明一代的文人士大夫圈子里，或者是底层普通的市民阶层之中，都普遍地存在着一个从贵"雅"走向崇"俗"的价值趋向。这一新兴的"俗化"现象，最早兴起于市井里巷，后蔓延至儒林学苑，于是，在晚明的文化、艺术、生活、哲学等各个领域中，这一"崇俗"的观念迅速传播和繁荣起来。据沈德符记载：

> 嘉、隆间，乃兴《闹五更》、《寄生草》、《罗江怨》、《哭皇天》、《干荷叶》、《粉红莲》、《桐城歌》、《银纽丝》之属。自两淮以至江南，渐与词曲相远，不过写淫媟情态，略具抑扬而已。比年以来，又有《打枣竿》、《挂枝儿》二曲，其腔调约略相似，则不问南北，不问男女，不问老幼良贱，人人习之，亦人人喜听之。[1]

至于通俗文学中的上乘之作，更是皆出自人的真情至性，时人甚至将以《三国演义》《水浒传》《西游记》和《金瓶梅》为代表的"通俗"文学，称为"明代四大奇书"，甚至与《左》《史》《庄》《骚》等经典相与媲美。时至今日，《三国演义》《水浒传》和《西游记》，更是在中国古典"四大名著"之中占据了三个席位，而《金瓶梅》则因其大量描绘的男女交媾、床笫合欢的淫词秽语，一度被列为禁书，成为后世争议不断的一部通俗世情小说。我们知道，《金瓶梅》自诞生之初时起，便一直存在着"诲淫"之嫌，小说以一个西门大户之家作为缩影，所谓"著此一家，即骂尽诸色"[2]，全面暴露出一派世风凌夷、礼崩乐坏和丧心败德的丑陋现实，其中尤

---

〔1〕 万历野获编(卷二十五)，转引自陈伯海主编. 近四百年中国文学思潮. 上海：东方出版中心，2007.8：103.

〔2〕 鲁迅. 中国小说史略. 北京：人民文学出版社，1975.8：153.

为大肆铺张着男女交欢纵欲的情色之笔,仿佛一个无比香艳浮靡的纸上风月场。沈德符便认为:"此等书必遂有人板行,但一刻则家传户到,坏人心术,他日阎罗究诘始祸,何辞置对? 吾岂以刀锥博泥犁哉!"(《万历野获编》)又有,董其昌尽管认为《金瓶梅》"极佳",但是仍应"决当焚之"(转引自袁中道《游居柿录》)。至于薛冈,则更是在《天爵堂笔馀》中大声疾呼:"此虽有为之作,天地间岂容有此一种之秽书? 当急投秦火!"但是,与之大相径庭的是,袁宏道却盛赞《金瓶梅》为传奇之"逸典"(《殇政·十之掌故》),张竹坡更是称道《金瓶梅》为"第一奇书"[1],并为之悉心写下了十余万字的评点,甚至针对小说中大量的艳情、色情描写,还单独写了一篇《第一奇书非淫书论》,力图为之正名。

事实上,《金瓶梅》正是一朵独特的"恶之花",它的"恶"是显而易见的,在西门庆的一家及其与之相联系的人、家庭、商场、官场之中,无不上演着各种的奸淫掳掠、乱伦畸恋、重利薄情、卖官鬻爵、结党营私……但是,它们并不仅仅是在展览"丑恶",更是通过赤裸裸地展现这一系列的丑恶和污秽,决然地撕下那一层虚伪的道学遮羞布,用最犀利和真切的目光,去审视人性、道德和礼法的普遍沉沦。因此,在《金瓶梅》的行文之中,往往多有说教与劝世之语,尤其是在它的序、入话和正文夹杂的评议文字中,多有一种"盖为世诫、劝百讽一"的意味。我们看到,被物欲、色欲的两大毒蛇所缠绕的人性,在向下堕落的同时,如影随形的是一种深刻的心灵焦虑和精神救赎,它更加地渴望着一种向上和向善的力量,这一悖论式的文学写作,暗示着一种更为复杂的反讽和反思,并最终呈现出一个理想的礼法秩序被肆意地践踏、抛弃、沦丧之后的人性大悲剧。但是,在《金瓶梅》之后,这样一种对于人性深处的反省和拷问,并没有得到更多的关注与深究,相反的,却出现了一大批在情色描摹上效仿《金瓶梅》的诸多小说——《肉蒲团》《灯草和尚传》《姑妄言》《野叟曝言》《痴婆子传》《浪史》等等——甚至形成了一个明末艳情小说

---

〔1〕 张竹坡批评本《金瓶梅》,王汝梅等校点,济南:齐鲁书社,1991:46.

的高峰,它们在行文中往往充满着一种玩世不恭、颓废畸形的态度,它们在对情色的过度渲染和泛滥之中,彻底地陷溺于一种情的抽空、欲的泛滥之病态中,完全丧失了《金瓶梅》中的那一份沉甸甸的悲剧厚重感。

　　自晚明后期以降,文学便一度浮沉于一片香艳、颓废的靡靡欲海之中。直至明末,现实的危机在长期蛰伏、累积和爆发之后,一种无形的恐惧、焦虑和痛苦,淹没了一度声色犬马、吟咏粉黛的欢娱,而鲁迅先生笔下的那个充满血腥、虐杀和屠戮的"晚明",在"明末"的大衰世中,更毫不掩饰地进一步凸显出了它的残酷、恐怖和狰狞面目。中国晚明一代文学中的浪漫情怀、风花雪月和优雅风韵,是周作人先生最早发现的,并且他不遗余力地将晚明文学(主要是晚明的性灵小品文)中的这一风尚——追求个性的自由、解放和独立的浪漫主义精神——与五四一代之文学续接起来,从而在"晚明"文学中发掘出"五四"新文学的源头,很快的,周作人这一观点得到了林语堂先生的大力支持,并且引发了当时学界的广泛注目和认同。但是,鲁迅先生却一直对此持有质疑和批判的态度,他更倾向于以一种冷峻、清醒和孤绝的眼光,直视一个充满着屠戮、血腥和暴力的晚明。当然,鲁迅并不是刻意地漠视晚明文学中的"性灵"精神,而是反对以"性灵"、"浪漫"为幌子,完全去遮蔽晚明文学中的另一个真实侧面。在《读书忌》一文中,鲁迅提醒人们在《明季稗史》、《痛史》以及明末遗民著作"[1]中,看见一个充满血污、暴虐和杀戮的黑暗世界,并将这一黑暗的历史时段,笼统地称之为"晚明",而确切地说,他实际上是指中国的"明末",正如文中所提及,它一度酿成了"扬州十日"、"嘉定三屠"的人间惨剧。换言之,周作人先生感兴趣的是"晚明"文学中一种空灵、飘逸和浪漫的气息,尤以"公安"、"竟陵"笔下的晚明小品文为代表;而鲁迅先生所关注的,则是自"晚明"至"明末"的一段历史的"阴面",那是另一番痛苦不堪、悲愤交集和穷途末路的绝望之境,而更重要的是,他在"东林党"仁人志士的泣血丹心之

---

〔1〕　鲁迅. 读书忌・鲁迅全集(第 5 卷)北京:人民文学出版社,2005:588.

中,看到一股来自民间的韧性力量。事实上,正如李欧梵先生所担忧的那样,在中国的历史、文化和文学研究之中,一直存在着一个现象,即人们往往会更多甚至一味地强调着它的阳面,而忽视了它的阴面、黑暗面[1]。无论这是一种纯属无意的疏忽,还是一种选择性集体失忆的刻意作为,它都是一个值得反思的问题。为此,鲁迅所坚持的那一份超然的冷静、犀利和清醒,在芸芸众生之中确乎显得孤独和寂寞,但是可贵的是,这恰恰展现了历史纵深之处的丰富真相。

2. 易代鼎革:感伤的"诗史"

在中国的晚明一代,"浪漫主义"文学主潮的确曾一度大放异彩,但是好景不长,面对着明末时期社会现实的残酷与黑暗,它的美好前景很快被击得粉碎,或者流连于一种香艳的情欲之中,甚至堕入了一个"颓废主义"的泥淖里,或者径直转而去正视那一番血淋淋的现实,重拾写实纪实的笔法,回归到一派"现实主义"的大氛围中。于是,"浪漫主义"的脚步就此裹足不前了。

公元 1644 年(甲申年),一个非常特殊的中国历史年份,它对于大明王朝而言,是崇祯十七年,而对于之后的大清王朝而言,又是顺治元年,明王朝的终结和清王朝的入主,都发生在这一年,加之另外两股强大的农民军势力——李自成、张献忠,这四股力量同时卷入了 1644 年(甲申年)的历史纷争之中,民族矛盾和阶级矛盾的激剧化,可谓是甚嚣尘上。一切都正如归庄在诗作中所云:"万古伤心事,崇祯之甲申。天地忽崩陷,日月并湮沦。"[2]再则,我们不妨将视点再聚焦到 1644 年(甲申年)的三月十九日这一天,崇祯皇帝自缢于煤山,时人听闻这一死讯,即如闻国变政亡,大惊失色者有之,悲痛欲绝者有之,哀悼泣诉者有之。张岱便有曰:"凡我士民,思及甲申三月之事,未有不痛心呕血,思与我先帝同日死之为愈也。"[3]黄宗羲更是作诗《三月十九日闻杜鹃》:

---

[1] 李欧梵.徘徊在现代和后现代之间.上海:上海三联书店,2000.3:99.

[2] 归庄.除夕七十韵.归庄集.上海:上海古籍出版社,1984:66.

[3] 张岱.烈皇帝本纪.石匮书后集(卷一).北京:中华书局,1959:72.

"江村漠漠竹枝雨,杜鹃上下声音苦。此鸟年年向寒食,何独今闻摧肺腑。昔人云是古帝魂,再拜不敢忘旧主。"[1]无独有偶,在顾炎武的《亭林诗集》中,亦有两首诗皆作于三月十九日这一个特殊的日子。一则为《三月十九日有事于攒宫时闻缅国之报》:"此日空阶荐一觞,轩台云气久芒芒。时来夏后还存祀,识定凡君自未亡。宿鸟乍归陵树稳,春花初放果园香。年年霑洒频寒食,咫尺龙髯近帝旁。"[2]二则为《三月十九日行次嵩山会善寺》:"独抱遗弓望玉京,白头荒野泪沾缨。霜姿尚似嵩山柏,旧日闻呼万岁声。"[3]显然的,对于亲历明清易代之普通时人而言,作为一个尴尬的遗民群体,面临着此时此刻、此情此物和此境此景,心中都无不恍如五味之杂陈,更遑论在这一群体中的文人学士之辈,他们无疑更加的敏感,也更加的敏锐,他们有着不同于一般人的更为细腻绵密的情感,以及更加深邃理性的反省和思考,在那样一个错综复杂的大背景之下,他们如同浴火的凤凰一般,在痛苦的灼烧和煎熬之中涅槃重生。

在易代鼎革之际,尽管遗民文人们未死而选择生,但是"生"的境遇却是异常的严峻。因为"明清易代"这一历史变迁所带来的,不仅仅是国破家亡的悲剧,它更带来了以夷代夏的耻辱,而政治上的王朝易主和文化上的异质交锋,都在遗民文人的心中埋下了一颗充满伤痛的种子,他们既不想"苟死",更不愿"苟生",只是生存的焦虑感、愧疚感乃至罪恶感,始终还是苦苦地折磨着他们隐忍、压抑的灵魂。值得注意的是,"易代之变"造成了许多遗民文人在政治归属上的差异,他们中的有些人选择矢志不移的守节殉国,有些人选择归隐自封、幽居篱下,有些人则活跃在或明或暗的反清复明活动中,亦有些人会选择改节再仕于清朝⋯⋯可以看到,他们所选择的政治立场是大相径庭,而唯一能够调和这种差异的,则是他们共同的——"文人"——身份,也只有在"文人"的

〔1〕 黄宗羲.黄宗羲诗文选.上海:华东师范大学出版社,1990:56.
〔2〕 顾炎武.亭林诗集(卷四).
〔3〕 顾炎武.亭林诗集(卷四).

身份认同及其文学创作之中，才能暂时避离一番政治上的争议和道德上的臧否。明清之际的大文豪钱谦益在"国变"之后不久，便觍颜降清、大节有亏。公元1645年，在清军进逼南京之时，时任礼部尚书的钱谦益，与大学士王铎、守备赵之龙等，便早早打开南京城门，捧着舆图籍册，出郊跪降，甚至提前将头发剃了，只为表其"忠诚"。但是，他的"忠诚"并未换得清王朝的完全信任，反而致其众叛亲离、遭人诟病。之后，他便在自己的爱妾柳如是的鼓励和配合下，一直暗暗从事抗清复明的活动，但是，他在晚年仍然一直陷于深深的自责、愧疚和追悔之中，只有在努力的秉笔写作中，去重新荡涤自己的灵魂，进行心灵和精神上的自我疗伤。在钱谦益晚年的最后一部诗集《投笔集》中，他取班超的"投笔从戎"之意命名，意谓自己将以桑榆之年跻身行伍之列，誓决收复关山之失地。这一诗集是大型七律组诗，共存诗作一百零八首，全诗围绕着自己和爱妾柳如是参与反清复明活动的线索，再现了南明永历一朝水师对抗清廷斗争的一段真实历史。陈寅恪先生在《柳如是别传》一书中称赞道："投笔一集实为明清之诗史，较杜陵尤胜一筹，乃三百年来绝大著作也。"[1]的确，《投笔集》无愧于"诗史"这一称号，全部组诗按时间顺序展开，诗中人物及主要事件皆是有史可依，有据可查，鲜有假借。公元1649年(顺治六年)，钱谦益与南明永历王朝取得联系，随后自顺治六年到顺治十六年，在这十年之间，他一直暗暗受命配合郑成功水军进取南部，在《投笔集》一叠二首云："十年老眼重磨洗"；二叠七首云："十年倾心一旅功"；六叠五首云："十年戎马暗青山"，这些诗句中提及的"十年"正是一个实数。时至顺治十六年，南明水师一度大破瓜洲、镇江等地，令一众东南遗民们兴奋不已，而钱谦益亦怀抱着"南明"中兴的幻想，于七月一日写下一曲复明的凯歌《金陵秋兴八首次草堂韵》。然而不久，郑成功水军便败于金陵城下，悻然撤军，一蹶不振，在《投笔集》后半部诗作中便充满了一种复明无望的痛心、无奈与伤感。公元1662

<hr />

[1] 陈寅恪.柳如是别传.上海：上海三联书店,2001.1版,转引自孙之梅.中国文学精神·明清卷.济南：山东教育出版社,2003.12：244—245.

年，钱谦益得到永历皇帝被害身亡的消息，啜泣而作《后秋兴之十二》："潦沱老泪洒空林，谁和沧浪诉郁森"，"凌晨野哭抵斜晖，雨怨云愁老泪微"。次年又闻郑成功暴卒，钱谦益于泣血忧愤之中，作《后秋兴之十三》，感叹"海角崖山一线斜，从今也不属中华"，意谓"复明"之希望已彻底破灭。应该说，《投笔集》不仅仅是一部抗清复明的"诗史"，它更是一部钱谦益个人的悲剧心灵史，诗行中浸润着一种"感伤主义"的情调，投射出诗人身处"贰臣"身份之中的痛苦的精神分裂，寄意以自我慰藉，以及寻求世人的谅解。

　　无论如何，在一系列"反清复明"的阅历及其写作中，钱谦益终究得到了些许心灵上的自我慰藉，然而，同为遗民文人的一代才子吴伟业，同样是改节再仕清朝，吴伟业则是终其一生都无法释怀，在其绝笔之作《临终诗》中，他这样写道："忍死偷生廿载余，而今罪孽怎消除？受恩欠债应填补，纵比鸿毛也不如。"事实上，吴伟业在年仅二十三岁时便高中榜眼，当时颇受崇祯皇帝的青睐，但是原本平坦敞亮的仕途，在遭遇易代之变后便瞬时面目全非，吴姓举家皆堕入了颠沛流离的生存困境中，吴伟业最终被迫选择了屈节仕清，但是却毕生陷于一种自我拷问、自我鞭挞的罪孽感之中。据顾湄在《吴梅村行状》中的记载，吴伟业在临终时给长子吴暻留下遗言："吾一生遭际，万事忧危，无一刻不历艰难，无一境不尝辛苦，实为天下大苦人。吾死后，殓以僧装，葬吾于邓尉、灵岩相近，墓前立一圆石，题曰'诗人吴梅村之墓'，勿作祠堂，勿乞铭于人。"寥寥数言，尽道其胸中之苦楚，不着清代冠服，不归葬祖坟，不书官位，唯以"诗人"自居，吴伟业情愿只作一个清清白白的文人，因为只有在文学的世界中，才能让他痛苦的灵魂得到安宁，他愿意将自己的一切感遇和回忆，都留存在诗作之中，而这些诗作则留下了明清易代之时最真实的历史，也留下了一代才子诗人的曲折心迹。为此，我们不妨看看吴伟业之代表诗作《圆圆曲》，走向当时的历史现场，也走进诗人的内心世界。《圆圆曲》作为一篇七言歌行体的叙事长诗，可谓是"为一代之兴亡存照"，它围绕着明清之交的一个颇为关键的历史节点，在金戈铁马的大历史背景下，呈现出一代名妓陈圆圆这个小人物的悲剧命运。据考证,吴伟业本人与诗作中的主人公陈圆圆,虽然为同一时代之人,但是素未谋面,吴伟业只是与当时同为"四大名妓"的卞玉京相熟,而卞则与陈圆圆、柳如是等人相交甚好。吴伟业在一次与卞玉京的交谈中,触发了他写作《圆圆曲》的灵感。陈寅恪先生在《柳如是别传》第四章中,亦论证了吴伟业的《圆圆曲》是"因玉京之沦落,念畹芬(陈圆圆)之遭遇,遂赋诗及之耳"。[1] 因此,《圆圆曲》可谓是以诗传史、事俱征实。崇祯末年,一代名妓陈圆圆因色艺俱佳,名冠江南,外戚田畹便将她送给崇祯皇帝,但当时战况频繁,崇祯无心逸乐。陈圆圆无奈再次被遣送回田家,后来在田家的宴席上,时任平西侯、辽东总兵的吴三桂,被陈圆圆的姿色所倾倒,田畹遂又将她送给吴三桂为妾。不久,李自成的起义军攻入北京,陈圆圆竟被当时的起义军头领刘宗敏所掳,当时镇守山海关的吴三桂闻讯大怒,即刻引清兵入关,击退李自成大军,重新夺回陈圆圆。正如吴伟业在《圆圆曲》中所云:"恸哭六军俱缟素,冲冠一怒为红颜"。可怜一个纤弱的陈圆圆,纵然有闭月羞花般的美貌,能令众多英雄豪杰竞折腰,但是身处那样一个离乱的世道之中,她仍不过是滚滚历史洪流中一片微不足道的浮萍,浮浮沉沉、随波逐流。在我看来,《圆圆曲》看似为一代美人的命运嗟叹,实则是诗人在为自己的一生遭际而感慨,正如赵翼在《瓯北诗话》中所言:"梅村(吴伟业)身阅兴亡,时事多所讳忌,其作诗命意,不敢显言。"显然的,《圆圆曲》明写直书的是陈圆圆,但是实际诗人暗自以陈圆圆自比,颇有一种"同是天涯沦落人"的感伤情调。我们看到,在乱世风云之中,吴伟业作为一个文弱书生,自身的前程命运也是在历史大潮的裹挟之下飘荡,纵有满腹经纶、万千才情,仍是被视若草芥、不能自主,在他被迫屈节仕清之后,那种"故国不堪回首月明中"的感伤愁绪依旧是久久挥之不去。

明清易代鼎革中的民族兴亡、家国盛衰、文化嬗革和人生起落的境况,深深影响着当时整整一代的遗民文人,于是我们不难看出,在他们

---

[1] 转引自邓新跃.为一代兴亡存照——吴伟业〈圆圆曲〉赏析.名作欣赏,2006(2):64—65.

的笔下,均有着一个非常鲜明的特征,即一种"史"的意识的凸显,以及寄托于这一史家笔法之上的"感伤主义"的诗家情怀,因为他们在遍历一番家国兴衰和人生悲苦之后,无疑更懂得所谓"史亡而后诗作"、"以诗补史"(黄宗羲语)的观念,并在追思历史之中,透露出一股刻骨铭心的感伤情调。可以说,一段明清易代之际的文学,无疑就是一部充满感伤的"诗史"。

总之,处于中国文学史滚滚洪流中的中国浪漫主义文学,在"明清之际"这一近代的时间维度上,有着一个非常醒目的波峰和波谷的发展历程,正是思想文化内核上的共同体关系,促成了它们在外在生命形态上的高度相似,"明清之际"中国文学的运途仿佛是现代中国浪漫文学命运的一个预言,是一个无法绕开的重要话题。

明末清初：中国浪漫文学的近代挫折及其反思

正如李欧梵先生所言,中国的晚明文学在发展到极盛之后,便演变为"一种文化过于成熟的颓废"[1],及至明末清初,它仿佛是一轮黄昏时分的漠漠夕阳,尽管曾经拥有过一段明媚卓绝和光鲜灿烂的生命光华,在历史的惊鸿一瞥之中,穿透过黑暗深邃的中国古典文学时代,照亮了人们一度枯涩死寂的心灵和精神世界,但是及至临了,在一切繁华落尽之时,终究要面临一种日薄西山的颓唐晚景。中国的晚明是"阳明心学"及其后学异端思想风行天下的历史,"王学"观念之振聋发聩自不待言,"心学"迅速流布于四海之内,大大挫败了长期独步于思想界的"程朱理学",它真正推开了一扇思想解放的大闸门,将一个壁立万仞的高大"自我"确立起来,沐浴在"阳明心学"的惊雷闪电、甘泉雨露之下,晚明一代的文学,随之呈现出一番万象更新的风尚,并迸发出一股主情的、性灵的、自由的、回归自然的文学精神和气息,一时之间,"浪漫主义"的文学大潮在学界澎湃不已。然而,自万历后期以降,在一代心学大师李贽去世之后,"心学"便逐渐堕入末流。与此同时,在晚明时代土壤中悄然萌生的一株浪漫主义的文学胚芽,亦惜乎未得壮大,便匆匆然夭折而亡,余下的是袅袅游丝般的情殇与遗憾。而朱明一朝的诸多情势亦发生了微妙的变化。明朝末年,以魏忠贤为首的宦官集团擅权乱政,明朝彻底陷入了一个无比黑暗和恐怖的境地,并且诞生了锦衣卫、东西厂以及一系列骇人听闻的酷刑制度,宦官专权之流毒一直延及明

---

[1] 李欧梵.徘徊在现代和后现代之间.上海:上海三联书店,2000:93.

亡。天启七年(1627年),熹宗驾崩,魏忠贤事败,一时之间,震惊朝野、大快人心。次年(1628年),崇祯皇帝即位,即有好事者敷衍魏忠贤之事,编成传奇数种,风行于诸多民歌小调、弹词评书和小说戏曲之中。其中,尤以小说《梼杌闲评》(共五十回)最为脍炙人口,此作以魏忠贤的一生经历为线索,揭露了明末整体政治体制的腐朽、凶残和黑暗,从朝廷显贵到地方小吏,无不是猖獗肆虐、恣意横行、目无法纪,而素怀高风亮节的"东林党"人,更是在与宦官集团的抗争之中,遭遇到了惨无人道的迫害、折磨和暗杀,不可谓不触目惊心。该小说宛如一幅明末社会的广阔历史画卷,将一种末世的丑陋罪恶、污泥浊垢和千疮百孔都呈现出来,并在针世砭俗之中,引发人们的深刻反思和批判。而另一方面,普通百姓显然是任何一个末世时代之中最惨痛、最无辜的受害者,在兵荒马乱之中,他们命如草芥、流离失所、家破人亡。在明代大文豪张岱的笔下,便曾经记录下了明末战祸中的官兵之横和民众之苦。在《石匮书》中记述:"官兵过处,所掠妇女,绳吊索牵,待如狗彘,行稍不速,鞭挞随之。一下船舱,叠之板底,其中或闷死,饿冻死,病死者,不可胜计。"更甚之,在忆及清兵于扬州百万民众血肉之躯上犁耕的暴行,诗人吴嘉纪无比痛苦地控诉道:"忆昔芜城破,白刃散如雨。杀人十昼夜,尸积不可数"[1];"城中山白死人骨,城外水赤死人血。杀人一百四十万,新城旧城内有几人活?"[2]满纸的血泪涕零,实录着一种鲜血淋漓、白骨累累和令人发指的暴力行径,苍生民众之苦难可谓力透纸背,充溢着一种深沉厚重的人道主义的现实关怀。同时,在明末的政治、思想和文化方面,亦日趋陷入一种"积虚"的状态,姚希孟在致友人书中痛心地写道:"天下大势,如一积虚之人,风痰交侵,渐有痿痹不仁之象。"[3]当时,朱翊钧的统治已是步履维艰、岌岌可危。同时,浪漫主义的风潮亦开始回落,甚至一度沉入一个充满着颓废、风情和色欲的迷梦之中。及至崇祯

〔1〕 吴嘉纪.陋轩诗(卷一).
〔2〕 吴嘉纪.陋轩诗(卷九).
〔3〕 《结邻集》卷十三.

年间,大明朝罹患的"虚症"已然到了病入膏肓的阶段,在农民起义军和满族大军的交相攻伐之下,一切如同雪上加霜,大明政权终究是不堪一击、轰然崩塌,明清易代之际烽火连绵的战事,彻底击碎了先前的文学迷梦。明末是一个矛盾的时代,对于它的国事政治而言,那是一个濒临灭亡、苟延残喘的黑暗年代,而对于它的文学而言,则褪去了艳情、颓废和浮华躁动之后,蜕变为一种对人性、现实和民生的深度关怀。易代之际的文人学子们,面对明朝末世的大劫难,无不举目时艰、痛心疾首,在他们的笔下字字皆浸渍着苍生的血泪,散发着时代的烽烟,在身处家国变故、韶华痛失和理想破灭的现实困境中,他们"写实"的笔下,更夹带着一种批判精神和感伤情怀。显然的,在那样一个国破家亡、朝不保夕的历史情境中,经历沧桑砥砺之后的文学,需要重归一条"现实主义"的道路,"浪漫主义"早已经不合时宜,只能徒留一个美丽而落寞的背影。正如美国学者安敏成所言:"中国文学是一系列挫折的产物,是为频繁的历史倒退中的挫折感所哺育的。"[1]中国的浪漫主义文学及其思潮,在经历了晚明时代的昙花一现之后,很快遭遇到了它在近代的第一次挫折,而在中国明末清初的历史上空,便时时回荡着一曲关于浪漫主义的凄楚挽歌。

事实上,那样一种充斥着离乱、纷争与喧嚣的时代大格局,决定了所谓的"明末清初"这一概念,在时间界定上的困难。值得注意的是,"明末"与"晚明"这二者在历史时段的区间上,确实存在着一定程度的重合,但是同时,它们在历史的大坐标中又有着各自的重心与焦点。我们知道,"晚明"在时间段上大致涵盖了大明王朝的嘉靖、隆庆、万历、天启、崇祯这五代,而尤以万历、天启年间为"晚明"的主体,它着重于考察中国明代中晚期的一系列潜藏的、渐变的、过渡的历史特征,而"明末"则是以大明的末代皇朝——崇祯年间——作为起点,并向后延展至"南明"小王朝的弘光、永历年间,它着眼的焦点是明王朝政权在彻底分崩

〔1〕 [美]安敏成著.现实主义的限制——革命时代的中国小说.姜涛译.南京:江苏人民出版社,2001.8:2.

瓦解的前前后后,所面临的一种动荡的、爆破的、突变的历史状态。因此,二者不仅在历史时段的区间上并不尽相同,而且在考察的焦点上也是各自有所侧重。至于所谓的"清初",则是指在满清政权建立之初,那一段百废待兴、百乱待治的历史时期,以清世祖顺治皇帝(福临)的执政时期为主体时段,上可溯至努尔哈赤、皇太极之时,下可延至康熙皇帝(玄烨)的执政初期。1644年,年仅6岁的福临登基称帝,叔父多尔衮从旁辅佐摄政,母亲大玉儿(孝庄皇后)多方周旋,为此,在顺治皇帝(福临)执政初期的10余年间,大清先后灭亡了大顺(李自成)、大西(张献忠)、南明小朝廷等等政权,并于康熙皇帝(玄烨)在位的初期,先后翦除鳌拜及其党羽,平定"三藩"叛乱、准葛尔部叛乱、西藏叛乱,招抚台湾郑氏家族,最终真正实现了一统江山的盛世之局。如果说,中国晚明时代宛若一汪粼粼的湖水,宁静、安详、美不胜收,然而汩汩深水处的暗潮涌动是一直没有消歇的,那么时至"明末清初",那一脉汩汩暗涌积蓄的能量终于喷涌而出,一霎时之间便演变成了惊涛拍岸、巨浪滔天、海徙山移的滚滚洪流。当然,这一历史能量的迸发爆破决非偶然。换言之,在明末清初的中国大地上,尽管饱受了残酷的血雨腥风的荡涤和洗礼,并且遗失了一种初绽的"浪漫主义"的朦胧与美好,但是却获取了另一份丰厚的历史馈赠,虽然丧失了晚明一代的浪漫光华,但是它并没有沉入死寂和黯淡,尽管一度在明末浸淫迷失于"情色"的颓废风潮之中,但是随之而来的明清易代之历史大变故,带来的是国家政事之大不幸,又毋宁说是文学美学之大幸,"易代鼎革"令文学重拾一种现实主义和人道主义的情怀,而这种人文主义的光芒,展现出了独特的悲剧之美和感伤主义的情调。或许,历史的馈赠总是如此的残酷而可贵。

一、"赋得性灵"的反思

"性灵"是晚明一代文学之灵魂,它对于晚明思想界之"童心"一说有着深刻的认同,二者交相辉映、齐头并进,共同在中国晚明时期掀起了一股浩浩荡荡的"浪漫主义"大思潮。然而好景不长,伴随着"性灵说"的先行者"公安三袁"的相继离世,"性灵"的风尚开始微露出一丝变异的端倪。尽管之后有钟惺、谭元春等等所代表的"竟陵派"人士,号称已接此"性灵"之大旗,但是他们所推崇的"保此灵心"[1]的信条,其实已经渐渐丧失了"公安三袁"的"性灵"精髓,而其中夹杂的更多是"孤诣"、"苦怀"或"幽情单绪"(《诗归序》)。

更为糟糕的是,正如鲁迅在《杂谈小品文》一文中所谈及的那样,明末的"性灵"遗风的确已经出现了问题,其中隐约有了一些不和谐的基调,一种为"性灵"而"性灵"的风潮悄然刮起。鲁迅在文中不无讥讽地说道,那些不愿面对危难与感愤,而一味提倡"抒写性灵"者,会很容易变成"性灵"的被奴役者,而如此的"赋得性灵",早已将"性灵"的精神真谛抛之殆尽,谓乎又可怜又可恨,而所谓的"赋得性灵",便是一种无病呻吟的"轻佻"与"媚俗"。先生为此提醒世人,对此"赋得性灵"的丑态,应当始终保持一种清醒的批判态度。的确,"赋得性灵"终将酿成"性灵"精神的异化和殇亡,并用一种充满颓废的靡靡之音,吞噬了原本健康灵动的文学灵魂。

很明显,"阳明心学"所带来的一股思想解放、个体自由的风气,在中国的明末时期依旧余响未绝,并在明末的文坛上形成了一种"文网弛禁"的氛围。为此,当时诸多的文人学士更愿意倾心于一种莺飞燕舞、花鸟鱼虫、名姝佳丽的消遣玩乐之中,其中不乏屠隆、陈继儒、张岱等等明末名士,时人甚至竞相模仿沿袭,并将此种种享乐闲趣之事,冠之以"清玩"、"清娱"[2]的雅号,成为明末文学一时之风尚。然而,在这一风尚日益炽盛之后,或许是所谓玩物丧志的缘故,在明末文人的笔下,很快蒙上了一层颓废主义的阴影,最明显的是,在明末的小说、戏曲、小品文等文类中,开始出现了一个向"俗化"和"欲化"倾斜的趋向。当然,针对晚明小品文中出现的一股鲜明的"俗化"大潮,学界亦出现了一些相反的声音,在明末小品文的脍炙人口之作中,诸如王猷定《汤琵琶传》、侯方域《马伶传》等,都曾经遭遇学者彭士望的批评,认为此系作品"纤佻"、"诡

---

〔1〕 钟惺.《隐秀轩集·文往集·与高孩之观察》.
〔2〕 陈伯海主编.近四百年中国文学思潮.上海:东方出版中心,2007.8:109.

诬"、"流为稗官谐史"。但是,这一股"排俗"的势力,并未能真正阻止明末文学中的"俗化"趋向,而是相反地愈演愈烈,直至明末世情小说《金瓶梅》的诞生,更是将一股"俗化"和"欲化"的文学风暴推向高潮。一直以来,"情"与"欲"原本是两个截然不同的概念,但是二者在明末文学的发展过程中,逐渐开始互相交叉渗透,彼此的界限变得日益模糊。最终,"情"在愈加的"欲化"和"俗化"的过程中逐渐迷失本真,甚至完全被"欲"所湮没和取代,"情"在自身的混淆与变异中,彻底沦落为所谓的"淫艳亵狎"。

换言之,在中国晚明时期一度高扬的"个体"意识、"性灵"精神和"主情"观念,作为"浪漫主义"文学之中的永恒信条与核心精神,在中国的明末时期,遭遇到了一番令人心痛的误解、扭曲和践踏,"赋得性灵"的文学态度,最终将明末的文学彻底推向了"颓废主义"的深潭,而已经灵魂出窍的"浪漫主义"文学思潮,在中国明末时期逐渐回落,也就成为一种必然,它原本激扬澎湃的生命活力,就此戛然中断。

二、思想与学术的反拨

勒内·韦勒克、奥斯汀·沃伦在《文学理论》一书中,在谈及文学与思想的关系时,这样写道:"文学可以看作思想史和哲学史的一种记录,因为文学史与人类的理智史是平行的,并反映了理智史。不论是清晰的陈述,还是间接的暗喻,都往往表明一个诗人忠于某种哲学,或者表明他对某种哲学有直接的知识,至少说明他了解该哲学的一般观点。"[1]当然,他们同时也警告人们不能"把艺术品贬低成一种教条的陈述,或者更进一步,把艺术品分割肢解,断章取义,对理解其内在的统一性是一种灾难:这就分解了艺术品的结构,硬塞给它一些陌生的价值标准。"[2]为此,我们审视中国明末清初这一时期的文学,既要避免

---

〔1〕 ［美］勒内·韦勒克、奥斯汀·沃伦著.文学理论(修订版).刘象愚、邢培明、陈圣生、李哲明译.南京:江苏教育出版社,2005.8:123.

〔2〕 ［美］勒内·韦勒克、奥斯汀·沃伦著.文学理论(修订版).刘象愚、邢培明、陈圣生、李哲明译.南京:江苏教育出版社,2005.8:123.

以一个思想史的宏大结论去解释种种复杂的文学现象,但同时也不能将文学孤立地视为一个远离思想学术的空架子。很显然,中国明末清初的思想学术界发生着一种明显的变化和异动,它间接牵引着明末清初文学走向的一番转变和转型,从中甚至可以"敏锐地感到一种形而上的悲苦"[1]。

事实上,当"阳明心学"在晚明风行于世之际,思想学术界就已微露出一种"崇实"的倾向,诸如学者王廷相、杨慎、吕坤等人,都曾经提出过"崇实黜虚"的思想主张。王廷相批评当时的学风"专尚弥文,罔崇实学"[2],杨慎亦反感"束书不观,游谈无根"[3],吕坤更是直接主张治学"必须实做"[4],反对虚浮。只不过,在中国的晚明时期,"心学"一直是当时思想界的主流,在它影响之下的"浪漫主义"思潮亦在奔涌高涨之中,而那一脉如同涓涓细流般的"崇实"思想,自然还尚且无法力敌。随着时间的推移,二者势力的强弱消长,才渐趋发生了鲜明的变化。直至清朝初年,"实学"的思潮终于发展到了一个极盛的顶点。正如学者李塨在长时段历史时空中,研究学术思想上"虚"与"实"相互转化的结论:

> 天地之道,极则必返,实之极必趋于虚,虚之极必归于实。当其实之盛而将衰也,江淮迤北,圣贤接踵,而老聃、列御寇之流,已潜毓其间,为空虚之祖。今之虚学,可谓盛矣,盛极将衰,则转而返之实者,其人不必在北,或即在南。[5]

因此,在清初一代的思想界之中,正如王国维所言:"顺康之世,天

[1] [美]勒内·韦勒克、奥斯汀·沃伦著.文学理论(修订版).刘象愚、邢培明、陈圣生、李哲明译.南京:江苏教育出版社,2005.8:124.
[2] 《王氏家藏集·督学四川条约》.
[3] 《升庵全集》卷五十二.
[4] 《呻吟语》卷五.
[5] 《恕谷后集·送黄宗夏南归序》.

造草昧,学者多胜国遗者,离乱之后,志在经世,故多为致用之学,求之经史,得其本原,一扫明代苟且破碎之习,而实学以兴。"[1]清初学者们的学术视野,已远远超越出了"心性"的狭隘范畴,真正做到了"由虚返实",恢复了一种古朴踏实的治学精神,提倡读经,重视史学,注重古今典籍的搜集与考核,致力于一切关乎治国利民的实际问题的研究。在整体的思想观念上,真正转向"理性"和"致用",为此,追求"实用"以"救世",成为当时国运危浅情势之下的一纸良方。

令人深思的是,在以清初大儒黄宗羲、顾炎武和王夫之等人思想体系为代表的清初学术界中,这一从"虚"到"实"的学术转向,在形式上的显著特征是"复古"。正如梁启超所言:"有清二百余年之学术,实取前此二千余年之学术,倒卷而缀演之,如剥春笋,愈剥而愈近里。"[2]可见,清初的思想界同人们是从中国思想传统的遗产中,去寻找新的思想武器,期望以"复古"为"革新"。为此,这一中国明清之际的思想转型运动,是沿着历史传统回溯的一次"复古"运动,它并没有欧洲"文艺复兴"时期的对于整个"中世纪"传统的否定精神,而仅仅是一个渐进式的演化过程。中国封建思想传统的深厚根基,决定了"晚明"时期标新立异的激进思潮,很快便过早地夭折了,而在"复古"中求振作、寻出路,仍旧是中国知识分子的一个固有选择,这也决定了在这一阶段,中国的浪漫主义思潮必然会遭逢一番悲剧性的挫折境遇。

当然相应的,在文学方面,"实学"思潮酝酿生成的一种"重实践、贵实用、尚实证"的严谨求实之学风,亦深刻地影响着清初的文坛,"文须有益于世"、"文必归于有用"的呼声很高。在清初一代作家的笔底,每每与时事相关,关注的是国族民生的命运,文字中致力于展现一种深广的现实感和历史感,推崇的是一种"写实主义"的笔法,恰如"信史"、"实录"一般的秉笔直书,旨在重回现实主义文学针世砭俗、激浊扬清和警世教化的社会功用。在清初的一代名剧《桃花扇》中,孔尚任着实充分

---

〔1〕《沈乙庵先生七十寿序》,《观堂集林》卷二十三.
〔2〕 梁启超. 梁启超论清学史二种. 上海:复旦大学出版社,1985:1.

时间的转角

体现着一种"征实"的精神,在剧中开头的《先声》,便借助老赞礼之口一再声明,此剧乃是"实录","实事实人、有凭有据",又在《凡例》中言之凿凿:"朝政得失,文人聚散,皆确考时地,全无假借。至于儿女钟情,宾客解嘲,虽稍有点染,亦非乌有子虚之比。"[1]一剧《桃花扇》,围绕着李香君与侯方域之间传诵不绝的爱情故事展开,却难以看见一丝"浪漫主义"的情愁意绪,而是以"事俱按实"的笔法,再现了南明小朝廷的一段兴亡历史。孔尚任在这部历史剧中,为印合史实,便以编年史的形式衍述故事,每一出皆注明事件发生的年月,他参阅了大量的南明历史文献,甚至连剧中的一些细节亦非凿空虚构,而剧中复杂和丰富的情感,也在其"现实主义"的艺术创作中,不再是一种主观的宣泄,而是更为客观和理性,显然与晚明时期浪漫大剧《牡丹亭》中喷薄奔涌的激情,不可同日而语了。

在明末清初的中国思想界,"实学"思潮已成一股不可逆转的主流,当其时,文学界中的"浪漫主义"思潮回落而成明日黄花,则是一种必然,文学家们只有重新回归"现实主义"的道路,方是一种契合时宜之举。

三、历史与现实的困境

1628 年,大明皇帝朱由检即位,年号崇祯,此时的大明已然濒临一种气数将尽的衰颓之状——朝堂之上,有君而无臣,党争内讧不断;民间之中,连年的灾害瘟疫,饿莩遍野,诱发饥民暴动;边塞之外,努尔哈赤的满洲之政日益壮大,满族大军的虎视眈眈更成心腹大患——最终,朱由检的宵衣旰食、兢业图存,依旧是无力回天,他不得不成为大明王朝的末代皇帝。1644 年,崇祯皇帝朱由检在一个太监的陪同之下,颤颤巍巍地登上了煤山,于悲情之中自缢身亡,而一个庞大的明王朝政权亦于一瞬之间轰然坍塌。然而,就在此前不久,张献忠在成都称帝,建国号"大西",李自成在西安称帝,建国号"大顺",而一路高歌猛进的"大

〔1〕 陈伯海主编.近四百年中国文学思潮.上海:东方出版中心,2007.8:120.

顺军"甚至径直闯入了"城阙九重门"的紫禁城;而又在此后不久,明朝的一小股残余势力在南京拥立小福王朱由崧组成"南明"小王朝,而另外,一支精壮的满族前锋军队在多尔衮的带领之下,从山海关长驱直入,率先抵达京都的大内殿堂之上,之后不久,满族大军又挥师南下,不惜以一种血与火的野蛮方式,酿成了"扬州十日"、"嘉定三屠"等等惨绝人寰的大屠杀事件[1]……在那一段可怖可泣的历史大时空之中,偌大的华夏大地上,兵戎相见、血流成河、生灵涂炭。直至最终,一直祖居关外的满族大军,在长期的东征西伐之后,从17世纪的下半叶开始,真正成为了紫禁城的新主人。于是乎,那一段颠沛流离、烽火连天、狼烟四起的历史才得以暂时告一段落。曾经一度风靡于"晚明"的风花雪月、优雅韵致和妩媚风情,在那一霎时之间,便逆变成了另一个充斥着屠戮、血腥和暴力的狰狞镜像,而这一镜像正是"明末清初"这一段血淋淋的中国历史的真实写照。

明清易代鼎革之际,可谓是"神州荡覆,宗社丘墟"[2](顾炎武语),作为少数民族的满族政权,以一种火与剑的方式入主中原。所谓国祚断绝、宗主异姓,在这一历史与现实的巨大困境面前,在明清之际一代世人的普遍心目之中,在晚明时期一度如火如荼的"自我中心"式的幻想,自然地被彻底扑灭,那样一种个性解放、个体自由的观念亦日渐式微,而"浪漫主义"的思潮,终究在家国沦亡的严峻形势下,迅速地自我瓦解了。面对这一充满悲剧性的现实困境,无论是易代之际的底层普通民众,还是一大批的知识分子群体,无不沉浸于一种家国之痛、民族之恨的深广痛苦之中,而作为社会精英阶层的知识分子们,除却要饱受普通民众一样颠沛流离、悲苦交加的生活窘迫境遇,他们更承受着一种来自心灵深处的矛盾与纠结。他们发觉,在"晚明"时期所追求的一种思想解放和个性自由的思潮固然美妙,但是它显然已经不适合"明清易

---

〔1〕 参阅[美]牟复礼、[英]崔瑞德编,《剑桥中国明代史》,张书生、黄沐、杨品泉、思炜、张言、谢亮生译,谢亮生校,北京:中国社会科学出版社,1992:126—148.
〔2〕 顾炎武. 夫子言性与天道. 日知录(卷七).

时间的转角

代"之际社会变革的实际需要。于是,他们当时想到的便是"推翻一偶像而别供一偶像"[1],他们甚至简单粗暴地认为"浪漫主义"思潮,会是"误国贻民"的始作俑者,他们认定自己的使命感和责任感,依然在于对中国传统价值和秩序的维护,这显然是在当时的新旧思想交锋撞击之下,中国民族文化心理积淀的一种折射,也是中国知识分子悲剧性品格的一个再现。因此,在"易代鼎革"的转折点上,他们即刻不约而同地将一度激情万丈的"浪漫主义"思潮迅速地消褪和冷却下去,而重新高扬起一面"理性主义"和"现实主义"的大旗,从而在一定程度上纾解了他们内心的一番负疚和苦楚。应该说,这样一种作法的确让他们的心灵得到了一种表面上的宁静,然而在中国知识分子的精神深处,其实一直陷在一个思想的怪圈之中,始终没有真正走出心灵的困境。并且,在文学这一方柔软的净土上,终究还是泄露了他们深层的心理密码。

在"经世致用"和"理性主义"的价值导向之下,明清之际文学形成了一股"现实主义"的主潮,但是更准确些说,浸染于明清易代鼎革之际的幽古之思和悲愤之情中,文人士子笔下的文学则是在"批判现实主义"的基调上,又略带一种"感伤主义"的情调。换言之,"现实主义"为主、"批判"和"感伤"为辅的文学言说方式,真正吐露着明清剧变一代学人的心声。毫无疑问,他们历经易代国变的大劫难,更能体察国族大众的命运疾苦,书写的重点往往与时代时事相关,反映时艰、剖析时事、垂鉴来世,无不展现出"现实主义"文学的宏大气魄,但是同时,又一面夹带着"发愤之作"特有的感伤愁绪,另一面仍在不断地质疑和批判着千疮百孔的社会现实。可惜的是,他们的"批判"仍是肤浅地停留在社会问题的表象上,而不曾想过也无力撼动更为本质的那一副精神枷锁。显然的,清代初年的这一理性启蒙思潮,对于一度扩张的晚明浪漫主义思潮而言,是形成了很大程度的约束和抑制。那一股飞扬激荡于中国晚明时期的"浪漫主义"大潮,正当处于一种方兴未艾的波澜之势时,却在明末清初的一次次腥风血雨的洗刷下,遭遇到了它的第一次近代挫

---

[1] 梁启超.清代学术概论.上海:上海古籍出版社,1988:11.

折。而当大清的江山政权日益稳固之后,实学思潮的河床却也日趋逼仄,其中一度闪耀着的理性启蒙的光芒,也在"闭关锁国"的国策推行中陷入了一个黯淡无光的境地。于是,中国近代化的匆匆脚步亦再遭阻滞,中国社会又一次被拉回到一长段的沉闷压抑的精神低谷之中,"浪漫主义"的倩影如同镜中花、水中月一般,留给后人们无限的念想和叹惋,在中国近代历史的拐角处,"浪漫主义"所绽放的一抹绚丽美妙的浪花儿里,仿佛能够听到它气若游丝般的一声叹息。

总之,在中国明末清初的历史转折点上,易代鼎革的大变动如同一袭惊涛骇浪般的席卷了神州大地。一切的人和事都在自觉或不自觉之中发生着改变,政治观、民族观、价值观、文学观、人生观等等一系列的思想观念之冲突和变化,皆是泥沙俱下、一泻千里。而"浪漫主义"思潮作为中国晚明时期一股异军突起的主潮,它在明末清初的命运轨迹,更是值得人们关注和深思,但是,它在中国近代的这一次充满悲壮的挫折,并不意味着它的精神探索的终止,它在挫折中的坚强成长和精神探索,从未止步,前方的曙光一直在召唤它,它依然会不屈不挠地艰难前行。

晚清：中国现代浪漫文学之被压抑的现代性

　　自十八世纪末以降,中国的大清帝国便逐渐堕入一种充满着"复古"氛围的政治生态和文化生态之中。梁启超曾经在论述这一时期中国思想文化界的状况时,这样写道:"(这一时期)遗老大师,凋谢略尽。后起之秀,多半在新朝生长,对于新朝的仇恨,自然减轻。先辈所讲经世致用之学,本来预备推倒满洲后实现施行,到这时候眼看满洲不是一时推得倒的,在当时政府下实现他们理想的政治,也是无望。那么,这些经世学都成为空谈了。况且谈到经世,不能不论到时政,开口便能忌讳。经过屡次文字狱之后,人人都有戒心。"[1]的确,当时的中国思想文化界面临着一个先哲已逝、遗民老矣的尴尬局面,顾炎武、王夫之、黄宗羲等一代名家大师相继去世,而一大批生于清朝、长于清朝的所谓"新朝"文人学士们,开始陆续登上大清的文坛,他们大多能够自觉接受来自清朝官方的"诗教"规范。于是,在统一典正的文风戒尺的导引之下,"复古"思潮的洄流鼓荡,便成为一种必然的现象。其中,尤以方苞、刘大櫆和姚鼐为代表的"桐城文派"最为典型,它一度占领了当时正统文坛的绝对中心地位。而极具讽刺意味的是,如同方苞这样的御用文坛领袖,竟然都未曾能够逃脱"文字狱"的可怖网罗,这无疑令十八世纪末的中国文坛更蒙上了一层浓重的悲剧色彩。事实上,"桐城文派"的命运与整个大清王朝的国运是紧密维系着的,在"桐城文派"掀起的一股"复古"思潮,历经了从兴起、到高涨、再到式微的阶段之后,大清的国

---

〔1〕　梁启超.中国近三百年学术史.上海:复旦大学出版社,1985:109.

运亦走到了一个陡转直下的转折拐点。同时,另外一股带有人文启蒙意味的思潮开始潜滋暗长,呈现出一种"草色遥看近却无"的朦胧状态。当然,这一时期的人文启蒙思潮,较之前一阶段"晚明"时期的"浪漫洪流"而言,在规模和声势上都是不可同日而语的,但是值得注意的是,它并非一般意义上的对"晚明"时期的"浪漫"思潮的续接,而是在经过了近一个世纪的思潮断裂之后,留存下了某些断层裂变的痕迹,同时又呈现出自身独有的特点和状态。可以说,这一启蒙的精神从"晚明"走到"晚清",看似只有一步之遥,但是走完这一步,其实是出奇地艰难与漫长,它中间历经了从开启、到中断、到再开启的复杂递嬗过程,而中国浪漫主义文学的现代性质素亦自此暗暗萌生,并长期地处于一种"被压抑"的精神状态之中。

王德威先生曾经提出过一个著名的论断:"没有晚清,何来五四?"他认为,在中国的晚清文学中,早已存在着一种"被压抑的现代性",那是"即将失去活力的中国文学传统之内产生的一种旺盛的创造力,这种创造力或许得力于来自西方的新刺激,但是也脱胎于自己发展出的中国式新意"[1]。显然,这一"被压抑"的提法,意在凸显中国晚清文学中的一种生生不息的现代生命活力,但是在我看来,"被压抑"说的另一层含义在于,中国晚清文学现代性的核心动力,并不源于文学内部的自觉需求,而是源于晚清一代的整体文化语境急需变革的压力,这便直接导致了晚清文学现代性的一种"压抑感"。在大清王朝的"康乾盛世"之中,呈现出的无比煊赫与荣耀,实际上已经是一个古老的封建帝国的回光返照。所谓叶落知秋,自十九世纪伊始,清王朝步入了嘉庆、道光年间之后,原有的一股王霸之气便逐渐地萎靡蜷缩起来,而社会的颓靡衰败之象则处处可见。很快地,在敏感的中国思想文化界之中,随之开始积攒起一股渴望变革的力量,尽管这股力量一直笼罩在一种"被压抑"的精神氛围中,但是它一路走来,从"启蒙"到"救亡",从"器物变革"到"制度变革",从"改良"到"革命",这种"强国保种"的努力和信念一直可

---

〔1〕 王德威.被压抑的现代性——晚清小说新论.北京:北京大学出版社,2005:125.

谓是无处不在。于是,它终究从涓涓细流慢慢融汇成为浩荡大潮,并在中国历史的拐角处,闪现出一抹最绚丽动人的"浪漫主义"的浪花。

一、晚清思想界:"启蒙"与"救亡"的合奏

在大清王朝的中前期,占据着中国思想学术界的中心和主流地位的一直是朴学,杨东莼先生在《中国学术史讲话》中指出,朴学便是专指清代经学的正统学派。显然,满清政府作为一个入主中原的外族,为了保持一种政治上的绝对稳定,更愿意看到当时的文人学子们都热衷于一种不带有政治意味和道德色彩的学术研究。同时,在"文字狱"等一系列带有文化高压政策的迫使之下,当时的文人士大夫们也不得不采用一种"以学问论时事"的方法。于是,一股义理、考据和词章之学,在中国的士大夫阶层中广为盛行,并重新确定了作为一种信仰的"朱学"的独尊地位,而儒家思想和学说则在清代中叶再度衰落(尤其是它的政治、社会和文化方面的涵义),当然,这已经不仅仅是一种学术文化思想的转折,更是一种政治意识形态的重新规范。然而,当"朴学"运动在清代中前期达到鼎盛之后不久,它却渐渐背离和湮灭了"经世致用"的精神初衷,而陷入到"故纸堆"之中。在十八世纪的下半叶,当"乾嘉学派"独占学界之时,中国的思想界已然出现了一种滞积的征兆。正如钱穆先生所言:"这种状况在 18 世纪末的中国儒家学者中,逐渐形成一种对文化的不祥之感。"[1]于是,在当时的思想学术界中,以龚自珍为代表的一批学者,便借以一场"今文学"运动的风潮,鼓荡出一股务实、致用的理性启蒙的暗涌,同时,凭借着龚自珍自身的一种歌哭无端、狂放浪漫的诗人气质,以及他对个性的呼唤、对真情的推崇和对专制的反叛,他早早地便为"浪漫主义"暗暗奏响了一支精神上的强音序曲。

随后,在十九世纪的上半叶,清政府进入嘉庆一朝,开始日渐显露出一系列的衰败颓靡之势。直至道光二十年(1840 年),鸦片战争爆发,大清幽闭的国门终究彻底地被强行轰开。自此以降,西方列强的入

〔1〕 钱穆. 中国近三百年学术史(第 2 册),上海:商务印书馆,1997:523—595.

侵可谓是纷至沓来,大清朝从此结束了它的"太平盛世",而陷入了一场旷日持久的浩劫之中。显然,对于自身渐露颓乏积弱之势的清朝而言,列强们咄咄逼人的环伺,以及之后疯狂的殖民主义扩张,无疑对它是一场雪上加霜的大灾难。因此,在"晚清"的这段中国历史上,一个曾经辉煌富足的文明国度已经不再,而是满目弥望的屈辱、血泪和内忧外患,中国甚至濒临被彻底瓜分的空前困境中。正是在这样一种令人窒息的历史夹缝中,一批又一批敏感而前瞻的中国文人士大夫们,开始用他们声嘶力竭的太息声,沙哑地呼喊着一个清晰敞亮的高音:"救亡"! 于是,在这样一种强烈"救亡"意识的热力推动之下,"启蒙"开始从中国学界的"边缘"走向"中心",并且,出于一种急迫和功利的愿望,"政治启蒙"成为中国晚清时期的第一波启蒙热潮。正如张灏先生所言,当 19世纪清王朝衰败的各种迹象汇聚在一起时,便很快激发出了一种浓厚的社会政治意识[1],中国的晚清知识分子们开始重新思考中国的政治意识形态,甚至一度出现了诸如"大同世界"乌托邦理想模式的一些浪漫主义的政治构想。而随后,伴随着"晚清"时期文学运行机制的现代转型,他们又找寻到了一个更适合于广大国民的精神药方——"文学启蒙",它紧步着"政治启蒙"热浪的后尘而来,犹如一束炽烈明亮的光束,直接逼刺着中国人早已习惯黑暗的目力。总之,在一番内忧外患的紧迫情势之下,"启蒙"与"救亡"的合流,无疑将成为一种必然,中国的有识之士们正怀揣着一腔热血,开始了一条漫长而艰巨的探索之路。

1. 启蒙的暗流:龚自珍的浪漫前奏

十九世纪伊始,大清王朝开始进入"嘉庆时代",这是一个社会危机已经积重难返的时代。自嘉庆一朝以降,"文字狱"的阴影才开始逐渐地消散,然而,在文网开禁的初始阶段,更多的文人士大夫们依旧会选择沉默、犹豫或者低吟浅诵,而龚自珍可谓是首开言论自由风气之先行者,他的大声疾呼一扫当时文坛之沉沉暮气。张维屏便曾肯定道:"近

---

〔1〕 [美]张灏. 梁启超与中国思想的过渡(1890—1907). 崔志海、葛夫平译. 南京:江苏人民出版社,1997.1:210.

数十年来，士大夫慷慨论天下事，其风气实定公（龚自珍）开之。"的确，生长于中国的 18 世纪末 19 世纪初的龚自珍，在青年时期便非常敏锐地预感到了一场巨大的政治风暴和文化风暴即将降临中国，他曾在《尊隐》一文中，将朝代与时序相比拟，曰"日有三时，一曰早时，二曰午时，三曰昏时"，并称当时的清王朝已处于所谓"灯烛无光，不闻余言，但闻鼾声"的"昏时"。当一般的御用文士正醉生梦死地唱和着"四海宴清、天下太平"之时，年轻的龚自珍早已异常清醒地认识到了清王朝的衰颓之局，他依据"公羊学"的"三世"学说，告诫统治者曰世有三等——治世、衰世、乱世——而时下正处于从治世转入乱世的"衰世"之秋。很快地，面对十九世纪初清朝国势的积弱、政界的晦暗和学风的萎靡，以龚自珍为代表的一批有识之士，开始重新拉起一面"经世致用"的思想大旗，期望以一种关注时事、关怀民生的精神重振士林学风，"今文学"运动便由此应运而生。当然，"今文学"运动尚且只是一场学术运动，它旨在不受训诂名物的束缚，提倡从一种封闭刻板的学术研究中走出来，而去关注活生生的现实与现世，正所谓是"通经致用"，它与之前的"朴学"运动确是大异其趣。梁启超曾在《清代学术概论》一书中，用"以复古为解放"[1]来形容这场学术运动，即今文经学在表面上的意图是为了直探孔子本意，尤其是孔子未曾言明的"微言大义"，然而，这种以董仲舒公羊学和何休经解为基础的解经方式，在事实上是为"今文经学"开辟出了一条从"学术"通向"政治"的道路。为此，它在价值观念和思想导向上，便暗自涌动着一股隐隐约约的"政治启蒙"的气息，只不过，这种启蒙的精神和意识，尚且还潜藏在一个比较隐蔽的层面。所以，在十九世纪上半叶的中国启蒙思想史的天幕上，可谓是星辰寥寥，仅存有诸如龚自珍、魏源、张维屏等人的思想星座，尚在闪烁着不同亮度的光辉，而这其中最耀眼的一颗星座便是龚自珍，他对于中国社会的政治批判、文化批判和思想批判，可谓是鞭辟入里。

其一，批判中国封建政治专制及其对人性的戕害。在龚自珍一生

---

〔1〕 梁启超.清代学术概论.朱维铮校注,北京：中华书局,2010：13.

的书稿之中,从早年的《乙丙之际箸议》《明良论》,到中年的《古史钩沉论》,再到临终前两年写下的《病梅馆记》,无不时时处处闪烁着一种批判专制禁锢、抨击封建荼毒的灼灼寒光。在这一系列文笔犀利的政论文之中,龚自珍主要是以一种历史主义的研究方式,深深搜入中国专制体制的历史纵深处,剥去了长期笼罩在中国历代封建王朝帝王、权贵身上的神圣光环,将封建君主及官僚体系在绝对集权的政治生态环境中的丑陋面目展露无遗,在一番历史的逼视和拷问中,反思中国封建专制体制对于国家、民族和人民的深切毒害。同时,龚自珍更痛心于这样一种封建专制主义对于人才的扼杀和人性的戕害。他极力抨击臭名昭著的"文字狱",认为在这样一种专制主义的文化导向之下,学人士子们将必然会受到不同程度的摧残、打压与扼害,更会养成一个民族整体国民唯唯诺诺的奴才性格,他们最终只会稳稳当当地做统治者的驯服工具,成为一个个可耻的仆从与狎客,却根本不可能成为有希望、有明天的国之栋梁。

其二,对中国传统的道德体系和价值观念产生质疑与反叛,倡导人的觉醒、个性解放和独立自由精神。龚自珍根据"公羊学"的三世变易的历史哲学,产生了对中国传统思想价值体系的深刻反思,他指出:"自古及今,法无不改,势无不积,事例无不变迁,风气无不移易。"(《上大学士书》)即变易应当是历史之常态,那么主动地顺应变革,还是消极地被时世所裹挟,便成为问题的关键。显然,龚自珍提倡的是积极主动地投身到有益的社会变革中去。同时,正是基于龚自珍自身的这种反传统的叛逆精神,他一再地自称为"狂士"、"狂生"与"狂客",而这一"狂"字原本是封建的顽固派对他的一种攻击、谩骂和诽谤,但是他却丝毫不以为然,反而有意地以"狂"自称,着实是一种挑战式的有力回击。因此,龚自珍是尤其深恶痛绝于中国传统价值体系中的文化专制主义,认为它在很大程度上扼杀了一个个鲜活而真实的生命,它扭曲变异了人的精神世界,而作为一个时代先觉者和前瞻者,龚自珍则不遗余力地呼吁着,将人的真实个性从封建的宗法关系中解放出去,让它能够自由、独立和健全地发展,对于"自我"的个性解放和独立自由的精神,表现出无限的肯定、赞扬与向往。

其三，从文学和美学的角度上，龚自珍提倡的是"尊心"、"尊情"、"尊自然"的三位一体的诗学精神，可谓是为十九世纪上半叶的中国文坛增添了一抹"浪漫主义"的亮色。事实上，龚自珍一直对于中国晚明时期的人文主义风潮怀有某种倾慕和敬意，他在《江左小辨序》一文中写道："俗士耳食，徒见明中叶气运不振，以为衰世无足留意，其实尔时优伶之见闻，商贾之气息，有后世士大夫所必不能攀及者。"[1]在龚自珍的诗作中，曾经一再地提及"童心"，诸如"黄金华发雨飘萧，六九童心尚未消"，"既壮周旋杂痴黠，童心来复梦中身"，"瓶花帖妥炉香定，觅我童心廿六年"等等。当然，他所言及的"童心"已经不再仅限于一种人性天真烂漫的性情，而是一种"能忧心、能愤心、能思虑心、能作为心、能有廉耻心、能无渣滓心"（《乙丙之际著议第九》）的心力和心志，而这正是龚自珍"尊心"一说在文学表达上所凝聚的一种愿景，他倡导诗文之作应当注重心灵与思想的光芒，树立一种自我的主体意识。而"尊情"一说，则是指向文学写作中的情感定位，认为文学审美应以真情为核心，在他的代表作《长短言自序》一文中，他提出"情之为物也，亦尝有意乎锄之矣，锄之不能，而反宥之，宥之不已，而反尊之，龚子之为长短言，其殆遵情者耶？"一个"情"字，从"锄之不能"到"宥情"再到"尊情"，一再地强调情之可贵。同时，龚自珍推崇的"情"是所谓"受天下之瑰丽而泄天下之拗怒"的真情，即将个人的感情与天下人的爱憎联系在一起，从而突破了"自我"而赋予"情"以更加深广的涵蕴。"尊自然"一说，则是在《病梅馆记》一文中有着隐晦的表达，那是一篇有着深刻寓意的杂文，他呼吁疗救"病梅"，解除一切人为的摧残和束缚，纵之顺之、舒其枝叶、顺其天性，让它自由自在地生长，成为一个具有自然美、健康美的鲜活生命。显然，疗治"病梅"如此，那么疗治其他一切的被束缚、被摧折、被残害的东西亦是如此，龚自珍最后发出了"穷余生之光阴以疗梅"的心愿，

---

〔1〕 转引自郭延礼、武润婷. 中国文学精神（近代卷）. 济南：山东教育出版社，2003：102.

寄意深远。

然而,在铁屋中奋力呐喊的人总是最痛苦与寂寞的。龚自珍的密切好友姚莹曾形容他"言多奇僻,世颇訾之"(《汤海秋传》),而被世人并称"龚魏"的魏源,亦曾劝龚自珍"明哲保身",改掉"不择言之病",龚自珍自己则是时而自嘲曰:"一世乐为乡愿,误指中行为狂狷",时而感慨道:"一朵孤花,墙角明如许!莫怨无人来摘取,花开不合阳春暮。"(《鹊踏枝》)这些无不苦涩地道出了他在当时的一种寂寥惨淡的真实处境。在十九世纪上半叶的中国思想界中,一如龚自珍这般的启蒙人物及其言说依旧只是藏匿着的汩汩暗流,尚未积蓄足够的力量而酝酿出一股真正的思想狂澜。当然,龚自珍的这种孤独感和落寞感,恰恰是与他先觉一般的思想理念和政治预言是分不开的,尽管这一启蒙的力量孤单且尚不成熟,却仍然足以昭示出一种社会心态的某种变异,昭示着中国人文启蒙走出传统的可贵一步。龚自珍虽然得不到大多数同辈同代人的认可,却在时间流转的若干年之后,得到了一众后世来者的理解、认同和推崇。梁启超便在《清代学术概论》中坦言:"晚清思想解放,自珍确有功焉。光绪间所谓新学家者,大率人人皆崇拜龚氏之一时期。初读《定庵文集》,若受电然。"[1]

2. "救亡"推动"启蒙"

十九世纪上半叶的大清王朝,形同一只遍体腐朽、飘摇无力、只等历史风暴将其覆灭的羸弱大船。而在它之外的西方世界,却完全是另一番热火朝天的景象,此时,世界的格局正在悄悄酝酿着一场翻天覆地的历史新变。1840 年鸦片战争爆发,彻底粉碎了中国大清"天朝上国"的昏昏迷梦,西方的列强们用震耳欲聋的隆隆炮火,强行轰开了那一扇古老而沉重的巍峨国门,一场怵目惊心的大风暴很快拉开帷幕,接踵而至的近乎疯狂残暴的"殖民主义"扩张,更是将大清王朝及其臣民们长期地笼罩在一片浓重压抑的阴霾之下,屡遭外侮、丧权辱国,以至"量中华之物力,结与国之欢心"的屈辱境遇,特别是面临着"亡国灭种"的空

〔1〕 梁启超.清代学术概论.饮冰室合集(专集之三十四).北京:中华书局,1989:54.

前危机,无疑令一大批的中国知识分子们都处于一种深深的"救亡"焦虑之中。事实上,正是基于这样一种强烈的"救亡"意识和信念的推动,在中国晚清时期的思想文化界中,又再度掀起了一个"启蒙"的高潮。值得注意的是,这一时期的"启蒙"思潮较之"明清之际"而言,有续接、亦有新变,并且"续接"与"新变"是彼此紧密地交织在一起的。

首先,是所谓的"续接",它是指在"明清之际"的"启蒙"思潮运动中涌现出来的,诸如黄宗羲、顾炎武、王夫之等人的启蒙学说,被作为一种非常珍贵和丰厚的思想遗产,在"晚清"的中国思想文化界中迅速地传播和渗透,"忽然像电气一般把许多青年的心弦震得直跳"[1]。梁启超曾经在考察这一阶段的中国思想文化界之时,毫不讳言地讲道:"最近三十年思想界之变迁,虽波澜一日比一日壮阔,内容一日比一日复杂,而最初的原动力,我敢用一句话来包举它,是残明遗献思想之复活。"[2]无独有偶,章太炎亦曾经坦言:"余身预革命,深知民国肇造其最有力者,实潜藏人人胸中反清复明之思想,盖自明社既屋,亭林、船山诸老倡导于前,晚村、谢山诸公发愤于后,攘夷之说,绵绵不绝。"[3]显然,在国难当头之时,明末时期一度充满怆痛的国族记忆,成为"晚清"一代中国知识分子们"言必称明末"[4]的浓烈背景。于是,在一种期望重建中华国族的强烈愿景之下,"明清之际"的中国早期启蒙思想在被埋没了二百余年之后,终于在"晚清"之时再度得到延续和继承。早在十九世纪上半叶,龚自珍、魏源、包世臣等"今文学"运动的中坚人物,都曾经不同程度地继承和发扬了黄宗羲、顾炎武、王夫之等人的学说。此后,维新派人士郑观应所作的《原君》,实际上便是在黄宗羲思想体系之上的一种再发挥,谭嗣同等人则是在理欲观、道器论等方面复兴了王夫之哲学,梁启超更是肯定地说道:"最近数十年以经术而影响于政体,亦

〔1〕 梁启超. 中国近三百年学术史. 北京:中国社会科学出版社,2008:28.
〔2〕 梁启超. 中国近三百年学术史·清代学术变迁与政治影响(下). 北京:中国社会科学出版社,2008:29.
〔3〕 章太炎. 论读经有利而无弊. 章太炎政论选集(下册). 北京:中华书局,1977:863.
〔4〕 秦燕春. 清末民初的晚明想象. 北京:北京大学出版社,2008.12:8.

远绍炎武之精神"〔1〕,同时称当时还是"禁书"的黄宗羲的《明夷待访录》为"刺激青年之最有力的兴奋剂"〔2〕,还将其私印数万册,秘密散播。在十九世纪下半叶的中国,学界更是普遍地将黄宗羲比拟为卢梭,将《明夷待访录》比拟为《民约论》,蔡元培便直截了当地写道:"黄梨洲氏且得东方卢骚之目焉。"〔3〕可见,"明清之际"的启蒙思想家及其理论体系,显然成为"晚清"启蒙思潮中的一个重要资源,尤其是在非君、平等、自主、民权等政治观念的启蒙层面上又推进了一步。

其次,是所谓的"新变",它则是指"晚清"时期的中国思想文化界,较之"明清之际"而言,增添了一种鲜明而强劲的"西学"背景。葛兆光先生曾这样指出:"一旦要在已经天经地义的传统原则之外,另寻普遍适用的'通例',对于思想史来说,就是一个意义极其深远的根本性转变,对于一直浸淫在传统中的士人来说也是一个极其艰难的选择,因为在传统之外寻求,显然需要来自异文明的资源。"〔4〕当然,在中国"明清之际"的思想文化界,亦在一定程度上有着与西方世界之间的互动与交融,但是它更多的是一种"隔岸看花"的闲适情状。迟至中国的"晚清"时期,西方列强的强行入侵与暴举,使得这一阶段的中西文化交流,从一开始就带有一种鲜明的"不平等"色彩。于是,这一时期的"西学",对于作为文化受体的中国国民而言,成为一种非常强势的文化导向,"西风东渐"的势头比以往的任何一个时代都要更强劲些,而西方世界诸多先进的人文启蒙理念,遂在中国晚清的学界同仁之中广泛传播开来,尤其是西方的"进化论"以及自由、平等、人权意识等启蒙观念的引进,给中国的思想界带来了一场哥白尼式的革命。作为中国晚清一代知识分子中真正了解西学和西方文化观念的严复,是中国思想史上第一个系

---

〔1〕 梁启超.清代学术概论.饮冰室合集(专集之三十四).北京:中华书局,1989:10.
〔2〕 梁启超.中国近三百年学术史.饮冰室合集(专集之七十五).北京:中华书局,1989:47.
〔3〕 蔡元培.绍兴教育会之关系.蔡元培全集(第一卷).北京:中华书局,1984:170.
〔4〕 葛兆光《清代考据学:重建社会与思想基础的尝试》,转引自陈平原.晚明与晚清:历史传承与文化创新.武汉:湖北教育出版社,2002:126.

统地将西方"进化论"思想引入国门的先驱,在其译著《天演论》中提出的"天演进化"、"物竞天择"、"适者生存"的观念,对中国"晚清"学界之影响尤为深远。康有为便将这一西方"进化论"与"公羊三世说"彼此糅合,推衍出一个"大同主义"的理想乌托邦模式,他认为人类的历史发展必经三个阶段,即从"据乱"到"升平"(小康),再最终到"太平"(大同),而"太平"(大同)则是东、西方人类的共同理想。显然,康有为这一"大同"理想的最终目标是天下一统,而并非是民族国家,这的确是一种带有"浪漫主义"精神的美好愿景,但却毕竟蒙上了一层乌托邦式的空想和虚幻的色彩。而他的学生梁启超,则在思考这一问题时,更为务实地提出应摈弃"天下大同"的思想,而推崇"国家"为最高群体[1]。在梁启超的政治小说《新中国未来记》中,正是隐含着一种强烈的"国家主义"的诉求。虽然晚清时期的小说评论家阿英认为,"《新中国未来记》只是一部对话体的'发表政见,商榷国计'的书而已"[2],它的艺术水平是比较拙劣的,但是它在精神和情感诉求的层面上,却隐晦曲折地峥露着梁启超"对于民族国家的想象,以及对于中华民族未来历史———建立一个富强的、现代化的'新中国'的梦想"[3]。显然的,在"未来记"式的政治乌托邦小说中所构建的这一"新中国",与中国古典时代的老庄、陶渊明等人笔下的"世外桃源"貌似相近,却实则截然不同,前者是在现代线性时间观念的基础上建立的一种理想政治图景,它是向未来看的、是远瞻性的,而后者则是建立于古典循环时间观念上的一个"世外桃源",它是向后(远古)看的,还停留在对小农文明及其生活方式的眷恋阶段。事实上,正是源于西方"进化论"思想的深刻影响,在晚清一代的"未来记"政治乌托邦小说中,便渗透着一种鲜明的具有"现代性"特质的线性时间观念,它代表着一种线性向前发展的不可重复的历史观念,而彻底

〔1〕 [美]张灏.梁启超与中国思想的过渡(1890—1907).崔志海、葛夫平译.南京:江苏人民出版社,1997.1:211.
〔2〕 阿英.晚清小说史.北京:人民文学出版社,1980:76.
〔3〕 旷新年.民族国家想象与中国现代文学.文学评论,2003年第1期.

终结了中国古典时代的轮回循环的传统历史观念。正如梁启超所言："政治小说者，著者欲借以吐露其所怀抱之政治思想也。其立论皆以中国为主，事实全由于幻想。"[1]的确，在其中绵密严肃、唇枪舌剑的政论激辩背后，蒸腾起的是一个个浪漫的政治乌托邦梦想，这种充满了"理想主义"和"浪漫主义"精神方式的政治启蒙，代表着"晚清"一代知识分子们对于建立一个崭新国家的强烈愿景，这是整整一个时代的中国启蒙先驱们的共同心愿。

自十九世纪中叶的鸦片战争以降，西方列强的武力征服成为"晚清"一代学人们心目中最惨痛的民族记忆。当国门在耻辱之中被迫敞开的同时，将注定响起一曲"启蒙"与"救亡"相互交织的民族悲歌。显然，对于"晚清"的第一代启蒙者而言，"政治启蒙"是他们首先最关注和热衷的问题，他们热烈地探讨着关于国家、政体、制度的设计，往往还带有一定程度的空想和浪漫的色彩，而他们热衷于此的最重要原因在于，认为这样的"政治启蒙"能够实现"救亡图存"。但是，他们很快发现，单纯的"政治启蒙"只能局限于少数的精英阶层，而面向更广大的中国民众，他们还需要掀起一股范围更宽广的"文学启蒙"思潮，同时，再结合中国晚清时期传播媒介的新变，尤其是报纸、杂志和大量新型出版机构的问世，他们将更加确信文学的启蒙和觉世作用。于是在晚清这一阶段的"政治启蒙"之后，又一股"文学启蒙"的思潮紧随其后，而一种"浪漫主义"式的文学表达亦开始崭露头角。

二、晚清文学界：文学启蒙的浪漫式表达

在《被压抑的现代性——晚清小说新论》一书中，王德威先生对于一种现代国家民族的启蒙文学叙事是比较排斥的，他更致力于考察一种边缘的、日常的和生活的文学叙事，正如他自己所坦言："我强调晚清小说的现代性，指的并不只是世纪转换时，启蒙的知识分子如严复、梁启超、徐念慈等人所力求的改革而已……我指的反倒是另一些作

---

[1]　梁启超：《中国唯一之文学报〈新小说〉》，《新民丛报》1902 年第 14 号.

品———狎邪小说、科幻乌托邦故事、公案侠义传奇、丑怪的谴责小说等等"[1]，而这一观点和做法已经引来学界学者们越来越多的质疑[2]。应该说，王德威对晚清的狎邪、科幻、公案、谴责等类别小说的考察，是开掘了中国晚清文学研究中长期被忽略和遮蔽的"另一套谱系"，这固然是可贵的，但是，在他对晚清文学（小说）的评价体系中，始终围绕的是"颓废"、"滥情"和"谑仿"等等的关键词，而关于"启蒙"、"革命"等等的现代话语，关于现代国家民族的宏大叙事，却完全避而不谈，这在一定程度上代表着一种对"晚清"文学现代性研究的某种褊狭，我们有必要重新回到中国晚清一代的"主旋律"和"主流"文学中去，尤其是一系列带有或明或暗的启蒙性言说的文学文本中去。

1. 译介文学：以"拜伦"热潮为中心的浪漫漩涡

毫无疑问，翻译文学是处于"晚清"文学视野之中的一个非常特殊和重要的位置，它提供了一个文学现代性发轫的重要契机。梁启超曾经在《变法通议》中专辟一章，详细论述翻译文学之重要性，并将译书提高到"强国第一义"的地位，在他及一众有识之士的热力倡导之下，中国晚清时期的翻译事业开始蓬勃发展，其中，最为显著的便是小说翻译的日益荣盛。一时之间，刊登域外翻译小说的文学期刊亦纷纷创办，诸如《绣像小说》《小说林》《新新小说》《月月小说》《小说月报》等等，皆成为深受大众欢迎的刊物，译介小说迅速在中国的晚清文坛上得以传播和发展。

而在晚清以降的一系列译介小说之中，真正具有里程碑意义的是林纾和王寿昌合译的《巴黎茶花女遗事》。1897 年，林纾的结发之妻不幸病逝，林纾一度在伤感之中郁郁寡欢。不久，他的一位精通法语的朋友晓斋主人王寿昌，前来邀他合作翻译法国作家小仲马的一部浪漫主义小说《巴黎茶花女遗事》。这部小说自身的一种哀婉忧柔的情愫，与

---

[1] 王德威.被压抑的现代性——晚清小说新论.北京：北京大学出版社,2005：24.

[2] 详见刘成勇."没有晚清,何来五四"与中国现代文学起点问题.吉首大学学报（社会科学版）.2008(11)：65.

林纾当时的心境可谓是正相吻合,加之鉴于友人的热情相邀,林纾欣然地应允了这一合作——由王寿昌口述该小说的故事情节,林纾笔录并加以文字的斟酌——共同翻译了这一《巴黎茶花女遗事》,它问世之后可谓是"不胫走万本",一时有洛阳纸贵之誉,时人甚至将之称为是"外国的《红楼梦》",严复更是作诗赞曰:"可怜一卷《茶花女》,断尽支那荡子肠。"[1]从本质上说,林纾是一个纯粹的文学家,特别是一个纯粹的古文家,这决定了他与梁启超这一类的"文人型政治家"[2]有很大的不同,他更加地注重文学自身的质感和规律,尤对西方现代文艺的新鲜经验颇为敏感。此后,林纾名声大振,翻译激情亦一发不可收拾,直至晚年,共译出一百七十多部外国小说,他的译作甚至影响着中国晚清以降的几代学人。譬如,作为"五四"一代浪漫主义文学的领军人物郭沫若,便曾经在《少年时代》一文中不无动情地写道:"林琴南译的小说在当时是很流行的。那也是我最嗜好的一种读物。我最初读的是哈葛德的《迦茵小传》,那女主人公的迦茵是怎样的引起了我深厚的同情,诱出了我大量的眼泪哟。"[3]

事实上,在晚清的译介文学中,这一类哀婉缠绵的浪漫爱情小说固然激荡起了一众读者心有戚戚的情感涟漪,然而,另一类充满着高亢的理想主义与英雄主义激情的小说及其人物,则是真正唤醒了国人心底最为热切澎湃的革命热情,最为典型的便是"拜伦"这一西方浪漫主义人物角色的引进。当时,在梁启超、苏曼殊、马君武、鲁迅等人对"拜伦"形象的相继推介之下,学界迅速激荡起了一股"拜伦"崇拜的狂热潮涌。1902年,梁启超在《新小说》第2期上首次刊登拜伦的照片,并盛赞曰:"英国近世第一诗家……拜伦又不特文家也,实为一大豪侠者。当希腊独立军之起,慨然投身以助之。卒于军,年仅三十七。"梁启超还在《新中国未来记》中以曲牌的形式翻译了拜伦长诗《唐·璜》中《哀希腊》的

〔1〕 严复. 严复集·甲辰出都呈同里诸公. 北京:中华书局,1936:365.
〔2〕 夏晓虹. 觉世与传世. 北京:中华书局,2006.1:10.
〔3〕 郭沫若. 郭沫若全集(第11卷). 北京:人民文学出版社,1992:122.

两首。随后，马君武也以自由歌行体的形式翻译了《哀希腊》的全文。并且，梁启超特意以注解的形式写道："拜伦最爱自由主义，兼以文学的精神，和希腊好像夙缘一般，后来因为帮助希腊独立，竟自从军而死，真可称文界里头一位大豪杰。他这诗歌，正是用来激励希腊人而作。但我们今日听来，倒像是为中国人说法哩。"[1]的确，"拜伦"之热潮鼓荡于中国"晚清—民初"这一时代决非偶然，关键在于，拜伦这一帮助希腊人民重获自主的英雄之举，是被视为不但是浪漫主义的反叛精神，而且是一种民族主义的伟大行为[2]，他的反抗、革命和解放的精神，恰好投契了当时中国的现实需要。为此，当时的译介者们甚至不约而同地直接遮蔽了"拜伦"在西方文学原型中的忧郁、感伤、邪恶和魔怔的多种精神面相。

相比较而言，苏曼殊、鲁迅等人对于"拜伦"及其创作的译介，则更多的是关注一种"浪漫主义"的文学审美理念和诗学精神。1906年前后，苏曼殊已经在诗坛、画坛以及佛教界等诸多领域中颇有建树，他随之进入了一个诗歌翻译的高产期，先后翻译出版了四本诗歌集子：《文学因缘》《潮音》《拜伦诗选》和《汉英三昧集》。其中，最重要和最有影响力的便是《拜伦诗选》，它包括对《哀希腊》《赞大海》《去国行》等四十多首拜伦抒情诗杰作的翻译。1909年秋，苏曼殊乘坐在从日本经新加坡前往爪哇的行船上，接受了友人所赠送的英文版拜伦诗集之后，提笔写下《题拜伦集》的诗作："秋风海上已黄昏，独向遗编吊拜伦。词客飘蓬君与我，可能异域为招魂？"足可见他对于拜伦及其诗作之冥冥情重。显然的，苏曼殊自身所固有的一种浪漫式的文人情怀与气质，决定了他对拜伦诗歌的翻译尽管用的是旧式的古体诗，却依旧能够将诗作中浓郁的英式浪漫主义文学精神，淋漓尽致地表达和呈现出来。苏曼殊在他的《文学因缘》序言中，更是将拜伦在西方的地位类比为李白之于中

---

〔1〕 梁启超.新中国未来记.第四回末总批.新小说(第3号).1903年1月.
〔2〕 李欧梵.中国现代作家的浪漫一代.王宏志译.北京：新星出版社,2005.7：295.

国[1],而在《潮音》的自序中,他还曾用英文写就的充满了浪漫天才式灵气的文字,详细地阐述了自己对于拜伦及其诗作的理解:"拜伦的诗像是一种使人兴奋的酒——饮得越多,就越感到它甜美、迷人的力量,他的诗里到处充满了魅力、美感和真诚。在情感、热忱和语言的直白方面,拜伦的诗是无与伦比的……他的整个生命、经历和作品,都是用爱情和自由的理想编织起来的。"[2]事实上,苏曼殊对于拜伦的翻译和介绍,深深影响了中国"五四"一代的浪漫作家们。创造社同人张定璜便在《苏曼殊与 Byron 及 Shelly》一文中评价道:"苏曼殊还遗下了一个不太容易认的、但确实不太小的功绩给中国文学。他介绍了那位《留别雅典女郎》的诗人 Byron 给我们,是他开初引导了我们去进一个另外的新鲜生命的世界……唯有曼殊可以创造拜伦诗。"[3]而另一位创造社的中坚人物郁达夫,则更是认为苏曼殊"在文学史上可以不朽的成绩,是指他的浪漫气质,是继承拜伦那一个时代的浪漫气质。"[4]但是,中国"五四"一代的浪漫作家对于拜伦以及西方浪漫主义文学观念的系统接受,则是在鲁迅 1907 年发表的《摩罗诗力说》之后。早在日本东京求学之际,青年时期的鲁迅便阅读了日本学者木村鹰太郎的评传《拜伦——文艺界之大魔王》以及一些拜伦诗作的日译版本。1907 年,鲁迅写下了著名的《摩罗诗力说》这一长篇论文,他详尽地从理论角度对十八、十九世纪欧洲的浪漫主义文学思潮进行了全面的诠释和推介,行文中热情地呼唤着"精神界之战士",并在"别求新声于异邦"的过程中发掘出一个可贵的"摩罗诗派"。"摩罗"一词原是十九世纪初的英国桂冠诗人罗伯特·骚塞攻击拜伦、雪莱及其同流的浪漫主义诗人的一个恶意用语,意谓"恶魔"或者"撒旦",鲁迅则反其意而用之,对于"拜伦"等一众西方浪漫主义大文豪的张扬、狂放、炽烈的"摩罗"品质,尤其是他们崇

---

[1] 苏曼殊.《文学因缘》自序. 苏曼殊文集(上册). 广州:花城出版社,1991:295.

[2] 转引自杨联芬. 晚清至五四:中国文学现代性的发生. 北京:北京大学出版社,2003.11:227.

[3] 载于 1923 年《创造》季刊第 1 卷第 4 期"雪莱纪念号".

[4] 郁达夫. 杂评曼殊的作品. 苏曼殊全集(第 5 卷). 北京:中国书店,1985:115.

尚独立自由的个性精神,以及反抗强权专制的叛逆品格,袒露出一种强烈的倾慕、赞美与激赏的态度。事实上,鲁迅在当时极力推介以"拜伦"为代表的西方浪漫主义文学思潮,不仅仅因为它包含着一种"崇个性而张灵明"、"任个人而排众数"、"全心全情感全意志"的浪漫主义文艺观念,更重要的在于,它通过引进"摩罗诗派"的浪漫主义激情,给中国这一老大帝国及其麻木的国民体内,注入一种浪漫主义的刚健勇猛之血性,这个濒危的国族已经不能再沉默下去,而是急切地需要有"拜伦"式的惊世骇俗、振聋发聩之音,去唤醒在"铁屋子"中昏昏欲睡、萎靡不振的国民们,以一种摧枯拉朽的精神势头,在废墟一般的旧世界之上构建起一个生机勃勃的新世界。

总之,在中国文学从近代步入现代的过渡时空中,晚清时期的译介文学具有非常重要的激励作用,而其中最为典型的"拜伦"翻译热潮的兴起,在裹挟着一种启蒙的主题、浪漫的笔法、精神的荡涤和美感的熏染之后,显然为之后的"五四"一代浪漫主义文学开启了先声。

2. 浪漫美学的现代胚芽

"晚清"是一个处在中国历史交界点上的特殊时代,是一个"破"与"立"并存的过渡时代,它这个位置最重要的价值便在于它的"承上启下",即终结古典、开启现代。对于中国的思想文化界(包括哲学、文学、美学等等)而言,一种具有现代性意味的转折与转型,也正一点点地处于酝酿和发酵之中,而在美学领域更不例外,一个古典和谐之美一统天下的局面被逐渐打破,这意味着中国的古典美学时代将彻底终结,同时也开启了中国现代美学的一个崭新时代。在中国的晚清这一阶段,中国美学现代性的发轫,与"西学"有着一种密不可分的联系。当然,自十九世纪中叶以降,西方列强的强行入侵与暴举,使得这一阶段的"西学东渐"从一开始就蒙上了某些阴影,而一部分国人便对当时的"西学"怀有一种"既爱犹恨、说恨还爱"[1]的复杂心理,即所谓的

---

〔1〕 [美]叶维廉.中国诗学(增订版).北京:人民文学出版社,2006.7:239.

"怨羡情结"〔1〕,这在一定程度上也导致了国人对待"西学"存在着一种急功近利和囫囵吞枣的倾向,这一倾向在当时的中国知识界之中是比较普遍的现象,自然也延续到了美学领域。然而,仅有梁启超、王国维等少数的几位,对于引自西方世界的文艺美学理念,保持着一种相对客观的态度。

事实上,梁启超决非一个简单平面的人物,他不仅仅是一个有启蒙意识和社会责任感的革命家、政治家,更同时是一个有激情的文学家、美学家。在梁启超的美学思想体系中,"尚情"是一个非常重要的关键词,他非常重视情感在文学中的力量,认为"诗本为表情之具"〔2〕、"天下最神圣的莫过于情感"〔3〕。同时,他还吸取了西方"移情派"的相关理论,形成了自己的一套"审美移情说",并首先将之运用于小说艺术的研究之中。1902年,在梁启超著名的《论小说与群治之关系》一文中,他指出小说的四种"神力"——"熏"、"浸"、"刺"、"提"——并从文艺心理学的角度剖析了一个审美移情的生成过程,即"熏"是指感情的潜移默化,"浸"则指其感染力之至,"刺"是使人的感情受到强烈刺激,而"提"则是指受众随着小说感情的变化,而将自己融入其中。在该文中,梁启超还首次提出了"理想派小说"和"写实派小说"的概念,并据此将中国的传统文学分为两类,一类是以《诗经》作为开端,呈现出一派写实的风格,另一类则是以《楚辞》为先河,包括之后的陶渊明、李白等人的浪漫作品。诚然,梁启超在文章中并未能全面地对"浪漫主义"与"现实主义"进行系统的论述,但是他依旧准确地抓住了二者"理想"与"写实"的特征区别,其实是触及到了这两派小说的精神实质,而对于"浪漫主义"与"现实主义"这两个概念的提出,则是中国美学理论史上的第一次,这无疑也是一个重要的进步。

〔1〕 王一川.中国现代性体验的发生.北京:北京师范大学出版社,2001.10:68.

〔2〕 梁启超.要籍解题及其读法.饮冰室合集(第9册,专集之七十二).北京:中华书局,1989:61.

〔3〕 梁启超.中国韵文里头所表现的情感.饮冰室合集(第4册,文集之三十七).北京:中华书局,1989:71.

应该说,梁启超对于文学审美理论的建构,还处在一个相对松散的状态,相较而言,与他生活在同一时代的王国维,则在对中国美学理论体系的把握上,显得更为系统、严密和精确。虽然王国维在政治上一贯持有的是保守态度,然而他在学术方面却具有很强烈的进取精神,他对于"中学"和"西学"均有着非常透彻的理解,他一方面深受着中国古典美学精神的熏陶,并深谙中国式的伦理哲学,另一方面又积极汲取着来自西方世界的现代哲学、美学和文学的养分,是一位真正学贯中西的大师。1904 年,王国维最早将康德、叔本华和尼采的学说引进中国,尤其是康德的《判断力批判》、叔本华的《杂作》以及尼采的《查拉斯图拉如是说》等等杰作,积极推介他们在哲学、美学和文学上的观念,并先后接受了"先验论"、"唯意志论"、"悲观主义"、"超人学说"等等西学思想,最终形成了自己独特的世界观,渗透在其评文、论学、为人、处世的方方面面,而王国维所引进的这一系列观念学说,在当时中国所产生的影响,"与其说是哲学方面的,不如说是文学方面的更为确切"[1]。的确,在王国维的代表作《〈红楼梦〉评论》《宋元戏曲史》和《人间词话》之中,真正奠定了他作为中国近代美学之集大成者的历史地位,他所创立的"美的超功利超利害"的本体论、"悲剧理论"、"意境说"、"游戏说"以及"天才论"等等美学理念,已经远远超越了中国古典美学的范畴,而为中国的现代美学提供了一个全新的理论起点。其中,一个最核心的观念——美的无功利、无目的和无利害的本体性质——成为王国维美学理论体系中的一个最基本和最重要的逻辑起点,他对美的本质的界定、对美的独立性的确立,真正将艺术(文学)从中国传统道德和政治的附属地位上解放出来,彻底颠覆了中国传统的儒家政治教化中心论的文学观念,恢复了艺术(文学)的固有品格和独立地位。同时,在"文学独立"论的基础之上,王国维还特别提出了"游戏说"和"天才论"。他认为,艺术(文学)是一个游戏的事业,是人在生存竞争之余,发于游戏之所为。基于这一"游戏"的性质,再度证明了美的无功利、无目的和无利

---

〔1〕 萧艾.王国维评传.杭州:浙江文艺出版社,1983.7:39.

害的本体性质。而在具体的文学创作中,王国维推崇的是"天才论",在他眼中,天才最不同于常人之处,正在于其独一无二、超脱世俗的个性精神,他认为"三代以下之诗人,无过于屈子、渊明、子美、子瞻者"[1],是"旷世而不一遇也"的真正天才。而其实,王国维本人就是一个非常痛苦的天才,他对艺术与美、对个体独立、对自由精神的崇尚,始终与当时的整个时代社会现实格格不入,这种介于矛盾摩擦之中的痛苦和焦灼,最终将这位天才的大师推上了一条不归之路。应该说,王国维的"文学独立"论、"游戏说"和"天才论",对于之后的中国现代浪漫主义文学审美理论体系的建构,具有重要的参照和启发意义。然而在中国的晚清时期,王国维的美学思想毕竟还很少有人真正理解。在"晚清"的这一特殊时段之中,"救亡"成为一个全民性的疼痛话语,而诸如"启蒙"、"审美"等知识精英所关注的话题,亦必然地要融入到"救亡"、"革命"的大众洪流之中。而在一定程度上讲,那些"启蒙的"、"审美的"话语,在面临与"救亡的"、"革命的"话语共处的境地之中,甚至还要遭遇到后者对它的遮蔽、掩盖与挤压。因此,当我们看待中国浪漫主义文学在这一特定时空中的艰难成长,不难发现一股"被压抑的现代性"力量,然而事实上这股隐隐搏动着的"现代性"力量,距离它真正发轫的历史时刻已然不远了。

---

〔1〕 王国维.文学小言.王国维学术文化随笔.北京:中国青年出版社,1996:216.

晚清至民初：中国现代浪漫文学现代性的发轫

　　"晚清"至"民初"是指从十八世纪末至二十世纪初的这一段跌宕起伏的中国历史时期，在这一百余年的时间里，留下的是一个国族趔趄蹒跚的步伐履迹，更浸透着同胞民众们满腔的惨痛记忆和倔强生息，如同浴火的凤凰一般，当时的中国正经历着一番丰富而痛苦的涅槃之蜕变。事实上，早在春秋战国时期，在中国的传统文化价值体系中，便已经形成了一种"内夏外夷"、"非我族类，其心必异"的观念，这一观念可谓是深入国人之心。因此，"明清易代"之时的悲怆感与痛楚感，与一般的"改朝换代"是不可同日而语的，它更意味着一种特殊的"以夷代夏"的耻辱感。然而，仅仅在二百余年之后，中国的近代历史竟又继续上演了一场惊天动地的悲剧，那是一场远比"明清易代"更甚的历史浩劫。可以说，从"晚清"直至"民国初年"的这一段中国历史，是一段布满了伤痕、泪水、屈辱和国仇家恨的特殊历史。在西方列强的强行入侵之下，这一时期的中国社会可谓是内外交困、不堪重负，从表面上看，它已然仿佛是一具垂垂死矣的腐体，然而在强势的"西学"导入进程中，中西文化剧烈碰撞所爆发出来的历史能量，令中国的近代化路径猛然在不自觉之中发生了改变，一直徐徐迈进的中国步伐，在一瞬之间变得快步疾驰，并且实现了中国从"近代"迈向"现代"门槛的重要跨越和转型。因此，这是一个腐烂与新生并存的时代，是一个承前启后的重要过渡时代，而在这一时代的瞬息万变、光怪陆离的大语境中，中国文学"现代性"的胚芽正在慢慢孕育，而一株"浪漫主义"的花苞亦在静悄悄中含苞待放。

众所周知,"现代性"(modernity)一词源自于西方,这一术语在人文社会科学领域中可谓是炙手可热,稳居"显学"的地位,它已经成为哲学、历史学、政治学、社会学、文学和诗学等各个学科研究关注的焦点之一。本文的"现代性"是立足于中国历史特色和现实国情的基础之上的中国文化价值体系的一种现代重构,它其中包含有三个层面的重要涵义尤其需要厘清[1]:其一,时间观的变革,即一种原生性的中国古典时间观被抛弃,随之出现了另一种西方式的现代时间观念,即以线性的、向前的和发展的时间观取代了古典的、循环的和轮回的时间观;其二,文明的裂变,即在中国的古典文明和知识架构内部产生了一种重要的转折性变异,并且植入了来自西方世界的现代知识体系和文明观念;其三,自觉的反思,包括对中国古典传统的反思,以及对西方移植而来的现代文明的反思,尤其是对现代科技和工业文明的深度批判。应该说,这三个核心要件之间是三位一体的关系,它们作为评判中国文学(当然包括"浪漫主义"文学)"现代性"的三个重要标志物,是相互依存、不可分割的一个整体。应该说,"现代性"是考察"晚清—民初"这段中国历史的一个重要的思维方式,将会间接地映照出一个充满矛盾、纠葛与喧嚣的转折性大时代,更将直接地折射出一个浴火重生的近代中国,它尽管问题丛生,却终究在跨越了一个特殊的历史拐点之后,真正实现了自身"现代性"的重大转型。

　　十八世纪末的中国大清王朝,已经迈过了"康乾盛世",在达到登峰造极的高度之后,这个庞大的封建王朝开始日渐滑向它生命的谷底。在思想学术界中,一度兴盛于明清之际的"中国早期启蒙思想"(侯外庐语)以及"实学研究"的热潮,渐渐地趋于式微,原本自由活跃的思想风气,逐渐演变为一种凝固和呆滞的状态,加之清代中叶屡兴的"文字狱",终究将一场带有思想启蒙意味的文化反思运动彻底摧毁,一大批

----

〔1〕　这里主要是借鉴了英国社会学家吉登斯在《现代性与自我认同》一书中,对于"现代性"中的三个主要"动力品质"的研究,并结合中国的历史特色和现实国情,加以重新思考、调整和改造。

的文人士子们纷纷钻入"故纸堆"之中,终日沉浸于对一系列历史文献典籍的校勘、注疏和考订,借此刻意地去回避对现实政治和民生世事的关注。而在文学界中,"桐城文派"及其奉为圭臬的典正范式大行其道,可谓是达到了一时之极盛,这显然是一个滋长着"复古"风气的文化生态。同时,"闭关锁国"国策的实行,更是将一度靠近世界文明的大清王朝,又重新拉回到漫漫的黑暗故道上。法国作家格里姆在 1776 年 9 月 15 日的一篇《通讯文札》中写道:"中国正实行着最可怖的专制政治;中国人的道德学说,正好适合于心怀震恐的群奴。"[1]的确,这是一个噤若寒蝉、人人自危的畸形时代。但是,正如中国思想史的著名学者侯外庐先生所言:"(中国)十七世纪的启蒙运动虽然受到了挫折,但它的政治的、社会的形式,却(在十八世纪)被文学的形式所代替。"[2]的确,一部十八世纪中叶诞生的《红楼梦》,便是最好的佐证。夏志清先生在《中国古典小说导论》一书中,将《红楼梦》列为中国古典小说中的奇葩。当然,对于它作为"古典小说"的定位,其实也只是一种笼统之论,它本身早已放射出了中国近代文学光芒的极限,它用所谓"假作真时真亦假,无为有处有还无"的"满纸荒唐"之言,先验式的演绎出了一个"忽喇喇似大厦倾,昏惨惨似灯将尽"的中国封建大厦行将倾覆的杰出预言。《红楼梦》是一个介于"批判现实主义"与"浪漫主义"之中间地带的过渡文本,它将一个转型期文学的两种精神表达——批判现实主义与浪漫主义——非常完美地结合于一体,在对现实现世的隐晦批判中,散发着一股幽幽的浪漫主义的文学气息。在大清王朝严苛的政治专制和思想高压之下,诸多的文人学子选择了沉默不语,唯有《红楼梦》悄然"如剥春笋"一般,层层剥去了两千年来俨然屹立的封建意识形态圣殿上的廊柱,作为封建末世之绝响的启蒙先声,它为暮气沉沉的中国带来了一抹现代性的刺眼曙光。

时至十九世纪,大清进入嘉庆一朝,遂迎来了自己的"晚清"时代,

---

〔1〕 格里姆.十八世纪中国与欧洲文化的接触.北京:商务印书馆,1991:87.
〔2〕 侯外庐.《中国思想通史》(第 5 卷).北京:人民出版社,1956:403.

原有的王霸之气逐渐开始萎靡蜷缩起来，并随之显露出一股衰败颓靡之势。直至道光二十年(1840年)，鸦片战争爆发，大清幽闭的国门终究彻底地被强行轰开。自此以降，西方列强的入侵可谓是纷至沓来，大清朝从此结束了它的"太平盛世"，而陷入了一场旷日持久的浩劫之中。很快地，在中国的晚清一代，便日渐积攒起一股渴望变革的力量，从"启蒙"到"救亡"，从"器物变革"到"制度变革"，从"改良"到"革命"，应该说，"强国保种"成为了中国晚清一代有识之士们的共同心愿。因此，深陷于一种焦灼的"救亡"思虑之中，中国晚清的思想文化界再度掀起了一个思想启蒙的高潮。值得注意的是，这一时期的"启蒙"思潮较之"明清之际"而言，有续接、亦有新变，"续接"是指在"明清之际"启蒙思潮运动中涌现出来的，诸如黄宗羲、顾炎武、王夫之等人的启蒙学说，被作为一种珍贵的思想遗产，在"晚清"的中国思想文化界迅速地传播和渗透；而"新变"则是指在中国"晚清"时期的思想文化界中，又增添了一个鲜明而强劲的"西学"背景。然而，对于"晚清"第一代启蒙者而言，"政治启蒙"是他们首先最关注的思想层面，他们热衷于探讨关于国家、政体、制度的设计，并期望这样的"政治启蒙"能够实现"救亡图存"。但是，他们很快发现，单纯的"政治启蒙"只能局限于少数的政治精英阶层，而面向更广大的中国民众，他们还需要掀起一股范围更宽广的"文学启蒙"思潮。于是，从中国的"晚清"直至"民国初年"，一个关于"启蒙"的文学主题始终都没有停歇，从晚清的"翻译文学"到民国初年的"言情文学"，以及梁启超、王国维和鲁迅的文学美学思想，无不是以"启蒙的"、"审美的"话语方式，对之后的中国现代浪漫主义文学精神的全面爆发，而做好的一种蓄势与铺垫。因此，在从"晚清"直至"民国初年"这一段特定历史时空中，我们不难发现中国浪漫主义文学的艰难成长，它内部的一股"现代性"的力量，从"被压抑"到"发轫"，历经了无数跌宕起伏的磨难与考验，而最终在看似平静的蓄势之中，方才等来了一场摧枯拉朽般的"五四"文学革命的强劲风暴。

1912年(清宣统四年)2月12日，大清朝的末代皇帝溥仪正式宣告退位，一纸《清帝逊位诏书》的颁布，意味着清王朝的统治彻底倾覆，而从更深远的中国社会转型的意义上而言,这是一个中国古典皇权政体真正终结的时代,更是一个重建现代中国的千载难逢的历史契机,代之而起的"中华民国"以及孙中山先生颁布的《中华民国临时约法》,可以说是中国现代立宪体制的一次非常成功的尝试。诚然,这一可贵的民主成果,在 1915 年袁世凯篡权称帝之后便已经名存实亡了,并最终沦为一场失败的中国式"光荣革命"。但是,"中华民国"自诞生之日起所建构的一系列政治、文化、思想等等上层建筑的实绩,对于当时中国一大批的社会精英人士而言,已经是一次非常宝贵的探索和创举,尽管它在时间的历程上显得相当短暂,但是却凭借着自身非凡的历史意义,悄然拉开了中国社会的一面新陈代谢的大帷幕,而站在一个"现代性发轫"的全新起点上,中国浪漫主义文学的绰约风姿亦越来越清晰起来。

很显然,从中国的"晚清"至"民国初年",一个关于"启蒙"的文学主题始终都没有停歇。在"晚清"时期,梁启超等人倡导的"三界革命"(小说界革命、诗界革命和文界革命)中诞生的"新小说"、"新诗歌"和"新散文",明显散发着一股浓郁的启蒙气息,其中尤以"小说界革命"及其"新小说"最受世人所瞩目。但是,"三界革命"并非是一种出于文学自身内部变革的自觉需求,而是源于"晚清"一代的整体文化语境的压力使然。换言之,它从根本上说是意在试图以文学来"开启民智"、"改良群治",达到"启蒙"和"救亡"的目的,因此带有一种浓厚的功利意味,而在文本的主题模式上,自然便带有鲜明的政论色彩和涉世情怀。阿英曾经在《晚清小说史》一书中,将晚清小说分为 11 个类别,分别是"晚清社会概观"、"庚子事变的反映"、"反华工禁约运动"、"工商业战争与反买办阶级"、"立宪运动两面观"、"种族革命运动"、"妇女解放问题"、"反迷信运动"、"官僚生活的暴露"、"讲史与公案"、"写情小说"等等,一一涉猎中国晚清时期的社会面影和现实时事,尤其是"立宪"、"革命"与"妇女解放"等等主题,均是中国古典小说从未涉及过的领域。可见,中国的"晚清"文学(小说)是越来越多地被运用到参与现实、改造现实的历史大洪流中去,而一种"以文治国"、"以文救国"的文学功利性观念,亦随之发展到了极致。直至 1912 年,中华民国建立之初,亡国的危机暂且有所缓解,这一炽烈的"文学救国论"方才稍稍落潮。然而之后袁世凯的称帝和篡权,很快成为一个践踏民主政治的重要信号,"民国"再度变质了,而"晚清"文学中急功近利的倾向,及其缺乏人文精神支持的恶果,迅速在政治上显现了出来。于是,"共和国"的名存实亡,敦促着当时尚且还清醒的人们去重新思考"文学启蒙"的方式,更多的有识之士意识到"文学救国"必须与"人文精神"相结合,而基于对"晚清"时期"理性启蒙"言说方式的重新考量,另外一种文学启蒙的言说方式,开始引起人们的广泛关注,那便是与"理性启蒙"形成互补关系的所谓"感性启蒙"。相比较而言,"理性启蒙"的文学言说方式,是集中于社会政治层面的关注和表达,提倡的是一种民主、民权和主权的相关观念,为此往往更适用于国家、社会和群体的宏观利益,却并不贴合于社会成员中每一个独立个体的感性需求,而"感性启蒙"则恰恰弥补了这一缺失,它在严肃的"理性启蒙"之外,开辟出一方充满着爱、温情与人文关怀的新天地,用一种"感性启蒙"的文学表达和言说方式,去唤醒"民国初年"广大民众的感性觉醒,让一种积极健康的"人文精神"得到更加充分的发扬,而正是在"感性启蒙"中人文精神的熏陶和滋养之下,中国的浪漫主义文学真正进入了一个"现代性"的发轫期。

一、言情文学:开启未来情感体验与想象机制

中国言情文学的传统源远流长,民国初年言情文学的创作与传播,再次达到了一个小高潮,尤其是民初言情小说的发展势头,一度可谓是颇为发达,特别是形成了一个在当时名声大噪的"鸳鸯蝴蝶派"小说流派,当然,它在一定程度上是承续着明清时期的"才子佳人"小说而来,但是又比后者更进一步,它更加注重一种人文关怀的精神渗透,也更加深刻地展现出爱情的一种内在悲剧力量。1931年8月12日,鲁迅在《上海文艺之一瞥》一文中,便曾经对"鸳鸯蝴蝶"派小说有一个十分中肯的评价,他认为民国初年"新的才子+佳人小说便又流行起来,但佳人已是良家女子了,和才子相悦相恋,分拆不开,柳荫花下,像一对蝴

蝶，一双鸳鸯一样，但有时因为严亲，或者因为薄命，也竟至于偶见悲剧的结局，不再都成神仙了，——这实在不能不说是一个大进步"[1]。的确，民国初年的"鸳鸯蝴蝶派"言情小说，在对于人性、人的觉醒程度以及人的自由发展等等诸多方面，都较之前的中国明清时期而言，又有了更大程度的进步与通融。而在同一时期，"鸳蝴中人"的一个"异数"——苏曼殊——则以其更为浪漫、神秘和纵情恣肆的才情，引发了"五四"一代后来者的普遍关注。

1. "鸳鸯蝴蝶派"

民国初年，"鸳鸯蝴蝶派"及其作品在中国文坛上的影响颇大，徐枕亚、李涵秋、吴双热、包天笑、周瘦鹃、陈蝶仙等等一众"鸳鸯蝴蝶派"小说家纷纷涌现，他们的小说陆续在当时诸多很有影响力的报纸刊物上连载，诸如《小说月报》(1910)、《自由杂志》(1913)、《香艳小品》(1913)、《礼拜六》(1914)、《上海滩》(1914)等等，可见，这一类民初的言情小说在民众之中传播非常广泛。其中，影响最为深广的便是徐枕亚的一部《玉梨魂》，这是一个充满了浪漫感伤的爱情悲剧。在小说中，家庭教师何梦霞与青年寡妇白梨影(梨娘)的相恋，成为一种为世俗所不容许的爱情，为此，他(她)们始终陷于一种爱情与礼教的冲突困境之中。然而，寡妇与青年大胆相爱的这一事实本身，已经昭示着一种对传统道德和旧式习俗的反叛精神，在对爱情的热力歌颂和赞美之中，悄然蕴含着朦胧的"人"的意识的觉醒。但是，在徐枕亚这一代民国初年的作家心灵深处，他们依旧执着的是"改良礼教"，而并不试图"推翻礼教"，所以在他们的笔下，往往会努力地调和着爱情与礼教之间的冲突矛盾。于是，梨娘被塑造成为一个既想恪守礼教，又极其忠实于爱情的寡妇形象，而她最终的结局便只能是为了礼教、亦为了爱情而被迫自杀，所谓"哀莫大于心死"，心灵的束缚才是最具有悲剧力量的。另外，男女主人公在互通书信、诗词唱和的诉情言辞之中，典雅的骈文兼及错落有致的偶句、长短句，在骈俪相间的节奏感中更显抑扬顿挫，呈现出"鸳鸯蝴

---

[1] 鲁迅. 二心集. 北京：人民文学出版社，1973：86.

蝶"一派言情小说哀情缠绵、感伤低洄的情感基调。在《玉梨魂》之后，一大批的民初言情小说竞相诞生，它们的一个共同亮点在于对"情"的肯定与张扬，尤其表现于"婚恋"题材上，对个体情感体验的细腻书写，在一定程度上也是一种对个体自由、独立和解放精神的表达。李泽厚先生曾经肯定道："这些似乎远离现实斗争的浪漫小诗和爱情故事，却正是那个新旧时代在开始纠缠交替的心态先声。感伤、忧郁、消沉、哀痛的故事却使人更钟情更怀春，更以个人的体验去咀嚼人生、生活和爱情。它成了指向下一代五四知识群特征的前兆。四顾苍凉侵冷，现实仍在极不清晰的黑暗氛围中，但已透出了黎明的气息。"[1]然而，民初言情小说亦存在着一个共同的"弱症"，即它们一面讴歌纯真的爱情，一面却又将之视为"孽"与"魔"。诸如李涵秋笔下的青年妇女自诉曰："我是前身冤孽，所以惹下情魔"(《广陵潮》)，吴双热亦感叹道："情也者，杀人之魔也"(《孽冤镜•楔子》)，徐振亚则认为寡妇恋爱是"名花多难，祸根种自前生"(《玉梨魂》)。显然，民初的言情小说家们始终陷于一种难以自适、无法解脱的矛盾困境之中，他们进退两难的精神苦闷和人格分裂，正是民国初年这一社会转型时期典型的"时代病"，在他们笔下投射的仅仅是"浪漫主义"的一个"感伤"侧面，而难以看到"浪漫主义"精神中更加宝贵的自由、解放和独立的意识，这也使得他们的小说人物往往是在朦胧的觉醒之后却又无路可走。

2. 苏曼殊

相比较而言，在民国初年的言情小说家中，另有一位与中国现代浪漫主义文学的亲缘关系会更进一步，他与"鸳鸯蝴蝶派"有着千丝万缕的联系，却又被诸多评论家视为"鸳蝴中人"的一个"异数"，他的亦僧亦俗、不僧不俗的一生极富神秘色彩，他与生俱来的纵情任性、超然独立和狷洁的个性姿态，恰好投契着"浪漫主义"思潮所崇尚的解放精神，他便是苏曼殊。苏曼殊一生的作品并不算多，主要是一些诗歌和小说，并且还有流失散佚，但他的作品(尤其是《断鸿零雁记》)大都与自己飘零

---

〔1〕 李泽厚.中国现代思想史论[M].天津：天津社会科学院出版社,2003：213.

天涯的身世,以及孤苦无告的人生体验有着一种密切的联系,在其"自叙传"的叙事口吻之中,他的率真气质可谓是一览无遗,浪漫多情的笔触、狂歌嘲俗的个性、以及对革命抗争的满腔热忱,无不彰显着一种其人如其文的品性。1903 年,苏曼殊从日本渡船回国,在船上假拟了一封遗书给家人,称自己将蹈海自尽,希望以这种方式与传统的家庭彻底决裂,他狂放不羁、独立狷介和激情抗争的个性,令他成为一个悖离中国传统道德与现实政治的孤独者。我们知道,苏曼殊早年曾经怀抱着一腔热情参与了轰轰烈烈的"辛亥革命",但是在那之后,他面对革命以及某些革命者的变质,表现出了一种深切的失望与苦闷,而最终选择与革命事业疏离远去,在他笔下的那个热情的、叛逆的、果敢的、忧伤的、哀情的"飘零人",其实正是他自己人生的一个真实写照,并用一种亦僧亦俗、不僧不俗的面貌,掩藏着自己的一颗痛苦矛盾的心灵。苏曼殊的这样一种心境,与"五四"时期的浪漫一代是何其的相似! 1918 年,伴随着易卜生《玩偶之家》在中国文坛上掀起热浪,"五四"一代学人无不激赏"娜拉"毅然决然的"出走"之举,她勇于同中国传统道德、价值观与旧秩序的决裂姿态,成为"五四"时代的一种精神象征。然而,很少能够有人冷静清醒地想一想鲁迅在 1923 年提出的问题:"娜拉出走以后怎样?"的确,娜拉们在出走之后,必将面临种种物质的拮据、情感的孤独、多舛的遭际等等困难处境,在与家庭决裂之后成为一个真正的"零余者",他(她)们显然与苏曼殊所塑造的"飘零人"一样,尽管身处在两个不同的时代,但是同样都怀揣着一股理想主义的青春激情,也不约而同地遭遇着中国现实的一再打击。在郁达夫、郭沫若的笔下,一些带有"自叙性"口吻的小说人物,往往都或多或少地沾染着"飘零人"的某些特性,他们敏感而又自尊、苦闷而又倔强,勇于追求一种个性解放、独立和自由的精神,却又在漂泊孤苦的经历中,黯自感伤哀怨,甚至滋生出一种病态的心理。因此,苏曼殊与"五四"浪漫一代在精神、情绪、价值观和心理状态等诸多方面,均有着很鲜明的亲缘与应和的关系。陶晶孙曾经写道:"以老的形式始创中国近代罗曼主义文艺者,就是苏曼殊;

而曼殊的文艺,跳了一个大的间隔,接上创造社罗曼主义运动。"[1]

尽管苏曼殊与"鸳鸯蝴蝶"一派文人的联系交往比较密切,常常一起听戏曲、聊天、吃花酒,在文字上也多有交流,但是苏曼殊的作品带有更浓厚的精英化和纯文学的意味,在精神上亦与"五四"一代浪漫文人有更明显的契合度。[2]当然,同是作为民国初年言情文学的代表,在"鸳鸯蝴蝶派"和苏曼殊的笔下,都无一例外地发扬着一种爱情自由和"个人"发现的意义,这一点尤为可贵,亦为之后的中国现代浪漫主义文学提供了一份宝贵的精神资源。

二、"五四"前夜:中国现代浪漫主义美学的初建

王国维先生是真正意义上的中国近代美学体系的集大成者,然而作为先驱智者的落寞与孤独自不待言,当时的诸多学人们都曾经看过他的文章,甚至多番引用他的观点,但是却鲜少有人真正理解王国维思想的真意。事实上,当时的青年鲁迅与周作人两兄弟可谓是真正读懂王国维文章的少数人,并且"对他是很有尊敬与希望"(《谈虎集•偶感》)。只不过,周氏兄弟与王国维在对待人生上的态度与看法,却是大相径庭。王国维一直深受佛、道思想以及叔本华悲观主义哲学的影响,而当时正处于朝气蓬勃之年龄阶段的周氏兄弟俩,则更倾向于主张一种积极进取的人生信念,尤其是鲁迅,青年时期的鲁迅便非常喜爱尼采的"超人哲学"和"强力意志"的价值观念,之后又极力推崇西方世界的浪漫主义文学思潮,对于一种具有现代性美学意义的"文学本体论"表现出极大的热忱与关注。于是,当时留学日本的青年鲁迅便先后发表了《文化偏至论》《摩罗诗力说》等等一系列的文学美学论文,他开始首先尝试在"启蒙(理性)"和"审美(感性)"的双重意义架构上,初步建立起一套具有"现代性"意味的中国浪漫主义美学体系。

---

[1] 陶晶孙.急忙谈三句曼殊.牛骨集.大平书店,1944年版.
[2] 黄轶.苏曼殊与鸳鸯蝴蝶派关系重论.载于《江苏社会科学》2007年第3期.

1. 现代性的启蒙

鲁迅在《文化偏至论》中呼吁"掊物质而张灵明,任个人而排众数",在《摩罗诗力说》中疾呼"精神界之战士"以及理想人性的出现,从根本上说都是出于唤醒个人的主体意识的启蒙目的。鲁迅的一生都在关注中国人的主体精神自由的问题。早在1903年,他就已经开始了对这一问题的明确的探讨。许寿裳回忆,当时鲁迅常常与他探讨三个问题:"一、怎样才是理想的人性?二、中国国民性中最缺乏的是什么?三、它的病根何在?"可见,青年鲁迅早已在探索着一种具有现代性意义的个体启蒙和民族启蒙的方式。中国现代浪漫主义诗学观念的建构,充分体现了鲁迅在"任个人"和"兴邦国"两个方面的启蒙努力。在《文化偏至论》中,鲁迅清醒认识到19世纪以来西方的发达现代文明所酿成的"至伪偏至"——"性灵之光,愈益黯淡"[1],批判了极端物质主义带来的社会庸俗化和个性泯灭,展现出一种具有现代性的理性启蒙意识。可贵的是,鲁迅从极端的物质主义对人性的扼杀和戕害中,不仅看到了发达的西方现代文明所造成的弊病,更是从中得到了一番思想启发,把握到了暮气沉沉的中国文化的病根之所在。为此,在《摩罗诗力说》中,鲁迅反复称颂着崇尚个体独立、反叛和图强精神的德国尼采哲学,并且对于"尊个性而张精神"的西方"摩罗"派诗人更是倍加推崇,他旨在从"个人"与"众数"之间的决绝反叛精神以及紧张的战斗姿态中,重塑一种现代中国的浪漫主义精神品格——即是通过"别求新声于异邦",引进摩罗诗人们的浪漫澎湃的激情,为这老大帝国及其麻木的国民体内注入浪漫主义的刚健勇猛之血性,重新振奋中华民族的文化血脉。正所谓"首在立人,人立而后凡事举;若其道术,乃必尊个性而张精神","国人之自觉至,个性张,沙聚之邦,由是转为人国"。[2] 可见,在"立

---

〔1〕 鲁迅.文化偏至论.编年体鲁迅著作全集(第一卷).福州:福建教育出版社,2006.5:87.

〔2〕 鲁迅.文化偏至论.编年体鲁迅著作全集(第一卷).福州:福建教育出版社,2006.5:90.

人"与"立国（人国）"关系的阐释中，鲁迅始终执着于首先需要"立人"，之后则水到渠成地进而"立国"，即"立人"是重中之重，而"沙聚之邦""转为人国"不过是"立人"的一个自然结果，这便是青年鲁迅为老朽中国所开出的一剂救亡的药方。换言之，青年鲁迅正是通过中国现代浪漫主义文学观念体系的建立，践行着从"立人"进而达到"立国"的宏大愿景，从而力图实现一次"个体启蒙"和"民族启蒙"的双重现代性价值的转型。

应该说，青年鲁迅的这一关于"立人"、"立国"和"兴邦"的现代性启蒙思想，对于清末民初时期的中国而言，可谓是一种非常超前的"现代性"意识观念，它独一无二地代表了当时中国启蒙思想的最高水平。

2. 现代性的审美

在鲁迅所建构的这一套中国现代浪漫主义诗学体系之中，他开始重新为诗人和诗做诠释："盖诗人者，撄人心者也。凡人之心，无不有诗，……惟有而未能言，诗人为之语，则握拨一弹，心弦立应，其声澈于灵府，令有情皆举其首，如睹晓日，益为之美伟强力高尚发扬，而污浊之平和，以之将破。平和之破，人道蒸也。"[1]在《摩罗诗力说》一文中，鲁迅正式提出了一个以"撄人心"为核心的中国现代诗学观念，它显然是针锋相对于一直处于正典地位的中国传统"思无邪"诗教观念。鲁迅认为，中国传统诗教的弊病正是在于不"撄人心"，因此诗的凋敝最终导致了全社会人心的普遍凋敝。为此，在鲁迅所倡导的现代浪漫诗学之中，现代诗人只有通过"撄人心"的诗作，将内心奔涌着的诗意情感迸发出来，以激发他人情感的强烈共鸣，最终唤醒和振奋那些心灵世界麻木不仁（即"污浊之平和"）的普通大众。其实，鲁迅是希望通过"撄人心"的浪漫诗学的审美方式，改变现代中国国民之中枯槁萎靡的国民性和衰败颓靡的社会现实（即"破其平和"）。同时，在文学审美本体论的角度上，鲁迅亦再度重申王国维美学思想中的"文学独立性"原则，他认为："由纯文学上言之，则以一切美术之本质，皆在使视听之人，为之兴感怡

---

〔1〕 鲁迅.摩罗诗力说.编年体鲁迅著作全集（第一卷）.福州：福建教育出版社,2006.
　　5：49.

悦。文章为美术之一,质当亦然,与个人暨邦国之存,无所系属,实利离尽,究理弗存。"〔1〕这一"文章不用"的美学观点,显然为中国浪漫主义文学确立了一个"现代性"的审美内核,即在鲁迅看来,文学并不涉及国家的兴衰存亡,也和个人的利益得失相离,文学应当具备完全的独立价值和意义,从而真正肯定了文学审美的纯粹性和自主自律的性质。

鲁迅所建构的这一套中国浪漫主义诗学美学体系,虽然尚且处于一个初步构想的早期阶段,但是却在很大的程度和意义上,成为了中国浪漫主义文学"现代性"发轫的一个重要标志和象征,只可惜它在当时中国国内的知识界中只是反响寥寥,并没有相应地掀起一股浪漫主义文学创作的热潮,这不能不说是一种遗憾,但是,它一直在蓄势之中静静等待着一场中国现代浪漫主义文学大潮的真正勃兴。

哲学家齐美儿曾经感叹道:"没有暴风雨,将会是一个多么污浊的天空!"〔2〕的确,在经历了"五四"文学运动暴风骤雨一般的洗礼之后,这片曾经千疮百孔、藏污纳垢的广袤中国大地上,仿佛在一夜之间便焕然一新。尽管众多的中国现代文学研究者们都曾经一再地批判"五四",认为它火热与激情有余,但是尚欠丰满与深刻〔3〕,但是,终究无人能够否定"五四"对于建构现代中国的决定性意义。然则,在"五四"的前夜,作为黎明到来之前最黑暗的时刻,在中国的学人知识界中便早早地集结了一团浓的无法化开的复杂愁绪,有沉默与死寂,有徘徊与彷徨,亦有焦灼、躁动与无所适从,云云。正如鲁迅先生所言:"见过辛亥革命,见过二次革命,见过袁世凯称帝,见过张勋复辟,看来看去,看得怀疑起来,于是失望,颓唐得很了。"〔4〕我们知道,青年鲁迅曾一度怀揣

〔1〕 鲁迅.摩罗诗力说.编年体鲁迅著作全集(第一卷).福州:福建教育出版社,2006.
　　 5:50.
〔2〕 转引自林贤治.五四之魂——中国知识分子精神史.桂林:广西师范大学出版社,
　　 2008.6:1.
〔3〕 刘勇.中国现代文学研究的视域与形态.北京:北京师范大学出版社,2008.7:25.
〔4〕 鲁迅.南腔北调集·《自选集》自序.鲁迅全集(第4卷).北京:人民文学出版社,
　　 1981:455.

着两个梦想——其一是立志学医,期望通过治病救人给予国人一副强健的体魄;其二则是弃医从文,提倡文艺运动以振奋麻木愚昧的国民精神——但是最终这两个理想都破灭了。显然,鲁迅在留日期间所发表的《文化偏至论》《摩罗诗力说》等一系列美学文论,作为中国现代浪漫主义美学体系的雏形,正是他身体力行着的第二个梦想中的一个重要成果。当时尚且年轻的鲁迅,正全身心地沉浸在对于中国现代浪漫主义精神的激情呼喊之中,然而,那样一种青春的躁动与自由的狂欢,并没有持续多久。鲁迅在归国之后,切身体验了中国社会的黑暗、苦难与落后,他亲身参与了"辛亥革命",但却在翻云覆雨的政治黑幕下,一场原本轰轰烈烈的革命,终究演变成了又一次虚妄的徒劳,"我觉得革命以前,我是做奴隶,革命以后不多久,我又变成他们的奴隶了"(《华盖集·忽然想到》)。于是,在现实经验的刺激下,鲁迅深刻感受到了一种巨大的无力感与挫败感,一度失意的鲁迅来到了北京寓居的绍兴会馆,开始了一段非常清寂的"抄古碑"的日子,在这个"没有花,没有诗,没有光,没有热,没有艺术,而且没有趣味,甚至于没有好奇心"的"前五四"时代,苦闷之至、几近绝望的鲁迅,选择了沉入故纸堆中,麻醉自己。而这,也是处于"五四"前夜的中国历史大背景下,一个清醒的启蒙者所必然经历的迷茫与阵痛。

事实上,长期以来,中国的仁人志士们曾经开出了许许多多拯救国家、民族和国民的良苦药方,但却一直如同"鬼打墙"般的绕着一个又一个循环往复的圈子,看似轰轰烈烈的景象,不料走着走着竟又绕回到老路子上去。已故的著名汉学家列文森(Joseph Levenson)曾经提出过一个论断,他认为中国近代知识分子大体是在理智方面选择了西方的价值,但是在情感方面却丢不开中国的旧传统。[1] 或许,这正是诸多问题的症结之所在。1918 年,鲁迅在钱玄同的一再力邀之下,再度回归文坛,并借用《狂人日记》中的"狂人"之口,石破天惊地高声呼号一句道:"从来如此,便对么?"它真正叩开了一代人沉重的心扉,从而将更多

---

[1] 余英时.中国思想传统的现代诠释.南京:江苏人民出版社,2004.9:283.

的中国有识之士引入了反省与深思,他们终于在静静的蓄势之中,等来了一场摧枯拉朽般的"五四"文学革命的强劲风暴。很快地,1919年"五四"新文化运动在中国神州大地上蓬勃地开展起来,一个全新的时代大帷幕被迅速拉开,而同时,一代狂飙激情的浪漫主义文风,更如同青春的朝阳一般喷薄而出……中国历史车轮上的链条一环套着一环,它驱策着一代又一代的先知先觉者们前赴后继、奔跑不息。

第三辑　建构诗学

高行健小说专题研究

叙述的镜像空间
——高行健小说文本的叙述策略

正如韦恩·布斯所言:"说出一个故事是以第一人称或第三人称来讲述的,并没告诉我们什么重要的东西。"[1]因此,小说叙述人称本身并非是评判小说文本优劣的最重要筹码。事实上,更为重要的是隐藏在小说"叙述人称"背后的"叙述者",因为"叙述者"可以自如地通过操控各种"叙述人称",使之服务于小说文本,从而在不同程度上影响小说的叙述效果。形象地说,小说的"叙述人称"实际上是"叙述者"手中的魔法棒,小说的"叙述者"通过这一魔法棒,对小说的整体叙述(含三个基本角色,即叙述者、被叙述者和叙述接受者)进行调度。在高行健的小说文本中,叙述策略及格局显然是有意为之,早在《现代小说技巧初探》一书中,高行健便曾坦言自己对于小说叙述技法的倾心关照,这种理论上的自觉,催生了他在构建小说叙述文本时的现代性技巧把握。

研究高行健小说的叙述策略,关键在于叙述人称的探讨。一方面,需要对高行健小说文本中的各种叙述人称存在情况予以归类,这是高行健小说叙述人称策略的表层形态问题;另一方面,通过具体典型的高行健小说文本,探究隐藏于叙述人称背后的叙述者的存在状态,进而确认小说文本中另外两个基本角色(被叙述者和叙述接受者)的定位,即通过叙述人称来进行对小说文本中的叙述者、被叙述者和叙述接受者的深度认知,这是高行健小说叙述人称策略的深层机制问题。本文将

---

〔1〕 韦恩·布斯著,华明、胡晓苏、周宪译,《小说修辞学》[M].北京:北京大学出版社,
   1987.10:168.

基于以上两个部分,最终形成对高行健小说叙述策略的系统研究。

一、以叙述人称存在形态为标准划分的高行健小说文本类型

在高行健小说文本中,人物姓名往往是缺席的,代之以各种叙述人称,而我们知道,所谓的叙述人称其实是有限的,无非是第一、第二和第三叙述人称,那么,要以有限的叙述人称替代可能无限多的小说人物,这无疑需要小说中叙述人称排列组合方式的多样化。换言之,高行健将其小说人物姓名有意置换为各种叙述人称,在一定程度上决定了其小说文本中叙述人称存在形态的多样化。因此,划分高行健小说文本类型,应以叙述人称的存在形态为标准来分类,并适当截选每一类型中的典型文本片断,直观呈现其相应的叙述人称存在形态。

1. 只出现单一叙述人称的小说文本

在高行健小说文本中,坚持只以某一种叙述人称贯穿文本始终的现象比较鲜见,主要集中于高行健小说创作的初期,体现了他对小说叙述人称这一现代性技巧的谨慎尝试。

其中,只以第三人称"他"/"她"来贯穿小说始终的典型文本有《侮辱》《抽筋》等。《侮辱》叙述的是"她"因被公交车检票员误会而平白蒙羞受辱的故事;《抽筋》叙述的是"他"傍晚在海里游泳时不意遭遇腹肌抽筋痉挛而终有惊无险的一场经历。下面是小说《侮辱》的片断呈现,展示这一类型的小说叙述人称的基本形态:

> 车窗外,风挺大。可一上车,前后左右人都挤着,像沙丁鱼罐头,一想到这她就笑了。她挺喜欢吃沙丁鱼,油酥酥的没骨头,那么小,一嘴可以吃一个。可人不是沙丁鱼呀,沙丁鱼也不穿大衣,她可不喜欢穿大衣。一穿大衣,人的线条就没了,线条这词儿真逗。她知道她自己的线条挺美,也知道人特别喜欢看她。她回家路过巷口的时候,有好几回,那群男孩子就冲着她叫:"哟,美人儿!看哪!美人儿来了!"真野。可听人说她美,心里还是挺高兴的。哪姑娘不喜欢人夸她美呢?

前两年并不这样。这是因为她有了工作,工资都不用交给爸爸妈妈,不必为了买件毛衣,或是买条围巾什么的去求老太太了,她现在喜欢叫妈妈老太太,也不知是什么毛病。那时候当然不能这么叫,她是妈妈的女儿,她知道妈妈很爱她,可要是买件毛衣,或是就买那条浅蓝色的围脖吧,也得磨好长时间的嘴。那浅蓝色的围脖现在也不戴了,给妹妹了,她又买了条紫红的开司米围脖,今天她也没戴。她现在不太爱戴围脖,除非天特冷的时候。她知道自己两颊红扑扑的,楼下的南南捧着她的脸,就说:"真叫人嫉妒死了!"那个傻丫头!

她觉得车上的人都在看她,又紧紧挤着她,前身贴着后身,就说隔着大衣吧,也叫人挺不自在。她把脸转向窗口。她还拎着个提包,老绊脚。她想挤到窗口去,扶住车窗上方的把手,这样便可以脸朝外,避开那些讨厌的目光。[1]

而只以第二人称"你"来贯穿小说始终的典型文本是《雨、雪及其他》,小说讲述的是"你"在公园工棚下避雨时静听两个女孩交谈的一次经历,下面也截取该小说的一个片断:

"你看、你看。这是一颗水珠!"这是一个女孩子快活的声音。

"流进人脖子里去了,都是你弄的!"另一个女孩子的声音是忧郁的,又有几分撒娇,那快活的声音便傻笑起来。

"头发都湿了。"那娇气的声音嘀咕着。

"这样更好看!"

"去你的,你坏!"

接着便是两个女孩子的一阵笑声,前一个明亮,后一个甜蜜。

你本来想在公园里散步一下,以便从连日事务的纷扰中解脱

---

〔1〕 高行健,《高行健短篇小说集》(增订本)[M]. 台北:联合文学出版社有限公司,2001:207—208.

开来,好沉思冥想一番,藉以休息。你便拣一条清幽的小径,独自漫步。不料,天阴晦了。竟至于下起雨来。路边有个工棚,公园里总也在修葺什么,而工棚里堆满了油毡和水泥,又总是煞风景的。可外面下着雨,你只好独自闷坐在一卷油毡上,像个失恋的人。你坐着坐着,听见两个女孩子嘻嘻哈哈地跑进工棚里避雨,就在这堆油毡和水泥的背后。你当然不会站起来出面把她们赶出去,更何况听她们谈笑也是一分快乐,那你就乖乖待着,听下去吧。[1]

值得一提的是,高行健的小说在有意避免单纯地以第一人称"我"来做整个小说文本的叙述。在高行健的小说中,我们找不到任何以第一人称"我"独立贯穿小说始终的典型文本,我认为这并非偶然,而是取决于他在根本理念上的对"我"的感知存在可靠性的深刻质疑,这在其文论集《没有主义》中可见一斑。[2] 在《现代小说技巧初探》中,他涉及到"叙述人称"这一小说技巧的有两篇(《人称的转换》《第三人称"他"》),尤为欣赏第二人称"你"和第三人称"他"在叙述艺术上的神秘魔力,而对于第一人称"我"的叙述则表现出了明显的冷淡,在他看来,第一人称"我"只有在同第二人称"你"、第三人称"他"并存于同一个小说文本中,并发生相互映照,方才显现其叙述艺术的魅力。

2. 多种叙述人称混杂并置的小说文本

在高行健的小说文本中,多种叙述人称混杂并置是其叙述人称问题的复杂表现形态,表明高行健对于小说叙述人称这一现代性技巧的尝试开始向纵深突进。

高行健对第一、第二、第三人称进行各种形式的排列组合,但在其一个小说文本中,一种叙述人称与一个人物角色之间未必呈一一对应关系,而可能发生位移。据此,有必要在高行健的多叙述人称混杂并置

---

〔1〕 高行健,《高行健短篇小说集》(增订本)[M].台北:联合文学出版社有限公司,2001:65—66.
〔2〕 高行健,《没有主义》[M].香港:天地图书有限公司,2003.3:68.

的小说文本里,按照叙述人称与人物角色之间的关系,再将之细分为两类:

第一类是在小说内部多种叙述人称的指向发生重合的文本,即在一个小说文本中存在多种叙述人称,但却发生多叙述人称指向同一个人物角色的现象。《路上》《圆恩寺》《母亲》《给我老爷买鱼竿》《灵山》《一个人的圣经》等小说文本都属这一类型。《路上》叙述的是一个长年在康巴拉山上跑车的司机"张"与一个到西藏视察工作的北京官员"他"夜行山路的故事。小说以司机"张"的口吻一气呵成,"张"以第一人称"咱"/"我"自称,但随叙述的展开,第二人称"你"同样指向了司机"张";《圆恩寺》叙述的是一对新婚夫妻"我"和"方方"蜜月旅行途经圆恩寺的见闻。小说中同样是人物"方方",其叙述人称是跳宕不定的,时而是第二人称"你",时而又是第三人称"她";《母亲》是一个儿子从内心深处向母亲感发的一番沉痛忏悔,小说中出现了第一、第二、第三人称指向同一个人物角色"儿子"的现象;《给我老爷买鱼竿》是一个梦境、现实与回忆弥合妥善的小说,这归因于其圆熟的"意识流"技巧,"我"在意识流程的波动中,始终款款流露着对"姥爷"的深挚情感,并久久徜徉于童年时与姥爷共同生活的片断之中,而当"我"能够从这些回忆中抽身而出时,所指代的叙述人称有时便从"我"转变为"你",即小说中的第一人称"我"和第二人称"你"的指向发生了重合;在《灵山》的开端,"我"、"你"、"他"的故事是各自独立成章的,但随叙述的衍进,"我"、"你"、"他"的互涉性渐趋增强,直至在小说末尾,"我"、"你"、"他"最终消融在了同一个角色所指之中;《一个人的圣经》在结构上同《灵山》有一定相似性,小说在开端处也是"你"和"他"的故事分章叙述,之后在行文中逐渐暗示"你"和"他"实际上指的是同一个人,只不过"他"是这个人"过去"的代称,而"你"是这个人"当下"的代称。下面截取《给我老爷买鱼竿》的片断,借之管窥这一类型的小说叙述人称存在形态:

我问的是南湖路在哪里,可人望着你都很诧异,似乎并未听懂你的话,我还能够说家乡话,只要是同家乡人讲,就还能带上家乡的口音,我们家乡的习惯,祖父叫做老爷……后来,我又找到了一个上年纪的人,问他那湖原先在哪里,找到了湖就好找石桥,找到了石桥就好找南湖路,找到了南湖路,我们家我摸也能摸到了。

那湖?哪个湖?填掉了的那个湖,哦,那湖,填掉了的湖,就这里,他跺了跺脚,原先这里就是湖,我们敢情就在湖底,原先这附近有没有个石桥?你没看见都修的柏油马路?石桥都拆了,再修桥也都用钢筋水泥,明白,都明白,原先的都已经找不到了,你再说原先的路名门牌当然也就没有意义,你就只能凭记忆。[1]

第二类是小说内部各种叙述人称与其所指的人物角色一一对应的文本,即在一个小说文本中,一种叙述人称只对应一个人物角色。《朋友》《鞋匠和他的女儿》《花豆》《河那边》等小说文本都属这一类型。《朋友》展示的是"我"在十三年后邂逅朋友"你"的一番畅谈;《鞋匠和他的女儿》中,"我"向"你"讲述鞋匠女儿"她"的悲苦生活;《花豆》实际上是一个写梦的小说,只是到小说的结尾方才点明是一个"梦",但这"梦"又如此真实,"我"和"你"("花豆")几十年来的情谊历历在目;《河那边》叙述的是"你"到自己十年前落难的南方小山村里拜访当年恩人"他"的经历。下面以《河那边》的片断为代表,展示该类型的小说叙述人称存在形态:

晚风呜呜的吹,这边空旷的河滩上只有滚滚乱石,风没有可以震荡作响的凭据。也许只是你的一种心境,是心在作响吧?而心是不会有这种声响的。那些年里,你曾经观察过空旷的田野上风声从何而来,你后来发现,风的声响来自公路旁的电线杆子上,电线在风中震荡又引起了电线杆子的共鸣。有时又来自支撑着草篷

---

[1] 高行健,《高行健短篇小说集》(增订本)[M].台北:联合文学出版社有限公司,2001:296—297.

　　　　　　　　　　　　　　　　　　　　　时间的转角

子的枯裂的竹竿,起风时那裂开的空竹便会呜咽。你有一种悲凉的心境。是因为他老了,或是感伤他如今的孤独?你说不清楚。

"喂——喂——! 有摆渡的没有?"你朝河对岸喊。不是要摆脱这种孤独感,而是怀着一层喜悦,一种兴奋。你要出其不意探望他,事先没有给他去信。……你需要立刻出乎他的意料,来到他面前,也给他这分喜悦。你觉得这也就是一种报答。因为他在你极端孤独的岁月里庇护了你,使你觉得这片陌生的土地你也可以生根,根须相通,你就会得到人了解,就可以免除一个城市里的人落到这闭塞的山乡来从而引起的种种猜疑,你就可以活得像插进稻田里的一根禾苗,像山林中的一棵树。"[1]

上述分类的目的在于,将高行健小说文本中叙述人称的纷繁芜杂的存在形态加以廓清,并且撷取的各个小说片断在其对应的叙述人称存在形态的文本种类中,都颇具代表性,对于考察以叙述人称存在形态为标准划分的高行健小说文本类型而言,具有管窥蠡测的效用。

二、高行健小说叙述人称策略的深层机制

显然,小说叙述人称策略的深层机制并非由叙述人称本身便可决定,当小说中仅以一种叙述人称贯穿文本始末时,叙述人称策略的确可以由叙述人称本身来决定,因为单一的叙述人称决定了小说叙述体系内部基本角色(叙述者、被叙述者和叙述接受者)的固定性和角色间关系的稳定性;但是,当小说中多种叙述人称混杂并置时,其叙述体系内部的结构便复杂化了,相应地,其叙述人称策略就不能由叙述人称本身来进行简单的认定,此时,叙述人称策略的指挥棒便握在了叙述者(而不是叙述人称)的手中,即"叙述者"通过"叙述人称"这一中介,对叙述人称策略进行调控。值得注意的是,在这样的小说文本中,叙述者往往

〔1〕 高行健,《高行健短篇小说集》(增订本)[M].台北:联合文学出版社有限公司,2001:221.

不是固定的,其存在实体将随时发生变化。

因此,小说文本中"叙述人称策略"的枢纽,是在于"叙述者"的定性和定位上。从"叙述者"的定性层面而言,韦恩·布斯在《小说修辞学》中提出了"在叙述效果中,最重要的区别或许取决于叙述者本身是否戏剧化"的说法,将"叙述者"的性质拟定为"戏剧化的"和"非戏剧化的"[1];而从"叙述者"的定位层面而言,马里奥·巴尔加斯·略萨在《给青年小说家的信》中认为,"叙述者说话的语法人称表明了他在叙事空间中的位置"[2],即小说"叙述者"的空间定位,可以由小说中的"语法人称"("叙述人称")来确定,他随后进行了细致的分类阐述:"我们把任何小说中存在的叙述者占据的空间与叙事空间之间的关系称作'空间视角',我们假设它是叙述者根据语法人称确定的,那么有以下三种可能性:

一、人物兼叙述者,用第一人称讲述故事,叙述者空间和叙述空间混淆在一个视角里;

二、无所不知的叙述者,用第三人称讲述故事,占据的空间区别并独立于故事发生的空间;

三、含糊不清的叙述者,隐藏在语法第二人称的背后,"你"可能是无所不知和高高在上的叙述者的声音,他从叙事空间之外神气地命令小说事件的发生;或者他是人物兼叙述者的声音,卷入情节中,由于胆怯、狡诈、精神分裂或者纯粹随心所欲,在对读者说话的同时,大发神经,自言自语。[3]

---

〔1〕 韦恩·布斯著,华明、胡晓苏、周宪译,《小说修辞学》[M].北京:北京大学出版社,1987.10:169.

〔2〕 马里奥·巴尔加斯·略萨著,赵德明译,《给青年小说家的信》[M].上海:上海译文出版社,2004:47.

〔3〕 马里奥·巴尔加斯·略萨著,赵德明译,《给青年小说家的信》[M].上海:上海译文出版社,2004:49.

因此,结合参照布斯对"叙述者"的定性理论和略萨对"叙述者"的定位理论,小说文本的"叙述者"才能够从各种"叙述人称"裹挟的乔装中剥离出来,并得以明晰呈现,这对高行健小说而言也不例外,现通过具体的高行健小说文本分析,形成对其中各个叙述角色(含叙述者、被叙述者和叙述接受者)尤其是"叙述者"这一角色的透彻认识,最终抽绎出高行健小说文本中各类叙述人称策略的深层机制。

1. 稳定型叙述人称策略

"稳定型叙述人称策略"的特征是,隐藏于"叙述人称"背后的"叙述者"实体具有稳定性,即其"叙述者所指"是凝固不变的。在高行健小说中,其施用对象是以下两类小说文本:第一,单一叙述人称的小说文本;第二,多种叙述人称混杂并置时各种叙述人称与其人物角色一一对应的小说文本。其中,前者运用的是"相对稳定"型叙述人称策略,后者运用的则是"绝对稳定"型叙述人称策略。

(1)相对稳定型叙述人称策略

在高行健的单一叙述人称的小说文本中,无论是使用的是第三人称还是第二人称,其叙述人称策略都是"相对稳定"的,我们可以通过具体的文本透析得以证实。

小说《抽筋》采用的语法人称是单一叙述人称——第三人称"他"。如略萨所言,小说中的叙述者空间明显区别并独立于故事发生的空间——"他"的深海险遇发生在一个空间,而叙述者则立足于另一个截然不同的空间里对之进行观察和叙述。同时,从性质上看,叙述者身份即为韦恩·布斯所谓的"非戏剧化的叙述者"(即叙述者不卷入小说的戏剧性情节)。也就是说,照略萨和布斯的理论,此类的叙述者与小说故事的关系是"间离"的,但在高行健看来,小说家笔下的第三人称"他"实际上是糅合了"主客观"的复杂的再创造[1],即从一定程度上讲,被叙述者"他"是叙述者主观情感对象化的产物,叙述者与小说叙事的关系不完全是"间离"的。那么,这是否存在矛盾呢?我们不妨先对小说

---

〔1〕 高行健,《现代小说技巧初探》[M].广州:花城出版社,1981.9:19—20.

文本进行分析。在《抽筋》中，叙述者是在外空间通过焦点挪移，对"他"的深海险遇进行全面细致的描摹，当"他"已遭遇突发性腹部痉挛时，叙述者不仅仅将焦点停留于"他"的惊恐心理上，而是时不时将焦点聚集到"他"意识中几次闪过的"穿红色泳装姑娘"是否还在沙滩上打排球的疑问上，暗示着"他"潜意识中渴望得到那位姑娘关注的隐秘内心。但倘若就此理解小说和小说中的"他"就过于肤浅了，因为后期叙述的更核心的焦点是在"他"的"求生"欲望上，"他"在奋力挣扎后终于脱险。在小说的末尾，出现了另一个独立的、看似与"他"的故事互不相关的场景——注意，此时的叙述者是以小说中的人物"他"的视角进行观察——海滩上有两个小伙子和一个长发姑娘意欲下海游泳，叙述者最终将视点聚集到那长发姑娘肋下挂着的一双拐杖上，于是小说意义在终极得以升华，生发出的是深层意味上的对生命和生命力的礼赞，而这种对"生"的渴望实际上是叙述者有意通过焦点挪移而投射在小说中的。即，在小说《抽筋》中，首先应当确认的是，其"叙述者所指"是稳固不变的，即小说由始至终都只存在一个叙述者实体，只不过这唯一的叙述者实体的叙述视点是不固定的，起初是安然静观，后来则悄悄攀附于小说人物"他"的观察视点上，在这种情况下，形成了对其叙述人称策略"稳定性"的一定强度的冲击，即这种稳定性不再是绝对的稳定，而是一种相对的稳定，通过这种相对的稳定，使得叙述者与小说故事的关系重新调整，并达到一种动态的平衡，叙述者与小说故事的关系因之更耐人寻味——不再是毫无瓜葛的冷冰冰的"间离"关系，而是彼此不断趋近的，而被叙述者"他"对于叙述者而言，也不是纯粹的凭空创造，而是寄予了自己的某种精神关照的，这正是其叙述人称策略深层机制魅力的体现。

小说《雨、雪及其他》所采用的语法人称是第二人称"你"，虽然也只是单一的叙述人称，但其叙述艺术还比较复杂，这体现在其叙述者"空间视角"的双重性上，属于略萨所指的第三种的叙述者空间位置状况。也就是说，由于采用了第二人称"你"的叙述，叙述者有时可以作为独立于故事空间之外的一个无所不知的存在，不仅洞悉故事空间中发生的一切,而且支配着其中相应人物的意识走向和境遇。比如,在小说的开篇,叙述者便以高高在上的姿态规约着故事空间中的情境——"你坐着坐着,听见两个女孩子嘻嘻哈哈地跑进工棚里避雨,就在这堆油毡和水泥地背后。你当然不会站起来出面把她们赶出去,更何况听她们谈笑也是一分快乐,那你就乖乖待着,听下去吧。"但是随着小说在第二人称"你"的叙述中的铺张,叙述者收回了其高高在上、颐指气使的姿态,而不自觉入境,卷入情节,附着在故事空间中的人物身上,此时的"你"便具有"叙述者/被叙述者"的双重身份,即如略萨所言,是"人物兼叙述者"。于是,当小说中两个姑娘的热烈交谈进行到一定阶段时,"你"便沉浸在姑娘的谈话中不由自主地会心微笑,但同时,作为叙述者身份的"你"即刻就有"别发出任何声响……"的清醒提示,而这又似乎可以认为是故事中的人物"你"的自我警觉意识,那么,究竟是哪一种呢? 我想,在此处,精确的辨析是累赘的,因为在该小说中,"叙述者所指"依然是一个稳固的个体,只不过叙述者空间与叙事空间的边界变得模糊之后,叙述者便可以在"戏剧化"与"非戏剧化"的身份间游走,这便再次印证了在相对稳定的叙述人称策略控制下,叙述者与小说故事关系的动态关联状态。可见,高行健此类第二人称叙述策略深层机制的关键内核,是在于叙述者在叙事空间和叙述者空间的"两栖状态",而第二人称"你"成为叙述者自由游走于两个空间之间的重要通行证。

基于以上的小说文本分析,可以这样综合、辩证地看待高行健此类"相对稳定"型叙述人称策略的深层机制:首先,小说中的"叙述者所指"是唯一的、稳固的,这是其"相对稳定"型叙述人称策略的最关键和最基本的因素;其次,叙述者的观察焦点和意识焦虑在小说中是变动的,故该叙述人称策略的稳定性是相对的,而不是绝对的,这需要潜入这类小说文本内部进行剖析。我们发现,无论是在其中的第三还是第二人称的叙述中,叙述者"空间视角"都比较广阔的,在第三人称的叙述中,叙述者独立于叙事空间之外,对被叙述者"他"/"她"的观察可以是全方位的、不受限制的,故叙述焦点是不固定的、灵活的,这种随意变动的无焦点叙事便是通常所说的全知叙事,所以叙述者同人物角色"他"/

"她"的意识甚至潜意识世界不存在隔阂，能够在"他"/"她"的心灵世界中游刃有余，所以，虽然叙述者作为一个"非戏剧化"的角色，在形体存在上，与自己所讲述的人物及故事不存在于同一个空间，但是叙述者本身的精神倾向却能在被叙述者"他"/"她"的心灵上得以投射，而在第二人称的叙述中，由于叙述者的性质是在"戏剧化"与"非戏剧化"之间变动，故而叙述者对被叙述者"他"/"她"的关照，较之第三人称叙述的"非戏剧化的叙述者"而言，将更为切近，即叙述者潜入被叙述者"他"/"她"内心世界的可能性将更大、更自由，所以，虽然高行健此类小说的叙述人称策略从总体上看是稳定的，但由于叙述者视点的自由挪移，以及叙述者对被叙述者"他"/"她"隐性情感的倾心关注，决定了该叙述人称策略在最终定性上是"相对稳定"的。

（2）绝对稳定型叙述人称策略

当然，在一个小说文本中，只出现单一叙述人称的情况毕竟只占少数，多数的情况是多种叙述人称在一个小说文本中同时列席。在高行健的多叙述人称小说中，当各叙述人称与人物角色之间的对应关系是固定的时，其叙述人称策略则具有"绝对稳定"的性质。高行健此种类型的小说比较多，以下只撷取其中的《鞋匠和他的女儿》和《花豆》予以分析。

《鞋匠和他的女儿》叙述者使用的是第一人称"我"/"我们"，叙述者空间同叙事空间是重合的，即叙述者已置身于叙事空间中，属"戏剧化的叙述者"，叙述者"我"/"我们"详尽地向叙述接受者"你"/"你们"介绍鞋匠"他"同女儿大京子"她"之间矛盾冲突的来龙去脉，一步步将开篇处"大京子"莫名投河自尽的悬念解开。随着小说情节的铺张，叙述者"我"/"我们"作为故事的现场目击者的身份渐趋明朗——是与鞋匠、大京子共同生活在一个村子的乡亲——而叙述接受者"你"/"你们"的"县里的干部"的身份也在小说的末尾得以彰显。所以，整个小说的三个基本叙述角色（叙述者、被叙述者和叙述接受者）全部得以整饬清楚地呈现，并且三者同小说中人物角色的对应关系始终是稳固的，并未发生任何的滑移，他们的共同列席不仅没有造成人物角色含混，还为整个叙事空间营造了热闹氛围。从某一个角度来看,该小说文本恰如由叙述者"我"/"我们"面向叙述接受者"你"/"你们"而开展的一场别开生面的故事演说会,"你"/"你们"甚至可以随时干预"我"/"我们"的演说,而"我"/"我们"也需要即时作答,比如,在小说中,有这样的叙述:"你们是问他鞋匠到现场了没有? 他当然去了,说什么也是他女儿呀。总有人去叫他了呗,他跶着鞋就跑来了。"而"我"/"我们"也会随时关照"你"/"你们"对故事的情绪反应和理解走向,在小说中多处出现"我"/"我们"对"你"/"你们"的询问——"你们说呢?""你还记得不?""你还同他有什么好讲的?"等等。可见,高行健是通过这种多叙述人称的并置,来调动小说文本的活泼生气,激发叙述者、被叙述者和叙述接受者之间的即兴互动,以此呈现该小说叙述人称的特殊策略。

在《花豆》中,叙述者同样使用的是第一人称"我"进行叙述,在性质上属于"戏剧化的叙述者",在空间位置上,是置身于叙事空间内部的,"我"沉浸在叙事空间中忘情回忆,声情并茂地叙述着自己同花豆"你"几十年来波澜宕致地生活和情感轨迹。但是值得注意的是,小说在事实上写的是"我"的一个梦境,这在小说的结尾方点睛此笔,故而从整体上造成了该小说的真幻莫辨、虚实相生,体现在小说的时空秩序上,则时间往复回返,空间错落交叠,从而形成整个小说叙事空间内部结构的错综复杂,但这并不影响小说中"绝对稳定"型叙述人称策略的施行,主要还是归因于小说中人物角色与叙述人称之间的缜密吻合。也就是说,当三个基本叙述角色(叙述者、被叙述者和叙述接受者)同时介入小说叙事空间时,由于叙述人称策略的"绝对稳定",不仅不会造成小说内部人物角色及其相互关系的混乱,反而会营造小说叙事空间内部的动感氛围,催生小说文本结构朝多维向度延展,强化小说的生命力和震撼力。

值得一提的是,《鞋匠和他的女儿》和《花豆》运用的都是"绝对稳定"型叙述人称策略,也都因此刺激了各自叙事空间内部的活力因子,但二者的刺激强度是不同的,后者的刺激强度是甚于前者的。我们知道,布斯在将叙述者性质拟定为"戏剧化的"和"非戏剧化的"之后,还对

"戏剧化的叙述者"再进行细分,他认为,虽然同是"戏剧化的叙述者",但也还仍有其是否能够影响到情节发展进程的区别,他便将置于情节之中并影响到情节发展的进一步命名为"叙述代言人",而把不影响情节进程的称为"纯粹的旁观者"。[1] 据此再来细察《鞋匠和他的女儿》和《花豆》,我们会发现,二者的叙述者虽同属"戏剧化的叙述者",但果然对故事情节进展的影响是有区别的,前者只是"纯粹的旁观者",而后者则是"叙述代言人",这是就二者的叙述者而言。另一方面,就二者的叙述接受者而言,其对故事情节进展的影响力也有差异,表现为,前者的叙述接受者"你"/"你们"虽然可以干预叙述者"我"/"我们"的叙述,但却并不能干预故事情节本身的进展,但后者的叙述接受者"你"("花豆")则是参与推进小说情节发展的重要角色。因此,二者的叙述者和叙述接受者对其叙事空间的作用力是有大小强弱之别的。具体来说,即前者的叙述者在小说中仅承担"叙述"的责任,其叙述接受者也仅担负"接受叙述"的义务;而后者的叙述者不仅承担"叙述"的责任,而且还需在小说中"身体力行"地推进情节,同样,其叙述接受者也担负着双重义务,一重是"接受叙述",另一重则是积极能动地参与故事的推进。那么,显然,后者(即《花豆》)的叙述人称策略也相应地更具有深度,多种叙述人称的并置,在叙事空间中有条不紊地进行各个基本叙述角色(叙述者、被叙述者、叙述接受者)的设置,不仅使之在相互影响中有效地营造起"故事演讲会"的整体气氛,而且同时使自身成为调节故事情节的有力杠杆,从而激活叙事空间的所有因素,使小说叙述人称艺术的能量达到饱和。的确,小说《花豆》虽然仅仅只是叙述一个关于"我"和"你"("花豆")之间情谊的故事,并无跌宕曲折的情节,却能予人以特殊的阅读体验——仿佛置身于稠人广众的故事演讲场中而自觉蒸腾起酣畅淋漓的感受,但在退场独处回味时,心境中似又不自觉地为一种细腻委婉的情愫而凄恻。这显然是该小说的叙述人称策略深层机制特殊魅力的体现。

---

[1] 韦恩·布斯著,华明、胡晓苏、周宪译,《小说修辞学》[M].北京:北京大学出版社,1987.10:172.

因而概括地说,"绝对稳定"型叙述人称策略深层机制的最突出特点在于,各基本叙述角色(叙述者、被叙述者和叙述接受者)对其叙事空间存在一种激励作用,从而形成类似故事演说会的活跃的"场会效应",虽然在不同的高行健小说文本中,各自的激励作用力大小有别,但只是程度的差异,而不是根本性质的差异。也就是说,通过"绝对稳定"型叙述人称策略的施行,高行健在小说文本中妥善安置各基本叙述角色(叙述者、被叙述者和叙述接受者),其中各自的身份定位是绝对稳定的,各自对叙事空间的影响力也是绝对存在的,但影响效果则是有相对差别的,当然,这种差别是需要潜入小说文本内部细察方能察觉的。

2. 不稳定型叙述人称策略

"不稳定型叙述人称策略"的特征是,隐藏于"叙述人称"背后的"叙述者"实体具有不稳定性,即其"叙述者所指"是跳宕不定的。在高行健小说中,该策略施用对象是多种叙述人称混杂并置时多种叙述人称所指的人物角色发生重合的文本,此类小说是高行健在运用叙述人称策略时,最具实验性和先锋性的典型文本,数量多、篇幅长,以下仅选取其中的一篇短篇小说《母亲》以及两部长篇小说《灵山》《一个人的圣经》予以分析。

《母亲》的叙述者是不定的,因其空间位置常发生位移,故"空间视角"的变幻度逐渐累积,并导致叙述者实体到一定阶段发生了质变,巧妙的是,这种由量变到质变的发生,往往是在一些极易被忽略的瞬间中实现的,这些瞬间便分布在"儿子"向"母亲"诉以沉痛忏悔情感的阶段性爆破点上。在小说的开篇,叙述者以第一人称"我"进行叙述,明示自己的"儿子"身份和行将对"母亲"进行忏悔的诉求,作为"戏剧化的叙述者"置身于叙事空间中,"我"的忏悔情绪经点染后,逐渐笼罩于整个叙事空间上,酝酿成悲恸哀惋的大氛围,当这种情感积聚到一定程度,便需要释放,继而以另一种情感来取代,而这另一种情感的附着者已不能再是"我",而代之以"他"或"你"。比如,在该小说中有这样一段叙述:"母亲,我是你不孝的儿子……可你在死前一定还想着我,你就是为我才死的,我却总把你忘了,你生了个不孝的儿子。这些年来,他一直在为自己奔波，心中什么也没有，只有他自己的事业，他是一个冷酷自私的人。"这段叙述中的"我"和"他"显然指的都是"儿子"，但当"我"沉浸于无限哀伤的情绪中无法自拔时，叙述人称即转变为"他"，叙述者的空间视角随之挪移，弥漫于叙事空间中的气氛也由极度的悲痛转化为有节制的谴责，而这有节制的谴责则是发自蜕变之后的叙述者。再如，在小说的叙述进行到"母亲"临死前希望见到"儿子"最后一面，但身居外地求学的"儿子"却毫不知情的时候，指代"儿子"的叙述人称即由"他"转变为"你"："家里打来了电报，当然系里老师没有交给你，他们只是暗示了你快回去，你却听不出一点话音？你也没有细问。你就那样疏忽？"这显然是叙述者面对危情而发出的焦心的疑问和责备，而通过叙述人称由"他"到"你"的转变，无疑更能够将这种情绪推至顶颠。可见，在该小说中，叙述者的情感走向，成为变换该小说叙述人称的关键，而叙述人称的转变又规约着"叙述者所指"实体的量变和质变，即叙述者与叙述人称之间已经形成了某种默契的彼此制约关系，这可视为该小说叙述人称策略的深层机制。

《灵山》可谓是高行健的"不稳定型叙述人称策略"践行最为彻底和圆融的小说，恰如高行健自己所坦言的，《灵山》中人称的相互转换，为的是表述同一主体的不同感受[1]，小说的"感受主体"是通过频繁更换"叙述人称"这一"面具"来从不同角度实现其感知和表达欲望的。根据略萨的理论，叙述者与叙事空间的位置关系是受叙述人称深刻影响的，那么，叙述人称的确定便成为叙述者表达感知，尤其是表达空间感知的起点。在《灵山》中，不同的小说章节是由不同的叙述人称主宰着，所以，不同章节的设置，其实是叙述者在小说中安排的一个"感受主体"去寻求不同感知况味的特殊结果。在小说的起始，"我部章节"和"你部章节"泾渭分明，"前者在现实世界中旅行，由前者派生出的后者则在想象中神游"[2]，二者在空间位置上有所差异，但精神取向是一致的——同

[1] 高行健，《没有主义》[M]．香港：天地图书有限公司，2003．3：173．
[2] 高行健，《没有主义》[M]．香港：天地图书有限公司，2003．3：177．

是向着"灵山"朝圣。而这所谓由"我"派生出的"你",如果说是在"我"的精神投射下的虚拟想象的"我",则不如说是更为真实的"我",叙述者由这个更为真实的"我"(即"你")再度派生出"她","她"作为"你"虚幻的陪伴,对"我"进行静观与审视,但这种反思尚需要一个参照,故"他"由此诞生。所以,从根本上说,"我"、"你"、"她"、"他"不是分庭抗礼的,而是消融于同一个"感受主体"之中的,小说最终是将"感受主体"从各种叙述人称的面具伪饰中彻底剥离出来,将虚幻感与异化感彻底剔净,从而终抵达心灵的圣地。因此,若将《灵山》中的单一章节独立出来,套用布斯或者略萨的理论对其中的叙述人称进行分析,那么对《灵山》叙述人称策略的阐释将简单化和庸俗化,因为在《灵山》中,叙述人称策略的深层意味恰恰在于整部小说的各种叙述人称("我"、"你"、"她"、"他")的相互关照,孤立解析任何一个章节的叙述人称,都将造成对该小说叙述人称策略深层机制的误解。换言之,从根本上说,该小说的"感受主体"具有唯一性,但其内在的精神感知指向却是多维度的,形成多元的话语价值体系。事实上,在《灵山》中显见关于对生存境遇、宗教信仰、政治理念、民俗文化、情爱性爱等诸多问题的思考,每一个问题内部都存在着"我"、"你"、"她"、"他"各自独立的潜在价值观判断,时时在张弛中折射出精神交锋的激剧。小说《灵山》"感受主体"的唯一性,并不能引申出其话语价值指向的唯一性,也不代表其话语便具有大一统的权威性,"感受主体"为了实现自身多维度的精神存在价值,便借"我"、"你"、"她"、"他"的分章叙述来代言,形成"我"、"你"、"她"、"他"在相互指涉中产生相互质疑的张力,在不断的建构、颠覆、再建构、再颠覆……中留下曲折的"心灵朝圣"痕迹。

无独有偶,《一个人的圣经》在叙述人称的结构设置上,同《灵山》有着极大的相似性,即在小说的开端,叙述人称同样是分章进行相对独立的叙述,后随小说情节的展开,其独立性趋弱,而交互性和融合性趋强,逐渐暗示出小说中"感受主体"存在的唯一性,但《一个人的圣经》在叙述人称的结构设置上迥异于《灵山》的最突出一点是"我"的消失,正如刘再复所言:"那'我'竟然被严酷的现实扼杀了,只剩下此时此刻的

'你'与彼时彼地的'他',亦即现实与记忆,生存与历史,意识与书写。"[1]值得注意的是,小说中的"你"与"他"虽然是不同历史阶段的同一实体,但精神世界却是截然对立的。如果说《灵山》的"我"、"你"、"她"、"他"在精神上呈现的是一种多元整合之后的凝聚力,那么《一个人的圣经》中"你"与"他"在精神上则是分裂的,充满着一种被撕裂的疼痛感,这种疼痛感由于叙述的冷静而倍加残酷。在小说的"他部章节",叙述者独立于叙事空间之外,以"非戏剧化的"超然姿态存在,对于叙事空间中的一切事物尽览无遗,而"他"无疑是作为叙事空间中的核心主体存在的,所以,叙述者对"他"的观察可谓是确凿入微,"他"在历次政治运动和性爱体验中的狂躁、恐惧、几近疯癫都在叙述者"极端现实主义"[2]式的理性逼视下毕现。也就是说,叙事空间的非理性、无秩序,在叙述者冷静客观的视点聚焦下被放大,从而顺延地暴露了叙事空间内部所凸显的整个"文革"时代的荒诞感,而当这种荒诞感逐渐膨胀到一定阶段呈饱和状态时,叙述者便需要对叙事空间内部的叙述人称予以转换,表现为由"他部章节"过渡到"你部章节",即通过叙述人称的转变调整叙事空间的整体大氛围。所以,在小说的"你部章节",这种荒诞感便被完全置换,此时的叙述者以第二人称"你"进行叙述,故而在叙事空间的边界上出入无定,时而是"非戏剧化的"从旁观审——比如,叙述者曾在"你部章节"中多次有意曝陈这种超脱谨慎的态度:"你只是陈述,用语言来还原当时的他,你从此时此地回到彼时彼地,以此时此地的心境复述彼时彼地的他","你避免渲染,无意去写些苦难的故事,只追述当时的印象和心境,还得仔细剔除你此时此刻的感受,把现今的思考搁置一边"——但时而又是"戏剧化的"体验和表述,则主要集中于"你"当下在西方世界的生活片断,比如"你"同玛格丽特、茜尔薇等外国女子的沟通与交媾。但无论是"非戏剧化的"还是"戏剧化的"叙述者,其情绪显然已大不同于"他部章节"的焦躁紧张,而呈现为波澜不惊的

〔1〕 高行健,《一个人的圣经》,[M].台北:联经出版事业有限公司,2000.10:452.
〔2〕 高行健,《一个人的圣经》,[M].台北:联经出版事业有限公司,2000.10:453.

时间的转角

状态。我们看到，笼罩在小说"他部章节"和"你部章节"上的氛围是截然不同的，事实上，只有这样，其绽放的张力才足够将"感受主体"的被撕裂之后的异化感逼向极致，也只有这样，其"不稳定"型叙述人称策略的能量才足以迸发。

所以，"不稳定"型叙述人称策略的深层机制在于，叙述者通过各种叙述人称的不断转换、交接，营造不同的叙事空间情绪，即各叙事空间包容的价值判断、情感认同、精神倾向，可以是迥异的，并在迥异中形成小说文本内部多维度的不平衡张力，并最终在其多维伸张的较量中，自然生发出尽可能多的意义和情感指向，实现小说可阐释空间的最大限度的拓展，即对它的阐释可以不需要生硬的规约，而应当极富弹性，从而契合其叙述人称策略根本性质上的"不稳定"。

综上所述，在高行健小说文本的叙述镜像空间中，生发于传统、又被赋予现代性魅力的叙述艺术，非常值得玩味。高氏小说文本中的叙述策略，显然并非随意或偶然的行为，而是有其强大的内在驱动力的，这种内在驱动力来源于高行健特有的杂糅着东方与西方、传统与现代精神的理念资源，他注意到了东方与西方对于人的心理感知方式的迥异——在西方通常采用的是逻辑密度极高的心理分析，而在东方，由于佛道心性说的流传，则更倾向于抽身从旁观审——面对东西方在把握人的心理感知存在上的差异，高行健的姿态是不偏废任何一方，而将二者合理吸纳，因此，他在小说叙述人称机制上，也进行了不同策略的尝试，通过叙述人称各种形式的排列组合，逐渐形成对叙述主体感知体悟的纷纭多样的可能性表达，调整了叙述主体在不同心理层面上的精神感知角度，构建了一个纷纭变幻的叙述镜像空间。

戴着镣铐舞蹈

——兼谈 80 年代初的批判高行健运动

仿佛是一种颠扑不破的先验,文学和政治双方都因为有了彼此的存在,而无论是在时间或空间的维度上,都一直未停止"戴着镣铐的舞蹈",尤其是对于文学而言,其与政治的不解之缘注定了它在苦痛中涅槃、在涅槃中苦痛的轮回宿命,这无妨说是一种"历史的循环",或者说是一种"历史的必然"。

在中国现代文学史上,"文学为政治服务"的规范可以回溯至 20 世纪 30 年代末 40 年代初的延安解放区时期。当时,毛泽东在《延安文艺座谈会上的讲话》中"着重引述的是列宁的《党的组织与党的文学》中关于文学艺术事业应该成为整个'革命机器'中的'齿轮和螺丝钉'的论述"[1]。在之后很长的一段时间里,文学的政治化思潮便成为国内文艺界的一门显学,包括诸如 1942 年的延安文艺整风运动,1951 至 1954 年迭起的批判电影《武训传》、批判胡适"主观唯心论"、批判"胡风集团"等若干场的大批判运动,1957 年的全党整风与"反右派"的斗争,1958 年的"大跃进"运动,乃至 1966 至 1976 年的"文革"十年浩劫。这一脉高度体制化、单一化的"左倾"急进狂热思潮一直规训着文学成为主流政治意识形态的特殊宣传工具。

迟至"新时期文学"伊始,"文学—政治"的纽结方才呈现出相对松弛的状态。"新时期文学",顾名思义,在对它的命名上便传达着当时的人们对于它作为继"五四"之后中国"第二次思想文化大解放"的一种价值定位。但是即便如此,作为"新时期文学"前奏的"天安门诗歌"运动,

---

〔1〕 洪子诚,《中国当代文学史》[M].北京:北京大学出版社,1999.11:238.

其所引发的机缘却仍然是政治性的。不过相对而言,整个"天安门诗潮"的文学精神已明显呈现出一种"复苏"和"回归"的状态。这是一个在文学观念上发生剧烈裂变的转折时期,而走出文学工具化阴影的文学艺术家们,也已经普遍感受到了这种令人酣畅的震荡感,开始反思文艺专制化对于人性精神异化的历史悲剧,更开始尝试进行与现代性审美语境的一系列有效对话。因此,文学一俟从政治化思潮中走出来,便开始了一个以人的观念解放及审美现代性呼唤为标志的关键转型时期。无疑的,高行健作为一个崇尚文学独立审美品格的理想主义者,置身于这样一个思想文化大转型的氛围中,不可能仅仅是旁观的姿态,他迅速在创作实践中开始了探索西方现代主义思潮在中国文学语境中本土化可能性的征程。80 年代初,高行健的戏剧《车站》(与刘会远合作编剧)、《绝对信号》及其小说理论集《现代小说技巧初探》(花城出版社1981 年 9 月出版)出现,由于其中呈现出一种强烈的与西方现代语境相呼应的审美理想,遂立即在中国国内文艺界掀起了轩然大波。

　　1982 年《绝对信号》在北京人艺上演,遭逢的正是一番尴尬的际遇。彩排的时候,剧院党委和艺委到场的不多,演出结束以后,是长时间的静场,无一人发言,临了,只有于是之说了一句话:"我看可以,演演看征求意见嘛!"之后,《绝对信号》很快就又有了内部演出和公演,每场都座无虚席。当时的北京人艺院长曹禺也从上海发来了贺电,但是时任中央宣传部主管文艺的贺敬之则已在评价的话语中暗藏批判的锋芒。1983 年,高行健的另一部戏剧作品《车站》上演,无独有偶,演出结束后,场上依旧无一人发言,在场的曹禺当时首先举起拐杖鼓掌,大声说:"好戏!"但冯牧、贺敬之等当时国内文艺界高层官员则对之不置可否。不久,针对高行健戏剧作品的论争和批判浪潮便相继迭起。[1]《戏剧报》在 1984 年的第 3 期发表了唐因、杜高、郑伯农等人对《车站》的批评文章,文章指出,《车站》的出现是"盲目崇拜西方现代文艺的结果"[2]、

〔1〕 高行健,《没有主义》[M].香港:天地图书有限公司出版,2000.3:160.
〔2〕 转引自《有争议的话剧剧本选集》[M].北京:中国戏剧出版社,1986.7:58.

"存在着比较严重的倾向性问题"[1]、"表现出了明显的思想缺陷"[2]、"对于我们的现实、我们的未来都是一种不真实的歪曲的反映"[3]。从中可见,当时文艺界的批评界域是基本圈定在《车站》的思想倾向性问题上,换言之,《车站》已经卷入了一个关乎阶级立场、派系阵营的主题定位的论争旋涡当中。不久,在《文艺报》1984 年的第 4 期上发表了曲六乙的持有异见的文章,他认为,之前"不少批评是值得商榷的"[4],不应将《车站》"曲解为作者对社会主义道路、对社会主义现实生活的不满与怀疑"[5]。行文口吻比较温和,对那些予《车站》以政治立场界定的批评意见持保留态度,但是曲文的出现很快引起另一阵疾劲的反冲。同年,《文艺报》又刊登了署名为"溪烟"的驳斥曲六乙观点的文章,认为曲的观点"低估了《车站》的消极思想的危害性"[6],文章甚至还挑明了"什么是剧中人物反映出来的上当感、幻灭感? 说到底,就是对社会主义、对党的领导的上当感和幻灭感"[7]这样的观点,语锋严正锐利,并对曲文的观点极尽嘲谑之态,以此间接地讥刺《车站》的"消极落后"倾向。显然,这样的论争看似是对文艺审美理解的争论,但实际上已经蜕变为政治意识形态的纷争,这注定了高行健的戏剧作品《车站》只能成为那个时代的一个异数。看来,"文学—政治"的长久胶着状况并未因"新时期"的"思想文化大解放"而完全改变,或许,文学和政治生就固有一种天然的难以言说的复杂关联。

相较而言,文艺界对高行健的小说理论集《现代小说技巧初探》的初期评价则是积极的。首先是王蒙的支持,他在 1982 年第 2 期的《小说界》上发表了一封致高行健的公开信,对《初探》的价值予以肯定,随

〔1〕 转引自《有争议的话剧剧本选集》[M].北京:中国戏剧出版社,1986.7:59.
〔2〕 转引自《有争议的话剧剧本选集》[M].北京:中国戏剧出版社,1986.7:61.
〔3〕 转引自《有争议的话剧剧本选集》[M].北京:中国戏剧出版社,1986.7:65.
〔4〕 转引自《有争议的话剧剧本选集》[M].北京:中国戏剧出版社,1986.7:70.
〔5〕 转引自《有争议的话剧剧本选集》[M].北京:中国戏剧出版社,1986.7:73.
〔6〕 转引自《有争议的话剧剧本选集》[M].北京:中国戏剧出版社,1986.7:90.
〔7〕 转引自《有争议的话剧剧本选集》[M].北京:中国戏剧出版社,1986.7:88.

后刘心武撰《在"新、奇、怪"面前——读〈现代小说技巧初探〉》一文,发表在 1982 年第 6 期的《读书》上,向读者们推荐《现代小说技巧初探》一书。在随后的 1982 年第 8 期的《上海文学》又刊登了冯骥才、李陀、刘心武三人的有关《现代小说技巧初探》一书的通信(包括《中国文学需要"现代派"——冯骥才给李陀的信》《"现代小说"不等于"现代派"——李陀给刘心武的信》和《需要冷静地思考——刘心武给冯骥才的信》),评价多是正面的肯定。但在不久以后,高行健及其小说理论集《现代小说技巧初探》就遭到了其他批评家的抨击。同时,国内文艺界对于"现代派"和"现代主义"的论争也以此为滥觞而展开,之后《文艺报》上有关西方"现代派"和"现代主义"的论争热潮便一直持续。在这一脉热潮过后,人民文学出版社在 1984 年出版了上、下两册的《西文现代派文学问题论争集》(何望贤编选,内部发行),就收录了这次"现代派文学"论争的代表性文章。该书在《出版说明》中指出,"在文艺战线,清除和防止精神污染的重要任务之一,就是要批评和抵制试图将反映西文资产阶级意识形态的现代主义文艺移植到我国来,以表现所谓'社会主义异化'为主题、按照形形色色的个人主义世界观来歪曲我国社会主义现实的错误主张和错误作品。"[1]毫无疑问,对西方"现代主义"的借鉴和参照,在当时已经被纳入了"清除精神污染"运动的批判视野之中,而热衷于西方异质文化本土化构建的高行健便已不可能置身事外。当然,倘若在今天仍然强求在对"现代主义"这样的"舶来品"予以价值属性的阶级定位,恐怕意义已经不大,但是至少从中可以看出,当时国内文艺界对西方"现代派"和"现代主义"可能对中国传统文化的伤害所作出的估计,是过度夸大了的。果然,1983 年春节,贺敬之在对文艺界的讲话中,公开提出批判"现代派",并同"反对资产阶级自由化"运动联系起来,批判运动的声势日趋浩大,高行健在作协党组的扩大会议上受到点名批评。[2]虽然《现代小说技巧初探》一书基本上是以小说技巧的超

〔1〕 洪子诚,《中国当代文学史》[M].北京:北京大学出版社,1999.11:238 页.
〔2〕 高行健,《没有主义》[M].香港:天地图书有限公司出版 2000.3:162.

阶级、超民族作为言说的前提，但是从当时国内日趋严峻的批判运势上可见，高行健对小说技巧进行现代性构建的尝试，已经被理解成为是一种带有"资产阶级"性质的"精神污染"现象，文学界内部的论争再次转化为政治意识形态的较量。

的确，客观地说，文学不可能也不应该与政治完全疏离，文学与政治其实就如同一对相生相伴的形与影，在彼此的参照体系中都无可逃遁。高行健在他离开中国大陆、流亡海外之后，曾在他的文艺评论集《没有主义》中反复宣称自己的文学主张是"没有主义"的、"非政治"的，在他的《我主张一种冷的文学》一文中，他主张文学应当"冷却下来"、"自甘寂寞"，应当"置身于社会的边缘"，从而"抵制政治势力和社会习俗的压迫"。[1] 而事实是，这种宣扬"非政治"文学的姿态本身，恰恰就已经是一种政治主张、一种特殊的"主义"，这不能不说是一种捉襟见肘的尴尬，是极具反讽意味的。当然，无可否认的是，中国现代文学自"五四"以降，就一直存在着一脉崇尚纯粹自足的文学审美潜流，追求着文学独立于政治之外的一种自由品格，但应该承认，这脉潜流也仅仅是在不断拓展文学作为表达钦定声音的政治传声筒之外的最大可能生存空间，而从根本上来讲，文学是不可能完全将政治排挤出去的，这是一条无国界、无时界的必然定律。新时期文学虽然在很大程度上是一种"解冻"的文学，的确是在"从对过去，尤其是十年文革中所推行的极'左'的文艺政策、文艺观念的凌厉批判起步的"[2]，但这并不意味着新时期文学就会是一种完全无视政治意识形态的文学存在。事实上，批"左"如果发展到极致也只会矫枉过正，正如离开中国大陆之后的高行健，将"政治"完全理解为是"以人民、民族或祖国这类抽象的集体的名义强加于个人"[3]的一种存在，就不能不说是偏激的。在他流亡海外之后，他认定的政治对文学规约的估计已经是过度了的，这当然是后话。可是

---

〔1〕 高行健，《没有主义》[M]. 香港：天地图书有限公司出版 2000.3：19、20.

〔2〕 朱栋霖，《中国现当代文学史》[M]. 北京：高等教育出版社，2000.3：71.

〔3〕 高行健，《没有主义》[M]. 香港：天地图书有限公司出版 2000.3：3.

在当时,当高行健置身于中国80年代的"思想解放"大语境中,他对于文学独立审美理想的乐观信念则是可以理解的。

上世纪八十年代初,李泽厚的《中国近代思想史论》在当时激荡和振奋着整个学界,该书的后记有这样一段叙述:"打倒'四人帮'后,中国进入了一个苏醒的新时期:农业小生产基础和立于其上的种种观念体系、上层建筑终将消逝,四个现代化必将实现。人民民主的旗帜要在千年封建古国的上空中真正飘扬。"[1]其中掷地有声的"终将"、"必将"等等字眼,无疑表达了当时人们对于"现代化"必然实现的高昂情绪,可以说,这是当时人们的普遍情绪。高行健正是在这样的情绪氛围中在自己的"文学自留地"上开始文学审美"现代性"的耕耘,这本是无可厚非的,只是他高估了新时期文学在"复苏"后对文学现代性审美的兴趣,同时低估了政治权力话语对文学审美话语的规约程度,造成在其创作中政治意识表达的一定程度的失范,这为他日后的挫折和流亡埋下了种子。所以,80年代时期高行健的屡遭批判不是一种偶然,而是当时中国特殊历史语境中的一种必然现象。对于政治权力话语的自觉皈依,决定了当时文艺界诸人对高行健的针锋相对,而在今天看来,论争的双方事实上在主观上都并非是一种蓄意的、恶意为之的攻击,而只是时代的语境使然。虽然那样一个时代已经成为过去,但是毕竟沉淀下来的余绪还值得我们反刍和琢磨。也许文学的纯粹与独立的确是一个诱人的乌托邦理想,但是我们必须回到承认文学与政治始终比邻而居这样的现实中来。一个时代有一个时代特有的"文学—政治"关系,这种关系或许是紧密的,或许是松散的,又或许是微妙的、扑朔迷离的,但无论如何,总归是这个时代中各种牵制因素"合力"作用的呈现,是时代语境的反映,相信其在时代的大舞台上将长久地持续着"戴着镣铐的舞蹈"。

＊本文原载于《福建艺术》2007年理论专集,发表时有删节。

---

〔1〕 李泽厚,《中国近代思想史论》[M].北京:人民出版社,1979:488.

高行健早期小说的焦虑转移

——从《寒夜的星辰》到《有只鸽子叫红唇儿》

　　大概是缘于一种固若金汤的本色,形而上的追问一直就不为我们这样一个崇尚"实践理性"[1]的民族所津津乐道,可是一俟"新时期文学"起步,"存在主义哲学"这样一种典型的"舶来品",却正因其直契人精神灵魂的形而上性质而引起当时国人普遍高涨的关注与兴趣。如果说那只是一种历史的偶然,那么毋宁说这是一种现实的必然——必然地,在"四人帮"垮台后的一段时间里,萨特的"他人即地狱"一说很快就被无数曾在十年"文革"浩劫中受到精神重挫的国人所深刻认同,而对于世界的荒诞性认识也就成为当时整整一代国人与"存在主义哲学"产生强烈共鸣的重要精神关合点。为此,一场深刻的思维变革正在如火如荼中酝酿和发展,国人开始尝试从横广和纵深两方面进行拓展和思考,并持续追问精神本质存在问题的可能性空间,而在小说界由此蒸腾起"伤痕"、"反思"小说的蔚为大观也就不足为奇了。

　　1977 年 11 月的《人民日报》上发表了刘心武的短篇小说《班主任》,成为新时期文学"伤痕小说"的开山之作,而"伤痕小说"流派的得名则是缘于后来《文汇报》(1978 年 8 月 11 日)发表的卢新华的短篇小说《伤痕》的不胫而走。这以后,张洁的《从森林里来的孩子》、王蒙的《最宝贵的》、李陀的《愿你听到这首歌》等等一大批具有相似情感笔触的小说便纷至沓来,沉寂良久的小说界因"伤痕小说"而热闹起来了。

---

〔1〕　李泽厚,《美的历程》[M].天津:天津社会科学出版社,2004.7:80.

敏感的高行健自然不会是这样一场热闹的观望者,从他得以发表的第一部小说《寒夜的星辰》(中篇小说,完稿于 1978 年 12 月,刊于《花城》总第 8 期,由北京十月文艺出版社 1984 年 5 月出版)便可见一斑。这的确是一个比较典型的"伤痕小说",小说讲述的是一个作为老一辈布尔什维克代表的老干部,在自己生命的最后十年却遭逢上了"文革"的浩劫,但是"他"虽然承受着从精神到肉体的屈辱,却依旧没有动摇对于马列主义的信仰,至死都没有丧失作为一个布尔什维克应有的忠贞,而作为其对立面存在的孙天培、方庆莲之流,他们貌似共产主义信仰卫道者的虚伪嘴脸,也就在显见的反衬中凸现出来。这种鲜明的"二元对立"的人物处理方式在当时的新时期小说中是比较普遍的。高行健对小说人物的爱憎情感,通过其"二元对峙"的技巧处理显得泾渭分明,也从一个侧面反映了当时他通过小说来表达其政治立场的态度是决绝的,而高行健的这种寄托在小说中的对政治立场归属的决绝态度,在他所身处的时代中并非是特殊的个例。在那样一个冻土回暖的特殊时代里,出于在政治意识形态空间中积极形成"进步"的、"革命"的身份认同的需要,一大批小说家不约而同地在小说创作中急切开始了对于"拨乱反正"政策的一种文学上的响应,而"伤痕小说"恰是以此为依托而一度受到普遍的瞩目。十年"文革"中如同瘟疫般甚为流行的"集体癫狂"症、作为邪恶代表的迫害者与作为正义代表的受害者之间的截然对立和殊死较量、对荒谬历史呈现出的强烈而赤裸的情感宣泄和控诉等等,都一再地出现在这些新时期小说文本中,形成小说处理方式的明显趋同性和单一化。我们知道,"伤痕小说"作为"文革"刚结束之后第一个有影响力的小说流派,实际上面临的是国内小说界一个长达十年的巨大的艺术空白,它便难免呈粗糙、笨拙和生硬之态,这些也已经一再地为后来的小说研究者们所诟病,但不可否认的是,一个时代自有一个时代的话语规范,新时期小说家们在自觉不自觉中形成的与主流意识形态的"共谋关系",也许在一定程度上的确影响了其写作的纯粹品格,却也成就了其小说作为时代"伤痕"记录的独异性,并不会完全抹杀其成为时代经典小说的可能性。换言之,当我们以一种更为阔大的时代思潮视野来审视"伤痕小说"时，也许恰恰会发现，正是其笨拙和粗率成就了它的特殊价值，这种时代赋予的特殊审美品质是不能简单否决的。

事实上，《寒夜的星辰》在小说技巧的处理上确是比较粗糙的，经不起细致的揣摩和推敲。我们无妨举个例子，小说叙述者"我"，以与主人公"他"（一位在"文革"中遭遇到迫害的老干部）忘年之交的身份，将"他"在"文革"十年中的部分日记罗列出来，作为小说部分章节的引子，根据"他"的简短日记推衍叙述，再现当日当时的情景，虽然这样可能会有造成小说各章节之间模式雷同之嫌，但应该说，在当时这样的处理还是有让人耳目一新之感的。可是不久，当小说发展到后半部，叙述就完全抛开了主人公的日记，而几乎全部演变为是叙述者"我"对于"他"的生活经历的全知全能叙述，原本作为叙述重要依托"日记"突然退隐，显得后半部叙述比较凌乱松散，破坏了整部小说在结构线索上的整一性，这显然是小说技巧尚属粗率的表现。但是从另一个角度来说，却正表明其是将刻意的技巧操作，让位于真情的诚挚流露，叙述者"我"抛开"他"的日记而直接介入对"他"的叙述，不能不说是急切情感的无意流露，因为当叙述需要以"他"的"日记"为凭据时，叙述者"我"的情感应该有适当的收敛，并代之以客观冷静的叙述语调，而"我"在无意中回避了"他"的日记，而将"我"的叙述置于"日记"的客观记载之上时，实际上表明作者本身的情感已经以压倒性的姿态雄踞于整部小说中。换言之，当时的高行健在《寒夜的星辰》中，已将其倾心的对"文革"荒诞时境的辛酸控诉、对主人公高洁品质的真诚崇拜、对无辜受难的人们的无限同情等情感，推至其小说写作的焦点。不容置疑的，情感的宣泄是高行健在《寒夜的星辰》中所体现的最为鲜明的焦虑，而在这一点上，当时高行健的小说创作并没有越出整个"伤痕小说"流派的窠臼，他和他的小说也因此并没有引起当时小说界的关注。

高行健真正引起小说界乃至整个学界关注的是他的《现代小说技巧初探》（花城出版社 1981 年 9 月出版）。当时，王蒙、刘心武、冯骥才、李陀等人先后对《现代小说技巧初探》一书予以积极肯定,并随之引发了强烈的批评反冲浪潮,而后又转化为在整个学界兴起的沸沸扬扬的对"现代性"和"现代派"进行持续探讨的一股热潮,那自然是高行健所始料不及的,当然这已是后话。而在当时,正如高行健自己所言:"(《现代小说技巧初探》)本是为我自己的那些难以发表的小说开道,因为我这些小说往往被编辑认为'不像小说'或'不是小说'或'还不会写小说'。"[1]可以说,作为小说家的高行健的卓尔不群,正始于他以独特的小说理论先鸣于天下的姿态。在"伤痕小说"方兴未艾之际,高行健的一部初具现代性技巧和审美意味的中篇小说《有只鸽子叫红唇儿》(1980.8—1980.10完稿,刊载于《十月》1982年第8期,由北京十月文艺出版社1984年5月出版)已然诞生。同时,他在1981年的《随笔》上发表了一系列的谈现代小说技巧的文章(后来由黄伟经提议,结集为《现代小说技巧初探》)。显然,《现代小说技巧初探》的诞生不是一蹴而就的,更不是偶然臆造的,而是缘于持续的对西方现代性审美理想的自觉亲近,缘于高行健所处于的特殊的"解冻"时代里,整个学界对构造文学现代化的普遍焦虑,时代的焦虑无疑将深刻影响着个人的焦虑。可以肯定的是,《现代小说技巧初探》与《有只鸽子叫红唇儿》二者之间有着深刻的互涉性关系。《现代小说技巧初探》中提及的"象征"[2]、"意识流"[3]、"时空处理"[4]等的小说的现代技巧,能够在《有只鸽子叫红唇儿》中践行实属必然,也同时注定了《有只鸽子叫红唇儿》在当时的孤芳自赏。小说的情节其实并不复杂,讲述的还是"文革"对于人们尤其是青年人所造成的严重精神戕害,但较之《寒夜的星辰》,故事已经更为立体化了,多人物、多线索避免了小说结构层次的单一,然而更妙的还在于其所采用的独特叙述方式。小说各个章节的标题已赫然显示着这

〔1〕 高行健,《没有主义》[M].香港:天地图书有限公司,2003年3:98.
〔2〕 高行健,《现代小说技巧初探》[M].广州:花城出版社,1981.9:42.
〔3〕 高行健,《现代小说技巧初探》[M].广州:花城出版社,1981.9:26.
〔4〕 高行健,《现代小说技巧初探》[M].广州:花城出版社,1981.9:81.

种独特性——"作者的话"[1]、"叙述者的话"[2]、"正凡的话"[3]、"肖玲的梦"[4]、"公鸡梦中和肖玲的对话"[5]、"快快、公鸡、正凡、小妹共同的回忆"[6]、"快快给燕萍的那封最后没有发出的信"[7]、"主任和他的心的对话"[8]等等（快快、公鸡、正凡、燕萍、肖玲、小妹均为小说中人物——笔者注）。显然，小说在每一个标题中已经规定了每一个章节的故事情境，使得各个章节的叙述都呈相对独立状，这决定了小说在时空转换上的自如，时间与空间的秩序已经打乱，但是却并非完全无章可循——作者可以通过小说每个章节的标题中得到的提示——现实、回忆、想象、梦境等各种情境交错跳宕并进，在一定程度上已经初具"意识流"小说的某些特征。可以说，在《有只鸽子叫红唇儿》中，纷繁有致的小说技巧已经开始取代传统小说中只关注小说情节或人物的做法，虽然当时高行健在小说现代技巧的一些运用上还不甚圆熟——例如小说以鸽群中领头的鸽子"红唇儿"作为小说主人公"快快"的象征，其指涉已过于鲜明而欠含蓄，使原本可能更为丰富的寓意解读流于单一——但是所有这些尝试，毕竟都为高行健未来在小说技巧方面走得更远，而做了很好的铺垫和准备。值得一提的是，高行健在《有只鸽子叫红唇儿》中彰显的对小说技巧的焦虑，并非没有出现在同时期的其他小说家的创作中。事实上，在"伤痕小说"尚未退潮之时，已有一些优秀的小说家意识到了"伤痕小说"仅将视野停留于灾难控诉，而未触及历史根源进行深层思索的局限性，这样的认识成为之后"反思小说"潮流形成的动因。1979年2月，《人民文学》发表了茹志鹃的短篇小说《剪辑错了

---

〔1〕 高行健，《有只鸽子叫红唇儿》[M].北京：北京十月文艺出版社,1984.9:1.

〔2〕 高行健，《有只鸽子叫红唇儿》[M].北京：北京十月文艺出版社,1984.9:2.

〔3〕 高行健，《有只鸽子叫红唇儿》[M].北京：北京十月文艺出版社,1984.9:2.

〔4〕 高行健，《有只鸽子叫红唇儿》[M].北京：北京十月文艺出版社,1984.9:90.

〔5〕 高行健，《有只鸽子叫红唇儿》[M].北京：北京十月文艺出版社,1984.9:101.

〔6〕 高行健，《有只鸽子叫红唇儿》[M].北京：北京十月文艺出版社,1984.9:134.

〔7〕 高行健，《有只鸽子叫红唇儿》[M].北京：北京十月文艺出版社,1984.9:154.

〔8〕 高行健，《有只鸽子叫红唇儿》[M].北京：北京十月文艺出版社,1984.9:155.

的故事》,成为"反思小说"的滥觞之作,其蒙太奇的小说技巧运用甚至在标题上就已初露端倪。之后,王蒙的《布礼》《春之声》等"反思小说"都已在技巧运用上倾注了用心。事实上,"反思小说"是在两个维度上对"伤痕小说"进行了超越:其一是反思症结问题向深度和广度拓进,其二就是小说技巧运用的多种尝试。就前者而言,《有只鸽子叫红唇儿》也许还做得不够,高行健也并未在其中做出对"文革"荒谬历史的深刻透彻的反思溯源,没有从国民精神存在的高度,对"文革"病症的内在机理做出审慎和理性的剖析,小说尚还停留于对"文革"灾难的讲述、描写和展示,而就后者而言,《有只鸽子叫红唇儿》则完全无愧于称作是当时对小说技巧进行多样化尝试的典型小说文本之一。

"文革"的梦魇曾在 20 世纪 70 年代末 80 年代初的中国小说界成为热点的背景素材,并由此形成了"伤痕"、"反思"等重要的小说流派,这无妨说是一种"多米诺骨牌"的效应,当时的高行健对于"文革"的叙述和言说的渴望,与同时期的其他小说家们并无二致,《寒夜的星辰》和《有只鸽子叫红唇儿》于是应运而生,但是同时置身于现代中国第二次"西学东渐"大背景的高行健,无疑对于小说"现代性"技巧方面表现出了更大的兴趣,这决定了其小说创作中焦点认定的转移。因此,如果说在《寒夜的星辰》中,高行健创作的焦虑在于情感的宣泄,那么在《有只鸽子叫红唇儿》中,这种焦虑已经转向了对小说现代性技巧的尝试,这种焦虑的转移既是缘于高行健本人的自觉,也是缘于时代的推波助澜,是由个人与现代的"合力"来实现的。

"显—隐"的经纬
——高行健长篇小说文本结构研究

　　"结构"一词,在西方最早源于拉丁文"structura",从动词"struere"(构成)演变而成,指的是"统一物各部分、各要素、各单元之间的关系或本质联系的主体"[1],早期仅限于建筑学,后来则扩大到自然科学和社会科学的各个领域。而在中国的语言中,它最初也是由动词演变而成的,"'结'就是结绳,'构'就是架屋"[2],所以自古以来的中国文论家在谈及作品结构时,便多以盖房建屋喻之。刘勰认为,所谓"结构",便是"总文理,统首尾,定与夺,合涯际,弥纶一篇,使杂而不越者也,若筑室之须基构。"[3]张竹坡则说:"做文如盖房屋,要使梁柱榫眼,都合得无一缝可见,浑然一体;而读人文字,则要如拆房屋,使某梁某柱的榫,皆一一散开在我眼中也。"[4]清代的李渔又曰:"'结构'二字,则在引商刻羽之先,拈韵抽毫之始",如同"工师之建宅","必俟成局了然,始少挥斥运斤"。[5] 因此,对于文本结构的重要性的认知是古已有之的。随后,当这一作为动词的"结构"以一种小说技巧的形式存在时,便指的是如

---

〔1〕　赵宪章,《文体与形式》[M].北京:人民文学出版社,2004.2:192—193.

〔2〕　王义军,《审美现代性的追求——论中国现代写意小说与小说中的写意性》,上海:上海文艺出版社,2003.8:102.

〔3〕　刘勰,《文心雕龙·附会》,转引自周振甫《文心雕龙注释》[M].北京:人民文学出版社,1983:650—651.

〔4〕　张竹坡,《金瓶梅》(第二回)[M].济南:齐鲁书社,1991:40.

〔5〕　李渔,《闲情偶寄·结构第一》,转引自吴士余,《中国小说思维的文化机制》[M].上海:华东师范大学出版社,1990.12:188.

何编排安置各种各样的故事材料因素的一种动态操作过程。当然，"结构"同时也可以作为名词，代表着一个已经完成的既定的形态框架，通常是静态的，供人观感、鉴赏和阐释的一套系统构架。值得注意的是，在小说这一文类范畴中，尤其是鸿篇巨制的长篇小说，其特殊性更加决定了其结构框架在整部小说中的关键作用。事实上，长篇小说与中、短篇小说的本质区别并不在于篇幅的长短，而在于结构上的质的飞跃，倘若没有这一结构上的质的飞跃，篇幅再长的作品，也只是"伪长篇"，而不是真正的长篇小说。总之，别致独特的文本结构往往会形成小说（尤其是长篇小说）的一道靓丽的风景线。

因此，当20世纪以降的各种新式艺术观念接踵而至时，更是会在很大程度上催生出人们变革传统小说结构模式的探索，其中颇具代表性的是在20世纪40年代拉美文坛所掀起的"结构革命"，"结构革命影响了众多风格各异的拉美作家，在当代的拉丁美洲文学各流派中都有反映，但最集中体现了'结构革命'成就的，则是所谓的'结构现实主义小说'，并以当代秘鲁著名作家巴尔加斯·略萨的小说作品为代表"[1]。值得注意的是，所谓"结构现实主义小说"所承载的重大革命性便在于——"在现实主义的框架里，重新思考及安排小说结构的问题"[2]。巴尔加斯·略萨便曾先后在其《酒吧长谈》(1969)、《胡莉娅姨妈与剧作家》(1977)、《绿房子》(1983)等小说中尝试各种异乎寻常的结构体式。譬如，在《酒吧长谈》中，小说将故事线索分别割裂，并打乱时空来重组，读者在阅读时，必须将不同的断块作辩证组合，才能拼出故事的整体图像；在《胡莉娅姨妈与剧作家》中，小说则别出心裁地运用了"章节对比"的结构，其中的奇数章节是主线，偶数章节是表面上与主线无关的小故事；在《绿房子》中，小说由五个故事组成，这五个故事及其发生的地点和时间被小块分割，割开的小块被巧妙地安排在各个章节

〔1〕 龚翰熊，《文学智慧——走近西方小说》[M].成都：巴蜀出版集团巴蜀书社，2005.6：429.
〔2〕 郑树森，《小说地图》[M].南京：江苏教育出版社，2006.6：96.

之中,重新组合成一个杂色的整体。凡此种种,均是在现实主义的框架里,重组情节结构,从而突破传统小说的完整有序的结构尺度。

看来,高行健对其长篇小说(即《灵山》《一个人的圣经》)结构体式设置的苦心孤诣,无疑与此不谋而合。所以,文本结构问题的研究对于高行健长篇小说的整体研究将具有重要的价值和意义,这便成为本文写作的倾力所在。本文将以高行健的两部长篇小说《灵山》和《一个人的圣经》为研究个例,探讨高行健长篇小说的文本结构问题,其中分为三大部分。第一部分,着力呈现高行健长篇小说中“显”在的结构设置方面的重要特征,主要针对其小说文本中的章节设置的具体情况予以分析;第二部分,阐发高行健长篇小说“显”在结构之后所“隐”潜的深度美学意味,挖掘这一结构设置所潜在的审美韵味和内涵,揭示其对高行健长篇小说文本的审美增殖效用;第三部分,剖析高行健在设置长篇小说文本结构过程中的一种强大的意识驱使和心理动因,从中折射出高行健的为文与为人相统一的意识形态立场和哲学态度。全文旨在通过“显—隐”的小说文本经纬的展现,形成泾渭分明的高行健长篇小说的文本结构问题的系统研究。

一、“显”在的结构方式

在小说理论家米歇尔·布托尔看来:“小说结构像是一座大教堂或一座城市。”[1]这里,他强调了小说结构的纷繁复杂和变幻不定。因此,探究长篇小说的结构问题,有必要先就其“显”在的结构特征予以剖析,《灵山》和《一个人的圣经》自然不例外。

1. 奇偶章节间的独立叙述人称的交织接替

关于高行健的长篇小说中存在的“奇偶章节间的独立叙述人称的交织接替”这一结构设置特征,主要指的是,在高行健的长篇小说中,不仅会出现以叙述人称取代小说人物角色命名的情况,而且往往会在

---

〔1〕 米歇尔·布托尔,《对小说技巧的探讨》,见吕同六主编,《二十世纪世界小说理论经典》(上卷)[M].北京:华夏出版社,1984.4:536.

"我"、"你"、"他"、"她"的叙述人称中,择取两两错落地交织在奇数和偶数章节之间,从而实现叙述视点在奇偶章节的接替衍进中的交替变化。这同略萨的长篇小说《胡莉娅姨妈与剧作家》的"奇偶对比"的章节结构设置上有着惊人的相似。

我们看到,在《灵山》中,是以第一人称"我"和第二人称"你"的隔章置换,作为叙述视点和观察角度不断更替变化的方式,来推衍情节进展的。在《灵山》的前31章中,除第29章外,其余各章均以偶数章为"我"部章节,奇数章为"你"部章节,而从第32章开始,除第72和76章外(其中出现的是第三人称"他"),其余都调整作奇数章为"我"部章节,偶数章为"你"部章节。这其中有着两条线索的交织:一条是现实层面的"我"的线索,"我"被误诊为"肺癌"之后,在困境中只身出走游历于长江流域的民间,途经原始森林、乡村土寨、深谷野庙、神农架林区等地的种种见闻和感受;另一条则是虚幻层面的"你"的线索,"你"于偶然间听闻一处原生态的"灵山"风景独异,便只身来到南方小城一路寻访,其间在乌伊镇遭遇"她",之后"你"和"她"便如同在梦幻中一般,一面交织倾诉着各自成长、恋爱的经历和故事,一面又在其中有意无意地将些许看似零散无谓、实则意味深长的"野狐禅"般的传奇轶事串联起来,仿佛是一次奥德塞式的精神流浪和神游。值得一提的是,在小说《灵山》接近结尾处,我们可以或明或暗地看出小说中"我"和"你"的重叠关系,而在小说的第52章,更是鲜明地写道——"你是我讲述的对象,一个倾听我的我自己,你不过是我的影子"[1]——这显然是小说重要的点睛之笔。

无独有偶,在《一个人的圣经》中,同样是以叙述人称的隔章置换来推进小说情节的,有所不同的是,《灵山》的奇偶章节对比是在"你"部章节与"我"部章节之间进行的,而《一个人的圣经》的情节则是在"他"部章节与"你"部章节之间展开的。我们看到,在《一个人的圣经》中,前25章(第18章除外,它同时出现了"你"和"他")均以偶数章为"你"部章节,奇数章为"他"部章节,而从第26章开始,章节的"奇偶对比性"趋

---

〔1〕 高行健,《灵山》[M].台北:联经出版事业有限公司,2005.4:318.

于混杂,时而会出现若干的"他"部章节连续成片的情况,如第27—30章、第32—36章、第40—45章等等,并频频出现"你"、"他"并存于一章的章节,如第26、31、33、35、48、54、60等章,这些章节往往以非叙述(如抒情、议论等)的暗示性笔触,逐渐呈现出"你"与"他"二者影像的重叠,即"你"与"他"的事实上的同一性——"他的意识便是意识中的你"[1],"你不过是他语言的游戏,你不过是他的意识"[2]——这同《灵山》中的"你"和"我"的对应关系无疑又不谋而合。因此,从总体上看,《一个人的圣经》的前30章基本上是以偶数章为"你"部章节,奇数章为"他"部章节,而后30章则调整为反之,基本上是以奇数章为"你"部章节,偶数章为"他"部章节。其中,"他"的情节线索是由一张旧照片引发的回忆,讲述一个具有"受害者"和施害者双重身份的"他",在"文革"那个风声鹤唳的特殊年代的种种境遇,如早年由于家庭出身遭受的迫害、随后变身为所谓的"造反派"骨干、最后逃生前往乡村僻壤落户等等;而"你"的线索,则是从"你"和犹太女子玛格丽特在香港的再度邂逅发端,并在随后的"你"和她的四天三夜的做爱和互慰期间,"你"逐渐产生了将"文革"的自我体验和故事写下成书的念头,并最终付诸案头,从而逐渐暗示性地将"你"的这一情节线索同"他"的那一情节线索弥合在一起。

换言之,在高行健的两部长篇小说《灵山》和《一个人的圣经》中,都不约而同采用了相近的结构设置模式:在小说的开端,奇偶章节各自分属的情节线索泾渭分明,独立叙述人称在各自的章节中都是以"主人公"的形象独立存在,上演和讲述着各自的人生故事,然而,随着小说的进展和延伸,在奇偶章节及其各自附属的独立叙述人称之间,开始出现互相干扰和交错的情况,即情节线索开始彼此交织,并最终都或明或暗地达成了二者弥合的结局和效果。这显然是高行健的长篇小说结构体式方面的一个异于寻常的重要特征。

---

〔1〕 高行健,《一个人的圣经》[M].台北:联经出版事业有限公司,2000.10:409.

〔2〕 高行健,《一个人的圣经》[M].台北:联经出版事业有限公司,2000.10:439—440.

2. "中国套盒"（或者"俄罗斯套娃"）

"中国套盒"的名称其实是有源由的。数年前，在北京的西南郊石经山雷音洞内，人们发现了珍藏佛舍利的多层石盒，其中写道："最外边的是汉白玉石函，里边有个青石函，打开第三个函后，其间有只镀金函，最里边的第五个函是个白玉函，长宽各 12 毫米，高 17 毫米"，最后，人们发现，内在的最里层是 2 颗乳白色如小米粒般大小的佛舍利。这样的盒子，后来便被称为"中国套盒"，即大盒套小盒，小盒再套更小的盒。之后，便出现了模仿这一结构类型的工艺品，被一并统称为"中国套盒"（或者"俄罗斯套娃"）。

然而，是巴尔加斯·略萨首先将此同小说的结构设置方式联系在一起，他认为，可以"依照这两种民间工艺品（即"中国套盒"或者"俄罗斯套娃"——笔者注）那样架构故事，大套盒里容纳形状相似但体积较小的一系列套盒，大玩偶里套着小玩偶，这个系列可以发展到无限小。这种性质的结构——一个主要故事生出另外一个或者几个派生出来的故事——是为了这个方法得到运转，而不能是个机械的东西，当一个这样的结构在作品中把一个始终如一的意义——神秘，模糊，复杂——引入故事并且作为必要的部分出现，便不再是单纯的并置，而是共生或者具有迷人和互相影响效果的联合体"[1]。我们看到，略萨在此谈及"并置"这一属于小说形式技巧方面的概念。而在约瑟夫·弗兰克等著的《现代小说中的空间形式》一书的译序中对于"并置"则是这样的表述："'并置'是指在文本中并列地置放那些游离于叙述过程之外的各种意象和暗示、象征和联系，使它们在文本中取得连续的参照与前后参照，从而结成一个整体；换言之，'并置'就是'词的组合'，就是'对意象和短语的空间编织'。"对此，便有学者提出了异议："译序（即《现代小说中的空间形式》的译序）中对'并置'的理解狭窄了一些，除了意象、短语的并置之外，也应该包括结构性并置，如不同叙事者的讲述

---

〔1〕 马里奥·巴尔加斯·略萨著，赵德明译，《给青年小说家的信》[M].上海：上海译文出版社，2004：113—114.

的并置,多重故事的并置,这种多重故事的并置其实是小说的老传统,如《十日谈》《一千零一夜》都可以看成是并置结构。"〔1〕无疑,后者对小说中的"结构性并置"的理念与略萨的"中国套盒"理论不谋而合,这样的小说结构方面的技巧在高行健的长篇小说中是具体存在着的。

首先,我们来看看《灵山》中的"中国套盒"式的故事圈。譬如,在叙述人称"我"所属的故事链中,总的情节线索如上所述,"我"被误诊为"肺癌"之后,在困境中只身出走游历于长江流域的民间,途经原始森林、乡村土寨、深谷野庙、神农架林区等地的种种见闻和感受,这已经类似"流浪汉小说"般形成了一个大的故事圈、一个总体的故事框架;而到了第53章,是"我"游历的其中一个地点的一些见闻和联想,即"我"独自骑车游览江陵(三国时代的荆州古城),瞻仰昔日的历史英雄遗址,并感慨千年的沧桑变化,这就形成了次一级的故事圈;再次,从自然生态的角度感叹今昔落差,并从眼前的河湖回想起自己的母亲当年溺水身亡的一幕,进而将我"文革"的特殊时代铺陈开来,这是再次一级圈层的故事;然后,一一回忆起在"文革"中逝去的亲人们,如舅舅、姑妈、外婆等等,组成又一个圈层的故事;进而,这些亲人们各自命运中大大小小的故事,则又形成了一个个小的故事体。总之,层层剥离,皆有精彩。而在叙述人称"你"所属的故事链中,这一特征亦不例外。首先,总的情节线索即"你"于偶然间听闻一处原生态的"灵山"风景独异,便只身来到南方小城一路寻访,在乌伊镇遭遇"她"之后,两人便结伴同行,于路途中发生了一系列的故事串,这是整部小说"你"部章节线索的一个大的故事结构框架;次一级的故事圈则是,"你"和"她"一路上不停地相互倾诉着各自成长、恋爱的经历和故事,并在其中有意无意地将些许看似零散无谓、实则意味深长的传奇轶事串联起来,如"野

---

〔1〕 约瑟夫·弗兰克等著,秦林芳编译,《现代小说中的空间形式》[M]. 北京:北京大学出版社,1991年版,转引自吴晓东,《从卡夫卡到昆德拉》[M]. 北京:生活·读书·新知三联书店,2003.8:184.

　　　　　　　　　　　　　　　　　　　时间的转角

狐禅"般或惊心动魄或神秘撩人；而到了第17章，便是其中的一个小插曲，即一个更小的故事圈层，"你"和"她"到了一荒郊野处，遇到了一个很随和的村妇，便决定在她家里留宿一晚，房子虽然简陋却让两人很安心；然后，村妇简陋的草房引发了"你"对自己的清贫而明媚的童年生活的回忆，"她"则谈起了自己的不幸的爱情，这便形成了更次一级的故事圈；最后，"你"在回忆童年中又用了不少笔墨专谈那儿时的伙伴"丫丫"，令人如见其人、如闻其声，"她"则从不幸爱情中引发了女性的复仇情绪，并援引了另一个关于女性为爱而狂的实例，这些杂糅的独立故事体，无疑都包裹在《灵山》的"中国套盒"式小说结构的里层。

我们不妨再来看看《一个人的圣经》中的"中国套盒"式的故事圈。在叙述人称"他"所属的故事链中，以一张旧照片引发的回忆发端，讲述一个具有"受害者"和"施害者"双重身份的"他"，在"文革"那个风声鹤唳的特殊年代的种种境遇，这是整部小说"他"部章节线索的一个大的故事结构框架；而当"他"以"受害者"的角色身份出现在小说中时，"他"曾偷偷地在忍痛割爱中连夜烧毁自己珍贵而真情的书稿，曾被粗暴地下放到"五七"干校接受所谓的革命改造，曾因家庭出身的缘由遭受他人的言辞乃至行为上的凌辱，这些一系列的事件自然又构成了小说大框架中内含的一个个小的故事圈；再则，就"他"因家庭出身遭受他人言辞乃至行为上凌辱这个故事体中，还含有"他"具体的所谓的家庭出身问题的源头，牵引出"他"家族中的海外关系（如在美国生活的大姑）以及"他"父亲的银行高级职员的身份，从而铺开回忆的笔触，形成次一级的故事圈；其中再以"他"的父亲作为写作的重点，包括了父亲后来被定性的"右派"身份，"他"则为了要掩盖自己档案中父亲这一"污点"而加入了轰轰烈烈的"造反派"队伍中，甚至成为其中的重要骨干，之后，"他"的角色身份便由"受害者"逐渐转化为"施害者"了，这是很重要的一个故事圈；那么，"他"作为一个复杂矛盾的"文革"时代产物的个体人，在无法躲避的形形色色的运动中如何自保和苟活，便在层层写作中被描摹地淋漓尽致，从而再形成一个个小的故事圈。总之，在"中国套盒"故事圈的层层包裹中，情节愈趋惊心动魄。再来看看小说中叙述人称"你"所属的故事链，"你"和犹太女子玛格丽特在香港再度邂逅，随后，"你"和她在四天三夜的做爱和互慰期间，逐渐产生了将"文革"体验和故事写下成书的想法，并由"你"最终付诸案头，形成小说的"你"部章节故事的大圈层，换言之，这部小说是"你"这个少年时期思想被"主义"诱奸过的东方男人，为那个生来就没有祖国，且少女时代就被一个画家占有了处女之身的犹太女人马格丽特而写的，这无疑形成了小说的整体视野；其中，小说对这样一对没有祖国的东方男作家和同样没有祖国的犹太女人之间的萍水相逢的性爱场面描写非常入微，"你"和她在做爱中互诉衷情，并在这样的情感基调中自然而然地掀起对往事的感伤回忆，这无疑为下一级的具体故事圈营造了恰当的氛围；其中，既有"你"和她的一些共同回忆，如两人曾在北京的一面之缘，当时她因欣赏"你"的戏剧和画作而对"你"仰慕非常，又有"你"和她各自的一些单方面的回忆，如"你"曾因前妻在"文革"时代告发"你"而伤痛欲绝，而她竟曾在少女时代便被一个画家占有了处女之身，这些独立而又互相联系的故事体，便形成了次一级的故事圈；而在其中的每一个故事体中，又会牵连出具体的人物，如"你"牵带出了"你"的前妻，她则牵带出了那个玷污她的画家，这些人物不仅同"你"和她发生故事，在自己身上同样有故事，并且同另外的其他人还发生了各种各样的故事，这就是更小的故事圈的形成。如此一来，层层相扣，无疑将令小说更富于层次感和立体感。

总之，"中国套盒"式结构的小说，是在故事中套故事，所套故事里再套故事，使小说更加丰富多彩，也更富于多意性，《灵山》和《一个人的圣经》无疑将这一小说结构技巧运用地浑熟有致，它显然成为高行健的长篇小说结构体式方面的另一个重要特征。

二、"隐"潜的美学意味

毫无疑问，小说的结构是为"美"而造型的。因此，当零碎的、表象的、分散的原生态经验和材料存在于一种合理的小说结构中时，小说的美便会为此而灿烂绽放。所以,我们不妨穿透过《灵山》和《一个人的圣经》中的上述"显"在结构,寻觅和发现其深层隐"潜"的美学意味。

1. 大型的对话

毋庸置疑,这里的"对话"指的并非传统意义上的小说对话艺术,虽然亦有学者从传统的小说对话艺术的角度对高行健的长篇小说予以评述——"高行健能够轻而易举地把人物置身于一种对话的环境与氛围中,然后在对话中静静地发展故事与人物,一次相遇,一夜温情,不用一句叙述,而是通过长达十几、二十几页的对话来展现"[1]——但是,这显然还并不是笔者最关注的一个亮点。我认为,高行健写作的一个突出的特点是其"大型的对话",这一特点可视为其对小说的多向度用心的一个聚焦点,而他对长篇小说的结构方面的用心无疑也不会避开这一焦点。

顾名思义,"大型的对话",已不是传统意义上狭隘的"对话"状态了,它的外延在事实上已经扩张,如巴赫金所言,现代小说中的"对话"关系已经扩展为"某种问和答的关系、同意或反对的关系、确认或弥补的关系"[2],因此可视为小说中一系列的具有平等价值的不同意识之间存在的一种相互碰撞,此时的"对话","不仅仅只是一种艺术手段,它有别于一般小说和戏剧中的对话,而且是具有一定哲理意义的、反映人与人之间平等的世界观和艺术观上的对话。"[3]在《灵山》和《一个人的圣经》中,小说章节结构设置所实现的叙述视点在奇偶章节之间的交替变化,已在文本中形成了一种"大型的对话"。

《灵山》的"大型的对话"是在"你"和"我"之间展开的,随着情节推衍而呈现的"你"和"我"二者影像的重叠,代表着其"大型的对话"实际

〔1〕 傅翔,《中国小说问题白皮书——关于对话、故事、人物与结构》[J].载《文艺评论》2005(6):16.
〔2〕 巴赫金著,白春仁、顾亚铃等译,《诗学与访谈》[M].石家庄:河北教育出版社,1998.6:241—244.
〔3〕 张杰,《复调小说理论研究》[M].桂林:漓江出版社,1992.12:81.

上是同一个生命个体的"灵"(虚幻的"你")与"肉"(现实的"我")之间的"对话"。话题从找寻"灵山"发端,涉及自然生态保护、民间民俗遗风、历史文化掌故、人生意义追问、心灵世界探寻等等。在每一个话题中,"你"部章节和"我"部章节都会有若干的具体章节涉及到,代表着"你"和"我"之间的"对话",如在"民间民俗遗风"的话题上,"你"部章节的第42章,通过"你"在梦境中死亡,并接受苗寨为"你"举办的葬礼仪典,表达着对神秘莫测的苗族文化的崇仰和敬重;而在"我"部章节的第39章,"我"途经苗寨,有幸与苗人同渡龙船节,亲验了苗家文化的独到韵味,第41章,"我"聆听苗寨老祭师描述他当年的辉煌和当下的凄凉,感慨逝去的巫风习俗。因此可以说,从"你"部章节到"我"部章节,实现了对苗族文化由远及近、从疏到亲、由模糊到清晰的认识过程,是"你"和"我"之间推心置腹的"对话"的结果,这种"对话"关系便是一种大型的、动态的关系。

《一个人的圣经》的"大型的对话"是在"他"和"你"之间展开的,同样,"他"和"你"二者影像的逐渐重叠,代表着其"大型的对话"实际上是同一个生命个体的"过去"("文革"时代的"他")和"现在"(流寓西方世界的"你")的"对话"。"现在"的"你"是小说的回忆者、记录者,而"过去"的"他"则是被回忆、被观察的对象,小说是以"你"在西方世界的流亡与游荡过程中的回忆与思考为契机,描述"他"在"文革"期间梦魇般的遭遇。"他"和"你"之间的"对话"主要涉及对政治、人生、性、爱等问题的探问,其中,"性"这一话题尤其值得注意。在"你"部章节的大部分篇幅中,"你"同来自西方世界的女人玛格丽特进行了长达四天三夜的性交,在肉体胶着中享受着惬意、舒适和自然的心情,即在"你"看来,"性"是异性之间健康、积极的一种互慰;而在"他"部章节中,"他"在"文革"期间的泛滥性交中则充斥着惊惧、恐怖和焦虑的心情,"他"不断地与不同的女人性交,以掩饰自己内心的躁动和狂热,身体的孤独恰恰表明了"他"心灵的孤独,即在"他"看来,"性"成为自己实现在极权政治中得到救赎的一种畸形变体,一种被政治异化的产物。看来,在"你"部章节和"他"部章节之间,在对待"性"的看法和感受上出现了极大的分歧,而这分歧恰恰是"现在"的"你"和"过去"的"他"的"对话"的结果,应验了所谓"小说中的对话,其功能主要还不在于叙事,而在于辩论"[1],通过不同观念的碰撞,既是断裂,也是弥和,最终在浴火重生中产生了"大型的对话"之美。

2. 重复(或反复)的美

无独有偶,"奇偶章节间的独立叙述人称的交织接替"这一显在的小说结构特征,不仅令小说《灵山》和《一个人的圣经》诞生了上述的"大型对话"的审美特质,而且还同时诞生了"重复(或反复)"的审美意味。

我们看到,由于"奇偶章节间的独立叙述人称的交织接替"结构的存在,在《灵山》和《一个人的圣经》中往往会出现同一主题在不同的叙述人称之间的"重复(或反复)"叙述。譬如,在《灵山》中的"童年"这一主题上,"你"部章节和"我"部章节都曾多处着墨——在"你"部章节中的第 15 章("你"走进"李氏宗祠"后忆及童年)、第 32 章("你"向"她"讲述"文革"时自己的不幸童年)等等,在"我"部章节的第 22 章("我"观赏安顺地方夜景时产生对童年的回忆)、第 35 章("我"在岩壁的山洞里梦见自己的童年)等等——而由于"你"和"我"二者事实上的重叠,无疑令其"重复(或反复)"叙述的特殊性愈加凸现;再如,在"性爱"这一主题上,《一个人的圣经》中的"你"部章节和"他"部章节同样"重复(或反复)"叙述多次,无一轻描淡写,处处皆浓墨重彩——"你"与犹太女人玛格丽特持续了长达四天三夜的性爱,其中性交场面的描写可谓细致入微、情趣盎然;"他"和小护士、林、小五子、萧萧、情等众多不同的女性有过身体关系,"他"和她们充满欲望的肉体关系同严肃庄重的政治运动形成了鲜明的对比——"你"和"他"二者的最终同一,更将其"重复(或反复)"叙述的"性爱"反思推向高潮。

美国学者希利斯·米勒在《小说与重复》(Fiction and Repitition,1982)中曾开宗明义地写道:"一部像小说那样的长篇作品,不管它的读者属于哪一种类型,它的解读多半要通过对重复以及由重复所产生的

---

[1] 曹文轩,《小说门》[M].北京:作家出版社,2002.7:239.

意义的鉴定来完成。"[1]这无疑醒目地将"重复（或反复）"的艺术对于长篇小说的重要意义凸现出来。英国著名文论家戴维·洛奇也指出，对"重复"出现的具有隐喻性的细节和意象的发现，是读懂小说的关键。[2]相应的，国内学者的提法是"反复叙事"："所谓'反复叙事'，简单地说，就是小说中的某一个事件，某一个细节在小说的各个不同的章节中被一次次地重复叙述，'反复叙事'突现了人类叙述行为的某种本质特征，即任何一次性的叙述都具有局限性，'反复叙事'能够建立一种'多重视角'，它甚至影响了小说的叙事时间，造成了故事时间的穿插与倒错。"[3]

看来，正是凭借"重复（或反复）"艺术，现代小说家已"不甘于局限在某一平面、单一角度的叙述方法之内，而是敢于对生活的自然结构进行切分，突破对于生活进行的一般评价，用立体的思维来表现生活，使现代小说在愈来愈趋向立体化的生活面前呈现出自己的生命活力"[4]，此其一功能，即通过"重复（或反复）"叙述，形成多向度的立体式小说理念空间。如《一个人的圣经》中，正是通过"你"部章节和"他"部章节的不同叙述人称之间，对同一主题（如上述的"性爱"）的"重复（或反复）"叙述，形成对"性爱"的不同甚至矛盾的见解，"过去"的"他"持有的是过往的、当时的判断尺度，而"现在"的"你"则持有当下的判断尺度作为参照背景，由此产生的不同价值观念的矛盾相互辉映，因而塑造了更为立体多面的小说价值空间。其二功能，则是通过"重复（或反复）"叙述，产生小说中所"重复（或反复）"的理念的强化和增殖效应。如《灵山》中，正是通过"你"部章节和"我"部章节的不同叙述人称之间，

---

[1] 希利斯·米勒，《小说与重复》（Fiction and Repitition，1982），转引自殷企平《重复》[J]. 载《外国文学》2003（2）：61.

[2] 王义军，《审美现代性的追求——论中国现代写意小说与小说中的写意性》，上海：上海文艺出版社，2003.8：164.

[3] 吴晓东，《从卡夫卡到昆德拉》[M]. 北京：生活·读书·新知三联书店，2003.8：338—339.

[4] 殷国明，《小说艺术的现在与未来》[M]. 上海：上海文艺出版社，1990.3：251.

对同一主题(如上述的"童年")的"重复(或反复)"叙述,形成一种对"童年"引发的怀旧情绪的熏染和强化作用。在《没有主义》中,高行健曾说:"《灵山》的完成,让我了结了所谓的'中国情结',结束了我对中国的'乡愁'。"[1]在此,暂且不谈高行健的"怀旧"情绪是否真的在《灵山》之后的作品中便消失殆尽了,就《灵山》这一文本而言,确实笼罩着高行健浓郁的"怀旧"情结[2],而其中的"童年"这一主题又无疑成为他表达"怀旧"情绪的重要载体。《灵山》正是通过"你"和"我"所"重复(或反复)"叙述的童年印象和记忆,将"怀旧"的情绪尽情宣泄,将"乡愁"的隐痛推向高潮,从而强化了《灵山》作为"中国情结"之产物的独特性。

3. 互文性("或文本间性")的美

所谓"互文性('或文本间性')"概念,是由法国学者朱莉娅·克里斯蒂娃于20世纪60年代首先提出来的:"互文性意味着任何单独文本都是许多其他文本的重新组合,在一个特定的文本空间里,来自其他文本的许多声音互相交叉,互相中和。"[3]罗兰·巴特则进一步认为:"互文是一片综合性的领域,它包容了各种几乎已经无法追溯其起源的无名程式,包容了各种不加引号的、在无意识状态或自动化状态中被引用的话语。"[4]后者无疑是将"互文"概念的外延予以极度扩张的结果,而时至现今为人们所普遍接受的"互文性"(或"文本间性"),通常指的是"两个或两个以上文本间发生的互文关系,它包括:一,两个具体或特殊文本之间的关系;二,某一文本通过回忆、重复、修正,向其他文本产生的扩散性影响。"[5]如美国批评家爱德华·赛义德所言:"文本和世界之间或者文本和语言之间的对立是站不住的。即使文本仍被视为一

---

[1]　高行健,《没有主义》[M].香港:天地图书有限公司,2003.3:151.

[2]　杜威·佛克马著,王浩译,《无望的怀旧,重写的凯旋》[J].载《文学研究》2004(4):76.

[3]　转引自殷企平《重复》[J].载《外国文学》2003(2):63.

[4]　转引自殷企平《重复》[J].载《外国文学》2003(2):63.

[5]　赵一凡、张中载、李德恩主编,李铁编辑,《西方文论关键词》[M].北京:外语教学与研究出版社,2006.1:211.

种沉默的、印出来的客体,有它自己听不到的乐曲,但大量的例外,大量历史的、意识形态的和形式的环境条件仍然会影响实际的文本。"[1]这正是高行健的长篇小说《灵山》和《一个人的圣经》中出现的情况,并以"中国套盒"(或者"俄罗斯套娃")的小说结构的形式,彰显着一种"互文性(或'文本间性')"的美。

在《灵山》和《一个人的圣经》中,如上详述的"中国套盒"(或者"俄罗斯套娃")的结构特征,决定了小说文本中大量故事和情节的嵌套现象。大到历史兴衰、风云变幻,如《一个人的圣经》中轰轰烈烈的"文革"时代以及当时大大小小的政治运动;小至见闻掌故、游记杂录,如《灵山》中的"朱花婆"故事、"盗墓贼李三"故事;另外还有不可胜数的神话寓言、史诗传奇、随感笔记、箴言警句等等,单独的个体仿佛仅仅是星星之火,然而整合为一体之后,却能成燎原之势,层层嵌套的故事群落在彼此的相互辉映中愈发夺目,颇类似一种"百科全书"式的叙事体式。诺思洛普·弗莱曾说:"传统的故事、神话和历史具有混合起来,并构成百科全书型的集合体的倾向。"[2]无疑,《灵山》和《一个人的圣经》便是如此"百科全书型"的文本。卡尔维诺在《未来千年备忘录》中谈及这种"百科全书"型的现代小说时写道:"它是一种百科全书,一种求知方法,尤其是世界上各种事体、人物和事务之间的一种关系网。"[3]这是对"百科全书型"现代小说的预言,而具有"中国套盒"(或者"俄罗斯套娃")结构的现代小说《灵山》和《一个人的圣经》,正通过自身的"互文性(或'文本间性')"逐步接近这样的预言。

---

〔1〕 爱德华·赛义德,《世界、文本、批评家》,载《最新西方文论选》[M].桂林:漓江出版社,1991年版,转引自程文超,《意义的诱惑》[M].长春:时代文艺出版社,1993.6:1.

〔2〕 诺思洛普·弗莱著,陈慧等译,《批评的剖析》[M].天津:百花文艺出版社,1998:39.

〔3〕 卡尔维诺著,杨德友译,《未来千年备忘录》(第5章)[M].香港:社会思想出版社,1994.8版,转引自耿占春,《叙事美学——探索一种百科全书式的小说》[M].郑州:郑州大学出版社,2002.10:70.

可见,《灵山》和《一个人的圣经》是以"中国套盒"(或者"俄罗斯套娃")的小说结构为载体,在大型文本中嵌入小型文本,在小型文本中嵌入微型文本,如此不断以致其"互文性(或'文本间性')"的美的实现。

三、"主义"的聚焦

毫无疑问,高行健对长篇小说文本结构的选择不是偶然的,更不是随意的,而是深深镌刻着高行健内心深处的对立和统一相结合的矛盾思想——直接体现在其小说文本中"主体"形象的分裂与融合上——具体地说,无论是小说文本细处的叙述人称策略,还是整体方面的叙述语言,或者是宏观上的结构设置,无一不是凝聚着高行健"没有主义"的一种特殊"主义"的光芒,尤其是其长篇小说文本的结构设置方面的别出心裁,更将高行健的"主义"之光大放异彩。

从表面上看,纷繁特殊的叙述人称策略,顺延出了多个"主体"的叙述语言方式,进而在结构设置上形成二重线索和圈层模式,这是高行健长篇小说文本呈现出的表面印象:复杂、迷离、纷乱。然而实质上,这一切却是由一股内在的强大而深沉的思想凝聚力所支撑,即在分裂的表象下隐藏着一种融合的精神内核,这种"表里不一"的状况值得深究。

在高行健的长篇小说中,我们看到,通过运用独特的叙述人称策略,"我"、"你"、"他"、"她"叙述人称不断交错变换,高行健实际上是通过体验多个叙述"主体"的不同言说方式,形成了特定的"奇偶章节间的独立叙述人称的交织接替"的文本结构,于亦真亦幻中产生了对"主体"本身的焦灼思考,通过"主体"影像的分裂与迷失,表达着一种对"主体"本身及其价值的怀疑。然而,容易被我们所忽略的是,在高行健长篇小说的末端,虽然依然保持着"奇偶章节间的独立叙述人称的交织接替"的文本结构特征,但是,"我"、"你"、"他"、"她"等变幻不一的叙述人称却在若隐若现中呈现消弭的趋势,而在小说的终极精神上融合为一个"主体",这无疑是一种境界的提升,通过"主体"从分裂到融合的过程,实现了对"主体"的"否定之否定"的哲学认识。这实质上是高行健通过小说的形式对"主体"价值和意义的理解,与福柯对"主体"的哲学言论——"主体这个词有两重意思：由于控制和依赖而臣服于他人，由于意识或自我认识而获得人的身份"[1]——具有相似性。不同的是，高行健以文学小说的形式形成对"主体"的认识，表现为一个渐进的过程，而福柯则以哲学阐释的形式直接将"主体"的认识归结为两点。当然，二者对这两点的认识本身都是一致的。

　　高行健通过小说章节之间跳宕的叙述人称，形成叙述主体的纷乱影像，"主体"在纷繁紊乱中无法主宰自我，反而迷失自我，成为外界因素的"臣服者"（如福柯所言），在不知不觉中臣服于强大的意识形态文化，臣服于稳固的语言逻辑，一切仿佛是一种宿命式的臣服。在高行健的长篇小说中，这样的细节比比皆是。《一个人的圣经》中的"他"，处于"文革"那个风声鹤唳的特殊年代，在无形的意识形态文化的强大挤压下，曾经从"受害者"转变为立场截然相反的"施害者"，虽已说不清究竟是一种精神的被迫还是一种人性的自觉，但终究是一种臣服于强大意识形态文化的表现；由众多的叙述"主体"组成的《灵山》，完全就是一部诠释"语言囚笼中的舞蹈"的尝试之作，但是希图完全逃脱语言囚笼的理想终究无法实现，能够实现的最大限度的突破，便是在语言囚笼中尽情舞蹈，获得有限的言说自由，这不能不说是一种无奈的宿命，"主体"终究要臣服于稳固而强大的语言逻辑。因此，高行健是通过文学小说的方式，传达了对人类"主体"先验存在的"臣服"性的思考，这无疑呼应了他在文学评论集《没有主义》中出现的对中国知识分子群体乃至中国社会群体劣根性的阐述，譬如，其中的一篇文章《个人的声音》里，他热切呼唤着具有独立意识的个体精神，从历史渊源上剖析形成中国知识分子群体乃至中国社会群体的依赖和臣服特质的深刻原因。[2] 看来，小说和文论，这两种文学形式的齐头并进，将高行健内心深处的对个体独立意识的高度赞美和渴望的情怀全面展现，同时产生了对所谓民族阶

---

〔1〕　转引自安德鲁·本尼特、尼古拉·罗伊尔著，汪正龙、李永新译，《关键词：文学、批评与理论导论》[M].桂林：广西师范大学出版社，2007.6：121.
〔2〕　高行健，《没有主义》[M].香港：天地图书有限公司，2003.3：88—96.

级集体意识对个体精神的冲击乃至吞噬悲剧的不断重演的深切悲愤。

假如说高行健是通过小说章节之间跳宕的叙述人称，形成对"主体"的第一层否定，那么随后的"否定之否定"，则是表现于众多的叙述人称在小说末端逐渐消失，变幻的"主体"形象在小说末端逐渐合一。从小说的情节上看，这种"否定之否定"的临界点是明朗的，《灵山》是以小说叙述"主体"被误诊为肺癌这一事件作为临界点，而《一个人的圣经》则是以小说叙述"主体"逃亡西方国家这一事件作为临界点，自临界点之后的小说结构设置，始将变幻的"主体"形象予以融合为一的暗示。假如说高行健对"主体"的第一层否定是对"主体"价值的怀疑，那么他对"主体"的"否定之否定"，则是在更高的境界对"主体"的价值和意义进行重估，它或许较福柯的言论（"由于意识或自我认识而获得人的身份"）更具蜕变重生的力量，醒目的"没有主义"，道出了高行健特立独行的心声："现今这意识形态崩溃而理论爆炸的时代，虽然时髦年年有，更替也越来越快，不再有什么可依赖的主流，我以为不妨称之为没有主义的时代，因为意识形态的构建已被不断更迭的方法所替代，个人如果在这个世界想要找寻个立足点，恐怕只有怀疑。"[1]毫无疑问，"没有主义"并不是所谓"虚无主义"，而是对那些僵化的"主义"予以怀疑和反思的一种特殊的"主义"，它强调了突破臣服和依赖心理障碍的精神涅槃，它无法用简单的言语表达，因为"没有主义"的真谛便是充分尊重每一个个体，尊重每一个个体所理解和思考的"主义"。如果说《没有主义》代表着高行健对"没有主义"的一种理性、严肃的态度，那么他的长篇小说《灵山》《一个人的圣经》便是从感性的角度重新诠释了"没有主义"，如同一面镜子折射出高行健的为文与为人相统一的意识形态立场和哲学态度。

＊本文原载于《福建师范大学学报（哲学社会科学版）》2010年第3期，发表时有删节。

---

〔1〕 高行健，《没有主义》[M].香港：天地图书有限公司，2003.3:97.

语言牢笼中的舞蹈

——高行健《灵山》语言问题研究

 毋庸置疑,《灵山》这一小说文本的语言实验,在很大程度上暗合了高行健希望逃逸出规范的乃至僵死的语言牢笼的自觉意识,或至少是想以另一种姿态和方式更为充分地表述这种囚禁状态的某种自觉意识。他将这"另一种姿态"称为"在语言的牢笼中舞蹈",因此,虽然只是在这个笼子里跳舞,但是还得跳,并非无事可做,因为这样的舞蹈也许还能有点创造性。[1] 顾名思义,"语言牢笼中的舞蹈"显然是将语言抛向了一种悖反的两难境地当中,但事实上,其研究的价值则恰恰在此凸显。因此,本文正是着眼于《灵山》小说文本语言寻求突围之径的方式、结果及其原因,分两个部分做渐进式的研究——第一部分,归纳《灵山》小说文本语言中的若干独特的存在形态,以现象式陈列的方式予以呈现,作为该文本语言问题研究的靶子,形成该文本语言问题的整体认知,并在其中穿插对其文本语言审美选择的诗学意义的分析;第二部分,探究《灵山》小说文本语言的独特形态样式的存在原因,即通过对原因的追溯,透视该文本语言问题的本质,并形成对高行健式的语言理念的深度认知——以期最终形成《灵山》小说文本语言问题的系统研究。

一、《灵山》文本语言的存在形态

 小说《灵山》文本语言世界的上空,似乎总是激荡着一种莫可名状而又灵动宛转的多重韵律,它们在彼此的交合中冲撞通融,其独特的语

---

〔1〕 高行健,《没有主义》[M].香港:天地图书有限公司,2003.3:126.

言脉流如同"隐现的天籁"般应运而生。颇有意味的是,《灵山》天籁般的语言脉象并非天成使然,而是有其隐藏的激活因子的——即独特的叙述人称策略的运用——它实际上正是沉潜在小说文本内部,并刺激生成文本交合乐感的原生萌动力,是作为所谓"隐现的天籁"中"隐"的里层存在的;而"现"的外层,则是直接而鲜明地表现为《灵山》文本中多元多样的语言存在形态,它们在小说的行文中添砖加瓦地构建出了一个繁复而绰约的语言世界。

1. 叙述、独白、对话的三足鼎立

倘若要对《灵山》文本的语言世界做一个譬喻,那么正是由于它由多元多样的语言形态构成的,因此完全可以将之譬拟为由若干交互林立、辉映成趣的多棱镜组合而成的摇曳纷呈的"语言镜像场",场中的多元的文本语言形式——叙述、对话、独白交错杂糅的特殊语象——如同光影纵横般的明暗交错,或许乍看只是一幅杂陈无序的语言图景,但经过滤归纳、条缕分析之后,该"语言镜像场"的图景无疑将是明朗的。

我们看到,小说《灵山》基本上是以第一人称"我"和第二人称"你"的隔章置换,作为叙述视点和观察角度不断更替变化的方式,来推衍情节进展的。在前31章中,除第29章外,其余各章均以偶数章为"我"部章节,奇数章为"你"部章节,而从第32章开始,除第72和76章出现的是第三人称"他",其余都调整作奇数章为"我"部章节,偶数章为"你"部章节。并且,在"我"部章节和"你"部章节中,还不定点出现第三人称"他"和"她",其中,"他"只有在第72和76章中是作为特定主人公出现的,其余的"他"和另一些以传统方式命名的"他",如苗寨老祭师(第41章)、陌生路人(第43章)、青城山道人(第47章)等等角色,都在小说中稍显即逝;另值得注意的是"她",在前50章中的"她"频频出现在"你"部章节中,是作为小说中的一个确定的重要角色存在的,"她"和"你"如同经纬一般,在交织上演着各自故事的同时,又在对彼此的倾诉中,有意无意地将些许看似零散无谓、实则意味深长的传奇轶事串联起来,而在第50章之后的"她"则是用以泛泛指称其他不固定的女性人物,如画家朋友的女模特儿(第60章)、年轻的道姑(第63章)、离婚的中年女人

(第73章)等等,都只是小说中的掠影过客。

可见,《灵山》有意摈弃了传统小说的人物命名方式,用叙述人称置换了人物角色,实际上是以一种"陌生化"的手法,生成了一种独特的"面具效应"——即隐藏在多副面具之后的,其实仅有唯一的感知主体,多副面具只是作为这唯一感知主体的诸多感知层次的一种独特的表达工具。恰如《灵山》第52章中所表述的:

> 你知道我不过在自言自语,以缓解我的寂寞。你知道我这种寂寞无可救药,没有人能把我拯救,我只能诉诸自己作为谈话的对手。

> 这漫长的独白中,你是我讲述的对象,一个倾听我的我自己,你不过是我的影子。

> 当我倾听我自己你的时候,我让你造出个她,因为你同我一样,也忍受不了寂寞,也要找寻个谈话的对手。

> 你于是诉诸她,恰如我之诉诸你。

> 她派生于你,又反过来确认我自己。

> 我的谈话的对手你将我的经验与想象转化为你和她的关系,而想象与经验又无法分清。

> 连我尚且分不清记忆与印象中有多少是亲身的经历,有多少是梦呓,你何尝能把我的经验与想象加以区分?这种区分又难道必要?再说也没有任何实际的意义。

> 那经验与想象的造物她变幻成各种幻象,招摇引诱你,只因为你这个造物也想诱惑她,都不甘于自身的孤寂。

> 我在旅行途中,人生好歹也是旅途,沉湎于想象,同我的映像你在内心的旅行,何者更为重要,这个陈旧而烦人的问题,也可以变成何者更为真实的讨论,有时又成为所谓辩论,那就由人讨论或辩论去好了,对于沉浸在旅行中的我或是你的神游实在无关紧要。

> 你在你的神游中,同我循着自己的心思满世界游荡,走得越远,倒越为接近,以至于不可避免又走到一起竟难以分开,这就又

需要后退一步,隔开一段距离,那距离就是他,他是你离开我转过身去的一个背影。

　　无论是我还是我的映像,都看不清他的面容,知道是一个背影也就够了。[1]

　　换言之,恰如高行健所坦言的,《灵山》中若干个人称相互转换,其实表述的都是同一主体的感受。[2] 小说中,"我"在精神想象的神游中生成了"你",成为"我"的谈话对象,而"你"再度派生出"她",作为神游途中的虚幻的陪伴,对"我"进行静观默察的反思,这种审视尚需一个参照,故"他"应运而生。即"我"、"你"、"她"、"他"之间并非分庭抗礼的关系,而是消融于同一个感受主体的"灵山"朝圣精神之中的。况且,主语人称的确定是表达感知的起点,[3] 故《灵山》中相互映照的多个人称表达,展现的其实只是同一个"自我"所感知和体验的不同面向和层次。与此同时,读者方面也实现了某种独特的阅读感受,这种独特的阅读感受显然是以叙述人称为桥梁,并通过独特的语言表达来获取的。因为——"人的语言意识始于人称的出现。"[4] 所以,小说中看似纷乱芜杂的叙述人称表达,可能在视觉上会直接造就了其中各个话语言说主体的分合迷离的"镜像效应",而在听觉上则间接地实际归向于一曲多重感知意味指向的"语言天籁"。

　　在传统意义上,小说无疑是一门纯粹的叙事艺术,因此,"叙述"的语言理所当然地成为传统小说文本中的所谓"言语暴君",它专横地占据了几乎整个传统小说文本的语言空间。而当小说的整体艺术从传统走向现代,在语言上便发生了重大的变革,从而自然地将单一的"叙述"语言斥之为小说语言艺术的一种落后表现。颇具现代性的《灵山》文本

---

〔1〕　高行健,《灵山》[M].台北:联经出版事业有限公司,2005.4:318—320.
〔2〕　高行健,《没有主义》[M].香港:天地图书有限公司,2003.3:173.
〔3〕　高行健,《灵山》[M].台北:联经出版事业有限公司,2005.4:544.
〔4〕　高行健,《没有主义》[M].香港:天地图书有限公司,2003.3:177.

语言亦不例外，其叙述的"一言堂"已有意识地被叙述、独白、对话的"三足鼎立"之势所取代。

　　关于《灵山》的"叙述"，高行健的做法是，部分地遵循传统小说的"叙述"模式，部分则于其之外另辟蹊径，笔者是将注意力更多地置于后者。一般地说，传统小说中的"叙述"常常毫不掩饰小说家自身叙述痕迹的存在，而现代小说之父福楼拜则力图改变小说叙述的这种陈旧状况，他提出了所谓的"非人格化"的叙述，即"小说家像是在创造世界的上帝那样，隐身于作品中，但又无所不能；读者可以在作品中处处感觉到他的存在，却又看不见他"[1]。这种"不动情"和"不介入"的叙述态度在《灵山》的叙述性表达中亦可见一斑：

　　　　……天空灰蒙蒙的像要下雨，没有雨，没有动静，树枝并不摇曳，也没有风，都凝结了，如死一般，只有那么一点音乐，飘忽而不可捉摸，这几棵树长得都有些歪曲，两棵榆树分别多少向右向左倾斜，那高大些的柳树主干则偏向右，在主干上生出的三根几乎同样粗细的枝杈又都向左，毕竟取得了一种平衡，然后，就固定不动了，像这片死水，一张画完了的画，不再有任何变化，也没有改变的意愿，没有骚乱，没有冲动，没有欲念，土地和水和树和树的枝桠，水面上几道黑褐色，称不上洲，渚，或岛屿，只能算是水中隆起的几小块土地，可毕竟还有点意味，否则，这水面就单调得不自然，水边还长着一棵引不起注意的小树，在最右边，长得不高，向四面分出好些枝子，像干枯的手指，这比喻未必恰当，张开就是了，并无收拢的意图，而手指可以收拢，都没有意味，最近的这棵柳树下，有块石头，供人坐着乘凉的？还是水大漫过来的时候行人可以垫脚不湿鞋子？也许什么都不为，也许根本就不是石头，不过两个土块，那里可能是一条路，或近乎于路，通向这水面？水大的时候又都会被

──────────
〔1〕　申丹、韩加明、王丽亚，《英美小说叙事理论研究》〔M〕. 北京：北京大学出版社，2005.10:132.

淹没,柳树第一根枝桠分开的高度,和这枝桠平行处,像是一道堤,水大时该成为岸,可又有不少缺口,水也还会再漫延过来,这近乎堤岸处并非完全静止,有一只鸟从那里飞起,落到柳树细网状的枝条里,要不是看它飞落上去,真难以察觉,存在与不存在只在于是否飞动,鸟儿到底活生生,细看还不止一只,在树下地面上跳动,飞起又落下的都比刚才那鸟要小,也没那么黑,很可能是麻雀,那么隐藏在柳树枝条里的该是一只八哥,如果它还未曾飞走……[1]

　　以上仅是《灵山》第 77 章叙述语言的节选部分。因其极具典型性而引列为殊例,该例呈现的是叙述者隔窗观望所见的雪地景致。我们看到,高行健用他所特有的出色而高明的"间接手法"——退出小说、退居幕后、间接控制——让叙述语言自身自足地达到一种自动呈现视象的效果:这是由一系列零落景象(树、水、路、鸟……)罗列统合而成的图景,字里行间毫无任何主观情感与情绪的鲜明流露。当然,这很容易让人联想到法国"新小说"派代表人物罗伯—格里耶的"视象性"的小说语言实验。对此,高行健确曾坦言自己"同样企图用语言来提供视象,但走另一条路",在他看来,"视象是不可能主观的,它可以来自内心,但框在视野的框子里就成了客观的",因此,主观的结晶最终好似通过一张银幕转变为一种客观性存在。[2] 我们知道,福楼拜的"非人格化"的叙述理念,备受亨利·詹姆斯的青睐和赞赏。詹姆斯随之提出了"戏剧法"和"图画法"两种相应的实践性叙述手法,前者主要通过人物的外在行动对应于以人物对话为主要特征的"戏剧法",后者则通过人物内心活动对应于人物视角下的意识描写为主要特征的"图画法"。[3] 而就《灵山》的这段所选取的叙述语言而言,显然是"图画法"在起作用,即值

〔1〕 高行健,《灵山》[M].台北:联经出版事业有限公司,2005.4:498—501.
〔2〕 高行健,《没有主义》[M].香港:天地图书有限公司,2003.3:46.
〔3〕 申丹、韩加明、王丽亚,《英美小说叙事理论研究》[M].北京:北京大学出版社,2005.10:116.

得注意的是,高行健的叙述语言实验虽然回避将主观情感和情绪予以显在流露,但并不排除某些主观意识与意念在文本中的深层渗透和在文本外的蓄势唤起。在我看来,选例中的叙述语言并非仅仅为了展现所谓的"雪地景象",而是曲意表达着小说叙述者附着于这些景象的某种冥思——只有当主观意念投射到"树、水、路、鸟……"等等景象上时,它们方才存在、方才运动——这实际上是一种唯心主义的理念,即人的主观意念在某种程度上决定着客观物质世界——而这恰恰是该章节的叙述语言在形成视象之后,着意唤起的潜隐主题,从而蓄势性地由意识荧幕的形象转变为了意识观念的抽象。倘从另一个角度说,高行健作为画家的另一重身份,也不自觉地会令其在小说写作之中流露出一种充满"画意"的笔墨,这种"画意"无疑也将为阅读提供某些获取视象的可能性。因此我认为,高行健的叙述性语言的确开辟了一条新的路子——一方面自动地提供和呈现视象,另一方面被动地(准确地说,是"被驱动地")唤起对叙述者潜在抽象意念的发掘。

至于《灵山》中的"独白"和"对话",情况则更为复杂。事实上,"独白"和"对话"这两种语言模式就其本身而言,彼此之间就存在着某些重合。当然,在传统意义上,所谓的文本中的"独白"是以叙述者的单方叙述的形式存在的,而文本中的"对话"则是指用引号括起来的直接引语,它们二者的区别是泾渭分明的。但是,颇具现代性意味的小说文本《灵山》显然并不完全赞同二者之间这种粗糙的区分。我们知道,现代心理学方面的研究成果已经表明,个体意识世界的丰富乃至庞杂,是超乎一般想象的。这一发现无疑深刻影响了文学文本中的个体单方叙述即"独白"的存在形态。由于个体意识的多维和无序,文本中的个体的"独白"话语便也存在着无限可能性,叙述者自说自话的背后,或许已经在灵魂深处存在着各种不同意念和情绪的短兵相接,有些甚至是叙述者本身都未曾察觉的,这种处于激荡交织状态的"独白"不能不说在个体心灵内部提供了一种"对话"的可能性,当然这已不是传统意义上狭隘的"对话"状态,此时的"对话"外延已经得到扩张。正如巴赫金所言,现代小说中的"对话"关系应当扩展为某种问和答的关系、同意或反对的关系、确认或弥补的关系。[1] 因此,虽然高行健一再宣称《灵山》不过是个"长篇独白"[2],但在我看来,事实也许并非如此简单。假如以巴赫金对陀思妥耶夫斯基小说艺术三大发现之一的"对话性"理论来审视《灵山》,[3]它无疑是有着极典型的"对话性"特质的小说文本。巴赫金给"对话性"下的定义是——"对话性是具有同等价值的不同意识之间相互作用的特殊形式。"[4]在《灵山》中,正由于"面具效应"的作用,唯一的感知主体被幻化剥离为许多不同个体,个体之间的意念互相冲撞交锋,又彼此融和交汇。那么《灵山》在整体上,既可以视之为这许多虚幻个体之间沟通的"对话"体,又可以视之为这唯一感知主体孤独呢喃的自我"独白"体。小说文本中的确常常出现各叙述人称所指代的不同个体,在对同一主题进行演绎的时候,读者已很难分清究竟是通过不同主体的"对话"交流呈现主题,还是通过唯一主体的自我"独白"倾诉展示主题。譬如,同样是对"童年"的回忆,第 22 章中,"我"出彝族地区后,来到安顺,该地宁静的夜景着实让"我"陶醉,徜徉在长长的街巷,瞬间让"我"忆及年少时也曾被外婆带着穿过类似的长长的街巷,到城南城隍庙去买陀螺的情景,那无疑是非常美好而难忘的回忆;在第 32 章中,"你"与"她"则在沟通中交替讲述着各自的童年往事,从而唤醒了各自记忆中或许遗忘了多年的亲人和朋友,外婆、妈妈、儿时的玩伴……等等,在这一章中的回忆则未尝完全是美好的,也包含着一些对"文革"动乱年代残留的苦难与可怖的童稚体验。换言之,对"童年"记忆的抒

〔1〕 巴赫金著,白春仁、顾亚铃等译,《诗学与访谈》[M]. 石家庄:河北教育出版社,1998.6:241—244.

〔2〕 高行健,《没有主义》[M]. 香港:天地图书有限公司,2003.3:173.

〔3〕 第一个发现是为独立的、开放的、不受行为约束的他人意识创立了崭新的形象个体,其不依赖作者的意识而存在,并与作者保持着对话关系;第二个发现是将独立发展的个体思想作为艺术的描写对象,注意,它不是在哲学或者科学系统的背景中开展,而是在人的事件中被揭示出来。

〔4〕 转引自董小英,《再登巴比伦塔——巴赫金与对话理论》[M]. 北京:生活·读书·新知三联书店,1994.10:7,巴赫金,《论陀思妥耶夫斯基一书的改写》[J]. 载《话语创作美学》,莫斯科,1979:309.

写,"我"、"你"、"她"的口吻同样是那么的逼真感人,但蕴涵着的各自对"童年"生活的情感与理解却是殊异的,其中观念体验的和合与交锋恰恰是"独白"与"对话"难解难分的体现。再如,同样是对一个叫"灵山"的地方的找寻,在小说开端的第1章,"你"偶然间听闻"灵山"一处风景独异,全然是原生态的,便只身来到南方小城,拟于次日前往乌伊镇寻访所谓的"灵山",在之后的第3、5、7章中便陆续展开关于"你"在乌伊镇所经历的情节;而在"我"部章节中出现的原始森林区(第8章)、"野人"出没区(第57章)、神农架林区(第59章)……等等现实存在的地区,却也都成为"我"对所谓原生态的"灵山"周边环境的某种可能性的想象;在小说将近结尾处的第76章,则出现了"他"从乌伊镇来到河边,向一位老者询问去往"灵山"的路,其中关于"灵山"是在"河这边"还是"河那边"的猜度与分辨,似无果而终却又似大释其结。关于这个问题,无疑是小说最为神秘又最为开放的焦点——究竟"灵山"在哪里? 我们看到,其实"我"、"你"、"他"都在寻觅"灵山",只是方式不同,或现实的或超脱的或玄秘的,这都源于个体之间思考与认识的不同,所以形成了合乎各个具体叙述人称独特的内心疑惑的"对话",但又可以统合为唯一感知主体对恒久朝圣精神的个人"独白"——即"灵山"的终极意义其实不过就在个体的隐秘而宁静的灵魂深处,找寻"灵山"其实是为了获取自我心灵世界的涤荡和自我价值观念的升华——于是,"独白"与"对话"再度难解难分,其所构成的双重维度如同双声乐章,交织统摄为一曲独特的语言天籁。

当然,上述仅仅是对《灵山》中的"独白"与"对话"表达的一种宏观抽析,假如具体而微至小说文本中的细节,则在很大程度上关乎高行健作为戏剧作家和舞台导演的身份,而对其创作产生影响的个人思维机制。

在《欧美文学术语词典》中,"独白"的定义是:"在戏剧里,独白表示某一人物遵循惯例单独站在舞台上,将他的想法大声讲出来。剧作家把'独白'当作一种能便利地直接传达给观众关于某一人物的动机、意图、心理状态和剧作家用于一般解说目的的方法。"[1]而在历史事实中,当悲剧(公元前5—前4世纪)刚从酒神的祭祀中脱胎而出时,只有歌队的"独白"叙事存在,接着,随着人物从歌队中分离出来,歌队逐渐地把人物引向台前,而将自身退隐,形成了领唱(人物)与歌队(叙述者)的"对话",发展到最后,人物之间的"对话"则成为戏剧的实际形式。换言之,"独白"和"对话"实际上都孕育于"戏剧"这一母体之中。故而,躬身大量戏剧实践的高行健会在其小说的创作中,将"独白"和"对话"的语言形式自然杂糅,是不足为奇的,这在一定程度上是由其个人的习惯思维决定的。因此,戏剧的话语言说方式——包括独白和对话——便大量渗入《灵山》的小说文本中,并在许多具体细节中以直接的面目呈现。

其中,最容易辨认的当属以"一般直接引语"的形式存在的"对话"模式,这在《灵山》中完全可以信手拈来。如:

"可以坐车先到乌伊那个小镇,再沿尤水坐小船逆水而上。"

"那里有什么?看山水?有寺庙?还是有什么古迹?"你问得似乎漫不经心。

"那里一切都是原生态的。"

"有原始森林?"

"当然,不只是原始森林。"

"还有野人?"你调笑道。

他笑了,并不带揶揄,也不像自嘲,倒更刺激了你、你必须弄明白你对面的这位朋友是哪路人物。

"你是研究生态的?生物学家?古人类学家?考古学家?"

他一一摇头,只是说:"我对活人更有兴趣。"

"那么你是搞民俗调查?社会学家?民族学家?人种学家?

---

〔1〕 艾布拉姆斯著,朱金鹏、朱荔译,《欧美文学术语词典》[M].北京:北京大学出版社,1990.11版,第332—333页.

要不是记者？冒险家？"

"都是业余的。"

你们都笑了。

"都是玩主！"

你们笑得就更加开心。他于是点起一支烟，便打开了话匣子，讲起有关灵山的种种神奇。随后，又应你的要求，拆开空香烟盒子，画了个图，去灵山的路线。[1]

毋庸置疑，上列的这种人物之间"对话"的例子，可以说是小说"对话"模式中最简单和传统的一种。但值得注意的是，《灵山》中人物之间的"对话"也会为了达到一种特殊的审美效果，将一些"一般直接引语"予以某种变异。比如，在第56章中展示的是"你"给众多的女孩们看手相的一个场面，其中的本属"一般直接引语"性质的"对话"模式，便在形式上发生了突变——即在它们未转化为"间接引语"的情况下，就直接地将其引号省略，而将"话"的内容赤裸呈现。请看：

这真是一个愉快的夜晚，姑娘们都围拢你，纷纷伸出手来，争着要你给他们看相。你说你不是算命先生，你只是个巫师。

巫师，这太可怕了，太可怕了！女孩子们都叫。

不，我就喜欢巫师，就爱巫师！一个姑娘搂住你，伸出一只胖乎乎的手。看看，我有钱还是没钱？她挡开别的手说，我才不管什么爱情和事业，我只要一个丈夫，一个有钱的丈夫。

找一个老头子不就得了？另一个姑娘嘲笑道。

为什么非得找个老头？胖手姑娘反驳她。

老头一死，钱不都归你？再去找你爱的小伙子。这姑娘有点尖刻。

要就不死呢？那不惨了？别这么坏啊！胖手姑娘冲着那女孩

---

〔1〕 高行健，《灵山》[M].台北：联经出版事业有限公司，2005.4：4.

子去。

　　这肉乎乎的胖手非常性感。你说。

　　所有的人都拍手，吹口哨，叫好。

　　你看手相呀！她命令道，大家不许打岔！

　　说这只手性感，你一本正经，意思是这手招来许多人求爱，弄得都难以选择，不知如何是好。

　　有的是人爱这倒不坏，可钱呢？她嘟嚷着嘴问。

　　众人跟着都笑。

　　不求钱而求爱的却没有爱情，追求钱的没钱却有的是人爱，这就是所谓命运，你严正宣告。

　　这命就够好的啦！有个女孩子叫道。

　　胖手姑娘耸耸鼻子，我没钱怎么打扮自己？只要打扮得漂漂亮亮，还怕没有人要？

　　说得对！姑娘们一起附和。[1]

　　这无疑是一段充满了现场感的文字，女孩们的话语由于略去了累赘的引号形式而显得异常活灵活现，这种变异的一般直接引语，将读者的阅读感受在瞬间激变为某种类似于置身戏剧现场的观赏体验，产生了强烈的音响效果，这并非普通的小说文本所能达到的语言审美效果，也不能不归功于高行健在戏剧创作中的话语实践。

　　当然，《灵山》中也存在着大量的"一般直接引语"正常转化为"一般间接引语"的"对话"模式，主要是出现在小说中的各个叙述人称之间互相交流讲述大大小小的故事，或者彼此之间倾诉经历、情感、观念等等的若干章节之中。譬如，在第 34 章中，"她"讲述"她"的初恋及之后淫荡变化的经历，"你"讲述"你"太爷爷见到红孩儿（即所谓的火神祝融），之后太爷爷遭人暗算等等的故事：

─────────────

〔1〕　高行健，《灵山》[M].台北：联经出版事业有限公司，2005.4：347—348.

语言牢笼中的舞蹈——高行健《灵山》语言问题研究　　　　　　　　　　*233*

你说火神是一个赤条条的红孩儿,就喜欢恶作剧,总出现在砍倒的树林子里,把厚厚的干树叶子故意揣得哗哗响,光个屁股,在砍倒的树枝间爬上爬下。

她则同你讲述她的初恋,一个小丫头的爱情,或者说还不懂世事,只是对爱情的一种向往。她说,他当时刚从劳改农场回到城市,又黑又瘦又老相,腮邦子上都出现深深的皱纹,可她还就倾心于他,总凝神听他讲述他经受的那些苦难。

你说那是个好远久的故事,你还是听你太爷爷说的,说他亲眼看见过红孩儿,从他头年砍倒的那棵树底下爬了出来,翻到一棵山茶树上,他当时还晃了晃脑袋,以为老眼昏花。他正从山岭上下来,扛了根碴树,是山外响水滩的一个船工要的,檀木轻,又经得住水泡,是做船的好材料。

她说她那时才十六岁,他却已四十七八了,足以当她的老父亲,他同她父亲早年是大学的同学,多少年的至交。他平反回城以后,没有多少别的交往,总上她家,同她父亲一边喝酒,一边讲述那些年他打成右派后劳改时的经历。她听着听着,眼睛都湿润了,他便人干巴巴的还没恢复元气,不像后来有了职称,当上了总工程师,也穿起花呢西装,衬衫的白衣领烫得毕挺,总敞开着,显得那么潇洒。可她当时就如醉如痴爱他,就愿意为他流泪,一心想给他安慰,让他后半生过得幸福。他当时只要接受她这小丫头的爱情,她说,真的,她什么都可以不顾。[1]

我们看到,"她"与"你"所讲述的故事,在内容上是各自独立的,但在形式上却互相交织在一起,在双方故事情节的每个交接点上,通过"一般间接引语"("你说"、"她说")的交替性提示,一次次重唤读者对双方各自故事链的前续性回忆,这种话语模式在很大程度上挑战了读者精神高度集中的阅读感受。

---

〔1〕 高行健,《灵山》[M].台北:联经出版事业有限公司,2005.4:193—194.

但是,《灵山》文本话语中,最具独异性特征的还不是上述涉及的
"一般直接引语"和"一般间接引语",而是"自由直接引语"和"自由间接
引语"的通融运用。我们知道,"自由直接引语"和"自由间接引语"往往
都同"意识流"的写作有着某种密丝合缝的亲近关系。

其中,"自由直接引语"在语法方面的特征是,略去引导词和引号,
并以第一人称讲述。它是叙述干预最轻、叙事距离最近的一种形式,能
使读者在无任何准备的情况下,直接接触人物的"原话"[1],尤其适合
于不着边际的漫谈会话或者复杂隐秘的人物内心意识等等的活动之
中。譬如,在《灵山》第 37 章中:

> 这堵断墙背后,我死去的父亲,母亲和我外婆都坐在饭桌前,
> 就等我来吃饭。我已经游荡够了,很久没有同家人团聚,我也想同
> 他们坐在一张桌上,谈点家常,像我被医生判定为癌症的那些日子
> 里,在我弟弟家饭桌上,只讲那些不可能同外人谈而除了家里人也
> 难得谈到的话题。那时候,每到吃饭的时候,我那小侄女总要看电
> 视,可她哪里知道,电视里的节目都是对精神污染的讨伐,头头脑
> 脑对各界的宣讲,文化名流又一个个表态,把文件里的套话再重复
> 一遍。这都不是小孩子要看的节目,当然也不适合下饭。电视报
> 纸广播的种种新闻我已经够了,我只要回到我自己的生活中来,谈
> 谈自己家里已被遗忘的往事,比方说,我那位疯子曾祖父,一心想
> 过过官瘾,把一条街的房产捐光了也没捞到一官半职,等明白受骗
> 上当人也就疯了,把自己住的最后一幢房子也点上一把火,死的时
> 候刚过三十,比我这会还年轻得多。孔老夫子之所谓三十而立,应
> 该说还是个脆弱的年纪,弄不好照样精神分裂。我和我弟弟都不
> 曾见过我这曾祖父的照片,那时候照相术可能还没引进中国,要不
> 是能照上相的只有皇族。可我同我弟弟都吃过我祖母做的一手好
> 菜,印象最深的是她那醉虾,吃到嘴里虾肉还在蠕动,吃一只且得

---

〔1〕 申丹,《叙述学与小说文体学研究》[M].北京:北京大学出版社,2001.5:283.

鼓上半天的勇气。我也还记得我中风瘫痪了的祖父,为躲避日本飞机轰炸,在乡下租了农民的一幢老屋,整天躺在堂屋里的一张竹躺椅上,大门敞开,风穿堂而过,一头银白的头发总也在飘动。空袭警报一响他便急躁得不行,我母亲说她只好俯在他耳边,反复告诉他日本人没那么多炸弹,要扔只扔在城里。[1]

很明显,选文是由小说人物"我"的梦境幻觉而引发的一段文字。"我"在梦境中幻想自己同已死去多年的家人们团聚,并由此似真亦幻地忆及亲人们(如曾祖父、祖父、祖母、母亲等)生前的生活状况。文中抹去了叙述者的声音,而由小说人物"我"自身说话,而文字的语调、情绪则都同人物"我"的思想意识流程保持一致。如当回忆进入"我"被误诊为肺癌时的那个状态,我的低落情绪在文字当中便呈现为一种对正统文化所宣扬的所谓积极入世观的质疑、厌倦乃至排斥的语气和态势,怀疑和批评精神在选文的字里行间锋芒毕露;而当回忆进入"我"的亲人们生前的某些生活片断时,言辞中则包裹着温婉的情怀,流溢着对前辈所处的特殊年代的缅怀。"我"的断续跳宕的梦幻般的意识之流在"自由直接引语"的语言氛围中得以自然再现,而让小说人物"我"自身说话,无需叙述者的引导和解释,这也是《灵山》语言现代性的一种体现。恰如热奈特所言:"现代小说求解放的康庄大道之一,是把话语模仿推向极限,抹掉叙述主体的最后标记,一上来就让人物讲话。"[2]当然,这是作为小说中表达人物口头或内心话语的方式之一的"戏剧式转述话语"[3]的形式而存在的,体现的是戏剧对叙述体裁的影响,同时也应验了所谓"意识流"写作是作为高度戏剧化的艺术形式的定位,即作家作为全知全能叙述者的地位已被推翻,文本中人物的情感并非由作

〔1〕 高行健,《灵山》[M].台北:联经出版事业有限公司,2005.4:210—211.
〔2〕 热奈特著,王文融译,《叙事话语、新叙事话语》[M].北京:中国社会科学出版社,1990:115—117.
〔3〕 申丹,《叙述学与小说文体学研究》[M].北京:北京大学出版社,2001.5版,第282页.

家进行叙述和分析,而是通过人物的意识屏幕来直接予以戏剧式的呈现。[1] 因此可见,高行健长年戏剧实践的积累,在其小说写作中的痕迹和烙印还是相当深厚的。

至于《灵山》中所涵盖的"自由间接引语"则在篇幅上占有更大的比重。这是由于"自由直接引语"在语法上的第一人称讲述的限制,它只可能出现在《灵山》中的"我"部章节中,而"我"部章节显然更侧重于"我"在寻找"灵山"途中的许多写实性的经历,而少有那种飘忽不定的精神想象成分,即"意识流"的写作仅零星体现于"我"部章节中"我"的有限的一些回忆、梦境、幻觉的片断之中,故"自由直接引语"可发挥的空间并不大。但是,"自由间接引语"则恰恰相反,由于它在语法上的表象特征是以第三人称进行讲述,显然只可能出现在《灵山》中"你"部章节的"他"或"她"的话语部分。而我们知道,同样是对"灵山"的朝圣,"你"部章节较之写实性的"我"部章节而言,恰恰是一种神游虚幻性质的写作,因此,"他"或"她"的以"自由间接引语"为载体的"意识流"语言形式在"你"部章节中俯拾即是:

> 他觉得他这样走十分古怪,行人好像都在注意他,看出他古怪。他悄悄注意迎面走来的人,却发现他们那一双双直勾勾的眼睛看的也还是他们自己。当然,他们有时也看看商店的橱窗,看橱窗的时候心里盘算的是价钱合算不合算。他顿时才明白,这满街的人只有他在看人,而人并不理会他。他也才发现只有他一个人才在走路,像熊一样用的是整个脚掌,而人却用脚后跟着地,整天整年走路的时候都这样敲触脑神经,没法不弄得十分紧张,烦恼和焦躁就这么自己招来的,真的。
>
> 是的。
>
> 他越走下去,在这条热闹的大街上越觉得寂寞。他摇摇晃晃,在这喧闹的大街上像是梦游,车辆声轰轰不息,五光十色的灯光之

---

[1] 瞿世镜,《意识流小说理论》[M].成都:四川文艺出版社,1989.5版,第44页.

下，夹在拥挤的人行道上的人群之中，想放慢都放不慢脚步，总被后面的人碰上，拨弄着。你要是居高临下，在临街的楼上某个窗口往下俯视的话，他就活像个扔了的软木塞子，混同枯树叶子，香烟盒子，包雪糕的纸，用过的快餐塑料盘子，以及各种零食的包装纸，漂浮在雨后路边水道口，身不由己，旋转不已。[1]

以上选文来自《灵山》的第 62 章。小说的这一章关于"寻找钥匙"的情节是颇为耐人寻味的，首先是作为这一章主人公的"他"，其次是"钥匙"这一意象，在我看来，都充满了隐喻意味。该章的故事情节其实相当简单——"他"因遗失了"钥匙"而翻遍整个屋子，无果之后，漫无目的地恍惚行走于大街上，而当"他"重返屋子之后，又无意中发现了"钥匙"其实就在屋子里的一个显眼的位置——但我认为，倘若将该章情节的"简单"理解为某种"抽象"的寄托，或许更为恰当。即在我看来，"他"实际上可以泛指普遍的人类，而"他"寻找"钥匙"则隐喻着人类对自身存在意义的一种探寻，而当刻意而执拗的探寻无果之后，一方面人的原本有条不紊的生活秩序遭到破坏（"屋子"在被"他"翻腾之后变得乱七八糟），一方面人又在这一近乎迷狂的过程当中迷失了自我（"他"在大街上精神恍惚地漫步着），而当人不再皓首穷经地去固执追寻所谓的存在意义时，一切原本紧张的关系都开始变得自然、和谐（"他"逐渐明白"钥匙的遗失"其实可以视为一种"解脱"），而正因怀有这样一种从容的心态，反而成就了人对自身存在意义的终极理解（"他"返回屋子之后，无意之中竟重获"钥匙"）。以上选文截取的片断是"他"为寻找"钥匙"而翻遍整个屋子无果之后，只身行走在大街上所见的迷离景象和自身的恍惚感受。而我之所以会如此理解《灵山》该章的情节设置及其隐喻意味，是因为我认为高行健是将之作为自己早年被误诊为肺癌的那段非同寻常经历的一种影射。无独有偶，在《灵山》的第 12 章中，高行健曾正面以自叙传的形式直抒自己当年所历经的情绪波澜——知晓诊断

---

[1] 高行健，《灵山》[M]．台北：联经出版事业有限公司，2005.4：406—407.

为肺癌之后的惊惧,急遽转而为找寻个人生存意义的焦虑,最终沉积为释清误诊状况之后的平静反思——同第 62 章中"他"寻找"钥匙"过程中的情绪起落有着惊人的相似。这样一种跌宕起伏的情绪波动流程,非常适合于以"自由间接引语"话语模式为载体的"意识流"语言形式。从以上的选文可以看到,其中的"自由间接引语"是以第三人称"他"进行讲述的,并从人物"他"的视角叙述其语言、感受和思想,呈现的是客观叙述的形式,虽然表现为叙述者的指述,但是在读者心中唤起的却是人物的声音、动作和心境。这样的叙述话语极富表现力,包容了叙述者和人物双重声音——在整体上保留了叙述者的语气,没有采用戏剧性的讲话方式,但在表达人物的话语和思想时,却自身置于人物的经历之中,在时间和位置上接受的是人物的视角——叙述者与人物的双重声音在"自由间接引语"的运用中融合的天衣无缝,这种双重的声音,以致文本的意义呈现出多重性,因而无庸讳言的是,以上的对于文本中"寻找钥匙"的隐喻性意义的阐发,也许只能成为多重意味中的某一种而存在。

概观之,上述的阐释已经对《灵山》中的"叙述"、"独白"、"对话"的语言模式作出了由宏观到微观的透析——从宏观上着眼,《灵山》文本体式无疑是"叙述体"、"独白体"与"对话体"的杂糅;而从微观上着眼,《灵山》人物语言的"独白"与"对话",便表现为"一般直接引语"、"一般间接引语"、"自由直接引语"、"自由间接引语"等具体话语模式的灵活运用。因此,假如以一种统筹的思路来看待《灵山》的语言世界,高屋建瓴无疑是其宏观的姿态,其中的叙述、对话、独白三足鼎立之势是坚不可摧的,表面上看似乎还相当简单分明;但从微观上看,其中则裹挟着许多的复杂因子,变幻的叙述人称将"对话"与"独白"的区分变得扑朔迷离,可以说,恰恰是跳宕不一的叙述人称,在摇曳的洞幽烛微的状态中扮演着重要的角色。可谓是,一明一暗之间,镜像纷呈;一唱一吟之间,天籁飞扬。

2. 音乐流

确切地说,"汉语的许多文本不仅仅是用来阅读的,而且还是用来朗读的,鉴赏汉语语流的美感需要借助朗诵的手段".[1] 因此,曾国藩的"读书之法,看、读、写、作,四者每日不可缺一……读者,如《四书》《诗》《易经》《左传》诸经、《昭明文选》,李、杜、韩、苏之诗,韩、欧、曾、王之文,非高声朗诵则不能得其雄伟之概,非密咏恬吟则不能探其深远之韵"(曾国藩《家书·教子书》)的说法不无道理。而就《灵山》而言,其"天籁之音",在很大程度上同样需要凭借诵读的方式,方能深切感受其"音乐流"的美感和魅力。

有益的诵读让我们发现,《灵山》的"音乐性"语言并非可以在小说中信手拈来,它们是循于一定的特质归为两类而分布于小说之中的:其一,是由文字本身的读音效果促成其在有规律的串联之后,形成的具有一定节奏韵律的"音乐流"语言,是汉语本身的物理音响效应作用的结果;其二,则是依赖于读者对某些文字组合的特定阅读心理而存在的,即当无声的文字在阅读者的某种心理感应中唤起其内心相应感受的活生生的"音乐流"语言,这则是由汉语独特的心理冥感效应作用的结果。

可见,在上述的两类"音乐流"语言中,前者着眼于汉语的物理特质,而后者则着眼于汉语的心理效应。故而,前者主要存在于《灵山》中出现的譬如民谣小曲、情歌对唱、楹联对子等等形式齐整的语言模式之中;而后者则主要存在于《灵山》中充满现场感的文字当中,即那些在阅读过程中可即刻激活的言辞话语,其中最具典型性的便是"说书"式的话语。

具体而言,小说《灵山》中,在形式的层面便拥有强烈而明晰的物理音响效果的文字,频见于那些注重汉语的平仄、押韵、对仗等格律艺术的曲赋歌谣当中,其中既有源自传统典正的诗词对子,也有吸纳于民间田野的情趣小调。譬如,在《灵山》的第3章的这段琅琅上口而又充满童趣的儿歌:

---

〔1〕 傅修延,《文本学——文本主义文论系统研究》[M].北京:北京大学出版社,2004.12:206.

　　　　　　　　　　　　　　　　　　　时间的转角

月亮汤汤,骑马烧香,烧死罗大姐,气死豆三娘,三娘摘豆,豆角空,嫁济公,济公矮,嫁螃蟹,螃蟹过沟,踩着泥鳅,泥鳅告状,告着和尚,和尚念经,念着观音,观音撒尿,撒着小鬼,把得肚疼,请个财神来跳神,跳神跳不成,白费我二百文。[1]

从中可见,处于每行歌词句末的字的读音是值得注意的。沈约曾言,"欲使宫羽相变,低昂互节,若前有浮声,则后须切响,一简之内,音韵尽殊,两句之中,轻重悉异,妙达此旨,始可言文"(沈约《宋书·谢灵运传论》)说的便是音韵的协调问题。我们知道,"每一件文学作品首先是一个声音的系列,从这个声音的系列再生出意义。在某些作品中,这个声音层面的重要性被减弱到了最小程度,可以说变成了透明的层面。"[2]因此有必要对这一异化为"透明"层面的"声音"层面予以复原。在上面截取的这段童谣中,我们注意到,处于每行歌词句末的字分布有序,不仅促成了该童谣的多处押韵(如押"ang"、"ong"、"ou"、"eng"、"en"等韵),构成了回环复沓、谐和有致的音乐性节奏形式,而且将其内容上的诙谐俏皮统一协调在一起,成就了该童谣在"声音"和"意义"的双重层面上的完美结合,令其在小说当中具有了生机盎然的审美力度。

类似的诗词歌赋还相当多,可详见于《灵山》具体章节的各个细处。譬如在第20章中回环复沓咏叹着男女倾慕之情的彝族情歌若干(第119—120页),在第41章中充满民间情味、轻快活波的苗寨祭词(第237—243页),在第59章中流传于神农架林区的起宕开阔、气势恢弘的《黑暗传》神秘歌头(第363—369页),在第63章中出现的道观殿堂圆柱上书的两幅对仗齐整的联句(第415—416页)等等,在小说《灵山》中不胜枚举,构成一脉显在的"音乐流",这当然首先得益于其在形式上

〔1〕 高行健,《灵山》[M].台北:联经出版事业有限公司,2005.4:19.
〔2〕 勒内·韦勒克、奥斯汀·沃伦著,刘象愚、邢培明、陈圣生、李哲明译,《文学理论》[M].南京:江苏教育出版社,2005.8:175.

的鲜明特征直接地发挥了汉语的物理音响作用,然而,另一脉隐潜的"音乐流"同样不容忽视,只是它所发挥的是汉语中更为玄妙的心理冥感作用,因此似乎更加难以琢磨笃定。首先,我们不妨来看《灵山》中的这一段文字:

> 然后是滚烫的面颊,跳动的火舌,立刻被黑暗吞没了,躯体扭动,她叫你轻一点,她叫喊疼痛! 她挣扎,骂你是野兽! 她就被追踪,被猎获,被撕裂,被吞食,啊,这浓密的可以触摸到的黑暗,混沌未开,没有天,没有地,没有空间,没有时间,没有有,没有没有,没有有和没有,有没有有没有有,没有没有有没有没有,灼热的炭火,润湿的眼睛,张开了洞穴,烟雾升腾,焦灼的嘴唇,喉咙里吼叫,人与背,呼唤原始的黑暗,森林里猛虎苦恼,好贪婪,火焰升了起来,她尖声哭叫,野兽咬,呼啸着,着了魔,直跳,围着火堆,越来越明亮,变幻不定的火焰,没有形状,烟雾钦绕的洞穴里凶猛格斗,扑倒在地,尖叫又跳又吼叫,扼杀和吞食……窃火者跑了,远去的火把,深入到黑暗中,越来越小,火苗如豆,阴风中飘摇,终放熄灭了。[1]

这是一段类似快板的节奏匆促紧迫的文字,它们会在无形中激起一种焦灼狂躁的阅读心理。事实上,该段文字所在的《灵山》第19章在整体上叙述的是"你"和"她"在深秋之夜依偎性交的一段往事,而选文呈现的恰是"她"到达性高潮时的情态——真实的肉体体验和暂时的精神幻觉在交合杂糅中的某种复杂感受——渴望、惧怕、疼痛、欢欣……等等情绪的聚合通过文字迸发出来,伴随着错落的短句和中短句,一下下地有力撞击着读者的心扉,颇受感染的阅读心理自然随同文句的长短有节而起伏律动,不知不觉之间,语言通过心灵触动的"音乐流"便流淌出来。

---

〔1〕 高行健,《灵山》[M].台北:联经出版事业有限公司,2005.4:116—117.

　　　　　　　　　　　　　　　　时间的转角

当然,触及汉语的心理冥感效应,的确还相当玄妙,具有音乐美的语言中的心灵快感,恰如西方学者所称道的,"在感性存在中是随生随灭的,音乐凭声音的运动直接渗透到一切心灵运动的内在发源地"[1],"惟有音乐能够自如地唤起人们对似真非真的美景,对将信将疑的世界的想象"[2],也就是说它不似汉语的物理音响效应那般遵照文字的具体读音而"客观"存在,而是极具"主观性",在很大程度上与阅读主体个人的阅读感受有着千丝万缕的联系,而能够充分调动阅读主体感受的语言,在我看来,是以"说书"式的话语为最的所谓充满现场真实感的语言模式:

"再说那陈法通,本来七七四十九天的路程,他三天就赶到了这东公山脚下,碰上了王道士,法通顶礼道:贤师有请。那王道上答礼,客官有请。请问这蓝广殿在何处?问那做甚?那里出了妖精,可厉害呢,谁敢去呀?在下姓陈,字法通,专为捉妖而来。那道士叹了口气说,童男童女今天刚送去,不知蛇妖入肚了没有?法通一听,呀,救人要紧!"

啪的一声,只见这说书人右手举起鼓锤,左手摇着铃圈,翻起白眼,口中念念有词,浑身抖索起来……你闻到一种气味,浓烈的烟草和汗珠中的一丝幽香,来自她头发,来自于她。还有僻僻剥剥吃瓜子的声音,那吃瓜子的也目不转睛盯着罩上了法衣的说书人。他右手拿神刀,左手持龙角,越说越快,像用嘴皮子吐出一串滚珠:

"三下灵牌打打打三道催兵符尽收庐山茅山龙虎山三山神兵神将顷刻之间哦呀呀啊哈哈达古隆冬仓嗯呀呀呀呜呼,天皇皇地皇皇吾乃真君大帝敕赐弟子轨邪除妖手持通灵宝剑脚踏风火轮左

---

〔1〕 黑格尔著,朱光潜译,《美学》(第三卷上)[M].北京:商务印书馆,1979 年版,第349 页.

〔2〕 戴里可·柯克著,茅于润译,《音乐语言》[M].北京:人民音乐出版社,1981 年版,第30 页.

旋右转。"

　　她转身站起，你跟着也迈过人腿，人们都转而对你们怒目而视。

　　"急急如律令！"

　　你们身后哄的一阵笑声。[1]

　　这段文字呈现的是一个奔宕开合的说书场景，它出现在《灵山》的第 5 章，"你"与"她"在乌伊镇凉亭再度相逢之后，"你"兴致勃勃地为"她"导游镇上的风光，不意路过一个人头攒动的说书场，于是两人驻足听了些杂碎。选文正是典型的说书话语，从中可以感受到说书人的语速语调是伴随着说书故事情节的起伏迭宕而急弛有度的。当充满现场感的说书艺术被灵活地调度为案头阅读时，同样是激发出精彩的接受心理，只是接受者的身份由听者转化为了读者，而在文字的处理上，说书式的语言显然在节奏的律动方面别出心裁——致力于通过文字对读者的视觉撞击而唤起其相应的潜伏着的听觉感受力——形成了该语言独特的音乐感染力。值得注意的是，选文是《灵山》中极具典型意味的反映汉语心理冥感效应的语言模式，它恰好是一个说书场景的再现，因而其"说书"式的语言并不难理解，也容易得到关注，但是我们不能忽略了类似的不存在于"说书场"中却依然具有的"说书"特质的语言，它们在《灵山》中可谓不可胜数。我们知道，《灵山》中充满了逸闻趣事、神话寓言、掌故杂录等等的讲述，其中以"你"部章节为甚，它们同"说书"的关系实际上极为密切。譬如第 9 章的"你"向"她"讲述的乌伊镇禹渡口上曾经投河屈死的女子们的故事（第 53—56 页），第 13 章的"你"向"她"讲述的盗墓贼李三的传奇人生（第 86—87 页），第 25 章的"你"对一片废墟上曾经可能发生的历史的多版本虚拟戏说（第 144—147 页），第 38 章的"你"饶有兴味地历数着一座古庙所在地的历史上的恩恩怨怨（第 214—219 页），第 48 章中"你"以白话为"她"翻讲的一则关于"大

----

〔1〕　高行健，《灵山》[M]. 台北：联经出版事业有限公司，2005.4；33—34.

司马与比丘尼"的晋代笔记小说(第288—291页)等等,其中多数便运用的是"说书"式的语言,当然,其中虽然已不再有一个个具体的"说书场"存在,但是其语言却已然惊心动魄、活灵活现,令人仿佛身临具体的"说书场"中,甚至亲验着一个个生动精彩的故事人生。

概而言之,从普遍规律上看,一般的语言文字与音乐旋律之间毫无疑问是存在一定隔阂的,但恰如沃尔特·佩特所言,所有的艺术都渴望通向音乐的状态[1],《灵山》这样的文本自然更不例外,其中流淌的乐感并未留下刻意斧凿的滞涩,而是呈现出难能可贵的通透和圆润,它依托着汉语自身独有的特质,赋予其文字以"音乐流"的神韵,挖掘出语言与音乐的相通之处,凭借汉语的物理音响效应和心理冥感作用,将"客观的音乐"和"主观的音乐"自然融合,完美演绎出了一曲声情并茂的天籁之音。

3. 深意的语言游戏

事实上,高行健并不讳言自己对语言的偶一为之的"游戏"作为,而这恰恰源于他的"囚笼中舞蹈"的独特语言观念,即一种对语言的"半自由"性质的认知。换言之,"囚笼中舞蹈"的譬喻是将运用语言的"有限度的自由"观形象地呈现出来。首先,语言的运用无疑是存在约束和限制的,形象来说,便是所谓的"囚笼",它并非一种任意妄为的活动,或许也就因此,越来越多的人们坚信,对语言规范的研究,无疑将形成语言的深度认知,于是,自维特根斯坦以来的西方当代语言学的林林总总的研究层出不穷,并衍生为将文学变成语言学附庸的畸态趋势,原本期望能够穷尽语言的所有表现力,殊不知,却反将现实世界包括人类自身存在的真实语言表达力耗散殆尽,可见,"建立在语义分析上的文学日益成为当代文学的一条死胡同"[2]的言论并非危言耸听,对语言规范的过度苛求,无疑只会让语言的生命力日渐萎靡,而

---

〔1〕 安德鲁·本尼特、尼古拉·罗伊尔著,汪正龙、李永新译,《关键词:文学、批评与理论导论》[M].桂林:广西师范大学出版社,2007.6:68.
〔2〕 高行健,《没有主义》[M].香港:天地图书有限公司,2003.3:13.

改善语言这种"囚笼"式存在的灵活方式便是"在囚笼中舞蹈",一方面在一定程度上保持对语言的基本规约力,另一方面同时允许语言的适度的弹性变异,即保护其在普遍的语言规则范围内的微幅调整,因此既避免了因过度苛求规则而将语言陷于生硬刻板之中,也避免了因过度追求自由而迷失在语言的魔障之中。《灵山》恰恰是择取这样一种"中间状态",为此,高行健坦言:"我并不反对游戏语言,可也不作毫无意义的语言游戏。"[1]这种折中的态度在《灵山》的第 72 章中得以表现:

批评家拂袖而去。

他倒有些茫然,不明白这所谓小说重要的是在于讲故事呢?还是在于讲述的方式?还是不在于讲述的方式而在于叙述时的态度?还是不在于态度而在于对态度的确定?还是不在于对态度的确定而在于确定态度的出发点?还是不在于这出发点而在于出发点的自我?还是不在于这自我而在于对自我的感知?还是不在于对自我的感知而在于感知的过程?还是不在于这一过程而在于这行为本身?还是不在于这行为本身而在于这行为的可能?还是不在于这种可能而在于对可能的选择?还是不在于这种选择与否而在于有无选择的必要?还是也不在于这种必要而在于语言?还是不在于语言而在于语言之有无趣味?而他又无非迷醉于用语言来讲述这女人与男人与爱情与情爱与性与生命与死亡与灵魂与肉体之躯之快感与疼痛与人与政治对人之关切与人对政治之躲避与躲不开现实与非现实之想象与何者更为真实与功利之目的之否定之否定不等于肯定与逻辑之非逻辑与理性之思辨之远离科学超过内容与形式之争与有意义的形式与无意义的内容与何为意义与对意义之规定与上帝是谁都要当上帝与无神论的偶像之崇拜与崇尚自我封为哲人与自恋与性冷淡而发狂到走火入魔与特异功能与神经

---

〔1〕 高行健,《没有主义》[M].香港:天地图书有限公司,2003.3:15.

分裂与坐禅与坐而不禅与冥想与养身之道非道与道可道与可不道
与不可不道与时髦与对俗气之造反乃大板扣杀与一棍子打死之于
棒喝与孺子之不可教与受教育者先受教育与喝一肚子墨水与近墨
者黑与黑有何不好与好人与坏人非人与人性比狼性更恶与最恶是
他人是地狱乃在己心中与自寻烦恼与汉梁与全完了与什么完了什
么都不是与什么是是与不是与生成语法之结构之生成与什么也未
说不等于不说与说也无益于功能的辩论与男女之间的战争谁也打
不赢与下棋只来回走子乃涵养性情乃人性之本与人要吃饭与饿死
事小失节事大不过真理之无法判断与不可知论与经验之不可靠的
只有拐杖与该跌跤准跌跤与打倒迷信文学之革命小说与小说革命
与革小说的命。〔1〕

　　这段文字的确有悖于通常的语言惯式,其外在形式上的异常,已将
其"游戏"性质暴露无遗——前半部分是由含有重复性关联词("是在
于……还是在于……"、"还是不在于……而在于……")的 14 个疑问句
紧密串联而成,后半部分则更为诡诞,庞大的句群,竟无一个句读,只是
反复出现连接词"与",略显其停顿稍歇的端倪。这种情况同乔伊斯的
《尤利西斯》中的最后一章(第 18 章)颇为相似,一千多行文字中,除了
两个句号之外没有任何标点句读,甚至句与句之间既不分行也不留空
白。倘若仅仅依据《灵山》这段选文的外在形式作出判定,它或许只是
一种"随意乃至恶意的语言游戏",不堪卒读,彻头彻尾的无规范和无典
则可言。但是,如果我们尝试着结合这段奇特的文字所可能存在的潜
藏意义去重新揣摩,或许又将会有新鲜的发现。从整体上看,这一章节
的中心是"他"和批评家针对"何为小说"这一问题的不休争辩,而选文
呈现的则是二者各执一端后最终相持不下,于是批评家拂袖而去,而唯
留"他"独自一人盲然臆想的一些古怪异常的文字,但是这段文字绝非由
一些风马牛不相及的文字胡乱堆砌而成,它的形式的确超出了普遍认同

〔1〕　高行健,《灵山》[M]. 台北:联经出版事业有限公司,2005.4:471—473.

的语言规范的界线,可以说是"违规"的,可是就其内容意义层面而言,却不能说是"不知所谓"的。前半部分一长串的疑问句,用短促紧凑的疑问语气和 14 个接续不断的问号,在意义上恰恰更能表达"他"对于小说的一种"盲然"心态,形式与内容恰切配合,呈现出了非凡的意义效果。后半部分(从"而他无非迷醉于用语言讲述……"开始)虽然没有一处句读,但其中的"与"字实际上已起了类似句读的作用,"与"字所连接的词组或短语,实际上已组成了"他"所"迷醉"的对象的群,从形式上看相当庞大,从内容上看相当庞杂,但倘若在阅读过程中认真梳理,其条理还是可循可辨的,当然,辨析的最重要标示自然便是那个接近句读功能的"与"字,通过这样一种文字组合形式,更迸发出"他"对"小说是什么"的一连串无尽思索,作为后半部分反复置疑追问的另一种思绪承续,这显现出了"他"对"小说是什么"这一问题的迷茫,从而以形式的貌似无逻辑,折射出其意义上的另类逻辑——"他"对小说认知的混乱、飘渺和无奈。由是观之,高行健这一章节的写作并非以佶屈聱牙、恶意游戏为纯粹的目的,而是通过醒目夸张的非理性语言形式烘托出其内容深度的理性意味。因此,我们有必要推翻先前对该章节的所谓"随意乃至恶意的语言游戏"的设定,结合具体语境,它显然是有特殊深意的。恰如米兰·昆德拉所言:"小说,是个人想象的天堂,在这块土地上,没有人是真理的占有者,但所有人在那里都有权被理解。"〔1〕既然高行健亦坦陈他偶发兴至的"游戏语言"的态度,那么我们不妨将之拟定为一种"深意的语言游戏"或许更为妥帖,正是因为这些语言符号的特殊的近乎炫耀式的处理,让读者的注意力能够久久地流连于语言符号本身,并沉思其中的深层意味。

总之,《灵山》语言的神妙或许是无法尽言的,以上的对该小说文本语言中的若干独特存在形态的归纳,或许仍然只是挂一漏万,只是旨在以这样一种现象性呈现方式,能够将对该文本语言问题的后续研究向纵深推进拓展。

---

〔1〕 米兰·昆德拉著,孟湄译,《小说的艺术》[M]. 北京:生活·读书·新知三联书店,1992.6:155.

时间的转角

二、《灵山》文本语言的成因探源

高行健是一位"流寓"作家,早年时置身于 1980 年代"思想大解放"语境中,对于文学审美独立性持有的信念或许过于乐观,因而创作了若干极具反叛色彩和争议性质的剧作作品,譬如《绝对信号》《车站》和《野人》等等,在当时便在国内文艺界引起轩然大波,埋下了他日后被迫流亡西方世界的祸根。但是,恰如高行健自己所言,流亡西方在他看来并非坏事,相反,能为他提供更多的参照。[1] 因而,高行健的文化身份实际上极其特殊,简言之,他是介于东西方文化之间过渡地带的特殊文化个体,这便从根本上决定了他能够兼容东西方文化的独特思维方式,而其语言思维方面更不例外。因为,语言是一切思维的枢纽,并且镌刻着其所代表的文化的深深烙痕。

1. "语言流"理念

在漫漫的历史长河之中,汉语的每一个文字符号都熏染着浓重的文化气息,它的词汇、句式、语体等等,都是在特定的汉文化历史语境中形成并趋于固定的,但是随着汉文化体系的日渐丰满和博大,"如果不能更新汉语的基本词汇、话语结构和言说方式,记忆的惯性便会将语义引向原有的意义领域,从而将言说的现代性化为乌有",因此,汉语的现状"一方面是被填满了的语言,一方面又是被淘空了的语言、被淘空了个人鲜活生存体验的语言"[2]。换言之,更新汉语的内部体系,对汉语予以适度的文化性"换血"已成为改变汉语现状的必然之举。高行健无疑已经清醒地认识到了这一点。

如同鲁迅先生那痛苦的沉吟——"当我沉默的时候,我感觉充实;我将开口,同时感到空虚"[3]——一样,言说的窘迫也深深困扰着高行

---

〔1〕 高行健,《没有主义》[M].香港:天地图书有限公司,2003.3:11.

〔2〕 张闳,《声音的诗学》[M].北京:中国人民大学出版社,2003.10:3.

〔3〕 鲁迅著,陈漱渝、肖振鸣主编,《编年体鲁迅著作全集(插图本)第 3 卷·〈野草〉题辞》[M].福州:福建教育出版社,2006.5:304.

健"开口无语"的孤独灵魂,他因此一直孜孜以求于为"失语"的灵魂寻觅一个合适的语言家园,而他"流寓"、"漂泊"的状态,则恰恰为这种寻觅提供了更为宽广的空间,得以充分思考东西方文化和语言的异同,启悟着他尝试进行有益的中西通融,并最终生成其独特的所谓"语言流"的文本语言理念。针对"语言流"这一概念的陈述,可散见于高行健的文论集《没有主义》中的多处:"我努力追求能更为贴切表达我个人的感受的时候,西方作家普鲁斯特、乔伊斯和法国新小说派的一些作家给我很多启发,他们对意识和潜意识的追踪以及对叙述角度的建构也促使我研究汉语同西方语言的差异,我进而发现汉语的词性无定形,主语宾语可自由颠倒,动词无人称、无时态的形态,主语可以省略,以及无人称句的普遍使用,凡此种种,《马氏文通》以来套用西方语法的汉语语法应该重写。从汉语结构的许多机制可以引发更为自由的表述方法,我自己称为'语言流'的写法便从中发端……现实、回忆与想象,在汉语中都呈现为超越语法观念的永恒的现时性,也就成为超乎时间观念的'语言流',思考与感觉,意识与潜意识,叙述与对话与自言自语,哪怕是自我意识的异化,我诉诸静观,都不采用西方小说中心理分析和语义分析的方法,都统一在语言的线性流程中"[1],"语言本身的这种非描述性,我以为,对内心活动而言,也一样。潜意识同样也无法用语言来加以描摹,那瞬间的感受一旦用语言来加以描述,就已经过去了,也就成了静态的,中断了感受,便不再是'意识流'。词语好比一串鱼钩,刚勾起来感受,便得轻轻放下,否则便把这活生生的感受弄死了,而变成对感受的解说或分析……借词语唤起或追踪瞬息变化的感受过程的时候,笔下实现的,不如称之为'语言流',而'意识流'只潜藏在这'语言流'之中……体现'潜意识'的时候,汉语有更多可能,更为接近这漫然无绪的心理活动,但毕竟也有个限度,不能破坏汉语的基本结构。我们能实现的只能是'语言流',而非'意识流'……如果承认语言的本性是非描绘性的,又承认语法形式的限定并不等同感受的极限的话,就会发现语法

---

〔1〕 高行健,《没有主义》[M].香港:天地图书有限公司,2003.3:47—49.

的限定之外，语言还有别的能力，它并不只靠概念、限定、判断来传达意思，更多的是通过人的联想，启示和暗示，象征和隐喻，不尽言，或意在言外，也可以说这是潜语言和超语言，我所说的'语言流'就是这种也得诉诸语言的另一种文学语言。它并非是潜意识或意识的直接流露，可又是能捕捉得到书写出来的语言。它有其外在的一面，如同语调的音乐性，诸如声韵、音调和节奏，也有其内在的，有如语气，词句上没有说出来，情绪却隐藏其中。"[1]这若干处的落墨，足见高行健对其"语言流"理念的特殊青睐与推崇。但值得注意的是，"语言流"这一概念的提出，并非首发自高行健，有学者研究已发现，早在高行健之前，辛迪就曾在探讨卞之琳诗作的文论中提出了"语言流"这一概念，研究者还对辛迪和高行健二者的"语言流"理念予以分析比较，并得出"辛迪只是提出问题，高行健有更深入的思考和创作的实践"[2]的结论。之后，王先霈等学者也都曾提出和运用"语言流"这一概念[3]，但事实上都仅仅停留于对该概念的感性层面的理解，故而，高行健所提出的这一"语言流"理念，无疑还需要深入理性层面予以价值把握。正如高行健所言，《灵山》恰是"语言流"现象最为特出的小说文本，因此也就自然成为探析该"语言流"理念的代表性文本。

首先，"语言流"的存在，在很大程度上是以西方的"意识流"作为重要参照的，高行健在言及"语言流"理念时，也曾多次就"语言流"和"意识流"的微妙关系作出论述。在已有的"意识流"研究成果中，颇具代表性的是认为"意识流侧重于探索那些未形成语言层次的意识层次"[4]，明确厘清了"意识流"的存在实际上尚未达及"语言"的范畴。而高行健是试图将"语言流"作为"意识流东方化"之后的替代性概念。曾有学者

〔1〕 高行健，《没有主义》[M]. 香港：天地图书有限公司，2003.3：30—31.
〔2〕 桑农，《谁先提出"语言流"》[J]. 载《文学自由谈》2005.3：102.
〔3〕 王先霈，《文学文本细读讲演录》[M]. 桂林：广西师范大学出版社，2006.8：68—69.
〔4〕 罗伯特·汉弗莱著，程爱民、王正文译，《现代小说中的意识流》[M]. 长沙：湖南人民出版社，1987.9：4—5.

认为,"意识流小说的东方化,是中国习惯审美方式与西方新表现技法的结合,是现实主义题旨与现代主义表现的结合"[1],而高行健的"语言流"恰恰能够成为联接这一切的桥梁。当《灵山》中出现"叙述、对话、独白"三足鼎立的局面时,语言的复杂化程度便需要大大的提高。一方面,句子需要更繁复的构造,而从一般的语言规律上看,西方语言由于句中限定动词的中心地位,只能是通过结构层层包孕的立体空间式予以实现,但汉语则不然,它不存在类似"限定动词"的单个中心,故而没有必要也不可能在限定的空间中以包孕求发展,而是作横向的结构流动,形成流水般的贯通,而不是多层次的套叠[2],《灵山》的语言在叙述、对话、独白之间跳宕无常,句子结构的繁复变化自不待言,因而正可频见其流水般的语言现象;另一方面,《灵山》语言"叙述、对话、独白"的三足鼎立之势,如前所述,不仅体现在宏观上,而且深入微观的细节,尤其是对后者而言,人物之间话语言说的直、间接引语(含一般的和自由的)的糅合介入,令其表达更为变幻莫测,只有于"语言流"程中方能呈现出人物"意识流"程的瞬息流变。即以上两个方面兼顾了汉语的流动宛转的审美效果与西方"意识流"心理表现的新技法,从而证实"语言流"作为"意识流东方化"之后的产物,具备了作为东西方文化和语言联接的纽带作用。

其次,"语言流"文本现象的生成,在很大程度上,还依赖于实实在在的音乐,尤其是古典音乐。这一点,高行健也曾多次提及——"我通常借助音乐,而且大都是事先选好,没有歌词的音乐,一些交响乐作品,如果有唱词,也得是我不懂的语言"[3],"我沉浸在音乐中的时候,语句不知不觉就来了。我通常用西方古典音乐,巴哈、莫扎特、马勒和采用交响乐传统形式的萧斯塔科维奇、德彪西、高里茨奇,我都听,有时也听

---

〔1〕 汪靖洋主编,《当代小说理论与技巧》[M].南京:江苏教育出版社,1989.5:300.
〔2〕 申小龙,《汉语与中国文化》[M].上海:复旦大学出版社,2003.8:210.
〔3〕 高行健,《没有主义》[M].香港:天地图书有限公司,2003.3:37.

没有唱词的爵士乐"[1],"音乐能帮助你清除那些现成的观念,去发现词语的新鲜与活力,语言便活跃起来"[2]——可见,在高行健创作《灵山》的过程中,音乐的确是一个重要的辅助性角色。事实上,汉语在冥冥之中已与音乐存在某种联系。申小龙认为:"汉语句子的生动之源就在于流块顿进之中显节律,于循序渐行之中显事理。流块的顿进将音乐性与顺序性有机地结合起来,由'音句'进入'义句',随事态变化的自然过程,'流'出千姿百态的句子来。"[3]当然,这说明的是汉语自身先天具有的内在某种节律性和韵律感,并可兼与相应语义结合之后,形成行云流水般的效果,对于《灵山》的"语言流"现象而言,这仅是其一,其侧重点是汉语言本身先天存在的音乐性。其二,则针对的是高行健在创作《灵山》过程中独特的写作方式——依赖外在的音乐,将文本内在的音乐流淌出来。这其中则是一个复杂奥妙的过程,高行健凭借音乐,清除凝固乃至僵化的现有观念,包括语言的和文化的观念,进行自我净化,重新发掘语言的鲜活生命力,从而使整部小说的语言犹如活水一样流动起来,荡漾起悠扬的"音乐流"。

最后,毋需讳言,"语言流"还为高行健所谓的"语言游戏"提供了温床,《灵山》中个别章节的"语言游戏"无疑已将他对语言的焦虑推向了极致。高行健现在所身处的法国,正是一个重视语言已有悠久传统的国度——"福楼拜讲究的是达意传神的精确,普鲁斯特着意语言捕捉的是潜意识,谢林注重口语语感所传达的活生生的感受。从阿波里乃尔、超现实主义、达达主义到二次战后的先锋文学,进而把对语言形式的推崇也弄到了极端,罗兰·巴特则画了个句号,可他依据的毕竟还有罗伯·格里耶的某些饶有趣味的作品。之后的效仿者,新新小说,后先锋,后现代主义,除了文字游戏,就没有什么可说的了"[4]——虽然当

〔1〕 高行健,《没有主义》[M].香港:天地图书有限公司,2003.3:38.
〔2〕 高行健,《没有主义》[M].香港:天地图书有限公司,2003.3:39—40.
〔3〕 申小龙,《汉语与中国文化》[M].上海:复旦大学出版社,2003.8:338.
〔4〕 高行健,《没有主义》[M].香港:天地图书有限公司,2003.3:128.

时高行健完成《灵山》手稿时,尚在国内,并未"流亡"往法国,却已经关注到世界文坛尤其是法国文坛已将语言上升为文学焦虑重心的问题。不言而喻,当时文坛的一个个流派对于语言的不断推进和质疑,无疑已将深谙熟稔这一切的高行健陷于深沉的思索之中。在他看来,形式翻新的背后,也许除了"文字游戏",已然别无他物,但游戏本身并非目的,真正的目的在于"逃出语言的牢笼,或至少更充分表述这种囚禁"[1],而汉语的句读在形式上或许便扮演着这种"牢笼"的角色。因此,将句读彻底剔除出汉语的语句,便一方面在形式上真正成就了其"语言流"的表象,汉字方块个个严密相连,如流水般一泻千里,另一方面则逼迫读者延缓阅读进度,并沉潜抽绎出文本深意。当然,这样超越常规而蕴涵深意的"语言游戏"的确还颇具争议,但高行健特有的"语言流"理念毕竟为如此"深意的语言游戏"的蓝本(《灵山》)提供了一定程度的支持。当然,类似的含有"深意的语言游戏"的文学文本能否走的更远,也许还有待于时间的考验。

总之,"语言流"是高行健个人独创的一套成系统的抽象性语言理念,体现在具体小说文本《灵山》中,则由抽象走向了具象,真正做到在具体的文本言说中予以纤毫毕现的诠释。

2. "我表述,故我存在"

"我表述,故我存在"的言论可频见于《没有主义》一书中(如第 110 页、128 页等等),它是高行健对语言理念的又一个独特见解,《灵山》同样是这一语言理念的注脚。如果说"语言流"的语言理念尚且还停留在对待小说艺术认知的"如何言说"的层面,那么"我表述,故我存在"的观念则已经抵达到对待个体人生整体认知的"如何存在"的终极境界,它所涉及的更多则是对"自我"的叩问和反思,从而上升为一种人文情感的关怀。

首先,我们有必要先就"我表述,故我存在"这一言论本身的来源及其存在的合理性予以认识。早在 17 世纪的法国,笛卡尔便在《方法谈》中阐发了理性主体"我思故我在"的系统理论,至今仍然备受推崇,可谓

---

〔1〕 高行健,《没有主义》[M]. 香港:天地图书有限公司,2003.3:126.

深入人心，但是，几个世纪过去之后，它却在高行健这里被予以一定程度的修改，当然，高行健的修改并非妄为——倘若从历史的角度思考，理性主体"我"的思维观念无疑在很大程度上受制于社会历史和意识形态，因此，"我思"本身已经遭到质疑[1]；再者，从学理的角度思考，按照精神分析的无意识理论，"我思故我在"的命题显然也是成问题的，从严格意义上说，"我思"或许原本就无法确证[2]，其他则更无从谈起；而高行健则是从语言的角度对此予以思考，他认为，语言不仅决定了"我"，而且决定了"我思"，因为，任何人都无法以任何方式逃避其必然臣服于语言这一事实，换言之，"语言不只是我们使用的工具，如同我们控制和使用语言一样，语言也控制着我们（所能）谈论的事物，我们不可避免地是语言的代理人，更确切地说，我们也许是语言秘密的或双重的代表人，我们必定不知道从此时到彼时语言怎样使用我们，语言会把我们带向何方。"[3]——"语言"的巨大精神统摄力决定了它完全能够取代"理式"，故而，"我表述"也就能够替代"我思"，而成为决定个体"存在"的基座，为此，高行健最终顺延出这一"我表述，故我存在"的语言理念——"即，我能以我的方式加以表述的时候，我才存在。作家在一个社会的地位，作家在文学中的地位，是一种价值观念，不是伦理的、政治的，而是语言的，是一种对语言的态度，这是我们要确立的一种价值，当别的价值都可以毁掉的时候，这个价值是不能毁掉的"[4]。

其次，结合小说《灵山》的文本，来具体谈谈"我表述，故我存在"这一语言理念的内涵和意义。我们知道，"自我"、"表述"和"存在"是这一语言理念的三个关键词，它们在小说《灵山》的文本中都或显或隐地存

〔1〕 安德鲁·本尼特、尼古拉·罗伊尔著，汪正龙、李永新译，《关键词：文学、批评与理论导论》[M]. 桂林：广西师范大学出版社，2007.6：122.

〔2〕 安德鲁·本尼特、尼古拉·罗伊尔著，汪正龙、李永新译，《关键词：文学、批评与理论导论》[M]. 桂林：广西师范大学出版社，2007.6：123.

〔3〕 安德鲁·本尼特、尼古拉·罗伊尔著，汪正龙、李永新译，《关键词：文学、批评与理论导论》[M]. 桂林：广西师范大学出版社，2007.6：124.

〔4〕 高行健，《没有主义》[M]. 香港：天地图书有限公司，2003.3：128.

在着。在本文的第一部分已阐明,在《灵山》的语言表征中,尤为独树一帜的便是其吸纳戏剧言说方式进入小说文本后,诞生的一种大型"对话"语式。高行健进而描述:"我找寻的是一个自我的对话者。……这种自我倾诉日益成为我日常不可缺少的习惯。"〔1〕即,高行健是将"自我"和"表述"作为《灵山》文本中的"显"的言说层面予以呈现,而他对"存在"的叩问则是存在于"隐"的言说层面以催人深思的。在"显"的方面,高行健毫不讳言对"自我"乃至"语言"的质疑,并在他与诗人杨炼的一次谈话中再度获得一致——"浪漫主义宣告'自我',充分肯定'自我',希图建立一个'自我的上帝',以代替神权、政权、族权等等,而后的20世纪现代文学则对此进行重新思考,现代文学的'现代性'恰恰是对浪漫'自我'的质疑,并导致了自我的分裂、自我的幻灭,从而引申出各种价值观念的动摇,如对美的观念的质疑、对理性的质疑等等,最后集中到了对"语言"的质疑"〔2〕——即,"当我们已经摆脱了神权、政权、族权等等,而不再存在确立'自我'的障碍时,我们却突然发现'自我'是个牢笼,我们被它囚禁,我们想摆脱、出逃,但所有的努力却都离不开'语言',于是,摆脱'自我'的牢笼最终归结为摆脱'语言'的牢笼。"〔3〕当然,高行健自然有其独特的化解方法,在他为写作做出的定义中可见一斑:"所谓写作,无非是个人向他生存的世界作出了一个小小的挑战姿态,姿态而已,至于有没有人理会,全然不管。换句话说,写作就是为了自我完成。"〔4〕可见,高行健是将写作《灵山》纯粹为"自我"个体的行为,除了"表述"之外别无其他,从而在有限的局域内争取自由,充分自我欣赏,以抗争牢笼的束缚,因此他认定"写作是一种逃逸,从贫乏的现实逃到想象中去,倒更为充实"〔5〕,即从枯燥的现实中逃脱出来,进入具有无限可能性的小说想象世界中去,才能得到暂时的精神满足,为

---

〔1〕 高行健,《没有主义》[M]. 香港:天地图书有限公司,2003.3:73.
〔2〕 高行健,《没有主义》[M]. 香港:天地图书有限公司,2003.3:122—123.
〔3〕 高行健,《没有主义》[M]. 香港:天地图书有限公司,2003.3:125—126.
〔4〕 高行健,《没有主义》[M]. 香港:天地图书有限公司,2003.3:151.
〔5〕 高行健,《没有主义》[M]. 香港:天地图书有限公司,2003.3:74.

此,充满了非凡想象力的小说文本《灵山》便应运而生了。可以说,《灵山》的写作极大地激发了高行健的自我精神想象,正是这种"想象"成就了语言牢笼中的舞蹈。但是,言及《灵山》中对"存在"的叩问,似乎还有待深究,而昆德拉在《小说的艺术》一书中的描述恰好作出了回答:"小说不研究现实,而是研究存在。存在并不是已经发生的,存在是人的可能的场所……小说家发现人们这种或那种可能,画出'存在的图'。"[1]可见,"存在的图"正是小说中的"想象"对现实生存的一种拓展和延伸,它是人生和世界的多种丰富性与可能性的某种隐喻,因此,"想象"又成为了小说叩问"存在"的关键。所以,如前所述,《灵山》中的相互映照的多个人称表达(即"我"、"你"、"她"、"他")展现的其实是同一个想象性、虚幻性、实验性的"自我"的不同侧面,他们只是为了适应着某个情境、代表着某种隐喻,而诞生的具有无限可能性的个体人的群落,正是他们,或者说它(即"自我"),成为了高行健借《灵山》思考个体"人"的"存在"的重要维度,他也明确坦言:"通过它(即"自我"),同现实建立联系,同他人交流。我所以看重它,只是因为唯有依靠它才感受得到生命,自我并非是目的,也非实体。如果也加以体察,这自我同外界同样不可把握,一个深邃的黑洞。自我的确认,只唤起好奇心,有时令你或令我迷惑,有时又令你或令我感到可怕,这深邃的虚空既非上帝也非超人。这自我既有助于确认自己,也同样能毁灭掉你自己。东方和西方对自我的关注走两条迥然不同的路。一条如心理分析,径直去分析,另一条如佛家关于心性的学说,则脱开去从旁观审。"[2]在此,高行健点明了佛家禅宗思维在《灵山》小说文本中的渗透,尤其是在表现"自我"和"存在"理念中的渗透。曾有学者研究认为:"禅宗思维的形成,在很大程度上是根因于春秋战乱所造成的人们对社会空间的恐惧和困惑,'梵我合一'的思维意识就是引导人们摆脱大千世界的纷乱和争

〔1〕 米兰·昆德拉著,孟湄译,《小说的艺术》[M].北京:生活·读书·新知三联书店,1992.6:42.
〔2〕 高行健,《没有主义》[M].香港:天地图书有限公司,2003.3:81.

斗,龟缩到狭小的内心世界里,去寻找清净、和谐的'心灵幻觉'。"〔1〕无疑,《灵山》中若隐若现的禅宗思维意识对此给予了印证——小说文本的字里行间都渗透着写作者(高行健)对当时极"左"思潮盛行的人文环境的难以把握的言说困惑和心灵焦灼——也正是所谓"我表述,故我存在"语言理念的产物。换言之,高行健由禅宗"内省"的思维方式中得到启发:一来,反思"自我"——"自我不过是一种关照的意识,向内的审视"〔2〕——由此而导引的文化心理和思维意识,便表现为《灵山》文本中的对个体内心冥证的一种追求和神游;二来,反思"语言"——"禅宗作为一种宗教实践,我并不赞赏,但禅宗对于语言的态度,确是人类智慧的透彻领悟"〔3〕——由此而诞生了《灵山》的语言哲学,即纯粹为了"自我完成",回归语言本性,别无其他功利目的。

最后,谈谈"我表述,故我存在"在《灵山》文本中所寄寓的哲学意味。海德格尔曾在《存在与时间》中,以"烦"来界定"此在之存在",并引用克·布尔达赫《浮士德与烦》一文的寓言,说明"烦"的存在的先天性:"有一天,女神烦在渡河时见一胶土,便将它取来捏塑。适逢丘比特神走来,烦就请他赋精灵予此胶土。丘比特欣然应命。但随后两人却为它该用谁的名字命名而争执起来。不料土地神又冒出来,说它既是用土捏的,自应以土神台鲁斯之名命名。幸而农神来做裁判,谓土神既给了它身躯,应可得到它的身体;丘比特提供了精灵,则它死后该得到它的灵魂;而烦既率先造了它,那么,只要它活着,烦就可占有它。至于它的名字,就叫 homo,因为,它乃是由 humus(泥土)所造。"〔4〕该寓言的实质含义是——人不过是泥土与精神的复合物,而且人活着就有烦忧、

〔1〕 吴士余,《中国小说思维的文化机制》[M].上海:华东师范大学出版社,1990.12:90—91.

〔2〕 高行健,《没有主义》[M].香港:天地图书有限公司,2003.3:81.

〔3〕 高行健,《没有主义》[M].香港:天地图书有限公司,2003.3:114.

〔4〕 海德格尔著,陈嘉映、王庆节译,《存在与时间》[M].北京:生活·读书·新知三联书店,1999:87.

烦恼、烦神、烦忙,人只要"在世",就与此一源头保持联系,被它统治——即,人的"存在"和"烦"是难以分离的。那么,是否当人面对这样一种与生俱来的"存在"状态便无能为力了呢? 为此,荣格为之寻找到了一种精神性的疏导和解救方法——将个体精神解放的渴求同"朝圣"联系在一起:"透过超越来解放的最普遍之象征,是孤独的旅行或朝圣。这大抵是精神的朝圣。"[1]于是,古往今来,借笔下文本中的"远游"表达自我精神解放的,如庄子的《逍遥游》、屈原的《远游》、惠特曼的《航向印度》等等文本的诞生可谓不胜枚举,这无疑是一种反抗"烦"的"此在之存在"的文学表演。《灵山》也参与了这一表演,整部小说完全是一个精神朝圣者的寓言手记。从表面上看,《灵山》中纷繁复杂的叙述人称"我"、"你"、"她"、"他"的表述,似乎非常芜杂,充满狂欢意味,但事实上,"我"、"你"、"她"、"他"在表述中,并非分庭抗礼的关系,而是最终消融和凝聚于同一个"感受主体"的表述之中的,小说是将这一"感受主体"从各种叙述人称的面具伪饰中彻底剥离出来,将虚幻感与异化感彻底剔净,最终抵达心灵的圣地,以寓言的形式展示了一个代表性个体的精神旅行,寄寓着它是以"我表述,故我存在"的姿态表明其超越"此在",不愿被"烦"所束缚,而采取的"在而不在"[2]的方式,即"游"的方式,从而将精神的困境消解在《灵山》的"表述"中,使之成为具备鲜明"游意识"的经典文本。"我表述,故我存在"是凝聚着高行健个人智慧的又一个语言理念,因其颇具哲学意味而更为发人深思,高行健将之在小说《灵山》写作中隐现,无疑令该文本超越了美学意味的范畴,而具有了哲学上的魅力。

综上所述,即形成高行健小说文本《灵山》的语言问题的系统研究,当其创造性的"语言牢笼中的舞蹈"逐渐落下帷幕时,高行健式的"汉语表达"才最终得以彰显和认知。

---

〔1〕 荣格等著,《人类及其象征》[M].沈阳:辽宁教育出版社,1988:52.
〔2〕 龚鹏程,《游的精神文化史论》[M].石家庄:河北教育出版社,2001.11:175.

叙述者的魔术

——高行健长篇小说的叙述人称之魅

魔术,无疑是一种令人疑窦丛生的艺术,在魔术师的身上,总带有一种神秘莫测的气质,而魔术的舞台也总氤氲着诡惑迷离的气息。倘若类比于小说这一文学形式,则小说文本就好似一个表演魔术的舞台,其中的"叙述者"便成为了舞台中心的"魔术师"。当然,"魔术师"的质素有高低之别,这取决于其运用道具手法的高明与否,同样,小说的"叙述者"也有优劣之分,这取决于其叙述手法的高下殊异。正如徐岱所言:"叙述人称的选择实际上是基于叙述主体对叙述文本的总体效果和全盘结构的考虑,意味着一种叙述格局的确立,这种格局关系到叙述艺术的审美价值。"[1]在高行健的长篇小说《灵山》《一个人的圣经》中,正如在一场精妙绝伦的魔术表演舞台上,作为"魔术师"的叙述者,在圆熟地挥舞着"叙述人称"这一魔法棒,对小说文本的整体叙述进行全面调度。高行健曾经多次在《现代小说技巧初探》中,坦言自己对小说"叙述人称"的倾心关照[2],而这种理论上的自觉,无疑催生了他对小说"叙述人称"技巧的现代性把握。

假如按照中国典正传统的小说模式来进行衡量和阅读,高行健的长篇小说《灵山》和《一个人的圣经》是难以卒读的,它的故事情节支离破碎,结构散乱不堪,语言跳宕无序,没有明晰的小说主题,没有鲜活生动的人物形象,甚至连叙述人称都混杂不一,极大挑战了人们的传统阅

---

〔1〕 徐岱,《小说叙事学》[M]. 北京:中国社会科学出版社,1992.9:274.

〔2〕 高行健,《现代小说技巧初探》[M]. 广州:花城出版社,1981.9:13—25.

读经验,而它的实验性、先锋性和解构性意味,典型地表现在其叙述人称策略的独特运用上。在高行健的长篇小说文本中,人物姓名往往是缺席的,而代之以各种叙述人称。在《灵山》的开端,"我"、"你"、"他"的故事是各自独立成章的,但随着叙述的衍进,"我"、"你"、"他"的互涉性渐趋增强,直至在小说末尾,"我"、"你"、"他"最终消融在了同一个角色所指之中;《一个人的圣经》的开篇也是"你"和"他"的故事分章叙述,之后在行文中逐渐暗示"你"和"他"实际上指的是同一个人,只不过"他"是这个人"过去"的代称,而"你"是这个人"当下"的代称。

一、高行健长篇小说叙述人称的存在样态

在《灵山》中,"我"的线索直接展现的是一幕幕现实场景——人迹罕至的原始森林、万般风情的乡村野寨、神秘幽僻深谷野庙,"我"在真实的游历中,见证了大西南和长江流域的民俗风情,并同时得到各种性灵感受和禅悟;而"你"的线索则多是一系列"故事"的杂汇,奇闻怪谈、男女情事、巫婆神汉……这些"故事"经过"你"的转述,鲜少有直接的场景描写,但是却附着在"我"的漫游过程中,以一种对话的形式进入对方的精神世界中。因此,"我"和"你"的两条线索看似彼此平行,却又彼此交叉会合,这是两个不同的世界,前者是现实世界,是因果的、逻辑的、必然的、有时空条件的世界;而后者是想象世界,是无因果、无逻辑、偶然的、超时空的世界,"我"和"你"的两个世界分分合合、交相辉映。而"她"的产生源自"我让你造出个她",从而为"你"也"寻个谈话的对手"[1],"她"作为"你"的虚拟陪伴,在第五十章之后就消失了,"她"在此后篇章的使用中,被用来指称另外的女人,"她"离开了"你",导致"你"的线索发生了变化,即第五十章之后,"你"的线索就分裂为两条子线索:一条是原来的"你"线索,同"她"分手之后继续邂逅其他女人,继续神游想象中的世界;另一条是新生出的"他"线索,"他"是"你离开我

---

〔1〕 高行健.《灵山》[M].台北:联经出版事业有限公司,2005.4:319.

转过身去的一个背影",因为尽管"你"离开"我"到处游荡,但完全是循着"我"的心思,所以"游得越远反倒越近,以至于不可避免又走到一起难以分开,这就又需要后退一步,隔开一段距离,那距离就是他"[1],所以"他"是一个崭新的参照,是"你"的背影和"我"的代言人,第七十二章中"他"与批评家探讨"何为小说"的问题,第七十六章中"他"向长者询问向灵山朝圣的问题等等,至于除此之外其他篇章中的"他"和其他的以传统方式命名的人物,如羌族退休乡长、土匪头子宋国泰、撰写地方风物志的吴老师、妩媚妖娆的朱花婆等等,都是小说的匆匆过客,稍显即逝。诚如高行健自己所坦言的,《灵山》中叙述人称的相互转换,为的是表述同一主体的不同感受[2],即小说的"感受主体"是通过频繁更换"叙述人称"这一"面具",实现从不同角度进行感知、体验以及表达的目的,这样的叙述人称策略是为了排遣只有一个叙述者进行"长篇独白"的寂寞和单调。在小说的起始,"我部章节"和"你部章节"泾渭分明,"前者在现实世界中旅行,由前者派生出的后者则在想象中神游"[3],二者在空间位置上有所差异,但终极精神是一致的——同是向着"灵山"朝圣。从根本上说,"我""你""她""他"不是分庭抗礼的,而是消融于同一个"感受主体"之中,为了实现自身多维度的精神存在价值,借"我""你""她""他"的分章叙述来代言,形成"我""你""她""他"在相互指涉中产生相互质疑的张力。《灵山》中充满了对人性和人生诸多问题的思考和探索,包括生存境遇、宗教信仰、政治理念、民俗文化、情爱性爱等等,在每一个问题的深处,都隐现着"我""你""她""他"各自独立的潜在判断。以"情爱性爱"为例,《灵山》的二十三章写的是"你"的一个性梦,在梦中"黑色的海潮"的起落,实际上暗含了人类爱欲的一切和谐与冲突,包容着"她"对性的悸动、"我"对爱的恐惧、"他"对情的淡忘……在种种精神价值的冲击张弛中,折射出多元化、

〔1〕 高行健,《灵山》[M].台北:联经出版事业有限公司,2005.4:320.
〔2〕 高行健,《没有主义》[M].香港:天地图书有限公司,2003:173.
〔3〕 高行健,《没有主义》[M].香港:天地图书有限公司,2003:177.

多维度的价值观念体系。《灵山》中"感受主体"的唯一性,并不能引申出其话语价值指向的唯一性,也不代表其话语便具有大一统的权威性,这种方式最终将"感受主体"从各种叙述人称的面具伪饰中彻底剥离出来,将虚幻感与异化感彻底剔净,在不断的建构、颠覆、再建构、再颠覆……中留下"心灵朝圣"的曲折痕迹。因此,假如将《灵山》中的某个单一章节独立出来,那么将很容易形成对它的误读,因为《灵山》叙述人称策略的深层意味,恰恰在于整部小说的各种叙述人称("我"、"你"、"她"、"他")之间的相互关照、辉映,孤立地解析任何一个章节的叙述人称,都将会造成对其叙述人称价值理解的简单化、庸俗化。

　　无独有偶,《一个人的圣经》在叙述人称的结构设置上,与《灵山》有着极大的相似性,即在小说的开端,叙述人称是分章进行相对独立的叙述,后随小说情节的展开,其独立性趋弱,而交互性和融合性趋强,逐渐暗示出小说中"感受主体"存在的唯一性。但是,《一个人的圣经》在叙述人称的样态上,有一个迥异于《灵山》的突出之处——那便是"我"的消失——这并非偶然,而是源自高行健在观念探索上的对"我"的感知存在可靠性的深刻质疑,这在他的文论批评集《没有主义》中有过相关的论述。值得注意的是,《一个人的圣经》中"你"与"他"虽然是不同历史阶段的同一实体,但精神世界却是截然对立的。如果说《灵山》的"我"、"你"、"她"、"他"在精神上呈现的是一种多元整合之后的凝聚力,那么《一个人的圣经》中"你"与"他"在精神上则是分裂的,充满着一种被撕裂的疼痛感,这种疼痛感因为叙述的冷静而倍加残酷。在小说的"他部章节",叙述者完全独立于叙事空间之外,以"非戏剧化"[1]的超然姿态存在,对于叙事空间中的一切事物尽览无遗,而"他"作为叙事空间中的核心主体存在,叙述者对"他"的观察是确凿入微的,"他"在历次

---

[1] 美国批评家韦恩・布斯在《小说修辞学》一书中,提出"在叙述效果中,最重要的区别或许取决于叙述者本身是否戏剧化"的说法,并将"叙述者"的性质定为"戏剧化的"和"非戏剧化的"两种类型,这一提法得到学界的普遍接受.

政治运动和性爱体验中的狂躁、焦虑、恐惧乃至几近疯癫的状态,都在叙述者"极端现实主义"[1]式的理性逼视下纤毫毕现,叙事空间的非理性、无秩序,在叙述者冷静客观的视点聚焦下被放大,从而顺延地暴露了叙事空间内部所凸显的整个"文革"时代的荒诞感,而当这种荒诞感逐渐膨胀到一定阶段呈饱和状态时,叙述者便需要对叙事空间内部的叙述人称予以转换,表现为由"他部章节"过渡到"你部章节",即通过叙述人称的转变,调整叙事空间的整体大氛围。所以,在小说的"你部章节",这种荒诞感便被完全置换,此时的叙述者以第二人称"你"进行叙述,故而在叙事空间的边界上出入无定,时而是"非戏剧化的"从旁观审,比如叙述者曾在"你部章节"中多次有意凸显这种超脱谨慎的态度:"你只是陈述,用语言来还原当时的他","你避免渲染,无意去写些苦难的故事,只追述当时的印象和心境,还得仔细剔除你此时此刻的感受,把现今的思考搁置一边";但是时而又是"戏剧化的"体验和表述,则主要表现为"你"当下在西方世界的生活片断,比如"你"同玛格丽特、茜尔薇等外国女子的交往、沟通与性交。但无论是"非戏剧化的"还是"戏剧化的"叙述者,其情绪已大不同于"他部章节"的焦躁紧张,而呈现为波澜不惊的泰然之状。换言之,在《一个人的圣经》中,叙述者通过"你"和"他"叙述人称的转换、交接,营造出完全迥异的叙事空间情绪,包括价值判断、情感认同、精神倾向等等张力的绽放,将"感受主体"被撕裂之后的异化感、荒诞性逼向极致,随之形成小说文本内部多维的不平衡张力,而在多维较量中尽可能多地生发出意义和情感指向,实现了小说可阐释空间最大限度的拓展弹性。

二、高行健叙述人称技巧的理念资源

从表面上看,高行健长篇小说中纷繁杂陈的叙述人称,多个"主体"庞杂无序的言说话语,俨然形成其小说文本叙述的表面印象:复杂、迷

---

〔1〕 高行健,《一个人的圣经》,[M].台北:联经出版事业有限公司,2000.10:453.

离、纷乱。然而实质上,这一切绝非高行健随意或偶然的行为,他是在一股强大的内在理念支持下,自觉运用着"叙述人称"的技巧策略,在看似分裂的表象下隐藏一种更深刻的精神内涵。高行健曾经自述"作为一个作家,我力图把自己的位置放在东西方之间"[1],因此在他充满解构意味的小说文本叙述之中,裹挟的是一种"东方"与"西方"、"传统"与"现代"张弛融通的理念资源,它无时无刻不在独步践行中愈发丰满和圆熟。

1. 说书艺术的资源

在高行健的小说文本中,有着中国传统说书艺术的一些遗留痕迹,即小说"叙述者"的身上往往带有深刻的传统说书人的烙印,小说"叙述者"通过各种"叙述人称"控制着小说的叙述节奏、进度和情感,恰如说书人调度说书场面气氛的手法一般。

说书艺术脱胎于唐宋以来在民间广泛流传的"说话"和"说唱"艺术[2]。在中国传统"说书艺术"中,说书人以"说话"或"说唱"为主、表演为辅,故事往往通俗生动、娱乐性强,听众在视听兼备之中,更多的是诉之于听觉享受。在说书场上,说书人、故事和听众是不可或缺的三大因素,而"说书人"在营造一种整体活泼的书场演出效果上,发挥着至关重要的核心作用,一方面说书人需要恰如其分地运用口语(而不是书面语)艺术,正所谓"无噱不成书",口语语言的趣味性、形象感和动作力,是说书人调剂书场气氛的一个关键[3];而另一方面说书人亦不可忽视与听众之间的即时性互动交流,说书人常常会在说书表演的过程中突然中断故事情节,以"诸位看官,你道……"叙述话锋一转而嵌入诸多的议论、解释、评判等等,这显然能够拉近说书人与听众之间的距离,说书人对故事中的人物情节直接进行评头论足,呈现出公开明朗的情感态度、立场观念和爱憎褒贬,引导听众们沉入故事深处细细体味,俨然扮

---

[1] 高行健,《没有主义》[M].香港:天地图书有限公司,2003:17.
[2] 孟昭连,宁宗一,《中国小说艺术史》[M].杭州:浙江古籍出版社,2003:165.
[3] 纪德君,《从案头走向书场》,《文艺研究》[J].2008(10):50.

演着一个引路人和导师的角色，以期达到"说——听"的书场文化互动效应的最高潮。因此，在中国传统说书艺术中，说书人在书场这一叙述情境中是拥有多重身份的：其一，他在叙述一个故事，在这个意义上，他是一个叙述者；其二，他直接面对广大的听众，并对故事了如指掌，在这个意义上，他是一个真实的作者；其三，他在叙述故事时，常常表露出某种观点、立场、态度，在这个意义上，他又是一个隐含的作者[1]。返观高行健的长篇小说，其中的叙述者在很大程度上是借鉴了传统说书艺人"多重身份"的特点，但是高行健通过叙述人称的独特运用，将叙述者身份的"多重性"、"多样性"的纷纭镜像演绎地更为复杂，小说借用多个叙述人称的面具，实际上是通过"主体"影像的分裂与迷失，表达一种对"主体"本身及其价值的深度反思。同时，在小说的叙述话语上，高行健也是倾力借鉴说书艺人的"口语化"特色，在"我"、"你"、"她"、"他"各个线索章节中的语言文字，往往如话家常、活泼率性、俗白而不失灵性。当然，说书艺术在流变和发展过程中，逐渐从民间说书艺人的"即兴说唱"转变为文人书生的"案头创作"，即由诉之听觉转变为诉之视觉，于是，说书底本便从粗糙的雏形逐渐定型为话本小说，而话本小说既然是经文士才人润色后的产物，则在内容和形式上都更加精致化，但从另一个侧面来看，却也是以牺牲说书艺术的场会活泼即兴效应为代价的。可贵的是，高行健的小说，同样是将诉之听觉的说书艺术转变为了诉之视觉的案头文本，却并未因此而丧失了其生动盎然的说书场气息，这还是得益于其对说书艺人叙述情境的创造性继承，促使不同的叙述人称真正参与到整个叙述空间的气氛营造中去，从而使小说文本自发地产生一种内在的"声音"（单声部或者多声部），予人以如临说书场的听觉刺激。

2. 戏剧艺术的资源

瑞典皇家学院在 2000 年授予高行健"诺贝尔文学奖"的公开辞中

---

〔1〕 韦恩·布斯著，华明、胡晓苏、周宪译，《小说修辞学》[M].北京：北京大学出版社，1987.10：80.

这样写道:"作者灵活自在地运用人称代名词……这种写作策略来自于他的戏剧创作。"[1]的确,高行健的小说与戏剧始终处于一种胶着和互渗的状态,这一点高行健曾在一次与马寿鹏的讨论中涉及过[2]。高行健之所以在创作戏剧时被认为是"不懂戏"、"还不会写戏"、"写的不是戏",又在小说创作时被认为"还不会写小说"、"写的不像小说"甚至"不是小说",从根本上说,是归因于他对传统的戏剧和小说范式严密壁垒的突破,他的这种"犯规"对其小说和戏剧的被接受命运而言,可能在初期会是一种不幸;但是对其小说和戏剧本身的长久存在命运而言,则毋宁说是一种大幸。

从一般意义上说,小说是"史诗和戏剧这两种伟大文学形式的共同的后裔",因为"一个故事或寓言可以由模拟笑剧的演员们来表演,也可以由一个讲述者单独来讲述,他会成为史诗讲述者"[3],前者是一种"戏剧式的展示",而后者则是一种"史诗式的讲述"。那么,二者是否格格不入呢?事实上,对于"展示"与"讲述"能否共生共荣的思考古已有之:柏拉图在《理想国》中论及故事"怎样讲"的问题时,向阿得曼托斯提出了三种方法:"简单的叙述"("纯粹的叙述")、模仿和两种并用[4],但他最终推导出难以将二者兼施并用的结论;相对而言,亚理士多德则以更开放和通达的思路探讨了这一问题,形成了在史诗这一体裁中将"展示"与"讲述"有机统合的构想。那么在小说这一体裁中,这一构想能否同样得以实现呢? 布斯在《小说修辞学》中曾辟专章论述"讲述"与"显示"(即"展示")的问题,并认为二者在小说这一体裁的修辞技巧中是不可偏废的[5]。而就戏剧体裁而言,一直以来,戏剧界便一直在"代言体"与"叙

〔1〕 高行健,《灵山》[M].台北:联经出版事业有限公司,2005.4:529.
〔2〕 高行健,《对一种现代戏剧的追求》[M].北京:中国戏剧出版社,1988:157—158.
〔3〕 勒内·韦勒克,奥斯汀·沃伦著,刘象愚、邢培明、陈圣生、李哲明译,《文学理论》[M].南京:江苏教育出版社,2005.8:247.
〔4〕 柏拉图,《理性国》[M].北京:商务印书馆,1986:96.
〔5〕 韦恩·布斯著,华明、胡晓苏、周宪译,《小说修辞学》[M].北京:北京大学出版社,1987.10:32.

述体"的话语模式之间寻求其在互渗中达到新平衡的可能[1]。可见,学界是逐渐形成"史诗、小说、戏剧三种体裁在表达和表述方式上实际上可以互相借鉴"的共识。

　　高行健无疑较早便意识到了这一道理,在他所追求的"东方现代戏剧"[2]的戏剧理想中,他强调了布莱希特的"叙述体"史诗剧戏剧观对他的深刻影响[3],在综合参照了中国传统戏曲和布莱希特"叙述体"史诗剧的戏剧观理念之后,他对二者是这样解释的:"在中国的传统戏曲中,剧作采用的是一个全知全能的叙述角度,像讲故事一样;布莱希特进而把这个叙述者同被叙述的对象同时体现在舞台上,叙述者的角度在舞台上变成了一种间离效果,通常表现为歌队或由角色中脱出来的叙述者的形象。"[4]换言之,高行健认识到了戏剧演员的三重身份——第一重是演员本身,第二重是剧中人物,第三重是剧情评述者,即在高行健的戏剧创作中,他常常要求演员在扮演角色的同时,又抽离出自身,从外部进行评述。倘若以演员个体的第一人称叙述"我"作为起点,高行健的这种戏剧表演"三重性"理念的通俗表述便是:"我"这个演员通过扮演"他"那个角色,演给观众"你"看,但"我"又时不时从角色"他"中自由地出来,成为旁观者,对"他"和故事进行评述,讲给观众"你"听。在高行健的长篇小说文本中,"三重性"的戏剧理念对小说叙述人称样态的生成,是一个极大的激励因素,在小说叙述人称策略的运用中,最关键的是叙述者能够自如地入乎其内、出乎其外,"其"既可指小说人物,又可指小说故事情境,小说通过"我"、"你"、"她"、"他"等多个叙述人称代名词,不断嫁接各种自述式、转述式和评述式的话语,呈现叙述主体和对象之间复杂多变的心理距离和关系,在多重的倾诉与被倾诉的关系中,彼此扩张、交融、映照,使之有机地统合于一个富于叙述张力

〔1〕　陆炜,《试论戏剧文体》,《文艺理论研究》[J].2001(6):30.
〔2〕　高行健,《对一种现代戏剧的追求》[M].北京:中国戏剧出版社,1988.8:74.
〔3〕　高行健,《对一种现代戏剧的追求》[M].北京:中国戏剧出版社,1988.8:53—54.
〔4〕　高行健,《对一种现代戏剧的追求》[M].北京:中国戏剧出版社,1988.8:190.

的小说文本当中,最终产生小说人物、叙述主体、叙述对象"三位一体"的立体感。

三、"没有主义"的深度折射

长期以来,国内学界对高行健创作理念和精神的理解还是存在某种偏颇的。1981 年,高行健文论批评集《现代小说技巧初探》出版,在学界引发了一场影响深远的"现实主义与现代主义"论争,他因此被定位为"现代派";1983 年,他推出戏剧作品《车站》,因其在某种程度和某些方面类似于贝克特的荒诞戏剧《等待戈多》,他又被定位为"荒诞派";1985 年,他的戏剧《野人》上演,剧中设置了寻找汉民族民间史诗《黑暗传》戏剧情节,"寻根"意味被评论界所津津乐道,故他又被划归为"寻根派"。但事实上,高行健自身并无意游走于纷繁错落的阵营派别之间,他坦然地说:"我更看重作品,不想给自己贴上个主义的标签。"[1]的确,高行健一直在坚守着属于他自己的独特创作理念和精神,即在他的笔下多次提及的所谓"没有主义"。

在高行健的长篇小说中,"我"、"你"、"他"、"她"叙述人称不断交错变换的存在样态是有目共睹的,但是容易被忽视的是,在小说末端各个变幻不一的叙述人称,却在若隐若现中呈现消弭的趋势,而在终极精神上融合为一个"主体",这无疑是一种境界的提升,通过"主体"从分裂到融合的过程,实现了对"主体"的"否定之否定"的哲学认识,深度折射出"没有主义"式的独特哲学美学价值观。实质上,高行健通过小说的形式对"主体"价值和意义的理解,与福柯对"主体"的哲学言论——"主体这个词有两重意思:由于控制和依赖而臣服于他人,由于意识或自我认识而获得人的身份"[2]——具有高度的相似性。不同的是,高行健以文学小说的形式达成对"主体"的认识,表现

〔1〕 高行健,《没有主义》[M].香港:天地图书有限公司,2003.3:8.
〔2〕 转引自安德鲁·本尼特、尼古拉·罗伊尔著,汪正龙、李永新译,《关键词:文学、批评与理论导论》[M].桂林:广西师范大学出版社,2007.6:121.

为一个渐进的过程，而福柯则是以哲学阐释的方式，直接将"主体"的认识进行逻辑归纳。

高行健在长篇小说章节中运用跳宕的叙述人称，形成叙述主体的纷乱影像，"主体"在纷繁紊乱中无法主宰自我，反而迷失自我，成为外界因素的"臣服者"（福柯语），在不知不觉中臣服于强大的意识形态文化，臣服于稳固的语言逻辑，一切仿佛是一种宿命式的臣服。在高行健的长篇小说中，这样的境况比比皆是：《一个人的圣经》中的"他"，处于"文革"那个风声鹤唳的特殊年代，在无形的意识形态文化的强大挤压下，曾经从"受害者"转变为立场截然相反的"施害者"，虽已说不清究竟是一种精神的被迫还是一种人性的迷失，但终究是一种臣服于强大意识形态文化的表现；而《灵山》完全就是一部诠释"语言囚笼中的舞蹈"的尝试之作，令人眼花缭乱的叙述人称样态：一方面迸发着强烈的自我言说欲望，一方面又虚伪地将这种欲望通过转嫁他人为自己代言；一方面自言自语、自说自话，走向封闭隐秘的个人内心，一方面又营造出一种众口纷纭、众声喧哗的庞大语境；一方面竭力反对语言的暴政，一方面又陷入自我施暴的怪圈，但是试图完全逃脱语言囚笼的理想终究无法实现，而能够实现突破的最大限度，便是在囚笼中尽情舞蹈，获得有限的言说自由。这不能不说是一种无奈的宿命，"主体"终究要臣服于稳固而强大的语言逻辑。因此，高行健是通过文学小说的方式，传达了对人类"主体"先验存在的"臣服"性的思考，这无疑呼应了他在文学评论集《没有主义》中对中国知识分子群体乃至中国社会群体劣根性的阐述，他在其中一篇文章《个人的声音》里，热切呼唤和赞美具有独立意识的个体精神，对于民族阶级集体意识对个体精神的冲击乃至吞噬悲剧的不断重演表示深切悲愤，并从历史渊源上剖析形成中国知识分子群体乃至中国社会群体的依赖和臣服特质的深刻原因。

假如说高行健是通过小说章节之间跳宕的叙述人称，形成对"主体"的第一层否定，那么随后的"否定之否定"，则是表现于众多的叙述人称在小说末端逐渐消失，变幻的"主体"形象在小说末端逐渐合一。

从小说的情节上看,这种"否定之否定"的临界点是明朗的,《灵山》是以小说"叙述主体"被误诊为肺癌这一事件作为临界点,而《一个人的圣经》则是以小说"叙述主体"逃亡西方国家这一事件作为临界点,自临界点之后的"叙述主体"在内心深处,显然是一个远离了亲人、朋友、故土、祖国等一切人间亲情暖爱的孤独者,之所以孤独是因为远离的对象恰恰是毕生挚爱;之所以言说是因为远离并非自愿,只能以言说排解难以割舍的留恋,排遣一个游子和流浪者的寂寞和单调,因此在临界点之后的小说叙述人称设置上,便将变幻的"主体"形象予以融合为一。如果说高行健对"主体"的第一层否定是对"主体"价值的怀疑,那么他对"主体"的"否定之否定",则是在更高的境界对"主体"的价值和意义进行重估,它或许较福柯的言论更具蜕变重生的力量,赫然醒目的"没有主义",道出了高行健特立独行的心声:"现今这意识形态崩溃而理论爆炸的时代,虽然时髦年年有,更替也越来越快,不再有什么可依赖的主流,我以为不妨称之为没有主义的时代,因为意识形态的构建已被不断更迭的方法所替代,个人如果在这个世界想要找寻个立足点,恐怕只有怀疑。"[1]当然,"没有主义"并不是所谓"虚无主义",而是对那些僵化的"主义"予以怀疑和反思的一种特殊的"主义",它强调了突破臣服和依赖心理障碍的精神涅槃,它无法用简单的言语表达,因为"没有主义"的真谛便是充分尊重每一个个体,尊重每一个个体所理解和思考的"主义"。因此,《没有主义》代表着高行健对"没有主义"的一种理性、严肃的态度,而他的长篇小说《灵山》《一个人的圣经》则是从感性的角度重新诠释了"没有主义",如同一面镜子折射出高行健的为文与为人相统一的意识形态立场和哲学态度。

总之,在高行健长篇小说的叙述魔术舞台上,叙述人称的魅力是最凸显的,这对于西方的小说叙述模式而言,是一种旁枝逸斜,而相对于中国古代传统小说模式而言,又有着一种西方式的嫁接。高行健奋力表达着一种孤独而悲壮的"主义",既是一个个体的人面对无边

---

[1] 高行健,《没有主义》[M]. 香港:天地图书有限公司,2003:97.

辽阔的强大国家、社会整体的一声杜鹃式的尖锐啼哭；却又如一派恢弘如浪的狂声呐喊，多声部地传达出人类尤其是现代人的普遍生存困境，并将之同历史、文化的形而上思考联系在一起，因此而更加弥足珍贵。

*本文原载于《华文文学》2016 年第 6 期，发表时有删节。

后　记

　　本书的文字是自己往昔时光的一个背影,昔年的余温总是令人难以割舍。昭华易逝、时光难挽、回望自己青葱年华的漫漫求学路,有过高歌与激情,却也难免莽撞,有过彷徨与犹疑,却也欢喜追索,有过低徊与沮丧,却又庆幸收获,可谓"几多风雨几多晴",然而始终不变的是太多值得永存记忆的人、景、物和情。人生如戏,戏如人生。戏剧大师赖声川对人生的思考颇中肯綮。他说人生没有"重要时刻",亦无"无聊的小事"。因为如果我们能够把每一秒钟、每一刻都视为重要的,所谓重要的事都不重要,所以人生没有所谓的"重要时刻",每一个今天都像一颗种子,你无法规划它如何生长,但未来尽在其中,凡你走过的脚步,都会隐形地走向一些新的地方,每个人的今天都浸润在每一个昨天当中,你的未来就是你现在正在创造的。

　　因此,我想站在时间的转角里,安静而抽离地看看自己。本书共分为三辑,第一、二辑收录的是我在博士研习阶段的文章,至今依然清晰记得博士求学阶段的甘苦沉浮,部分文章是构思酝酿于漫漫的十月怀胎之际,而完成于小儿的欢笑、奔跑和哭闹声中,期间的一切如同蒙太奇画面般在脑海中隐现。那段特殊的时光磨掉了我不少的脆弱与浮躁,也磨砺出了些许的沉着和自持,感谢那一段光阴为我生命的丰满与苦乐,增添了别样特殊的意味。本书第三辑收录的是我在硕士研习阶段的文章,在选题和内容上多见当年的率性、意气和义无反顾,虽然如今看起来是少作,多少有些悔其少作的遗憾,但可贵的是那提笔落笔处的字字真诚与果敢,作为自己展开学术训练的一个标志性起点,那些文字犹可珍惜和纪念,估计将来也再难写出那样的文字。

这一路走来,我曾经既希望时间走得慢些,又希望它走的快些,所幸前辈恩师们的大爱一直陪伴和温暖着我,让我的求学之途虽苦犹乐,更是须臾不敢忘怀老师们在为人、处世、做学问上对我的殷殷叮嘱。我真切地希望将一路求学时光中所有给予我帮助关心的师长和亲友们一一铭记,并永存感念。当然,需要言谢的人太多,感激之情纵万语千言,却难写微茫……感谢我的导师郑家建教授多年来对我的悉心教导,包容我的愚钝,训诫我的懈怠,启发我的困惑。本书的出版也得益于家建老师多番的敦促、提点和鼓励。《时间的转角》这本小书,还得益于上海三联书店彭毅文老师的悉心编校,荣莫大焉,彭老师的率直和严谨令我印象深刻。最后,我还要感谢我的家人,我的父母一直默默帮忙操劳带养孩子的繁重工作;而面对我不时焦虑彷徨的情绪,我的先生始终耐心地为我分担排忧,在那些手忙脚乱的日子里,如果没有他们的理解、关爱和支持,我很可能无法坚定前行。

寥寥文字,难表衷情。是为后记。

王孟图
2017 年初春暖日,于仓山寓所

图书在版编目（CIP）数据

时间的转角/王孟图著. —上海：上海三联书店，2017.6
ISBN 978 - 7 - 5426 - 5828 - 9

Ⅰ.①时…　Ⅱ.①王…　Ⅲ.中国文学－现代文学－文学研究
Ⅳ.①I206.6

中国版本图书馆 CIP 数据核字（2017）第 040281 号

时间的转角

著　　者 / 王孟图

责任编辑 / 彭毅文　郑秀艳
装帧设计 / 汪要军
监　　制 / 姚　军
责任校对 / 张大伟

出版发行 / 上海三联书店
　　　　　（201199）中国上海市都市路 4855 号 2 座 10 楼
邮购电话 / 021 - 22895557
印　　刷 / 上海叶大印务发展有限公司

版　　次 / 2017 年 6 月第 1 版
印　　次 / 2017 年 6 月第 1 次印刷
开　　本 / 640×960　1/16
字　　数 / 230 千字
印　　张 / 18
书　　号 / ISBN 978 - 7 - 5426 - 5828 - 9/I · 1197
定　　价 / 38.00 元

敬启读者，如发现本书有印装质量问题，请与印刷厂联系 021 - 66019858